A Study on Lu Xun
and Modern Chinese Literature

鲁迅与中国现当代文学研究

靳新来 著

中国社会科学出版社

图书在版编目（CIP）数据

鲁迅与中国现当代文学研究／靳新来著．—北京：中国社会科学出版社，2023. 4

ISBN 978 - 7 - 5227 - 1151 - 5

Ⅰ. ①鲁…　Ⅱ. ①靳…　Ⅲ. ①中国文学—现代文学—文学研究—文集 ②中国文学—当代文学—文学研究—文集　Ⅳ. ①I206. 6 - 53

中国版本图书馆 CIP 数据核字(2022)第 243281 号

出 版 人　赵剑英
责任编辑　王正英
责任校对　张爱华
责任印制　李寡寡

出　　版　中国社会科学出版社
社　　址　北京鼓楼西大街甲 158 号
邮　　编　100720
网　　址　http://www. csspw. cn
发 行 部　010 - 84083685
门 市 部　010 - 84029450
经　　销　新华书店及其他书店

印刷装订　三河市华骏印务包装有限公司
版　　次　2023 年 4 月第 1 版
印　　次　2023 年 4 月第 1 次印刷

开　　本　710 × 1000　1/16
印　　张　23. 75
字　　数　360 千字
定　　价　118. 00 元

凡购买中国社会科学出版社图书，如有质量问题请与本社营销中心联系调换
电话:010 - 84083683

谨以此书敬奠我的爱人孔凡华（1971−2023）

永远感念和她并肩偕行、休戚与共的28载春秋

目　　录

一　现代性与鲁迅的文学选择

二　语言、文体与作家人格精神

三　多元文化下的中国现当代文学

一

现代性与鲁迅的文学选择

现代性:20 世纪中国文学的艰难历程

一

“20 世纪中国文学”这一概念，1985 年由黄子平、陈平原、钱理群联袂提出。在这之前，关于近百年中国文学的发展，通常分为近代、现代与当代三个阶段，对文学发展史的相对独立性认识不足。“20 世纪中国文学”概念的提出，打通近代、现代、当代文学的界限，为百年中国文学的研究提供一种全新的概念、原则与格局。它激活了近百年文学的研究。贯通近现当代文学的努力也持续取得了一些成果，例如孔范今、黄修已等分别主编的几部《20 世纪中国文学史》相继问世。进入 20 世纪 90 年代，特别是到了 20 世纪的最后几年，随着学界对百年历史及文学的认识和研究的深入，“20 世纪中国文学”这一概念不断得到新的阐述或补充，但同时也受到一些质疑，最有代表性的是谭桂林的《“二十世纪中国文学”概念性质与意义的质疑》和吴炫的《一个非文学性命运——“20 世纪中国文学”观局限分析》，连这一概念提出者之一钱理群也对当初关于这一概念诠释的不足进行了反思、检点。质疑和反思集中在这一概念的包容性上，主要是认为，将“20 世纪中国文学”的总主题和美学特征分别概括为“改造民族的灵魂”和“悲凉”，是以偏概全，难以反映百年文学发展的各个方面及它的丰富性、复杂性[①]。应该说，这样的重新审视、检讨是相当深刻、有力的，揭示了“20 世纪中国文学”原始诠释的欠缺。但因此而完全否定和摒弃这一概念，则是不足取的。任何新的文学史概念、文学研究理念、方法、原则的引入，总是针对既往文学研究的陈旧、僵化模式而进行的。它不可能是十全十美的，也不可能是固定不变的，它总是从某一角度来纠正以往研究的不足，这也就有了存在的合理性，我们应该做的是重新诠释或补充这一概念，寻找它确立的合理性。

二

“20 世纪中国文学”的确立，意味着将百年文学看作一个不可分割的整体，这就要求我们对百年文学历史纵向发展作一整体把握，找到贯穿这一百年、一世纪的共同的某些文学现象或内在精神。而这样纵向把握的东西又具有足够的横向方面的包容性、涵盖力，能够照顾到百年文学发展中各种力量的横向关联，把现代性概念引入 20 世纪中国文学研究，使百年文学研究获得了一个新的阐释角度。在这一概念的观照下，百年中国文学史被看作是一种称为现代的（相对于古典的）文学新质，是随着整个社会的现代化进程不断生长发育的动态过程。

20 世纪这一百年是中国发生巨大历史变革的一百年，早在鸦片战争，中国第一次被打破闭关锁国的局面，在整个世界大背景中越来越暴露了落后的真面目，古老的中国传统文明第一次面临严重的危机和挑战。20 世纪中国历史就是努力从世界文明汲取养料、寻求民族复兴的历史，是中国社会从农业文明向工业文明转型的历史。简言之，就是中国不断走向现代化的历史。文学的现代化是整个社会现代化的一个组成部分，一直贯通百年中国历史。可以说 20 世纪中国文学就是中国文学现代化的历史。1896 年以后，中国文坛相继兴起了“诗

---

① 钱理群：《返观与重构——文学史的研究与写作》，上海教育出版社 2000 年版，第 310 页。

界革命”“文界革命” 和 “小说界革命”。这些都是在西方文学的冲击下，中国古典文学的自救运动。由于中国古典文学体系与西方现代文学体系的不相容，中国文学没能经过自我的合理调整而迈向现代化之路。但由此产生的文学新质，却是催生日后“五四”新文学运动必不可少的准备，所以有的研究者称之为被压抑的现代性，断言没有晚清的“三界革命”就没有“五四”新文学[①]。可以说这一阶段是中国文学现代化的酝酿期、准备期。

“五四”新文学运动则选择一种接受马克思主义等西方先进文化而反思传统文化的方式，使中国文学真正迈出了通向现代化的第一步，这是中国文学一个辉煌的新起点，五四运动开启的中国文学有三项基本任务：一、终结漫长的传统文学，建立起现代文学体系；二、打破孤立封闭的状态，加入世界文学阵营；三、超越意识形态的局限，争取文学的独立性与此相应。所谓文学的现代性主要包含以下几个方面的内容：一、反传统态度；二、开放的世界视野；三、文体独立意识。这些特点具体体现在文学自身的主题意向、倾向、价值观叙事、结构、语言等方面与传统古典文学诀别，中国文学并不是立刻就获得了现代。现代性既是一个不断发展的动态过程，也是一个由不成熟到成熟、由不完全到完全的总体建构。20 世纪中国文学就是以现代性为目标而不断现代化的过程，它是在各种现代的非现代的多种矛盾冲突中发展的。贯穿 20 世纪文学发展的主要矛盾大致有三。

第一，传统与反传统。这是贯穿 20 世纪中国文学的一对重要矛盾。从晚清的“三界革命”始，中国文学就试图挣脱传统，但仅仅迈出了半步。“五四”新文学运动以彻底的反传统姿势吹响了进军现代化的凌厉的号角，但一开始就遇到了来自传统阵营的阻击，所谓激进主义与保守主义的对立、抗衡时隐时显，在 20 世纪中国始终没有停止过，怎样对待文学和文化传统，至今仍是争论不休的问题。更有意味的是，激烈的反传统作家，恰恰骨子里受传统影响最深。鲁迅就感叹过“自己却苦于背了

① 王德威：《想像中国的方法》，生活 · 读书 · 新知三联书店 1998 年版，第 23 页。

这些古老的鬼魂，摆脱不开”。郁达夫也充当过反传统的猛将、斗士，又最后程度不一地回归传统。另外，许地山对佛家文化的钟情，沈从文对楚巫文化的偏爱，老舍对民俗文化的倾心，赵树理对民间艺术的喜好，汪曾祺对人伦传统的关切，贾平凹对士大夫心态的描摹等，都表明20世纪中国作家的内心深处有着浓重的传统文化情结。20世纪中国文学摆脱不了与固有的传统的千丝万缕的联系。传统，不管是作为创造的根基，还是作为因袭的重负，总在制约着一代又一代的作家，成了他们根深蒂固的文学意识。

第二，民族性与世界性。20世纪中国文学是在开放的大背景下不断走向世界的过程，晚清的“三界革命”就是在西方文化刺激下进行的，“五四”以后中国新文化之所以有了质的变化，无疑得益于横向的借鉴，得益于异域文学的移植。但不能认为这是由于与中国民族传统断裂的结果。实际上，民族传统总存在于作家心灵，外化于他们的作品中。在20世纪20年代中期以后，文学就开始扭转此前过于“西化”的倾向，30年代多次展开的关于文学大众化问题的讨论，40年代关于民族形式问题的讨论，都反映出了与民族文学传统认同的趋势。40年代以后，新文学在民族化、大众化的追求上成绩斐然，但以“老百姓喜欢看，政治上起作用”作为文学发展方向，在关注文学对于现实人生的政治效用的同时，不免在文学的横向借鉴方面有所忽略，与世界文学发展的潮流不无隔膜。自20世纪80年代以来，又重提“走向世界”的口号，现代派、后现代派文学相继涌入国门，“唯外是从，唯新是从”成一时风尚。但文学的先锋性与大众化、探索性与民族性矛盾，又引发了诸如意识流问题讨论、现代派问题讨论。20世纪80年代后半期的“寻根”热，90年代兴起的“国学”热，昭示出文学皈依民族传统的趋向。20世纪90年代中国出现了“全球化”问题，而在文化界通常又把本土化和中国化作为对抗全球化和一体化的一种策略而提出。中国文学既要保持民族特色，同时又与世界文学潮流相通，怎样走出一条新路？这一问题仍然续接着20世纪初的“中学”和“西学”之争的话题。

第三，政治与文学。20世纪文学是在中华民族接连不断的内忧外患中发展的，这使文学注定难以获得相对自由的独立的发展空间，总摆脱不了与政治千丝万缕的联系，但文学又总在顽强地摆脱外在的重负而回归本体，找回自身。“五四”前后的文学没有脱离启蒙主义范畴，但到了 20 世纪 20 年代中期以后，历史中心任务由启蒙转向救亡，新文学也开始由文化批判转向社会批判和政治批判。自此，不同政治力量的对峙与抗衡，导致了左翼与右翼的尖锐对立，文学与政治结下了不解之缘。待到 40 年代毛泽东《在延安文艺座谈会上的讲话》中明确提出了“文艺从属政治”的主张，文学与政治开始走向“一体化”，1949 年后逐步完成。新时期以来，这种“一体化”日渐松动，文学先是找到了文化，于是有了“寻根”文学的兴盛，后又专注于文本的建构，文学在向自身回归但同时出现了种自我封闭现象，搞一些自足自恋式的“文字游戏”。摆脱重负的文学似乎又有些失重，人们逐渐认识到文学在保持自身独立性的同时，总要负载些什么，无论是文化的，还是政治的、伦理的，才会避免尴尬的失重状态，变得丰实充实和博大，有了精神依托的作品才有可能是持久的。

以上三对基本矛盾贯穿百年中国文学发展历程，又派生出许多大大小小的矛盾，例如，个体与群体、理性与非理性、雅与俗，等等。中国文学的现代性就是在众多复杂的矛盾对立统一中不断生成增长的，经过了艰难曲折的历程。

三

通过前面两节的论述，我们可以得出以下结论：现代性概念的引入使“20 世纪中国文学”这一命题获得新的诠释。“20 世纪中国文学”正可以看作是文学现代性特质不断生长发育的过程。“五四”新文学运动使中国文学获得空前的变革，开始由古典文学体系向现代文学体系转换，是中国现代文学的当然的起点。但“五四”文学革命并非从天而降，1896 年以后，梁启超等人倡导的“三界革命”就开始以西方文学为参照，进行文学的改良，将这一阶段文学与“五四”文学联系起来观照，更能全面、清晰地把握百年文学现代历程。中国文学现代化则肇始于 20 世纪初的五四运动之前。而从此开始，一直到 20 世纪末，有三对基本矛盾贯穿始终，至今没能很好解决，这决定了百年中国文学的基本性质，这也充分说明 20 世纪中国文学是一个不可分割的整体。

（原载《济宁师范专科学校学报》2002 年第 5 期）

鲁迅的文学选择及其本质特征

鲁迅的文学观是丰富和充满矛盾的，他曾经一度非常看重文学的审美特性，认为它并不涉及国家的兴衰存亡，也和个人的利益得失相离。他指出："由纯文学上言之，则以一切美术之本质，皆在使视听之人，为之兴感怡悦。文章为美术之一，质当亦然，与个人暨邦国之存，无所系属，实利离尽，究理弗存。"① 这一观点与王国维关于"纯文学"、美之"独立价值"、美之"第二形式"等观点遥相呼应，两相合拍。它标志着中国新文学审美意识的觉醒，开始呼应世界文学的发展趋势，从传统儒家美学的单向社会功利要求中挣脱出来而纳入现代性的审美要素。但同时鲁迅又非常重视文学的社会功用，他说："涵养人之神思，即文章之职与用也。"认为优秀的文学作品可以增强"自觉勇猛发扬精进"的精神，这种作用"决不次于衣食，宫室，宗教，道德"②。后来他又进一步将文学看作是"引导国民精神的前途的灯火"③，立志要利用文学来改变国民精神。而且愈到后来这种功利主义的文学观愈在鲁迅思想中占据上风。一直到20世纪30年代，鲁迅还这样说："文学与社会之关系，先是它敏感的描写社会，倘有力，便又一转而影响社会，使有变革。"④ 鲁迅的这

---

① 鲁迅：《坟·摩罗诗力说》，《鲁迅全集》第1卷，人民文学出版社1981年版，第71页。

② 鲁迅：《坟·摩罗诗力说》，《鲁迅全集》第1卷，人民文学出版社1981年版，第71页。

③ 鲁迅：《坟·论睁了眼看》，《鲁迅全集》第1卷，人民文学出版社1981年版，第240页。

④ 鲁迅：《书信·331220致徐懋庸》，《鲁迅全集》第12卷，人民文学出版社1981年版，第302页。

种文学选择绝对不是纯粹的个体行为，而是体现并代表了中华民族在步入现代化进程中应有的历史选择。关于鲁迅文学选择意义和价值，也只有置于当时的历史文化背景中也才能够获得深刻的认识与理解。

从近代开始的中国文学的变革是与中国消除亡国危机、建立民族国家、实现现代化的过程紧密地结合在一起的，这就决定了功利主义的文学观必然居于主导地位，文学承担了中华民族救亡图存、文化变革的历史使命。蔡元培就曾经指出："为什么改革思想，一定要牵涉到文学上？这因为文学是传导思想的工具。"[①] 当然仅仅把文学视作思想"传导"的工具，忽视文学自身的审美独立性，这确实是一种比较狭隘的功利主义文学观。但就当时中国文化的情形而言，首先在文学上找到一个突破口则是一个必然的历史选择。因为中国文化是一种排斥科学的伦理文化，而规定其形式规则及其特点的主要是文学。要破除旧文化的形式结构，则文学上的突破无疑应是首选。蔡元培在当时不过是指明了这样一个特定的事实。将文学看作传导思想的工具，并进而呼唤与新思想相适应的话语形式的变革，固然是中国自古以来"文以载道"传统在新形势下的高度发扬与延伸，从根本上说则是西方文化冲击的结果，是中国文化走向现代化、融入全球化浪潮的表征，因为正是西方文化的冲击，将一直封闭自足的中国文学抛入了一个陌生的文化环境，使其固有的价值标准、美学旨趣、艺术形式同新的文化环境发生了无法调和的矛盾与冲突，由此刺激了文学自身的调节机制，推动中国文学走上了变革的道路。鲁迅看重文学的社会功用，持守为人生的启蒙主义文学观，以文学为利器来改造国民性、建构"立人"的思想体系，可以说顺应了文化变革转型时期历史的要求，也走在了时代的前沿。众所周知，鲁迅是在日本留学期间弃医从文的，这是鲁迅独特的人生选择，却也反映了中国现代知识分子在探索中国社会现代转型方面认识不断深化的过程，具有一定的代表性。梁启超曾在1922年写的《五十年中国进化概论》中指出："近五十

① 蔡元培：《中国新文学大系·总序》，《中国新文学大系第一集·建设理论集》，良友图书公司1935年版，第9页。

年来，中国人渐渐知道自己的不足了。……第一期，先从器物上感觉不足。……第二期，是从制度上感觉不足。……第三期，便是从文化根本上感觉不足。”鲁迅对中国变革方向的认识也经历了由器物到文化的渐进过程：他接触西学，最早是路矿，后来是医学，都属于现代科学，在他看来科学是对立于中国传统价值体系的，具有不证自明的现代性，不仅能够富国强兵，还有助于“维新的信仰”。这种对科学的尊崇态度在《人之历史》和《科学史教篇》中有充分表现。但鲁迅并未就此止步，而是继续深入下去，由科学而及人，其中的《科学史教篇》指出：“凡此者，皆所以致人性于全，不使之偏倚，因以见今日之文明者也。”指出人类的进步与历史的发展，皆在于“致人性于全”。当然，在这里他并没有对为什么要“致人性于全”进行深入的逻辑论证，这一过程在其后的《文化偏至论》中得以完成，在这篇文章中明确提出了“掊物质而张灵明”。由“物质”而入“精神”，由“科技”而入“人性”，鲁迅完成了思想的升华。但鲁迅并不是要放弃科学，而是在深刻认识科学局限性基础之上，将疗救愚弱国民的重心锁定在精神层面。他认为“凡是愚弱的国民，即使体格如何健全，如何茁壮，也只能做毫无意义的示众的材料和看客，病死多少是不必以为不幸的。所以我们的第一要著，是在改变他们的精神，而善于改变精神的是，我那时以为当然要推文艺”。[①] 值得一提的是，鲁迅弃医从文，不单纯是顺应时代要求对社会使命的承担，更来自于他的内在生命自觉，是他听从内心召唤、回归自我的必然结果。从小培养起来的对于文学艺术的兴趣爱好、内在的文学气质，决定了鲁迅属于文学、文学也属于鲁迅。弃医从文的意义不在于鲁迅选择了文学，而在于他回到了自己；不在于他从此开始了自己作为思想启蒙者的一生，而在于他首先完成了一种自我启蒙，明确表达了属于自己的一种文学态度。可以说，鲁迅选择文学既呼应了历史发展的要求，又遵从了自己的内心需要。

鲁迅从事文学活动，是从翻译开始的。鲁迅后来在《我怎么做起小

---

① 鲁迅：《呐喊·自序》，《鲁迅全集》第1卷，人民文学出版社1981年版，第417页。

说来》一文中说："但也不是自己想创作，注重的倒是绍介，在翻译，而尤注重于短篇，特别是被压迫的民族中的作者的作品。"① 这正好也说明了他从事翻译有着明确的文化目的和选择意向。对此，鲁迅在《英译本〈短篇小说选集〉自序》中有更清楚的阐述："后来我看到一些外国的小说，尤其是俄国、波兰和巴尔干诸小国的，才明白了世界上也有这许多和我们的劳苦大众同一命运的人，而有些国家正为此而呼号，而战斗。"② 鲁迅是想通过自己的译笔，让自己的同胞从"同一样命运"的异邦民族那里，汲取战斗的勇气和力量，彼此建立起相应的思想文化方面的联系。最初的辛劳凝结为两册《域外小说集》，于 1909 年印行，其中他亲自翻译了俄国作家安特莱夫和迦尔洵的作品。这是反映被压迫民族觉醒和反抗的作品第一次被介绍到中国。从"为人生"的启蒙主义出发，鲁迅高度赞赏 19 世纪以来的俄国文学："无论它的主意是在探究，或在解决，或者堕入神秘，沦于颓唐，而其主流还是一个：为人生。"③ 所以，"五四"以后，他将翻译的重点集中于俄罗斯文学及十月革命后的苏联文学。他曾翻译过果戈理的《死魂灵》、法捷耶夫的《毁灭》、契诃夫的《坏孩子与别的奇闻》、高尔基的《俄罗斯的童话》、爱罗先珂的《童话集》、普列汉诺夫的早期著作《论艺术》、卢那察尔斯基的《艺术论》《文艺与批评》等大量苏俄文学作品和理论著作。除了苏俄以外，鲁迅的文学翻译涉及日本、英国、法国、德国、奥地利、荷兰、西班牙、芬兰、捷克、匈牙利、罗马尼亚、保加利亚等 10 余个国家，作品类型丰富多样，主要有长篇小说、短篇小说、诗歌、剧本、童话和文艺理论著作。这些译作总计达 300 余万字，直与他的文学创作等量齐观，是一份宝贵的文化遗产。在长达 30 余年的翻译生涯中，不管是选择什么国家的作家，也不管

① 鲁迅：《南腔北调集·我怎么做起小说来》，《鲁迅全集》第 4 卷，人民文学出版社 1981 年版，第 511 页。

② 鲁迅：《集外集拾遗·英译本〈短篇小说选集〉自序》，《鲁迅全集》第 7 卷，人民文学出版社 1981 年版，第 389 页。

③ 鲁迅：《南腔北调集·〈竖琴〉前记》，《鲁迅全集》第 4 卷，人民文学出版社 1981 年版，第 432 页。

是选择什么体裁的作品，鲁迅都是从现实斗争需求出发，怀着普罗米修斯盗火给人类、私运军火给造反奴隶的目的，企望通过翻译的作品以对国民进行思想启蒙，激发他们奋起反抗的意识。鲁迅曾经明确表示，他翻译介绍外国文学作品，“不过要传播被虐待者的苦痛的呼声和激发国人对于强权者的憎恶和愤怒而已，并不是从什么‘艺术之宫’里伸出手来，拔了海外的奇花瑶草，来移植在华国的艺苑”①。他把译介外国文学作品，看作是“从外国药房贩来的一帖泻药”，用以狙击“中国的病痛的要害”②。可见，作为鲁迅文学活动的重要一翼，外国文学的译介承担了传播文化火种、转移国民性情，改造中国社会的历史使命，为推动中国社会的现代化做出了独特的贡献。

鲁迅认为翻译还有一个实际功用，那就是为中国新文学的发展提供示范与借鉴，他说：“注重翻译，以作借镜，其实也就是催进和鼓励着创作。”③ 鲁迅承认，他的文学创作就是在读了百余篇外国小说基础上尝试进行的。鲁迅一生创作了大量优秀的作品，为中国现代文学的发展奠定了深厚的基础，开拓了广阔的空间。与文学翻译一样，文学创作在鲁迅那里也是有着“为人生”的明确目的的。当初弃医从文的初衷就在于痛感国民精神的病态，而立志要“改变他们的精神”。一直到20世纪30年代谈及自己为什么做小说时，他还这样说：“我仍抱着十多年前的‘启蒙主义’，以为必须是‘为人生’，而且要改良这人生。”④ 正是从这样的启蒙主义的文学观出发，鲁迅小说形成了独特的视角：“我的取材，多采自病态社会的不幸的人们中，意思是在揭出病苦，引起疗救的注意。”⑤ 因

---

① 鲁迅：《坟·杂忆》，《鲁迅全集》第1卷，人民文学出版社1981年版，第224页。

② 鲁迅：《译文序跋集·〈观照享乐的生活〉译者附记》，《鲁迅全集》第10卷，人民文学出版社1981年版，第250页。

③ 鲁迅：《南腔北调集·关于翻译》，《鲁迅全集》第4卷，人民文学出版社1981年版，第553页。

④ 鲁迅：《南腔北调集·我怎么做起小说来》，《鲁迅全集》第4卷，人民文学出版社1981年版，第512页。

⑤ 鲁迅：《书信·250411致赵其文》，《鲁迅全集》第11卷，人民文学出版社1981年版，第442页。

此，对于国民精神状态的关注也就成了鲁迅小说关注的焦点。他重点关注的是处于社会底层的农民，其中也包括孔乙己一类滑落于社会底层中的落魄文人。鲁迅也像其他作家一样关心他们的物质贫困，但他更多的是关心他们的精神困境，从中发现精神解放的重大意义。《药》中的华老栓救子心切，却把人血馒头当作良方妙药。在《故乡》里，闰土辛苦得近于麻木，却将自己命运寄希望于毫无意义的香炉与烛台。《祝福》中的祥林嫂行动上不服命运而抗争，思想上却也恪守传统礼教。她抗婚只是想做一个节妇，而捐门槛也只是出于封建神权下所感到的精神恐怖。《离婚》中的爱姑大胆泼辣，敢骂敢斗，却把胜利的希望寄托于“知书识理”的七大人身上……鲁迅“哀其不幸，怒其不争”，将中国人精神的千疮百孔揭示得触目惊心。最能充分体现鲁迅小说这种“民族自我批判”（也即通常所说的“改造国民性”）特点的，无疑是他的代表作《阿 Q 正传》。鲁迅说他写这篇小说是为了画出“沉默的国民的魂灵来”，并且说“我还恐怕我所看见的（阿 Q）并非现代的前身，而是其后，或者竟是二三十年之后”。于是，中国的读者也就永远记住了，并且永远摆脱不掉这位头戴毡帽的阿 Q。鲁迅在他身上发现的是“精神胜利法”：尽管阿 Q 处于未庄社会的最底层，在与赵太爷、假洋鬼子，以至王胡、小 D 的冲突中，他都是永远的失败者，但他却对自己的失败命运与奴隶地位，采取了令人难以置信的辩护与回避的态度，在自我幻觉中变现实的失败为精神上的虚幻的胜利。阿 Q 式的“精神胜利法”，是中华民族觉醒与振兴最严重的思想阻力之一。阿 Q 形象集中体现了鲁迅对国民性的思考与批判。阿 Q 形象让我们清楚地看到“国民的魂灵”已经愚昧、麻木到何等可怖的境地，思想精神上的启蒙主义革命在现代中国是迫切而不可或缺的。而充当启蒙者的知识分子又怎么样呢？在鲁迅笔下他们一个个陷入精神的迷途和困境而不能自拔。《在酒楼上》里的吕纬甫曾经血气方刚，热心改革，十年下来却像一只蝇子飞了一个小圈子，又回来停在原地点，尽是认真地干一些十分无益无聊的事，借以填补空虚的心灵。《孤独者》里魏连殳躬行先前所憎恶、所反对的一切，拒斥先前所崇仰、所主张的一切，借此向着他身受的一切进行无情的复仇。“我已经真的失败——然而我胜利了!”这样的告白饱含着他多么深重的心灵创伤。在《伤逝》中，涓生与子君的爱情曾经面对旧道德的阻挠高歌猛进，却经不起小家庭灰色生活的掏蚀而日渐破碎，退回旧家庭的子君在无爱的人间凄惨死去。这些人物本来是承担启蒙的改革者，却带着累累的精神创伤在现实的荒原中一个个死灭。在这些无路可走的梦醒者身上鲁迅看到了启蒙者的悲剧命运，看到了置身于荒原的孤独。鲁迅的这些描写，不是旁观，也不是俯瞰，而是渗透着自己的生命体验。这是一种自审，是鲁迅拷问灵魂之深的极致。如果说这在小说中还包裹着一层社会主题的外壳，那么在散文诗集《野草》中则表现为直抵心灵深处的开掘突进。

《野草》虽薄，内容却是厚重和复杂的，其中最为特别和重要的则是作者对自己精神世界的无情拷问。作为独战多数的战士，鲁迅经过痛苦反思深刻体验到一种生存的困境，这在作品中往往表现为“两难”的整体结构:《影的告别》中的影子是沉没于黑暗还是走向光明?《墓碣文》中的“我”面对追问是回答还是离开?《死火》中的火是冻灭还是燃烧?《过客》中的“我”是走还是停?……这些都是鲁迅精神苦闷、彷徨的真实表现。鲁迅逼视自我灵魂，拷问出灵魂里的“鬼气和毒气”。可以说《野草》是鲁迅给自己设置的一座心灵炼狱，它锻铸了鲁迅的心灵的诗，也催生出鲁迅独特的生命哲学：无论是光明还是黑暗都会使影子消失，无论是冻灭还是燃烧结局都是死亡，无论怎样走下去前方都是坟……“惟‘黑暗与虚无’乃是‘实有’”[①] ——这就是鲁迅对世界的认识，然而他依然希望通过对“行动”的选择改变世界“虚无”的事实。他说：“虽然明知前路是坟而偏要走，就是反抗绝望，因为我以为绝望而反抗者难，比因希望而战斗者更勇猛，更悲壮。”[②] 这就是鲁迅“反抗绝望”的生命哲学。从《野草》中我们能够真切地感受到一代知识分子在大时代变革中的精神苦痛和心灵律动。

---

① 鲁迅:《两地书·四》,《鲁迅全集》第11卷，人民文学出版社1981年版，第20页。

② 鲁迅:《书信·250411致赵其文》,《鲁迅全集》第11卷，人民文学出版社1981年版，第442页。

杂文在鲁迅创作中占有举足轻重的地位。以“随感录”命名的最早的鲁迅杂文，本来就是新文化思潮的有机组成部分，这表明鲁迅一如既往秉持“为人生”的文学理念，从开始杂文写作起，他就将这一文体与“五四”启蒙运动联系在了一起。这在鲁迅那里有相当自觉的认识，他说：“我早就很希望中国的青年站出来，对于中国的社会，文明，都毫无忌惮地加以批评。”① 而他认为：“猛烈的攻击，只宜用散文，如‘杂感’之类。”② 鲁迅充分发挥杂文这一新型文体的优长，投身“五四”启蒙运动，对旧传统、旧文明进行了猛烈的抨击。这也构成了鲁迅前期杂文的思想内容。鲁迅在上海十年几乎倾注全力投入杂文创作，看重的仍是这一文体“匕首”“投枪”的战斗功用，文化战士的本色可谓有增无减。这一时期杂文增加了不少政治色彩，社会内容也更加广泛，而笔锋所向，尤其集矢于落后腐败的政治在社会各个领域对广大民众施行的精神奴役与愚弄。鲁迅将社会百态万象笼挫于笔端，却不止于就事论事，而是尽量从中华民族历史形成的文化心理结构入手，挖掘现实社会无处不在的奴役关系的精神根源，这样就把一般的政治评论转换和提升到国民性批判的高度。在杂文写作后期那样一种“切迫的”“不从容”的时代，鲁迅洞穿纷繁世事的表象，依然如故地关注国民大众的灵魂，进行冷峻而深刻的文化批判，所以他很自信地说：“‘中国的大众的灵魂’，现在是反映在我的杂文里了。”③

鲁迅感应时代的发展潮流，以文学参与中国现代化的历史变革，从翻译到创作，从小说到杂文，30 多年如一日始终守持“为人生”的文学主张不动摇。鲁迅的确十分重视和强调文学的社会功用，但无论是在理念上还是实践中都突破了附属于政治社会需要的“实用”层面，而是特别关注人的生命状态，探究灵魂的奥秘，传达自我生命体验，因而具有相当深厚的“人文精神”底蕴。作为后发现代化国家的中国，始于近代

---

① 鲁迅：《华盖集·题记》，《鲁迅全集》第 3 卷，人民文学出版社 1981 年版，第 4 页。

② 鲁迅：《两地书·三二》，《鲁迅全集》第 11 卷，人民文学出版社 1981 年版，第 97 页。

③ 鲁迅：《准风月谈·后记》，《鲁迅全集》第 5 卷，人民文学出版社 1981 年版，第 403 页。

的文学变革并不是文学自身产生，而是政治变革带动的结果，在以后相当长的时期文学也一直依附于政治，这成为近现代文学发展的主流。这样的文学自有其历史合理性，却不得不付出审美价值失落的代价。多少文学作品就像随着流水漂转的浮萍，虽鲜光一时却最终风吹雨打去。而鲁迅的文学因为根植于中国大地，连通着中国人的精神血脉，悸动着作者自己的心灵跃动，经过数十年历史潮流的淘洗不仅光彩不减，反而更加焕发出蓬勃的生命力。

（原载《绍兴鲁迅研究》2013 年）

鲁迅与北平左联

北平左联，全称为“北平左翼作家联盟”，是在上海的“中国左翼作家联盟”（简称“左联”）的影响和推动下，于1931年2月成立的。成立大会上，拟订了盟章，讨论了具体的工作计划，得到一致通过。大会还组建了执行委员会，推举潘漠华、冯毅之、刘尊棋、杨刚等人为常委。北平左联并非“左联”的分支机构，在组织系统上不直接隶属于“左联”，作为中国共产党的外围文化团体，它直接受中共北方局的领导，在组织上是独立的。但也不是意图别树一帜，独立于“左联”以外。无论斗争纲领、工作项目、活动方式，基本上都是向“左联”学习、看齐，步调也大致相同。所以，尽管名义上北平左联并未表明是中国“左联”的分支机构，组织上也并无隶属关系，但实际上北平左联是“左联”的一个重要分部，在必要的关键时刻，相互保持着一定的联系。1936年4月，得知“左联”解散，中共北方局做出决定，北平左联已经完成历史任务，也同样自动解散。

当时鲁迅身处上海，没有参与北平左联的实际活动，但是由于鲁迅在文坛上举足轻重的地位和巨大影响，由于北平左联与“左联”不可分割的联系，也由于一些人事机缘，鲁迅与北平左联存在着多方面的联系。

首先是北平左联成立会议介绍了鲁迅在上海“左联”成立大会上所做的《对于左翼作家联盟的意见》的报告，介绍者是刚刚当选为北平左联候补执行委员的陈沂。陈沂（1912—2002），原名余立平，贵州遵义人，1929年参加革命，1931年加入中国共产党。新中国成立前曾任八路军晋南军政干部学校校务部主任、冀鲁豫日报社长总编、八路军115师宣传部长、中共中央华东局宣传部长、东北军区后勤部政治部主任等职。中华人民共和国成立后，任解放军总政治部文化部首任部长。“左联”在上海成立时，陈沂年仅18岁，他是作为进步文学青年列席成立大会的，聆听了鲁迅当时在中华艺术大学的所做的演讲。1930年冬天他考入北平中国大学，从上海来到北平，在中共北平社联的负责同志介绍下，参加了北平左联成立会议。会上应同志们的要求，他根据自己记忆所及，向与会者介绍了鲁迅演讲的主要内容。按照他的说法，虽然自己讲得不好，不完全，也不准确，但是鲁迅报告的主要精神传达给了大家，“也给会议带来了一种兴奋”。[①] 北平左联成立离鲁迅的演讲已经近一年，这时候在秘密开会、紧张商议各种议题之中，还要特别请人来介绍鲁迅的演讲，是有特别意义的。要知道，当时的北平为反动派的白色恐怖所统治，北平左联无论是成立，还是日后的工作，都是在地下秘密进行的，左翼文学处于星星之火的草创时期，这时最需要精神和道义上的支持。而鲁迅作为当时所公认的文坛盟主，他能够参加“左联”，无疑具有巨大的感召力和导向作用。这也正是时隔近一年鲁迅演讲还能够给北平左联成立会议“带来了一种兴奋”的原因之所在。

可以说，从上海到北平，左翼文艺运动都是以鲁迅为精神旗帜的。而鲁迅对左翼文艺运动也发表了许多意见，北平左联将其当作指导意见来认真对待和贯彻执行。北平左联的机关刊物《文学杂志》就是按照鲁迅的意见创办的。当时鲁迅根据北平的实际情况做出这样的提议：“上海受国民党的摧残迫害最大，所有左翼的文艺刊物都被查封了，北平的情况还好些，可以出个刊物。”[②] 北平左联很快就行动起来，经过紧张的筹备《文学杂志》于1933年春创刊。鲁迅对此一直非常关心，当得知《文学杂志》在北平西北书局印刷的经费有困难时，即用其弟周建人的“周

---

① 陈沂：《1931—1932年的北方左翼文化运动》，《左联回忆录》（下），中国社会科学出版社1982年版，第573页。

② 陆万美：《迎着敌人的刺刀尖，坚持战斗的“北平左联”》，《左联回忆录》（下），中国社会科学出版社1982年版，第608页。

乔锋”之名，汇去二十元予以赞助。《文学杂志》产生了比较大的影响，紧跟着多种小型的文艺刊物也纷纷创办出版。除此以外，北平左联还利用鲁迅来北平探亲机会积极听取他的意见，将其作为指导方针贯彻到文艺运动之中。1932 年 11 月，鲁迅由上海来北平探亲，又是陈沂，代表共产党“北方左翼文化总同盟”（以下简称“文总”）党团组织，就大半年来北方左翼文化运动开展情况，向鲁迅先生作了三个多小时的汇报。鲁迅一边抽烟，一边静静地听着，自始至终一点都没有打断，听完汇报才最后发表了自己的意见。主要有三点：一、不要迷信名人，名人未必写出好文章，要从自己的队伍中培养自己的作家；二、继续扩大工农通讯运动，让工农登上文坛；三、特别要同泥腿子结合，深入到泥腿子中去，陈独秀是看不起泥腿子和不要泥腿子的。对鲁迅的上述意见陈沂向河北省委做了汇报，并向“文总”所属各联党团负责人，特别是《文学杂志》《文艺月报》两个杂志的负责人作了传达。① 《文学杂志》等刊物主要撰稿者为北平作家，这是贯彻鲁迅先生“要从自己的队伍中培养自己的作家”意见的结果。

鲁迅 1932 年 11 月在北平进行的演讲，可以说是对北方左翼文化运动切实有力的支持。鲁迅这次来北平是为了探望母亲的病，纯粹是个人行动，外界知道得不多，但是他到北平后，在北大、辅仁、女子文理学院接连讲了三次话，逐渐传开，报纸上也加以披露。于是北平左联方面也开始行动，邀请鲁迅进行演讲。先是左联成员王志之、张松如、谷万川等以北京师范大学学生的名义邀请鲁迅发表了题为《再论“第三种人”》的演讲，后来是北平左联负责人陈沂奉了河北省委、北平市委的命令，请鲁迅到中国大学发表演讲，时间是在 1932 年 11 月 28 日下午，这也是北平五讲中的最后一讲。演讲仅二十分钟，广大青年学生在鲁迅的号召下，组成了浩浩荡荡的队伍，冲向了国民党的市党部，逼迫着国民党市党部的头头释放了被捕的共产党人。鲁迅这次来北平探亲，时值北方左

---

① 参见陈沂《1931—1932 年的北方左翼文化运动》，《左联回忆录》（下），中国社会科学出版社 1982 年版，第 585 页。

翼运动开展的关键时期，在白色恐怖统治的严酷环境下，鲁迅无所畏惧地走进青年学生当中，谈文学与革命，谈革命文学，批判帮忙文学和帮闲文学，号召青年人关注社会、认真做事，这些对刚刚起步的北方左翼文艺运动无疑是强有力的支持。

作为一名作家、文艺战士，鲁迅对北方左翼文艺运动最实在的支持是为北平左联刊物带头写稿。除此之外他还利用自己的人脉为这些刊物约稿。当时的北平左联与上海的“左联”相比，缺少有名气有实力的作家，其成员大多是名不见经传的青年作者，甚至是一些没有发表过作品的文学爱好者。《文学杂志》等刊物虽然在鲁迅的倡议下出版了，但是如果缺少名作家的支持，草创之初势必难以产生影响。所以，鲁迅一方面建议北平左联不要迷信名人，要在自己队伍中培养作家，另一方面还是积极为他们撰稿和约稿。鲁迅曾经给《文学季刊》写过稿子，名为《看图识字》，发表于该杂志第三期。《文学杂志》创刊之初，鲁迅就汇来杂文《听说梦》，发表在杂志的创刊号上。后来的《文史》月刊也属于北平左联的刊物，鲁迅写下《儒术》一文发表在该杂志的第二期。茅盾的稿子也由他转来。鲁迅不仅以实际创作支持北平左联刊物的运行，还热心扶持北平左联青年作家的文学创作。《文学杂志》主编王志之的短篇小说集《落花集》就是由鲁迅校订的，他的两篇文章《幽默年大事记》《刷浆糊与拍马屁》也是由鲁迅推荐在上海发表的。[①] 对以上刊物的创办和编辑，鲁迅也都提出过很好的意见和建议。关于《文学杂志》，他在给主编王志之的信中说：“我希望在平的刊物，应以在平的作者为骨干，这才能够发展而且有特色，门类不完全一点倒不要紧。”[②] 《文学杂志》编辑还接受鲁迅的建议，邀请郑振铎、朱自清、范文澜等著名学者参加一些讨论活动，对杂志的创办有很大帮助。《文史》月刊创刊，为了支撑门户，约请了几位比较知名的作家撰稿，内容略显芜杂，鲁迅读到后提出意见：

---

① 王吉鹏：《鲁迅与中国报刊》，中国窗口出版社 2009 年版，第 451 页。

② 鲁迅：《书信 330109 · 致王志之》，《鲁迅全集》第 12 卷，人民文学出版社 1981 年版，第 139 页。

“里面的作者，杂乱得很，但大约也只能如此。”① 意见是十分中肯的。鲁迅为该刊写了《儒术》，由“儒术”谈到“儒效”，对该刊的编辑理念产生了一定影响，主编吴承仕在第三期上集中编排了两篇谈论“儒效”的文章，进一步探讨了知识分子的地位和作用，对当时的社会风气很有警示作用。

综上所述，20 世纪 30 年代鲁迅虽然身处上海，很大精力投入到上海的左翼文艺运动中，但同时也从精神到经济，从刊物编辑到文学创作，给予了北方左翼文艺运动密切关注和多方面的切实支持。特别是利用 1932 年 11 月赴平探亲之际，对北平左翼文艺运动进行了实际声援和指导。这一切都充分说明当时的鲁迅是心向左翼的，在中国左翼文艺运动中充当了“旗手”的角色。

（收录谭桂林主编《鲁迅与“左联”：中国鲁迅研究会理事会 2010 年年会论文集》，湖南师范大学出版社 2011 年版）

① 孙席珍：《关于北方左联的事情》，《左联回忆录》（下），中国社会科学出版社 1982 年版，第 501 页。

重新回到鲁迅那里去

鲁迅研究的历史表明，鲁迅已成为一种超越学术的思想和文化标志。在不同时代、不同文化语境中，鲁迅都作为重要的思想文化资源而获得新的阐释，显示其新的价值和意义。20 世纪 90 年代以来，改革开放的深化为客观面对鲁迅提供了更大可能性，而多元的文化语境使鲁迅研究获得了空前开阔的文化视野。对鲁迅多角度、多层面的解读，形成了鲁研界众声喧哗的局面。继旧有的政治革命的鲁迅、启蒙思想家的鲁迅以后，又出现了存在主义的鲁迅、世俗化的鲁迅、反思现代性的鲁迅、后殖民的鲁迅和自由主义的鲁迅。作为思想和文化的标志，鲁迅的丰富性得到了前所未有的发掘和彰显。总体来看，20 世纪 90 年代以来的鲁迅研究有了新的掘进和拓展，其成绩应该予以充分肯定。

鲁迅是丰富的，从不同的角度自然能够窥见其不同的侧面；不同的语境下，人们也在不断地“塑造”着不同的鲁迅。但是从社会变革的历史要求出发来观察和研究鲁迅，给鲁迅以各种不同的“命名”，却有意无意地忽略了鲁迅的独特性和复杂性。鲁迅一直主张在没有路的地方辟出新路来，他身处于一个可由此得生、也可由此得死的大时代，以海纳百川的胸襟汲取各种先进文化的思想因子。进化论、个人主义、人道主义、阶级论、自由主义、存在主义等都曾影响过他。然而这一个个主义、学说却不足以涵盖和框定他。追随某位导师，或者信奉某种学说，如影随形，亦步亦趋，这不是鲁迅的性格。鲁迅一直非常敬重孙中山，但是他对孙中山革命始终持有保留态度。他曾师从章太炎，也一度深为其所影响，但最终还是从章氏思想的笼罩下彻底走了出来。“五四”新文化阵营分化后，他既没有像陈独秀、李大钊那样走政治革命的道路，也没有像胡适那样成为纯粹的学者、教授。20世纪20年代，他“混迹”于青年作家之中，却遭遇到了青年作家的围攻。20世纪30年代，他参加了“左联”，却与“左联”的领导一直龃龉不断，竟至于不欢而散。鲁迅就是这样，他不从属于某种“主义”，也不依附于某个“组织”，在纷纭变幻的社会中他努力地保持着自我的独立性。所以，有学者把鲁迅看作是“中国思想史无法归类”的“一个思想者”。鲁迅也说过，他“既没有主义要宣传，也不想发起一种什么运动”。他的写作目的是要“竭力摸索人们的灵魂”。而鲁迅在写作过程中，也将自己的灵魂写了进去。要真正了解鲁迅，仅仅靠一些有限的特定的概念，是不够的。尽管诸如反封建斗士、思想文化巨人、存在主义者等范型概括具有相对的合理性，有的则相当准确、深刻。然而这些范型只能提供鲁迅的精神容貌和外观轮廓，如果不同对鲁迅灵魂的探索结合起来，就无法展示鲁迅精神深层结构的丰富内涵。这样的范型概括往往是不明确、不准确，甚至是错误的。只有深入鲁迅内心世界，辨识出鲁迅主体精神的复杂性，才能揭示出鲁迅思想的个性特征。说到底，学问的最终目的不是学问本身，而是对存在和生命的追问，在这一过程中培养起对心灵的敏感。鲁迅研究与鲁迅本人的写作在最高层面上具有价值的同一性，都是对人的灵魂的摸索和揭示。

还是应该回到鲁迅那里，从文本中去感受作者的灵魂，去接近鲁迅本体，去探寻和发现真实的活的鲁迅。重新提出“回到鲁迅那里去”，并非多余。20世纪90年代以来，鲁迅在一波又一波涌动着的社会思潮中起伏涨落，作为一种文化的标志不断地被“塑造”，这自有其历史合理性。但从中也透露出知识界、学界的浮躁，我们好像急于找到一个实现社会根本转变的方略和途径，于是把鲁迅作为一种文化资源，从外在的需求出发对其挖掘和解读。因为功用所使，对鲁迅的理解有时难免有任意打扮之嫌，为我所用，党同伐异。20世纪90年代后期，自由主义逐渐抬头，一些青年知识分子重拣20世纪20年代英美自由派攻击鲁迅的话题，借对鲁迅的否定来确立自由主义思想。他们截取鲁迅生平的某些片段加以否定性的演绎，抓住鲁迅个性的某些方面，将其与鲁迅人格整体割裂开来，脱离具体历史语境而加以片面的强调和夸大。这样随心所欲“塑造”出来的鲁迅当然与真实相去甚远。应该承认，自由主义是社会变革可供借鉴的思想资源，但是其基本理念的确立是否非得以扳倒鲁迅为前提条件呢？胡适与鲁迅，难道真是水火难容，有你无我，我们只能够选择一个？一些自命为“自由人士”的学人，口口声声大讲“宽容”“容忍”，却不自觉地流露出专制、霸道的习气。而另外一些学人，虽然持论相反，以鲁迅的“捍卫者”自居，但态度却也是与对方一样的简单和偏狭，例如肯定鲁迅时，则否定胡适，附带斥责沈从文，说他“写出那样美丽的文字来，不仅是一种虚伪，而且是一种残忍”。这种二元对立、非此即彼的简单化思维方式，已经使我们的学术受害匪浅，没想到至今余毒未散。不管是“贬鲁”还是“保鲁”，都让人感觉到双方为社会思潮所裹挟和冲击，急功近利，意气浮躁，缺少学术研讨应有的理性态度和科学精神。在这样的情形下“塑造”出来的鲁迅，仍免不了异化为某种学说和主义的传声筒，很难接近鲁迅的思想和精神本真。从外在的社会问题或流行理论出发，有可能使我们的鲁迅研究愈来愈远离鲁迅。而急于应对所谓的“挑战”，也只能增添些表面的热闹，对认识鲁迅并无多大意义。现在所需要的鲁迅研究，应该是沉潜的、内在的、客观的、扎实的。如果说当年王富仁先生提出“回到鲁迅那里去”口号，是为了使鲁迅研究挣脱一统的、僵化的政治意识形态的束缚，那么今天我们重提这一口号，是要呼吁研究者从外界的喧嚣和浮躁中沉潜下来，回到鲁迅文本，真正进入作家的体验及文本的肌理中去。如果说 20 世纪 80 年代，鲁迅研究迎来了破冰解冻、生机复苏的学术春天，而 20 世纪 90 年代以后经历了热烈、纷扰、嘈杂的夏季，那么如今我们就应该进入一个沉静、理性、平和的秋天。沉潜下来，认真反思，深研学理，也许不无寂寞，但我们会真正拥有一个收获的季节。

重新回到鲁迅那里去，最主要的是通过文本的解读去探索鲁迅的思想、精神个性。这方面的研究，经过最近二十多年的积累，成绩斐然，为后来者进一步深入探讨奠定了厚实的基础，同时也向我们提出了挑战：怎样承继前人的研究而又有所超越和突破？这似乎是新世纪每位鲁迅研究者共同面对的问题。过去的二十多年，每一次方法的变革、观念的更新、视角的转换、主义的引进，几乎都会不同程度地为鲁迅研究打开一个新视阈。然而，时至今日，各种新潮的方法我们已经在鲁迅身上试验遍了；至于观念和主义，从现代到后现代，再到后殖民，我们也都一网打尽，于是与鲁迅思想和精神有关的知识背景也大概挖掘殆尽了。在这样的情形下，要想像当年那样凭借方法和主义的魔力，在鲁研界标新立异，一领风骚，已是不可能的。所以，我们往往有这样的困惑：面对博大精深的鲁迅，总感到远没有说清说透，还有许多话要说；而面对汗牛充栋的研究成果，又感到“前人之述备矣”，自己被挤兑得失去了言说的空间，说多少也不过是重复前人的话，很难再发出自己的声音。在这种情况下，沉潜下来，甘于寂寞，显得尤其重要。只要冷静下来，仔细地审视，深入地研读，我们会有惊喜的发现：那些我们看似难以置喙的领地其实还留有相当开阔的言说空间，而那些我们原本以为是终点的地方也许正是我们开始学术新征程的起点。对此，笔者在近几年的鲁迅研读中颇有体会。几年前，我开始着手研究鲁迅作品中的动物形象。关于鲁迅笔下的动物形象，正面的如牛，反面的如狗，等等，人们早就作过研究，但更多的是将其看作是一种艺术策略和方法。20 世纪 80 年代，有学者注意到这不单纯是一种艺术上的选择，而与鲁迅的思想、精神有着内在的联系。王得后先生就指出：“鲁迅思想和知识结构之一，是动物行为学及其与人类行为的比较。这在人类生命本体和对人的生存、温饱和发展的探索中，具有独特的思想意义和文化意义。鲁迅经常作这样的比较。这不是杂文笔法，而是一种思想和思想方法，是对人类文化独特的考察。”对此最早进行学理探讨的是钱理群先生，早在 20 世纪 80 年代他就在专著《心灵的探寻》中专辟《人与兽》一章，对此发表了许多高见，在这一研究领域有开拓之功。而后十几年这一课题并没有引起学界关注，研究成果寥寥。我在上述论说与研究启发下，细读鲁迅文本，获得了新的发现。根据我的统计，《鲁迅全集》提到的飞禽走兽有二百种左右，如此大量地、频繁地在创作中涉及动物，这在中国现代作家中绝无仅有。这应该看作是鲁迅独特的创作现象。以此为切入点深入开掘，对鲁迅的思想、精神和艺术个性应会获得新的认识。围绕动物形象全面考察鲁迅作品，我发现其中隐含着一个动物意象谱系，蕴含着鲁迅对现代中国知识分子问题的思考。这样就将那些看似零散的动物意象描写，有机地纳入鲁迅整个人学思想体系和精神世界中来探讨。意象，其中往往寄寓着作家的思想情感、沉淀着作家的心理记忆。我择取鲁迅笔下重要的动物意象深入分析，颇有斩获。比如蛇意象，并不为人注意，钱理群《心灵的探寻》中“人与兽”一章有一万多字，涉及鲁迅笔下的众多动物意象，对蛇却一字未提。而我经过考察发现，在鲁迅笔下所有动物意象中间，蛇其实与鲁迅的精神联系最为密切，甚至隐含了鲁迅诸多的生命密码。鲁迅从小形成了一种“恋蛇情结”，以致影响到他一生的生活和创作。围绕蛇意象，我进行了一万余字的论述，从一个特殊的角度对鲁迅的人格精神进行了一番考察。我深知自己的选题并不是正面触及鲁迅思想和创作的重大题目，看似歪门邪道、雕虫小技，也许为方家名流所不屑。而在我看来，往往是那些看似“小”和“歪”的思想或艺术细节，恰恰反映出一个作家文学创作的独特性。深入钻研下去，力求“小题大做”，“歪打正着”，往往会开拓出一个敞亮的学术空间。谁能说关于鲁迅思想精神的研究不是鲁迅研究中的重大课题？对鲁迅思想精神的认识，本来就是一个不断积累的过程，有赖于多角度、多层面、多方法的研究。我的工作也许可算得上其中的一部分，虽说不过是蚂蚁啃骨头似的笨拙和微不足道。以上现身说法，无意于自炫，不过是就此谈些心得：鲁迅研究经过了百年历史，经过几代学人的辛勤努力，特别是最近二十多年的新开拓，很难说有哪一个领地没有留下探索者的脚印。如果说前辈学者的工作更多的是当仁不让的“我来做”，那么新世纪新一代学人的任务大都属于承先启后的“接着做”：薄弱的有待加强，粗浅的有待深化，疏漏的有待补充，踞狭的有待拓展，偏差的有待矫正，含混的有待廓清，零散的有待整合……这样“接着做”当然不是拾人牙慧，修修补补，而是要在前人成果基础上有所创新、超越和突破，这也许比学术拓荒来得更难，势必要求我们的研究更加沉潜、内在、细密和客观，走向更高学理化和规范化的学术境界。追风逐潮的滑行只会离鲁迅越来越远，还是让我们重新回到鲁迅那里去吧。

（原载《上海鲁迅研究》2006 年秋卷）

由细读对话鲁迅

多年来，孔庆东先生周围似乎一直没有断了是是非非的争议，他的一些观点你也许不以为然或不尽赞同，但是你却不能不承认他是一位性情中人。在人人戴着面具汲汲于名利的世俗社会里，真性情难免惹是生非，自寻烦恼，但是对读书做学问来说，却是不能不说是一件幸事。俗话说，有真性情才有真学问。对生活和学问发自内心的热爱，而不是出于世俗功利，不隐恶，不虚美，不矫饰，不讳言，实事求是，秉笔直书，这样写成的文字才货真价实，直抵人心。孔庆东先生的近作《地狱彷徨：解读鲁迅〈彷徨〉》（北京大学出版社 2021 年 6 月版）就是这样一部著作，激情飞扬，妙语连珠，于真性情中包蕴着真见识，沉淀着真学问。

《地狱彷徨》是孔庆东先生对鲁迅《彷徨》11 篇小说逐篇、逐句的解读，共 16 讲，除了第 1 讲关于《祝福》的解读是央视《百家讲坛》的讲稿（作者由讲解此篇来看《彷徨》，在全书中有提纲挈领之效），其余都是北京大学课堂授课实录，讲课追求的是深入浅出，生动活泼，这就注定本书与规矩森严的学术论著有了分野。全书确实没有义理的旁征博引，也没有考据的叠床架屋，更不见论证的云山雾罩，但是这并不意味着学术性的缺失。比如作者对鲁迅小说个性的总结为四点：“陌生的熟悉”“无事的悲剧”“黯淡的辉煌”“绝望的新生”，四个悖论式短语的概括多么巧妙，切中肯綮，充满智慧！这绝不是对鲁迅泛泛而读所能得到的，即使精读深研，没有个三年五载也提炼不出来这样的结论；而即使这样的结论摆在那里了，也不是每个人都能理解的。为什么？因为其中蕴含着“学术”。学术并不意味着一定是全新发现，学术首先讲究的是传承，否则就成了自说自话。在传承中增加点自己的看法，哪怕是给出一点新阐释，这就是学术了，这就是创新了。你中有我，我中有你，所谓“学术创新”即在其中。既为学术，则有根有据，又有所创新，所以总能够给人启悟，催生出学术的新枝绿叶。以上四点总结，其悖论式的表达，绝不是文字游戏，而是在极富张力的概括中隐含着文学艺术的奥秘，揭示了鲁迅小说的真谛，无论哪一点都大有文章可做，深入挖掘下去都会获得丰富的宝藏，正所谓“有心人随时随地皆是学问”①。像这样的警策之论、点睛之笔，绝不仅限于总结专论，而是在全书中时有所见，贯穿作品解读全过程。仅以包含以上四点概括的这一讲为例，这是关于《高老夫子》的第三讲，也是最后一讲。孔先生一开始就提出了“历史感”“地理感”问题，这恐怕是人文学科常谈常新的话题，接着拈出“高老夫子”命名问题，这是“历史感”问题的延伸，也涉及“名”与“实”关系，这其实是历史转型时期极富意味的文化问题。具体分析小说关于高老夫子讲课的描写，则一直对叙事视角给予足够关注，相信熟悉叙事学的读者少不了意会和心得。至于点出“鲁迅对光非常敏感”，看似不经意，实则触及鲁迅的精神和艺术特质。记得有研究者曾经对此作过专论，一直追溯到鲁迅出生房间的阴暗少光②。这个论题很有意思也很重要，对此研究远没有展开和深入……这些在轻舟直下讲授中的种种提按之处，其实都是孔先生心有所念，学术论道，这就是他所谓的“忘记了具体套路的学问”，在这些关节处他也并不做特别标记和强调，只待有心人入于耳，藏于心，在耳濡目染中领略学术之三昧。所以，本书具有相当丰厚的学术底蕴，有别于坊间流行的文学鉴赏读物。

本书是课堂授课实录，很好地保留了孔庆东先生讲课风格的原生态，

---

① 陈平原：《为人但有真性情——怀念王瑶师》，《鲁迅研究月刊》1990 年第 1 期，第 30 页。

② 参见沈刚《鲁迅黑暗意象的发生学解释：1 ~ 18 岁居住空间对鲁迅视觉图像的影响》，《复旦学报》2008 年第 1 期，第 9—14 页。

时时处处都有真性情的自然流露。孔庆东先生热爱鲁迅，研究鲁迅，也了解鲁迅，讲课中分析到鲁迅小说的精彩处，就忍不住击节赞叹，拍案叫绝，不吝赞誉之辞。就说对《肥皂》的解读吧，兴之所至，激动情绪往往按捺不住，喷薄而出。小说主人公四铭出场，鲁迅对此描写的长句暗含着讽刺，孔先生在与钱锺书对比中称道鲁迅讽刺艺术的高妙："鲁迅这种'坏'更'坏'，他更蔫儿……"接下来是四铭夫妻见面的对话，他又在与老舍等作家的对比中一再称赞鲁迅写得"传神"。随后论及鲁迅对人物幽暗心理的揭示，他禁不住赞叹"鲁迅观察生活的眼光确实很'坏'"。讲到小说最有名的一句话"咯吱咯吱"，他又感慨"鲁迅的眼睛很厉害"。小说中写到笼子里"唧唧足足"的鸡叫声，看似闲笔，可在孔先生看来是对郭沫若的暗讽，他解释完后没忘记奉上颂辞："鲁迅要打击人，那是绝妙。"小说的精彩桥段是写四铭一家人吃晚饭，孔先生注意到"一筷黄菜叶"的细节，评论说："这又是《肥皂》这篇小说里经典的神来之笔。"这样分析下来，他终于忍不住进行总体性的评价了："这个小说的水平是非常高的，拿到任何时代、任何国家都是一流的小说。"这种评价实在太高了。但是，对鲁迅的赞美至此还没有结束，讲到小说结尾，他称赞鲁迅写得"尖锐"："鲁迅很善于在小说的结尾再起一个小高峰。"解读《肥皂》这一讲在全书中篇幅是数得着的短，竟然有那么多赞誉之辞，非真性情不可为也。文学本来是浸润情感、富有美感的，但是，如今学院派、职业化的文学研究和批评，面对研究对象往往不动声色，全然抽离了审美感受，更多是寻找时髦理论的嫁接，按照一定的套路搭建起一个台架，将其摆放在上面进行机械的零割碎切，直把文学研究搞成了屠夫宰杀牲畜、医生操刀手术。长此以往，大批学者、教授们的审美力磨损殆尽。这种现象已引起了业内人士的关注，青年学者李松睿就指出："有时候，年轻人带着对文学的无限热爱考入中文系，却在习得了那些复杂、专业的分析文学的手段之后，忘记了当初的那份热情。在一些极端的情况下，经历了高度专业化训练的文学研究者在习得了学术表达的语言后，阅读文学逐渐成了职场生存的手段，而不再成为爱好，这多少让人感到有些遗憾。”[①] 研读文学本就是获得美的愉悦和感动，如今我们早已忘却了初心。而孔先生立身士林，浸淫于文学多年，难得还葆有对文学的那份初心、对美的那份敏感。当然，孔先生对鲁迅小说的激赏不是夸大其词的溢美，而是有根有据的阐释；不是盲目的崇拜，而是理性的分析。自始至终他都没有失却一位学者的理性。所以，他也能够发现鲁迅小说的瑕疵，并且直言不讳，这又是真性情的表现。在解读《长明灯》时，孔先生判断鲁迅是在写一个北方的空间，却发现人物语言有问题：“可是一写到人物语言，你就会发现鲁迅不会写北方人，鲁迅是不熟悉北方人的，他一写还是南方话……”后面分析灰五婶的话，他又指出：“鲁迅这篇小说在语言上有问题，语言上不统一，北方人绝不会讲‘莫胡说了’，这不是北方话。前面一句是北方话，后一句又回到他熟悉的南方话上去了，鲁迅这一篇小说的人物语言不太成功。”这里的评论是相当直接和尖锐的，没有因为是自己热爱的鲁迅而有所避讳，指出问题后也没有哪怕是一句话来为鲁迅进行开脱，比如说写惯了南方的鲁迅尝试写北方，这是挑战自我，出现失误在所难免；比如说瑕不掩瑜，小说思想和艺术成就还是不可小觑；等等。这种闪烁其词的温吞、婆婆妈妈的油腻，断不符合孔先生的性格。他是快人快语，好处说好，坏处说坏，斩钉截铁，干净利索，这就是一种真性情。而孔先生讲课遇到疑难问题，就老老实实承认，而不是装腔作势，不懂装懂。讲到《孤独者》结尾，他就坦白：“我也不能完全理解这篇小说，我只是由此知道，我离鲁迅很远。”面对学生晚辈，为了维护自己的尊严和虚荣，做老师的遇到说不清的完全可以遮掩过去，最多不过是轻描淡写一提，想来孔先生也不乏这种智慧，但是他没有这样做，说到底还是性情使然。孔先生纵横江湖多年，历经磨砺而不失赤子之心，殊为难得。

经典常读常新，关键在于用心。孔庆东先生具备鲁迅所推崇的“诚”和“爱”，与鲁迅心灵高度契合，这部《地狱彷徨》正是他与鲁迅的一次

---

① 李松睿：《寻找突然感动的瞬间：新媒介环境下的文学经典教育之我见》，《广州大学学报》（社科版）2021 年第 5 期，第 81 页。

心灵对话。因为用心，所以新见迭出，这奠定了本书的学术价值；因为用心，所以见性见情，这形成了本书最为鲜明的特色。真性情中蕴含真学问，这是一部雅俗共赏的好书。

致广大而尽精微

鲁迅的《狂人日记》发表于1918年5月的《新青年》杂志，作为现代文学的一篇经典之作，其经典意义的生成离不开《新青年》这一原生态语境，著名学者陈思和就认为鲁迅“作为一个作家，他在《新青年》上发表创作，就不得不与新文化运动的‘主将’们取‘同一的步调’……”[①]这里揭示的正是经典文本与其所处文化语境之间密不可分的关系。对此有学者有过这样的论述：一部经典建构“最为根本的便是小说文本与它所属的‘伟大时代’构成了一种深入精髓的互文式理解，从而奠定了自身的经典意义”[②]。所谓“伟大时代”该是一个多么高蹈和超迈的字眼呀，却并非羚羊挂角，无迹可求。就五四时代来说，如若寻找其灵魂实体、精神场域，应该首选《新青年》杂志吧。是它，以雷霆万钧之势揭开了新文化运动序幕，开启了中华民族的历史文化转型。恰如它的名字所昭示的那样，这是一个惟“新”是求、惟“新”是务的时代，而“立新”必然以“破旧”为发端并由此得以彰显，所以“反传统”乃是《新青年》的题中应有之义，也是那个时代再突出不过的主题。值得说明的是，此时的“反传统”乃是以“打倒孔家店”为中心口号的“全盘反传统”，这在中国历史上是前所未有的。对此文化学者启良进行了这样的分析：“明末清初的思想家除个别者外，锋芒所向的是宋明理学，而非孔

① 陈思和：《中国新文学整体观》，上海文艺出版社2001年版，第76页。

② 王桂妹：《文学与启蒙：〈新青年〉与新文学研究》，中国社会科学出版社2010年版，第86页。

孟。即便像李贽这样过激的，也没有推翻儒学的意图。梁、严等人认识到儒学之弊端，但也不曾想过从根本予以否定。只是到了新文化运动这几年，思想家们才喊出‘打倒孔家店’的口号，并提出‘礼教吃人’的观点。”①《新青年》诸位思想先驱最遭后世诟病和非议的，也正在这里，至今未绝。这也从反面充分说明：全盘彻底的反传统，确已成为《新青年》的主导思想、个性气质，也为五四时代烙下了最为深刻的精神标记。

在这样的语境来观照《狂人日记》，不难发现鲁迅在小说中以“吃人”两个字对中国历史进行的概括，对传统文化进行的宣判，那是再准确不过地扣住了时代的脉搏，再鲜明不过地揭示了礼教文化的罪恶实质。“吃人”两个字以其异乎寻常的简括、警策冲击人们的头脑，包含着思想家鲁迅对历史的深刻理性洞见；以其掩抑不住的感性、活鲜刺激人们的视觉，显示出文学家鲁迅在语言修辞方面的非凡造诣。所以，人们惯常将关注的目光集中于《狂人日记》的第 3 节：狂人感觉周围所有人的眼光都怪怪的，于是陷入沉思，在深夜里他有了这样的发现：“我翻开历史一查，这历史没有年代，歪歪斜斜的每叶上都写着‘仁义道德’几个字。我横竖睡不着，仔细看了半夜，才从字缝里看出字来，满本都写着两个字是‘吃人’!”真个是惊世骇俗，“仁义道德”本为我们民族两千多年来安身立命之根本，如今却被判定为“吃人”，千百年来国人所尊奉和标榜的金科玉律一下子全被颠覆了。电光石火一般，小说开篇以来一直颇为幽曲迷离的情节豁然开朗起来，主题意蕴也前所未有地突显出来，而后面的情节其实就是在这一发现的推动下发展的：狂人如鲠在喉，在说还是不说之间犹疑盘桓数日，最终还是一吐为快，鼓足勇气向大哥和众人进行了劝转：“你们立刻改了，从真心改起！你们要晓得将来是容不得吃人的人……”劝转落脚在“吃人”上，与此前狂人的发现紧密呼应，小说情节也就此达到高潮。可以说，“礼教吃人”的发现触目惊心，不仅是整个故事情节的轴心，也点亮了作品的主题，所以被视为全篇的“文眼”，一再被研究者所称引。小说的文化批判似乎围绕这一“文眼”在第

① 启良：《20 世纪中国思想史》，花城出版社 2009 年版，第 53 页。

10 节情节高潮处打住了，至于尾声的 3 节日记，篇幅短小，长期以来研究者更多关注于文末“救救孩子”的呼吁上。只是 20 世纪 80 年代以后，学界才陆续从中发现了鲁迅的“罪感”“忏悔意识”，等等，这自然是有关《狂人日记》意蕴阐释方面的新收获。但是，也许因为我们过于关注这些重要问题，从而有意无意忽略了隐含其中的文化主题新开掘。其实，《狂人日记》“礼教吃人”文化主题的表达，并没有止于狂人劝说大哥等人这一情节高潮，小说尾声所表达的也不仅仅是作者的“忏悔意识”“反抗绝望”之类。小说的“反传统”启蒙文化主题从情节高潮一直延伸至尾声，并且不是简单地重复以前，而是还有更进一步的拓展，而这也许更能彰显鲁迅文化批判的个性特征。

这是《狂人日记》的第 11 节日记：

> 太阳也不出，门也不开，日日是两顿饭。
>
> 我捏起筷子，便想起我大哥；晓得妹子死掉的缘故，也全在他。那时我妹子才五岁，可爱可怜的样子，还在眼前。母亲哭个不住，他却劝母亲不要哭；大约因为自己吃了，哭起来不免有点过意不去。如果还能过意不去……
>
> 妹子是被大哥吃了，母亲知道没有，我可不得而知。
>
> 母亲想也知道；不过哭的时候，却并没有说明，大约也以为应当的了。记得我四五岁时，坐在堂前乘凉，大哥说爷娘生病，做儿子的须割下一片肉来，煮熟了请他吃，才算好人；母亲也没有说不行。一片吃得，整个的自然也吃得。但是那天的哭法，现在想起来，实在还教人伤心，这真是奇极的事！

狂人被关了禁闭，失去了人身自由，但是思想并没有因禁住，依然在自由飞翔。以前是深夜里翻检历史，获得了“吃人”的发现；眼下则是在记忆深处翻检往事，继续着关于“吃人”的思考。如果说先前纵览历史的发现毕竟是透过现象对文化本质的概括，虽一针见血，却难免有空泛和抽象之嫌，那么如今的思考却因为连通着亲历的家庭往事而不可能不沾血带肉，锥心刺骨。被吃的是狂人年幼的妹子。为日记文体所限，作者没有对小女孩作过多描写，看似俭省的文字背后其实包含着作者独运之匠心：先是点出了年龄——“才五岁”，再确切不过的数字使读者的艺术想象不至流于空泛，而直接导向一个具体鲜活的生命个体。至于前面的一个“才”字，不仅强化了小妹的年幼，而且哥哥狂人的痛惜之情溢于言表。接下来写妹子的外貌特征，没有穷形尽相的描摹，仅一个短语“可爱可怜的样子”，一位楚楚动人的小女孩形象便跃然纸上。这是哥哥对小妹的全部印象，其中该勾连着多少欢快美好的往事！因为太多太多，所以无从说起，一切尽在“可爱可怜”一词之中，是对亲骨肉的追念，也是对手足情的抒写。言简情深，耐人品味。因为人难忘，情难舍，所以三十多年光阴逝去，蓦然怀想，妹子似乎“还在眼前”。实在是初长成的生命玲珑剔透太过“可爱”，实在是含苞待放的花朵惨遭摧折太过“可怜”，所以时光流水冲不淡，阴阳两界隔不断，“可爱可怜”的妹子虽离世多年，却宛然若生，“还在眼前”。然而，就是这样一位美丽幼小的生命，竟然被活活“吃”掉了！写妹子“可爱可怜”之极，正是为了反衬“吃人”惨无人道之至。最不可思议的是吃掉这个女孩的不是别人，正是她的大哥，对此狂人言之凿凿：“妹子是被大哥吃了”，“妹子死掉的缘故，也全在他”。鲁迅这样写，用意当然不在于渲染“吃人”的残酷与荒唐，而是直捣其文化根基，对礼教施以刨根究底的批判。钱穆认为：“家族是中国文化的一个最主要的柱石，我们几乎可以说，中国文化，全部都从家族观念上筑起，先有家族观念乃有人道观念，先有人道观念乃有其他一切，人道观念的核心是家族，不是个人，个性被溶解在以血缘关系为纽带的家族情感中，成为不折不扣的无我之人。”① 李泽厚也曾明确指出：“强调血缘纽带是‘仁’的一个基础含义。”② 可见，“家族”也好，“仁学”也罢，无不植根于血缘关系。然而，就在家庭之中、至亲之间，却实实在在地上演着“吃人”的人间惨剧。如果说传统文化是“吃

① 钱穆：《中国文化史导论》，商务印书馆 2007 年版，第 51 页。

② 李泽厚：《孔子再评价》，《中国古代思想史论》，人民出版社 1985 年版，第 17 页。

人”的话，那么这野蛮和血腥的勾当就是从家庭至亲之间开始的。通过这样的书写，鲁迅将批判的锋芒指向家庭血缘关系，从根基上撬动了千百年来形成的礼教文化及其相依存的家族制度。如果说此前将“仁义道德”判为“吃人”是一种高度概括，那么现在则是一幅血淋淋人生图景的形象展示。一前一后，由历史的审视走向现实的暴露，由本质的揭示走向根基的撬动，前后呼应，相得益彰。在这里，整个小说“反传统”文化主题的拓展和深化，显而易见。

“本是同根生，相煎何太急?”妹子的命运令人同情，人们不禁要问她小小年纪为何被吃？小说却没有半点透露，鲁迅这样写实在是大有深意。孔孟之道以血缘为基础建立起一种以等级为特征的家族制度，又由“亲亲”扩大为“尊尊”，将家族制度推衍至国家，形成维护家一国统治的宗法等级秩序，长幼有序、尊卑有别。正所谓：“天有十日，人有十等。下所以事上，上所以共神也。故王臣公，公臣大夫，大夫臣士，士臣皁，皁臣舆，舆臣隶，隶臣僚，僚臣仆，仆臣台。”（《左传·昭公七年》）那么，处于社会最底层的是“台”吗？其实不然，鲁迅认为：“有比他更卑的妻，更弱的子在。”① 因为在家庭伦理秩序中，“父为子纲，夫为妻纲”。而除此之外，女性还受“未嫁从父，既嫁从夫，夫死从子”之约束。可见，在中国最卑贱的莫过于女性，在鲁迅看来“有时简直并羊而不如”②。而女孩因为年龄小辈分低，则理所当然沦为卑贱群体中的最卑贱者，被层层叠叠地压在社会的最底层。当家庭宗族利益需要牺牲者，当“仁义道德”需要祭品，首当其冲就应该选择女孩。《狂人日记》中五岁的妹子就充当了这样的牺牲品和祭品。因为是礼教吃人，无论具体什么原因，莫不合乎“仁义道德”，自有形形色色教条、千奇百怪的理由摆在那里。所以鲁迅也就无须坐实了写。大哥主持家政，是礼教的卫士，也是礼教的化身，他正是吃掉妹子的刽子手。对此，“母亲想也知道，不

---

① 鲁迅：《坟·灯下漫笔》，《鲁迅全集》第1卷，人民文学出版社1981年版，第215页。

② 鲁迅：《华盖集·忽然想到之七》，《鲁迅全集》第3卷，人民文学出版社1981年版，第60页。

过哭的时候，却并没有说明，大约也以为应当的了”。想想看，母子连心疼，眼睁睁看着年幼的女儿惨死，母亲该是怎样悲恸欲绝啊，所以才“哭个不住”。然而，母亲内心该是服膺于礼教吧，大哥的所作所为，妹子的死于非命，在她看来都是“应当的”，所以不管哭得有多痛，她“却并没有说明”，既没有为女儿鸣冤叫屈，也没有对长子抱怨指责。母亲本人既是礼教的受害者，也是礼教的体现者，她虽然没有像大哥那样巧立道德名目虐杀妹子，但是作为“看客”（哪怕是爱莫能助），却在客观上与狂人等其他家庭成员一道构成了“吃人”的文化环境，从这个意义上来说她以及狂人都在无意中参与了“吃人”。所以，才有了第12节日记中狂人撕心裂肺的反思和顿悟：

> 不能想了。
>
> 四千年来时时吃人的地方，今天才明白，我也在其中混了多年；大哥正管着家务，妹子恰恰死了，他未必不和在饭菜里，暗暗给我们吃。
>
> 我未必无意之中，不吃了我妹子的几片肉，现在也轮到我自己，……
>
> 有了四千年吃人履历的我，当初虽然不知道，现在明白，难见真的人！

文中说得很清楚：妹子的肉被大哥“和在饭菜里，暗暗给我们吃”。母亲自然也在“我们”之列。狂人有了这样的自省：“我未必无意之中，不吃了我妹子的几片肉”，那么，母亲呢？“混”在其中“吃人”却执迷不悟。不管怎么说，在大哥主导和操纵下，妹子被吃，全家有份儿。狂人一家是中国千千万万家庭的代表，也是整个社会的缩影。在礼教文化钳制下，人人都参与“吃人”而又时时有可能“被吃”，这就是“仁义道德”文化笼罩下中国人的真实处境，对此鲁迅在杂文《灯下漫笔》中有更直白的描述：“我们自己是早已布置妥帖了，有贵贱，有大小，有上下。自己被人凌虐，但也可以凌虐别人；自己被人吃，但也可以吃别人。

一级一级的制驭着，不能动弹，也不想动弹了。”[①] 人人都被死死地制驭住，丧失了人身自由，弱肉强食，坐以待毙，别无选择，无一幸免，这是多么可怕又可悲的生存状态啊。狂人因此有了空前的危机感：“现在也轮到我自己，……”如果说此前将“仁义道德”判为“吃人”是一种本质的概括，那么现在则是透过狂人一家的遭际而生动展现了礼教文化笼罩下中国人危机重重的生存状态，这是整个小说“反传统”文化主题的又一次拓展和深化。

值得注意的是，同样是无意中参与“吃人”，狂人不像母亲那样还处于混沌之中，而是从中走了出来，并且由反思走向了自审，意识到自己具有“四千年吃人履历”，但是他无意于像追究自己的罪责那样去要求母亲。文中的母亲定格于“哭个不住”，是作为一个礼教受害者形象被塑造的。鲁迅擅写母亲，像华大妈、夏四奶奶、单四嫂子、祥林嫂等形象构成一个人物系列，这些母亲善良而蒙昧，孤苦而隐忍，都无一例外失去了儿子，承受着沉重的精神的重负。[②] 这一类形象的塑造肇始于《狂人日记》。母亲与被吃掉的女儿一样同属女性，在纲常名教的重重压迫下，注定是被侮辱与被损害的人。如果说女儿遭遇的是肉体的毁灭，那么母亲承受的则是心灵的戕害。母女同命，母子连心，女儿夭殇无异于在慈母心头剜肉，这是人生的至痛，难怪母亲“哭个不住”。逝者长已矣，悲固然悲，却也不失为苦难人生的一种解脱，而留下来的无尽哀痛，却需要母亲长年乃至终生去咀嚼去吞咽。母亲心灵的创痛是巨大的，也是绵长的；母亲一颗受伤的心灵也许一生都无法修复。而母亲哭声中隐含的不单是伤子之痛，如果我们用心谛听，不难辨出其中分明还有一种无奈无助的悔恨。危难时刻特别是生死关头，母亲不惜一切代价庇护幼儿，这在禽兽都是一种本能。那么，出于一种母性冲动，仁慈如狂人母亲者，

---

① 鲁迅：《坟·灯下漫笔》，《鲁迅全集》第1卷，人民文学出版社1981年版，第215页。

② 此类母亲形象明显有鲁迅母亲的影子，寄寓着鲁迅对自己母亲复杂难言的情感，限于文题此处不赘述。笔者对此曾从精神分析学角度作过相关论述，详见笔者拙文《旧世界的“放火者”与鲁迅的“白日梦”：鲁迅笔下的乌鸦意象》，《鲁迅研究月刊》2009年第7期，第21—22页。

在女儿被送上礼教祭坛之际，一定也想竭尽全力拯救自己的亲骨肉吧。可惜的是像空气一样无所不在的礼教文化早已窒息了她的心灵，理性的禁忌注定她不敢越雷池一步。于是，对于女儿“被吃”，作为母亲的她无论情感上有多么不忍，内心深处却“以为应当的”，无论如何也找不出一丝理由来为自己的女儿开脱，只能眼睁睁看着一个鲜活的小生命走向死地。冷血无情的礼教扼杀了母性，束缚住了母亲庇护孩子的双臂，然而母性却没有随着女儿的死亡而泯灭，爱被压抑在心底而潜滋暗长，变本加厉，除了痛楚还生成了深深的悔恨。能不悔恨吗？身为母亲却不能保护自己的孩子，连动物做到的事情都不能胜任，这会让她感到多么无奈和无力啊！为什么“仁义道德”需要牺牲一个弱小无辜的生命来彰扬？为什么听从内心的召唤会与社会道德相忤逆？悔恨、困惑、憋屈、愤懑，还有无从救赎的绝望，千愁万绪，百感交集，都加深了丧子之痛，这一切都化为母亲摧心剖肝的哭泣，所以“哭个不住”。连铁石心肠的大哥都忍不住劝说，似乎“有点过意不去”，而狂人二三十年以后回想起来，“实在还教人伤心”，不禁感慨“这真是奇极的事！”母亲的哭泣是人性的迸发，是母爱的悲歌，也是无词的控诉[①]。就这样，没有过多的描写，却再三予以强化，一个“哭个不住”的母亲形象定格于纸上，走进了读者心间，由此鲁迅有力揭示了“仁义道德”对于人性的悖逆和扼杀，强烈控诉了礼教文化的“吃人”罪恶。一篇《狂人日记》，“吃人”的判词固然令人震骇，“救救孩子”的呐喊也着实催人奋起，但是我们不应该忽略这位“哭个不住”的母亲。对母亲的哭声充耳不闻，就意味着我们人性的缺失、爱的缺失、良知的缺失。

需要指出的是，《狂人日记》全篇充满了象征意味，这里妹子和母亲的遭际，是写实，也是隐喻。虚实之间，不仅表现了母女两代人的悲惨遭遇，更揭示出两千多年来中国妇女在礼教文化钳制下世世代代任人凌

① 鲁迅“无词的言语”的化用。鲁迅在《颓败线的颤动》中塑造过一位母亲形象，她在穷极之时置身于旷野，口唇间漏出“无词的言语”。详见鲁迅《野草·颓败线的颤动》，《鲁迅全集》第2卷，人民文学出版社1981年版，第206页。

辱和宰割的历史命运。关于妹子的惨死及其具体原因，小说不着一字，却通过对母亲“哭个不住”的反复渲染从侧面进行了有力表现。为什么母亲的哭声二三十年后在狂人听来“实在还教人伤心”？因为狂人已经觉醒（发狂），对世界有了异乎寻常的感觉，回首往事，思接千载，超越了现实事相而达到历史的思考，于是妹子和母亲在他眼中不啻是千千万万女性的化身，母亲的哭泣也不再是一个人的行为，而成为千百年苦水的倾倒，亿万人冤屈的宣泄，这哭声何止是穿越了二三十年的时光，而是穿越了漫漫数千年历史的时光隧道呼啸而来，摄人心魄，难怪狂人听起来肝肠欲断，不禁感慨“这真是奇极的事!”当然，从现实到历史的联想，在狂人未必是理性的，更可能只是恍惚间的一种感受，所以，从心底发出的那句“这真是奇极的事!”，是感慨，也是疑惑。鲁迅将这样一个分量极重的句子置于此节日记的篇末，戛然而止，意在提醒和暗示读者，引导人们由实到虚去阅读文本，探究其中隐含的象征意蕴，而不至于舍本逐末。以上的解读绝不是牵强附会或过度阐释，因为只有这样理解，我们读到下一节日记中的“四千年来时时吃人的地方”“有了四千年吃人履历的我”之类的语句才不至于感到过于突兀和怪异。这前后两节日记象征色彩都相当浓厚，只不过后一节以前一节为铺垫而表现得更加显豁，也顺承上文“奇极”一词的点拨而走向了奇崛。无独有偶，巴金小说《家》中的新女性琴，目睹身边无辜女性的惨死，也像鲁迅笔下的狂人一样由现实上升到历史的审视：“她的眼前立刻现出一条很长、很长的路，上面躺满了年轻女子的尸体。这条路从她的眼前伸长出去，一直到无穷。她明白了，这条路是几千年前就修好了的。地上浸饱了那些女子的血泪，她们被人拿镣铐锁住，赶上这条路来，让她们跪在那里，用她们的血泪灌溉土地，让野兽们撕裂、吞食她们的身体。起初她们还呻吟，哀哭，祈祷，盼望有人把她们从这条路上救出去。但是并不要多久的时间，她们的希望就破灭了，她们的血泪也流尽了，于是倒下来，在那里咽了最后的一口气。从遥远的几千年前到现在，这条路上，不知断送了多少女子的青春，不知浸饱了多少女子的血泪。仔细看去，这条路上没有一个干净的尸体，那些女子都是流尽了眼泪，呕尽了心血，作了最后的挣扎，然后倒下来，闭了她们的还有火在燃烧的眼睛。啊！这里面不知埋葬了多少、多少令人伤心断肠的痛史！”① 琴一开始就联想到“一条很长、很长的路”，这分明就是漫长中国历史的形象比喻，联想最后落脚于“痛史”一词，也就直接坐实了这一寓意。像这样由点及面、联类无穷想象，在以后的“革命文学”之类的文本中更是屡见不鲜，革命者往往从一时一地一人一事，联想到全中国乃至全人类的阶级兄弟，从而以全天下劳苦大众的代表或解放者自居。当然，“革命文学”与鲁迅、巴金的作品，是截然不同的两种话语体式，但是表现出来的这种思维方式却高度一致，从根本上说是源于中国文人古已有之的深厚的家国情怀、天下情怀。巴金是继鲁迅之后在暴露家族制度和文化罪恶方面最有成就的小说家，与鲁迅一样对女性给予强烈关注，因为被名教纲常挤压在社会最底层女性的命运最为悲惨。琴眼前幻化出来的场景是一幅多么真实而形象的中国女性血泪史啊，可以说，一部“仁义道德”的发展史，即是一部中国妇女的苦难史。与巴金小说这样铺陈式的充分描写不同，鲁迅小说只是进行侧面的点染，却有以一当十之艺术功效。更重要的是表现内容上的差别，巴金热衷于对女性受害者的死亡进行浓墨重彩的描摹，而鲁迅从不正面描写肉体的毁灭，更侧重于表现女性灵魂的痛苦以及女性死亡后人们的社会反应。巴金热衷于表现女性的美和爱以及它们被残酷毁灭的结局，而鲁迅对女性给予同情的同时却更多地关注她们精神上的缺陷。巴金与鲁迅不是一代人，却是在五四文化影响下成长起来的。妇女问题在五四时期得到前所未有的高度关注，而巴金在这方面的思考与五四思潮一脉相承，他的小说在很大程度上能够代表这一时期小说创作的一般特征。因篇幅所限，此处不再对鲁迅同时代的创作进行列举和论述。仅从以上与巴金小说的简要对比中，不难看出鲁迅小说在女性书写方面的特色，而这一切都在《狂人日记》中初露端倪，显示出鲁迅文化批判的独特追求。

关于五四时代，陈思和曾经将其看作是典型的“共名”状态，并且

① 巴金：《家》，人民文学出版社 1981 年版，第 247—248 页。

指出这种“共名”是由知识分子直接创造的。[①]《新青年》策动的“反传统”正是五四时代的“共名”主题，鲁迅尽管特立独行，还是感应时代要求，以一篇《狂人日记》加入时代共名的“大合唱”，与《新青年》语境构成了一种深入精髓的互文关系，无论是作为全篇“文眼”的“吃人”判词，还是“你们立刻改了”的狂痛劝转，无不与时代强音相和谐，所以才引起人们的强烈共鸣，从而生成为表征着“伟大的时代”的文学经典。这些都被鲁迅置于台前，构成文本的主体。但是鲁迅毕竟是鲁迅，作为一位思想者，鲁迅不可能被时代共名所淹没和同化，在自觉与时代步调相一致的同时，他又尽力保持自己独特的言说，将之聚拢并隐含在小说尾声。之所以如此巧作安排，是因为鲁迅自觉“听将令”的缘故，有意凸显作为“主将”的时代主题而压抑作为“小卒”的自我。小说尾声，篇幅不足全篇十分之一，看似无关宏旨的点缀，其实是“最鲁迅”的。学界已有的研究——对鲁迅“忏悔意识”“反抗绝望”生命哲学的发掘——已经充分说明了这一点。尽管如此，还是给我们留下了解读空间。尾声篇幅虽短，但信息密集，又含蓄蕴藉，配得上“惊心动魄，可谓几乎一字千金”之赞语。这就需要我们研精覃思，发隐抉微，不放过每个细节乃至每个字词。德国学者顾彬说得好：“鲁迅是简练的文体大师。出于这个原因，每个单独的用词都非常重要，哪怕它们毫不显眼。”[②] 所以，笔者看似琐碎和牵强的阐释，其实是对鲁迅对经典最基本的尊重，是从文本阅读出发自然生成的学术判断。在有限文本所剩有限的解读空间内，我们还是不乏斩获。细微之处，披览之下，跃动着的是一颗忧愤深广的心灵，无论是对传统文化根基的撬动，还是对中国人生存危机的展现，无论是关注人物灵魂的痛苦，还是揭示历史留给女性精神上的瘢痕，也许是星星点点，端倪初露，却无不昭示着小说“反传统”文化主题的开拓和深化，彰显出鲁迅卓尔不群的精神个性。“致广大而尽精微”——我

---

① 陈思和：《中国新文学整体观》，上海文艺出版社 2001 年版，第 73 页。

② ［德］顾彬：《二十世纪中国文学史》，范劲等译，华东师范大学出版社 2008 年版，第 31 页。

们在《狂人日记》中领略到了这种境界："忧愤深广"是为"广大"，"一字千金"岂不"精微"?《狂人日记》惯常被认为是鲁迅小说创作的总纲，更多的是基于它"吃人"主题的确立，这种理解固然不错，却未必全面完整。除此之外，其实文本中还潜含着鲁迅后来小说创作对这一主题引申开掘的向度和特色，这集中体现在尾声部分。而其中引而不发而又呼之欲出的精神个性，正可预示鲁迅日后"一发而不可收"小说创作的异彩纷呈、气象峥嵘。将《狂人日记》置于《新青年》语境中解读，固然让我们加深认识到这一文学经典确实极好地从"宏大叙事"角度表征了一个"伟大的时代"，更重要的是让我们从文本近乎琐碎的细节和褶皱中再次认识到那"伟大的时代"所掩抑不住的一位"伟大的作家""伟大的个人"。

（原载《鲁迅研究月刊》2015 年第 12 期）

“人”与“兽”纠葛的世界

鲁迅的《狂人日记》在新文学草创期就以其思想和艺术所达到的高度，创造了中国现代文学史上的奇迹。从那时以来，围绕这部短篇小说产生的评说和争议而形成的文字已数百乃至上千倍于作品本身，这也可算是文学研究界的一个奇观吧。关于《狂人日记》我们已进行了多角度、多层面的阐释，但是这一文本至今仍然存在着再度诠释的空间，显示出其文学经典的独特魅力。

一

《狂人日记》以十三节长短不一的日记连缀成篇，刻画了一位觉醒和反抗的狂人形象。狂人尖锐揭示出传统文化“吃人”的本性，热烈呼唤“真的人”的出现，并吁请全社会“救救孩子”，昭示着中国历史上现代“人”的意识的觉醒。《狂人日记》正可以看作是一篇五四时代“人”的宣言书。但是翻开这部作品，我们会发现其中时时处处都晃动着“兽”的影子。小说开篇，狂人在月光下一出场，就遭逢到“赵家的狗”，随后又多次写到狗的眼睛、狗的叫声。除了狗，陆续出现在作品中的动物意象还有鸡鸭、鱼、狮子、兔子、狐狸、狼、海乙那、虫子、鸟、猴子等。连小说中的村子都是以“兽”的名字来命名的，叫“狼子村”。还有什么“铁一般青”的脸色、“青面獠牙”的面目、张开着的大嘴、“咬你几口”的话、“全是刀”的笑、“白厉厉的排着”的牙齿、“抹着人油”的唇边等，描写的是人，却分明又像是动物，因为这些词汇本来就是专以描摹动物的。《狂人日记》这样频频地、大量地出现动物形象（包括动物意象以及富有动物感性特征的词汇），一直以来我们都把这看作是一种叙事的修辞选择，而忽视了它们在小说中所具有的本体意义。事实上，在鲁迅那里这绝对不是简单的作为叙事策略的修辞问题，而是其独特的人学思想的感性体现。

在与兽性的比照中对人性的进行思考，这是鲁迅人学思想，也是鲁迅思维方式的一个显著特色。这一点，已有学者注意到，王得后先生就曾指出：“鲁迅思想中的人性，是由动物进化而为人所生成的人性，是和动物性（他多用兽性，是动物性的贬义词）相比照而认识的。”① 他还说：“鲁迅思想和知识结构之一，是动物行为学及其与人类行为的比较。这在人类生命本体和对人的生存、温饱和发展的探索中，具有独特的思想意义和文化意义。鲁迅经常作这样的比较。这不是杂文笔法，而是一种思想和思想方法，是对人类文化独特的考察。”② 王得后先生敏锐地发现了问题，但是却没有进行相应的研究。目前，学界这方面的研究也比较欠缺。在此，笔者拟通过对《狂人日记》的解读，着重探讨一下鲁迅关于人与兽关系的思考，以期对鲁迅独特的人学思想有一个新的认识。

二

中国传统上也惯于将人和动物对比来认识人，但是诸如“饱食煖衣逸居无教则近于禽兽”“无父无君是禽兽也”之类的“人禽之辨”，充满了道德说教，不可能达到对人的科学的认识。近代随着西方科学和文化观念的引入，中国关于人的认识才有了根本性的转变。鲁迅较早接受了西方科学观念，1907 年他在《人之历史》一文中对德国生物学家海克尔

---

① 王得后：《鲁迅心解》，浙江文艺出版社 1996 年版，第 162 页。

② 王得后：《鲁迅心解》，浙江文艺出版社 1996 年版，第 374 页。

的种族发生学的一元论观点进行了系统的介绍，并由此而涉及拉马克、达尔文等其他生物学家有关生物进化学说的一些重要内容。鲁迅是完全服膺于西方生物进化论的，由此，他在人与动物的关系问题上获得了科学的理性的认识。但是，正如有的学者所指出的那样，在鲁迅那里常常存在着感性经验与理性观念的冲突。[①]

> 华夏大概并非地狱，然而“境由心造”，我眼前总充塞着重叠的黑云，其中有故鬼，新鬼，游魂，牛首阿旁，畜生，化生，大叫唤，无叫唤，使我不堪闻见。我装作无所闻见的模样，以图欺骗自己，总算已从地狱中出离。[②]

鲁迅正是“凭其敏锐的感觉，时常捕捉到事实上无数‘鬼’在现世跳梁、呻吟的情状”，“在人间看到‘地狱’、从人身见出‘鬼’影”[③]，从而在他的小说文本中构建起一个人鬼纠葛的文学世界。对此日本学者丸尾常喜已进行了透彻的阐发。同样是出于“境由心造”——有感于人的退化、人沦为兽——鲁迅还在其文本中构建了一个人兽纠葛的世界。小说《狂人日记》即是这样一个典型的文本。

谈到《狂人日记》的写作动因，鲁迅说：“偶阅《通鉴》，乃悟中国人尚是食人民族，因成此篇。”[④] 在小说里，狂人劝大哥放弃“吃人”，是这样说的：

> 大约当初野蛮的人，都吃过一点人。后来因为心思不同，有的

---

① 关于此问题，学者汪晖有过精当的论述。参见汪晖《反抗绝望》，河北教育出版社 2000 年版，第 153—178 页。

② 鲁迅：《华盖集 · “碰壁”之后》，《鲁迅全集》第 3 卷，人民文学出版社 1981 年版，第 68 页。

③ ［日］丸尾常喜：《“人”与“鬼”的纠葛：鲁迅小说论析》，秦弓译，人民文学出版社 1995 年版，第 213 页。

④ 鲁迅：《书信 · 180820 致许寿裳》，《鲁迅全集》第 11 卷，人民文学出版社 1981 年版，第 353 页。

不吃人了，一味要好，便变了人，变了真的人。有的却还吃，——也同虫子一样，有的变了鱼鸟猴子，一直变到人。有的不要好，至今还是虫子。这吃人的人比不吃人的人，何等惭愧。怕比虫子的惭愧猴子，还差得很远很远。

狂人这些看似思维错乱的句子，其实隐含了鲁迅进行小说构思的逻辑线索。“吃人”是人野蛮的标志，是配不上“真的人”称号的，这让他自然想到了“吃人”的动物、野兽。而这种联想，鲁迅又确实能够从他所信奉的生物进化论那里找到学理根据。他在《人之历史》里，列举了大量科学事实反复说明：人与自然（动植物）有着内在的一致性，人是自然的一部分。不仅人与自然（动植物）有着共同的“本原”，人是由原生动物长期历史演变的结果，而且人的个体在受孕胚胎成长的过程与动物进化的历史过程中都是同构的，前者为后者“发生之反复”。由此他得出结论：人与动物、生物与非生物之间并没有不可逾越的界限的，作为有生命的自然存在物，人与自然之间，人与兽之间，存在着本性上的相通与一致。基于这种认识，鲁迅敏锐地发现了中国人身上存在的“兽性”，以“吃人”这一意象为中介将人与兽联系在一起，将历史与现实糅合在一起。正如有的论者所指出的那样：“对于进化论，鲁迅不是从历史的角度，而是从文化价值的角度去把握的。其原因很简单，他的历史真实感与历史进化论观点相抵忤。”① 在鲁迅那里，历史的真实感消弭了现实跟历史之间的时间鸿沟，他指出：

试看中国的社会里，吃人，劫掠，残杀，人身买卖。生殖器崇拜，灵学，一夫多妻，凡有所谓国粹，没一件不与蛮人的文化（?）恰合。拖大辫，吸鸦片，也正与土人的奇形怪状的编发及吃印度麻一样。至于缠足，更要算在土人的装饰法中，第一等的新

---

① 徐麟：《鲁迅思想的哲学阐释》，见冯光廉、刘增人主编《多维视野中的鲁迅》，山东教育出版社 2001 年版，第 50 页。

发明了。①

鲁迅从“国粹”中发现了来自远古时代的“蛮性遗留”以及文明外衣掩盖下的“土人”生存方式。这样的发现对他的历史进化观念构成严峻的挑战，让他不能不深深感到中国历史的停滞，他不禁感叹：“仿佛时间的流驶，独与我们中国无关。”② 鲁迅对黑暗特殊敏感总使他把“现实”当作历史上曾经有过的经验来体悟，从而在变迁的历史中发现内在的延续和重复。像这样对历史的审视，已不再是人们所惯常采取的政治社会学角度，而是一种人类学角度。由此，鲁迅发现现代中国人仍然处于蒙昧野蛮时代，与野蛮人相比，其本质并没有根本性的变化，那就是“吃人”。正是基于这一判断，鲁迅抹平了人/兽、现实/历史之间的界限，在《狂人日记》中创造了一个人兽纠葛、人兽同构的世界。著名学者李欧梵先生论及《狂人日记》，曾经提出这样一种观点：“似乎鲁迅是在细心地建立起一个兽的领域来和人的领域相平行。”③ 这实在是极富见地的论断。其实，人/兽的二元对立正是《狂人日记》整体构思的基本出发点之一。可是，以往我们对此明显注意不够，甚至视而不见，仅仅将狂人/常人的二元对立看作该小说的基本叙述模式。④ 而在笔者看来，围绕“狂人”这一最基本的意象，作者划分出两组而不是一组二元对立关系来进行整篇作品的构思，那就是狂人/常人（侧重“狂人”之“狂”）的二元对立、人/兽（侧重“狂人”之“人”）的二元对立。二者共同构成了《狂人日记》的基本叙述模式。

---

① 鲁迅：《热风·随感录四十二》，《鲁迅全集》第1卷，人民文学出版社1981年版，第327页。

② 鲁迅：《华盖集·忽然想到》，《鲁迅全集》第3卷，人民文学出版社1981年版，第17页。

③ 李欧梵：《铁屋中的呐喊》，河北教育出版社2001年版，第49—50页。

④ 薛毅、钱理群的《〈狂人日记〉细读》（见《鲁迅研究月刊》1994年第11期）由狂人/常人这一二元对立的叙述模式切入文本，细读中又发掘出文本中隐含着许多有意味的二元对立关系，例如：文/白、余/我、白天/黑夜、看/被看、文明人/野蛮人、人/动物等。但是作者没有把人/动物这一对立关系提高到应有的层次上来讨论，而在笔者看来，它与狂人/常人这一对立关系一样重要，一起构成了《狂人日记》的两大基本叙述模式。

人/兽二元对立叙述模式的建立得益于鲁迅对小说特殊叙述视角的设置，那就是“狂人”的眼睛。小说的主体部分十三篇白话日记，记载的是狂人的所见所闻、所思所感。既为“狂人”，其日记自然是狂言疯语，由此作者在小说中巧妙地将人与兽相互纠葛在一起。小说中所展示出的世界明显是由人与兽两个世界组成的：赵家的狗、狮子、兔子、狐狸、“海乙那”等构成了兽的世界；赵贵翁、大哥、何医生、陈老五、佃户、行人、孩子以及狂人自己，构成了人的世界。在常人眼中，这当然是两个泾渭分明的世界，然而在狂人眼中，这两个世界却是相互交错，彼此不分的。因为在他看来，这个世界时时处处都充满着“吃人”的欲望，人与兽没有什么不同，都一个个“心里满装着吃人的意思”，都让他感到“怕得有理”。俗话说“眼睛是心灵的窗口”，小说主要是通过人与兽的“眼色”的描写，来表现这种无处不在的“吃人”的内心欲望的。这种“眼色”在小说中贯穿始终、笼罩全篇。在狂人看来，无论是赵家的狗的眼色、蒸鱼的眼色，还是赵贵翁的眼色、行人的眼色，甚至于小孩子以及他们娘老子的眼色，都是一样的，都是“似乎怕我，似乎想害我”。总之，人与兽的眼色没有什么不同，都透露出那么一种掩抑不住的“吃人”的欲望：

> 不然，那赵家的狗，何以看我两眼呢？
>
> 我怕得有理。

> 早上小心出门，赵贵翁的眼色便怪：似乎怕我，似乎想害我。

> 前面的一伙小孩，也在那里议论我；眼色也同赵贵翁一样，脸色也都铁青。
>
> ……但是小孩子呢？那时候，他们还没有出世，何以今天也睁着怪眼睛，似乎怕我，似乎想害我。

> 最奇怪的是昨天街上的那个女人，打他儿子。嘴里说道，“老子

呀！我要咬你几口才出气！”眼睛却看着我。

拖我回家，家里的人都装作不认识我；他们的眼色，也全同别人一样。

陈老五送进饭来，一碗菜，一碗蒸鱼；这鱼的眼睛，白而且硬，张着嘴，同那一伙想吃我的人一样。

我大哥引了一个老头子，慢慢走来；他满眼凶光，怕我看出，只是低头向着地，从眼镜横边暗暗看我。

记得什么书上说，有一种东西，叫“海乙那”的，眼光和样子都很难看，时常吃死肉，连极大的骨头，都细细嚼烂，咽下肚子去，想起来也教人害怕。“海乙那”是狼的亲眷，狼是狗的本家。前天赵家的狗，看我几眼，可见他也同谋，早已接洽。老头子眼睛看着地面，岂能瞒得我过。

自己想吃人，又怕被别人吃了，都用着疑心极深的眼光面面相觑。

就这样，那种特别的“眼色”“眼光”一而再、再而三地在作品中闪现，一种令人毛骨悚然的“吃人”欲望被展现得淋漓尽致。在这里我们看到，人的世界与动物世界是一样的，都由兽性所主宰，“吃人”的欲望无处不在。“自己想吃人，又怕被别人吃了。”于是所有的眼色也就一律都是“似乎怕我，似乎想害我”。任何人或兽都想吃掉别的人或兽，但同时又可能会被别的人或兽吃掉。在这个弱肉强食的世界里，人与兽在捕食弱小者的欲望中变得一致了。

恩格斯认为：“人来源于动物界这一事实已经决定人永远不可能摆脱兽性，所以问题只能永远在于摆脱多些或少些，在于兽性或人性程度上的差异。”[①] 兽性的摆脱，人性的张扬，依靠的是人类文化的提升。正如美国文化人类学家露丝·本尼迪克特所指出的：“我们应该完整地把握我们人类所谓继承的全部内含，其中最重要的一点就是，生理上所遗传下来的行为只占很小一部分，而文化上的传统的接力过程却起着极大的作用。”[②] 一种健康向上的优秀的文化在传统的接力过程中无疑会抑制人的兽性而完善人性。然而专制文化恰恰相反，从某些方面来看，它总是抑制人性而张扬兽性。马克思就曾将欧洲中世纪看作“是人类史上的动物时期，是人类动物学”[③]，他指出：“专制制度必然具有兽性，并且和人性是不相容的。兽的关系只能靠兽性来维持。”[④] 《狂人日记》中的世界是“吃人”的世界，正是这样一个兽性统治的世界。“自己想吃人，又怕被别人吃了”，不就是典型的“兽的关系”吗？

> 黑漆漆的，不知是日是夜。赵家的狗又叫起来了。
>
> 狮子似的凶心，兔子的怯弱，狐狸的狡猾，……

狂人在这个消解了人/兽、历史/现实对立的世界里，听到了赵家的狗的叫声，嗅到的吃人的血腥气息。吃人者出现了，“狮子似的凶心，兔子的怯弱，狐狸的狡猾”正是他们心态的形象概括：“狮子似的凶心”，指的是想吃掉别人的强烈欲望；“兔子的怯弱”，是指因担心被别人吃掉而产生的恐惧；为了顺利地吃掉别人又不被别人吃掉，自然就需要有“狐狸的狡猾”。在这里，狮子、兔子、狐狸不仅仅是构成比喻，指涉吃人者的心态。更重要的是，它们作为文学意象，连同赵家的狗，这样叠

---

① ［德］恩格斯：《反杜林论》，《马克思恩格斯全集》第 20 卷，人民出版社 1958 年版，第 110 页。

② ［美］露丝·本尼迪克特：《文化模式》，王炜等译，生活·读书·新知三联书店 1988 年版，第 17 页。

③ ［德］马克思：《黑格尔法哲学批判》，《马克思恩格斯全集》第 1 卷，人民出版社 1958 年版，第 346 页。

④ ［德］马克思：《黑格尔法哲学批判》，《马克思恩格斯全集》第 1 卷，人民出版社 1958 年版，第 414 页。

加式地排列在一起，有力了强化读者对它们存在的感觉，隐喻性地表明了这一世界是兽性主宰的世界，是动物世界。已有论者注意到《狂人日记》中存在着的白天/黑夜的对立。[①] 是的，在鲁迅看来，生活在白天中的人们是伪饰着、遮掩着的，而在黑夜中人们却“不知不觉的自己渐渐脱去人造的面具和衣裳，赤条条地裹在这无边无际地黑絮似的大块里”[②]。在黑夜中，人们才露出自己的真面目，狂人才得以窥到世界的真相。白天，世界上活动出没的都是人：赵贵翁、大哥、孩子，等等。而到了“黑漆漆的，不知是日是夜”的时候，人一个个都潜行匿迹，世界被狗、狮子、兔子、狐狸所统治。其实，白天的世界与黑夜的世界本来是统一的，但是在狂人眼中，二者却是分裂的：白天的世界是虚假的、伪饰的，黑夜的世界才是本真的、实在的。这个世界并不是人的世界，而是兽的世界、动物世界，在黑夜才显现出其本来面目。也是在黑夜里，狂人翻看历史才从“仁义道德”的字缝里看出“吃人”两个字。《狂人日记》充满了反讽，这已为学界充分论述。“狂人”是由“常人”来命名的，而他所发现的与“常人”眼中不同（或说相反）的周围世界恰恰是世界的本相：这是一个笼罩着“吃人”欲望的世界，是一个野蛮的世界，是一个动物世界。借此，鲁迅极有力地表现出“中国人尚是食人民族”这一发现。以上引文仅短短两行，却是对夜的世界、兽的世界的完整刻写，所以在小说中独立成节，它与其他几节或描写人或描写人兽交错的段落相对应。从小说的章节配置上，我们也可以看出鲁迅确实有意于“细心地建立起一个兽的领域来和人的领域相平行”。这样的艺术结构的设置，消解了人/兽的对立，意在表明中国人的吃人实在是一种兽性的遗留。的确，在《狂人日记》中“兽的领域”（世界）是与“人的领域”（世界）“相平行”的，因为它不再是作为一种叙事的修辞策略而从属于文本中“人的领域”（世界）的，而是鲁迅独特人学思想的集中体现。

---

① 参见薛毅、钱理群《〈狂人日记〉细读》，《鲁迅研究月刊》1994年第11期，第15页。

② 鲁迅：《准风月谈·夜颂》，《鲁迅全集》第5卷，人民文学出版社1981年版，第193页。

三

《狂人日记》的接受史表明，人们通常是把“吃人”理解为象征意义上的行为，指的是仁义道德对人性的扼杀，而不是实际的吃人行为。但是，我们看到，在作品中狂人指控的却是常人在历史中实实在在的吃人行为：

> 易牙蒸了他儿子，给桀纣吃，还是一直从前的事。谁晓得从盘古开辟天地以后，一直吃到易牙的儿子；从易牙的儿子，一直吃到徐锡林；从徐锡林，又一直吃到狼子村捉住的人。去年城里杀了犯人，还有一个生痨病的人，用馒头蘸血舐。

事实上，这正是鲁迅长期披阅中国历史（不单单是他所说的是“偶阅通鉴”）而获得的发现，他提及的《资治通鉴》记载了战国、西汉、东汉、唐、五代等时代人吃人的史实。另外他还从古代野史和笔记中读到了大量的人吃人的记录。深谙鲁迅读书生活的其弟就说：《狂人日记》“也可以说是他关于野史和笔记的一则读书笔记”。而且他还明确介绍说鲁迅读这些书时，对历史上人吃人的事实特别关注：“他看《玉芝堂谈荟》知道了历代武人的吃人肉，看《鸡肋集》知道了南宋山东义民往杭州行在，路上以人肉干为粮，看《南烬纪闻》知道了金人的淫虐，看《蜀碧》知道了张献忠的凶杀，看《明季稗史汇编》里的《扬州十日记》知道了满人的屠杀，至于《皇朝典故》残本《立斋闲录》里录存明永乐的上谕，凶恶得‘言语道断’，更是使得他生气，他总结起来，说中国书上鲜红地写着二字‘吃人’，岂不是正当的么?”可见鲁迅所说的“中国人尚是食人民族”指的是中国人实际的吃人行为。历史上人吃人的事实确实深深刺痛了鲁迅，他生前曾经希望有人能够写一部关于中国食人历史的书。

19 世纪以来，人类学界流行的看法是：各民族在进化历程中，都经历过食人阶段，这是人类始祖的动物性遗留的表现。达尔文、赫胥黎等人都持有这样的观点，还亲赴非洲、美洲去考察某些原始部落的食人之风。尼采也用生物进化论的观点，揭示人吃人的荒谬。鲁迅关于中国人乃食人民族的判断，是长期披阅中国历史的总结，也是受到他所接触的以上观点的影响。更何况，鲁迅本人还耳闻目睹了当时中国人依然食人的事实。革命党人徐锡麟的心肝就被恩铭卫队炒食，狂人所说的“一直吃到徐锡林”就暗指此事。而鲁迅家乡浙东一带自古流行以人血馒头治痨病之风，据说秋瑾被害，她的血被派上了此用场，鲁迅据此写了小说《药》。至于某某孝男孝女割股疗亲之类的新闻也不时见诸报端。在鲁迅保存的剪报中，有一篇《二郎庙前杀头记》，报道的是 1928 年 9 月 15 日南京卫戍司令部处决犯人的消息，文中一则的标题是《怪哉血馒头》，记述有人用馒头蘸犯人的血吃。鲁迅在此剪报上注明：“17 年 9 月 17 日《新闻报 · 快活林》。”[①] 可见他对当时中国人食人之风一直十分关注。在中国几千年文明史中，食人之风可谓源远流长，绵延不绝。由此，深谙中国历史和现实的鲁迅得出一个判断“中国人尚是食人民族”。这在有些人看来不过是他出于一时激愤的偏颇之辞，而在鲁迅那里这恰恰是一种毋庸置疑的事实认定。

鲁迅有感于中国历史和现实中的食人事实，从人类学的角度对人与动物、人性与兽性进行了考察，深深地认识到，人在本性里就摆脱不了兽性的遗留，就存在着吃人的遗传因子。所以，有论者敏锐指出：《狂人日记》中所揭示的“吃人”“绝不限定在象征意义上的‘吃人’行为之内，其残酷的极限，便是实实在在的吃人行为”[②]。在象征意义上“吃人”的揭示，其批判锋芒所指当然是以仁义道德为核心的礼教传统。而对中国人“吃人”的事实认定，进而由此展开的对人性的反思，却超越了这种文化批判的层面，达到了形而上的哲学高度。也就是说，人类的

---

① 转引自杜圣修《“尚是食人民族”的自我超越》，《鲁迅研究月刊》1994 年第 9 期，第 13 页。

② 薛毅、钱理群：《〈狂人日记〉细读》，《鲁迅研究月刊》1994 年第 11 期，第 18 页。

文化（这里当然指的是反“人道”的）固然可以使“吃人”合理化，并且反过来助长、煽动兽性，但是归根结底“吃人”的兽性却不是文化造就的，而是“先天”的遗传和残留。人身上有“吃人”的遗传，人性中有野蛮的因子。这样，鲁迅一方面从人文主义文化出发，对传统的仁义道德发出控诉，一方面又从哲学的高度对人类、对人性提出了根本性的质疑。长期以来，我们对《狂人日记》“吃人”的理解大多停留于第一个方面，发掘出它的启蒙主义思想内涵，概括出小说“礼教吃人”的主题，这无疑是正确的。但我们有意无意地忽略了鲁迅对“吃人”的第二个方面的理解，即对人性的根本质疑。这种反思和批判很明显地超越了基督教文化阶段和人文主义阶段，带有浓厚的现代主义色彩，由此，鲁迅提出了“人的忏悔”的主题。《狂人日记》中的忏悔之所以有几分撕心扯肺之感，正来自于对人之“原罪”的觉醒，传达出来的是对人性之罪无以挽回的痛苦。这样，总的来看，《狂人日记》的主题意蕴至少应该是双重的：鲁迅除了从文化批判的角度“暴露家族制度和礼教的弊害”，还从人类学角度考察出“中国人尚是食人民族”，认识到人与兽在本性上的相通之处——“吃人”，由此达到对人性的哲学层面的反思和批判，从而对于人应该怎样摆脱原始兽性的遗留，由野蛮走向现代化文明，发出了震颤人心的呼喊。

（原载《文学评论》2007 年第 6 期）

鲁迅与蛇

一

鲁迅是蛇。

鲁迅曾自比为猫头鹰。早在日本留学时，鲁迅就喜欢猫头鹰了。回国后在杭州两级师范学校教书，他在自己的笔记本封面的右上角就画有猫头鹰。1927 年，鲁迅的第一本杂文集《坟》出版，又以猫头鹰形象作为封面的装饰图案①。

瞿秋白将鲁迅称为莱谟斯，是狼的乳儿②。日本学者增田涉说鲁迅给他的印象就像一匹“受伤的狼”③ 这一说法得到广泛认同。著名学者钱理群更直接做出论断：“鲁迅就是一只受伤的狼。”④ 直到 20 世纪 90 年代，还有一本关于鲁迅的论著，书名即为《荒原野狼》⑤。

以咒鲁迅名世的苏雪林曾将鲁迅斥为“老毒蛇”⑥，但这更多地流于

---

① 参见姜德明《鲁迅与猫头鹰》，《活的鲁迅》，上海文艺出版社 1986 年版，第 163—167 页。

② 瞿秋白：《〈鲁迅杂感选集〉序言》，《瞿秋白选集》，人民出版社 1985 年版，第 526 页。

③ ［日］增田涉：《鲁迅的印象》，《鲁迅回忆录》（专著 下册），钟敬文译，北京出版社 1999 年版，第 1364 页。

④ 参见钱理群《心灵的探寻》，河北教育出版社 2001 年版，第 218 页。

⑤ 杨兹举：《荒原野狼》，中国国际广播出版社 1999 年版。

⑥ 苏雪林：《鲁迅传论》，转引自孙郁编《被亵渎的鲁迅》，群言出版社 1994 年版，第 271 页。

一种漫骂。似乎还没有人在学理基础和肯定意义上将鲁迅称为蛇。钱理群在其富有创见的《心灵的探寻》中专辟一章《人与兽》，其中对鲁迅与各种动物的关系多有论述，但有关蛇，却只字未提。

其实鲁迅与蛇实在有不解之缘，他喜欢蛇也许超过了狼和猫头鹰，只不过表达得更隐晦和含蓄罢了。鲁迅在文章、书信当中，多次将蛇与枭（猫头鹰）并称，且引以为“朋友”。例如，《写在〈坟〉后面》中是这样说的：“我有时也想就此驱除旁人，到那时还不唾弃我的，即使是枭蛇鬼怪，也是我的朋友，这才是我的朋友。”① 在与许广平的信中又写道：“我对于名声，地位，什么都不要，只要枭蛇鬼怪够了，对于这样的，我就叫‘朋友’。”② 鬼与怪并称而合成一词，为惯用，而枭与蛇则不然。鲁迅既然那么喜欢枭，而又这样一再刻意地将蛇与之连用，说明了什么呢？

鲁迅的《野草》中有一首拟古打油诗《我的失恋》。诗中“爱人”的四样赠品皆是精美的爱情信物：百蝶巾、双燕图、金表索、玫瑰花，而“我”的回赠却粗俗不堪：猫头鹰、冰糖葫芦、发汗药、赤练蛇。二者对比强烈，构成讽刺效果。一般人认为鲁迅是随意选择四种俗物，搞恶作剧。但鲁迅的老友、学生孙伏园说过，鲁迅“他实在喜欢这四样东西”，这是鲁迅私下亲口告诉他的③。可见鲁迅不单喜欢猫头鹰，还喜欢蛇。

还是在《野草》中，著名的《墓碣文》中又出现了蛇。这是墓碣前面的第二段文字：“……有一游魂，化为长蛇，口有毒牙。不以啮人，自啮其身，终以殒颠。”按著名学者孙玉石的解释：“这个因自啮而‘殒颠’的‘游魂’，也就是鲁迅的‘第二自我’的化身。”④ 日本著名鲁迅研究

---

① 鲁迅：《坟·写在〈坟〉后面》，《鲁迅全集》第1卷，人民文学出版社1981年版，第284页。

② 鲁迅：《两地书·一一二》，《鲁迅全集》第11卷，人民文学出版社1981年版，第274页。

③ 参见姜德明《鲁迅与猫头鹰》，《活的鲁迅》，上海文艺出版社1986年版，第163—167页。

④ 孙玉石：《现实的与哲学的》，上海书店出版社2001年版，第192页。

专家竹内好先生也说："这显然是被创作出来的'超人'的遗骸，而且夸张点儿说，便是鲁迅的自画像。"[①] 由此可见，鲁迅不仅喜欢蛇，而且还自比为蛇。

与《野草》写于同一时期的小说集，鲁迅定名为《彷徨》，而"彷徨"便是一种蛇的名称。语出《庄子·达生》"野有彷徨，泽有委蛇"，成玄英对"彷徨"注疏说："其状如蛇，两头，五采。"[②] 以鲁迅对《庄子》的谙熟及小学造诣的深厚，对"彷徨"此意，不可能不知。以"彷徨"命名自己的小说集，既取其"犹疑不决"之义表示自己的心态，又以暗含的蛇的形象为一己作品烙上自我标记。这与当年用猫头鹰图案充当杂文集《坟》的装饰，实在有异曲同工之妙。其实我们有所不知，鲁迅在他自制的笔记本封面上，不单画过猫头鹰，还画过由蛇与鹰组合而成的图案。[③] 这说明蛇与猫头鹰一样，都是鲁迅心目中的自我形象的标记。

值得注意的是，鲁迅以蛇自比，表达得比较含蓄隐晦，而且多见于私密性比较强的篇什——《野草》、书信——之中。个中缘由不外有二：一是鲁迅怕人不理解，容易授人以柄，要知道蛇在国人心目中形象可一直不佳；[④] 二是鲁迅也不屑于他人理解，他自爱他的蛇，独自享用此份快乐，就好像一位收藏家深爱自己的秘笈珍宝，轻易不会公开示人。表达之曲折隐晦，正说明鲁迅爱蛇之深。

还有，《彷徨》扉页题有屈原《离骚》中的诗句，其中两句为："路漫漫其修远兮，吾将上下而求索。"从字面上看，书名与这两句诗意思相悖，以往我们通常的解释是，鲁迅虽然苦闷彷徨，但借用屈原诗句又表明了他战胜自我、执着探索的坚强意志。其实换一角度，我们会有另外的解释。蛇，鲁迅不仅以之自喻，还曾以之喻路。《伤逝》中有这样的

---

① ［日］竹内好：《鲁迅》，李心峰译，浙江文艺出版社 1986 年版，第 104 页。

② 《汉语大词典》第 3 卷，汉语大词典出版社 1989 年版，第 928 页。

③ 参见《鲁迅与书籍装帧》，上海人民出版社 1981 年版，第 88 页。

④ 苏雪林就据《野草·墓碣文》，借题发挥，将鲁迅与蛇联系起来而"恶骂"一通。参见孙郁编《被亵渎的鲁迅》，群言出版社 1994 年版，第 271 页。

句子：

> 新的生路还很多，我必须跨出去，因为我还活着，但是我不知道怎样跨出那一步。有时，仿佛看见那生路就像一条灰白的长蛇，自己蜿蜒地向我奔来，我等着，等着，看着临近，但忽然便消失在黑暗里了。

这条“灰白的长蛇”凶险莫测，子君便是被它吞噬的：

> 然而子君的葬式却在我的眼前，是独自负着空虚的重担，在灰白的长路上前行，而又即刻消失在周围的严武和冷眼了。

这样看来，《彷徨》扉页的屈原诗句，在鲁迅心目中分明是一条长蛇的形象。一方面鲁迅是在引诗明志；一方面又是在借诗画蛇。从字面意思上看，扉页与封面内容相悖；而从形象上看，二者却是高度一致和协调的。

说到路，我们自然会想到《故乡》中的名句：

> 我想：希望是本无所谓有，无所谓无的。这正如地上的路；其实地上本没有路，走的人多了，也便成了路。

路，就像涓生、子君脚下的“灰白的长蛇”，似有却无，似无却有。鲁迅否定了希望，但也否定了绝望。“绝望之为虚妄，正与希望相同。”人生的意义就在于行走。所以《野草》中的“过客”一再反复说“我只有走”。有人说得好：“既然走成了过客的唯一的选择，路便从此缠绕他的终身，一如缠绕拉奥孔的大毒蛇。”① 鲁迅以蛇自喻，又以蛇喻路，将路与自我紧紧联在一起，其中蕴含着他独特的生命哲学：人生的希望、自我的价值就是——在路上。

---

① 林贤治：《娜拉：出走或归来》，百花文艺出版社 1999 年版，第 62 页。

二

鲁迅故乡浙江绍兴，古人以蛇为祖先，奉蛇为图腾。汉人许慎《说文解字·虫部》中就说："南蛮，蛇种。"春秋时期，此地是越国的中心，仍以蛇为族徽。而且按《吴越春秋·阖闾内传》说："越在巳地，其位蛇也"，就是说按古代地支划分区域，鲁迅的故乡处于蛇位。另外，鲁迅生于1881年，这一年是蛇年，鲁迅属蛇。按民间说法，一个人属什么便像什么，这样说来鲁迅先天就具有蛇的秉性。鲁迅本为"蛇种"，又在蛇年出生在蛇地，与蛇的缘分可谓深矣。当然无论是图腾文化还是生肖文化，都不是科学理论，鲁迅也绝不会当作科学去相信。但鲁迅熟知有关故乡的文化典籍，曾一度倾力辑录《会稽郡故书杂集》，而生肖文化在中国又源远流长，这些都势必会影响到他对蛇的看法，使他天生对蛇抱有好感，对蛇多几分关注。鲁迅有一笔名叫"它音"，据许广平解释："它音，它，'《玉篇》，古文佗字，佗，蛇也'。先生肖蛇，故名。"[①] 而且鲁迅以这一笔名制印章一方，为篆体阳文，其中的"它"字形态酷似一蛇，蛇首的眉目清晰可辨。[②] 鲁迅小说中最有分量的篇什当推《阿Q正传》，连载发表时署名"巴人"，通常我们理解为"下里巴人"，其实也有"蛇人"（或肖蛇之人）之义。《说文》云："巴，虫也；或曰食象它。"《山海经》有"巴蛇食象，三岁而出其骨"之说。[③] 说到《山海经》，少年鲁迅一度痴迷于此书，谁又能说其中没有羼杂着他对蛇关注的因素呢？因为此书描绘了形形色色的蛇达二十多种，有大蛇、长蛇、巨蛇、白蛇、玄蛇、黑蛇、青蛇、赤蛇、黄蛇、育蛇、虎色蛇、化蛇、鸣蛇、飞蛇、肥遗、反鼻蛇、蠕蛇、琴虫、雄虺，等等，还有不少人面蛇身的神。可以想见，这么多神奇的蛇，再配以大量的插图，会给一个孩子留下怎样深刻、难

① 许广平：《欣慰的纪念·谈鲁迅先生的笔名》，《鲁迅回忆录》（专著 上册），北京出版社1999年版，第327页。

② 参见李允经《鲁迅笔名索解》，四川人民出版社1980年版，第24页。

③ 段玉裁：《说文解字注》，上海古籍出版社1981年版，第741页。

忘的印象。难怪鲁迅回忆起儿时的生活，没有忘记给蛇留下一笔。他专门写有一篇《阿长与〈山海经〉》，记叙了家中仆人长妈妈为他买来一本《山海经》，给他带来的那份惊喜，还两次特别提到“九头的蛇”。而他在《从百草园到三味书屋》中记蛇，实在占了很大篇幅。文章详细转述了小时候听长妈妈所讲的“美女蛇”的故事，当时鲁迅听后颇觉得做人之险，极想得到一盒老和尚那样的飞蜈蚣。但是写到这里，鲁迅笔锋一转，是这样来结束这个故事的：

> 走到百草园的草丛边时，也常常这样想，但直到现在，总还是不能得到，但也没有遇见赤练蛇和美女蛇。叫我名字的陌生声音自然是常有的，然而都不是美女蛇。

字里行间分明包含着对故事中老和尚无事生非、多管闲事的怨怼。结合鲁迅的另一篇名作《论雷峰塔的倒掉》，更能确证我们的这种理解。文中，鲁迅首先记叙了小时候祖母讲的“白蛇娘娘”的故事。接着写道：

> 那时我唯一的希望，就在这雷峰塔的倒掉。后来我长大了，到了杭州，看见这破破烂烂的塔，心里就不舒服。后来我看看书，说杭州人又叫这塔作保叔塔，其实应该写作“保俶塔”，是钱王的儿子造的。那么，里面当然没有白蛇娘娘了，然而我心里仍不舒服，仍希望它倒掉。

因爱蛇而烦塔，希望它倒掉，这固然是小孩子的想法，但成年以后明晓就里，仍块垒难释，初衷不改。鲁迅从小到大，如此这般一直对雷峰塔耿耿于怀，不能不说他爱蛇之深。难怪他听说塔倒掉之后难以掩饰自己的欣喜之情，禁不住推想普天之下的人民都像他一样欢欣鼓舞。这次他对和尚的不满鲜明而强烈地表现出来了：

> 和尚本应该只管自己念经。白蛇自迷许仙，许仙自娶妖怪，和别人有什么相干呢？他偏要放下经卷，横来招是搬非，大约是怀着

嫉妒罢。——那简直是一定的。

这样写已经够刻薄的了，但鲁迅似乎还不解恨，文章结尾对法海和尚的结局大表快意，简直有些幸灾乐祸：

> 当初，白蛇娘娘压在塔底下，法海禅师躲在蟹壳里。现在却只有这位老禅师独自静坐了，非到螃蟹断种的那一天为止不出来。莫非他造塔的时候，竟没有想到塔是终究要倒的么？
>
> 活该。

对法海和尚的怨恨，正说明他对白蛇娘娘的同情。鲁迅爱蛇之深，由此可见一斑。我们甚至可以说，鲁迅从小就有一种“恋蛇情结”，以致影响到他一生的生活和创作。众所周知，《社戏》是鲁迅小说中自传性很强的篇什。作品的小主人公迅哥“最愿意看的是一个人蒙了白布，两手在头上捧着一支棒似的蛇头的蛇精”，这其中不能不说沉淀了鲁迅童年的记忆。说起来，鲁迅对什么风景名胜向来不感兴趣。提起雷峰塔来，他的印象是“破破烂烂”。至于“雷峰夕照”，什么“西湖十景之一”，他也说“并不见佳”，明显表示不屑。为什么雷峰塔一倒，他竟然那么关注？写了一篇《论雷峰塔的倒掉》犹嫌不足，又写一篇《再论雷峰塔的倒掉》。这固然是由于鲁迅赋予了“白蛇娘娘”这一神话故事反封建的现代意义，但同时我们又不能不承认鲁迅从小就有的“恋蛇情结”在潜意识层面影响了他。另外，鲁迅写的第一篇历史小说是《不周山》（后收入《故事新编》时改名为《补天》），关于此作的写作动因，鲁迅说是受弗洛伊德学说的影响。问题在于鲁迅为什么一开始创作历史小说就想到了“女娲炼石补天”的神话，谁能否认其中“恋蛇情结”的潜在作用？[①] 因

① 值得注意的是，《故事新编》中的各篇，并不是完全按故事发生的时间顺序来写作的，例如关于墨子的《非攻》（1934）就写在《理水》《采薇》（1935）之前。也就是说，《补天》写在第一篇，单纯解释为作品中故事发生的时间最早，这是不够的。

为女娲，就是一条“女蛇”，郭璞注：“女娲，古神女而帝者，人面蛇身。”[①] 而且有研究者已令人信服地指出，鲁迅在塑造女娲形象时，也把自己写了进去[②]。这看似鲁迅任意为之，信笔点染，但如果了解到鲁迅与蛇的关系，我们就会知道，这实在是其来有自。

1923 年 8 月，在北京生活的鲁迅借住进砖塔胡同 61 号。同院的俞家两姊妹，一个生肖为猪，一个生肖为牛，鲁迅就分别叫她们“野猪”“野牛”。而孩子们以子之矛攻子之盾，回敬他为“野蛇”，鲁迅欣然接受了。[③] 这固然是鲁迅与孩子们开玩笑，但在其中我们可以看出：将一个人的性格与他所属的生肖联系和对应起来看待，确实是鲁迅的一种思维方式。这样看来，鲁迅既然那么爱蛇，他本为“蛇种”，又在蛇年生于蛇地，生肖为蛇，那么将自己比作蛇，是再自然不过的事了。

三

无论称鲁迅是猫头鹰，是狼，还是蛇，当然都是一种比喻的说法，着眼于鲁迅与它们各自的种种相关性和相似性。

猫头鹰惯常出没于夜间，它有一双敏锐的眼睛，能洞察黑暗中的一切风吹草动，而一旦发现目标，便迅速出击，用那一双凌厉的利爪将其捕获。猫头鹰，可称得上是黑夜中的精灵和英雄。鲁迅曾作《夜颂》一篇，称赞“爱夜的人”，说他们“有听夜的耳朵和看夜的眼睛”，“领受了夜所给予的光明”，“自在暗中，看一切暗”。鲁迅正像猫头鹰一样，是善于在黑暗中孤独战斗的智者和勇士。另外，在过去的传说中，猫头鹰是报丧的鸟，它的鸣叫是不祥的。而鲁迅却说：“我的言论有时是枭鸣，报告着大不吉利事，我的言中，是大家会有

---

① 转引自《古本山海经图说》，山东画报出版社 2001 年版，第 575 页。

② 参见钱理群《走进当代的鲁迅》，北京大学出版社 1999 年版，第 127 页。

③ 参见俞芳《我记忆中的鲁迅先生》，《鲁迅回忆录》（专著 下册），北京出版社 1999 年版，第 1471 页。

不幸的。”[①] 明确与猫头鹰认同。

瞿秋白说鲁迅是莱谟斯，主要着眼于鲁迅与广大劳苦大众的血肉联系，着眼于他作为“绅士阶级的逆子贰臣”所具有的“群众的野兽性”[②]。至于后人称鲁迅为“受伤的狼”或“荒原野狼”，大抵是在此基础上的引申，更多地强调鲁迅作为一名思想先觉者的孤独感及其所具有的现代意味。

比起猫头鹰和狼来，蛇不仅具有自己的个性，而且在中外文学史上更富文化含量和价值。鲁迅与蛇的关系是丰富的、多重的。

同猫头鹰、狼一样，蛇也有一种野性。（当年有孩子们与鲁迅开玩笑，称他为“野蛇”，鲁迅就笑着反问道：“蛇也有不是野的吗?”[③]）不过蛇的野，更多的像鲁迅笔下的野草，意味着被放逐、被遗弃、边缘化，也意味着一种主动、自觉的叛逆。蛇出没于荒郊野外，与野草倒真有天然的亲和力，俗语就有“草中饿不死蛇”的说法。（我们可否这样推论：鲁迅将用以书写自我的篇什结集命名为《野草》，存在着一暗含的前提，那就是鲁迅完全把自己视为蛇。如若此说成立，那么《野草》的本真含义应该是：鲁迅自我灵魂的栖息地。）蛇从来耻于被豢养，与猫、狗、猪之类的家畜、爱物根本不是一路。《史记·晋世家》载：“龙欲上天，五蛇为辅。龙已升云，四蛇各入其宇，一蛇独怨，终不见处所。”[④] 鲁迅正属于那条“独怨”而遁的蛇。在古代，这条蛇的出路只有一条：隐逸山林，乐得逍遥。而鲁迅虽有出将入相之才，胸藏啸虎，手握灵蛇，但抽身于庙堂之外，又不屑于山林之中，既耻于“帮忙”，又厌恶“帮闲”，他独行于荒原旷野，跋涉于荆棘草莽，为现代独立知识分子辟出了一条新路。“其实地上本没有路，走的人多了，也便成了路。”在野外，蛇在

---

① 鲁迅：《且介亭杂文二集·序言》，《鲁迅全集》第 6 卷，人民文学出版社 1981 年版，第 217 页。

② 瞿秋白：《〈鲁迅杂感选集〉序言》，《瞿秋白选集》，人民出版社 1985 年版，第 526 页。

③ 参见俞芳《我记忆中的鲁迅先生》，《鲁迅回忆录》（专著 下册），北京出版社 1999 年版，第 1471 页。

④ 司马迁：《史记·晋世家》，《史记》第五册，中华书局 1959 年版，第 1662 页。

行，鲁迅在行。

按中国传统的说法，蛇为龙类而属阴，阴不明正，气为妖孽[①]。而龙在中国文化中一直是“阳”的象征。《周易》开篇《乾》卦六爻即取“龙”为“阳”之象，李鼎祚《周易集解》引马融曰：“物莫大于龙，故借龙以喻天之阳气也。”[②] 龙与蛇，一阳一阴，一正一邪，多抵牾对立。中国人苦心制造了一个本不存在的龙，又赋予它呼风唤雨的超凡的力量，对之顶礼膜拜，而后又自命为“龙的传人”，仿佛也就有了龙的神奇和荣耀，几千年来一直陶陶然、欣欣然。然而叛逆的蛇蛰伏已久而横空出世，挟裹了汹涌的阴风妖气，一扫龙的历史的美丽光环，搅醒了龙的子孙的虚幻美梦。鲁迅说过：“见了酷烈的沉默，就应该留心了；见有什么像毒蛇似的在尸林中蜿蜒，怨鬼似的在黑暗中奔驰，就更应该留心了：这在豫告‘真的愤怒’将要到来。”[③] 当年，阳春三月，蛇冬眠后出洞，在补树书屋蛰居多年的鲁迅度过了他生命的冬季，终于走出来向世界发言了[④]：

> 我翻开历史一查，这历史没有年代，歪歪斜斜的每叶上都写着“仁义道德”几个字，我横竖睡不着，仔细看了半夜，才从字缝里看出字来，满本都写着两个字是“吃人”！

> 我未必无意之中，不吃了我妹子的几片肉，现在也轮到我自己……
>
> 有了四千年吃人履历的我，当初虽然不知道，现在明白，难见真的人！

---

① 参见《中华神秘文化辞典》，海南出版社 1993 年版，第 440 页。

② 参见周振甫《周易译注》，中华书局 1991 年版，第 2 页。

③ 鲁迅：《华盖集 · 杂感》，《鲁迅全集》第 3 卷，人民文学出版社 1981 年版，第 50 页。

④ 鲁迅《狂人日记》，发表于 1918 年 5 月，正值农历三月，而吴越间有“三月三，蛇出洞”的说法。

这是“真的愤怒”“真的声音”。惊世骇俗，一针见血，在崇尚中庸平和的中国，非妖魔不能口出此言！让人仿佛嗅到一股股长蛇的毒厉之气。有人说鲁迅这人有“鳄鱼的气味”[①]，其实再没有比用“毒蛇的气味”来形容而更恰切了。鲁迅曾这样说过：“从三皇五帝时代的眼光看来，讲科学和发议论都是蛇，无非前者是青梢蛇，后者是蝮蛇罢了；一朝有了棍子，就都要打死的。既然如此，自然还是毒重的好。”[②] 如此说来，以“讲科学和发议论”为己任的鲁迅自然也就认同于蛇，而且是毒蛇。他曾批评女性的论辩文章“只有小毒而无剧毒”[③]，而生活中有朋友当面以“毒奇”二字相评，他也笑笑首肯。[④] 在《头发的故事》中，N 先生激愤地说：“你们的嘴里既然并无毒牙，何以偏要在额上贴起‘蝮蛇’两个大字，引乞丐来打杀？”在这里，N 先生显然是希望名副其实的生有毒牙的蝮蛇出现，这其实代表的是作者鲁迅的观点。鲁迅本有“毒笔”之名，然而面对严酷的现实，经历了太多“还不料、也不信”的人类之“下劣凶残”,[⑤] 他不禁感叹：“我还不很有‘毒笔’，……我还欠刻毒。”[⑥] 完全可以说，“毒蛇的气味”正是崇尚以暴抗暴、以毒攻毒的鲁迅所认同和追求的。这其中饱含着他对现实清醒和深刻的体认，饱含着他痛苦的人生经验和教训。“于浩歌狂热之际中寒；于天上看见深渊。于一切眼中看见无所有；于无所希望中得救。”[⑦] 世间原本真实的一切，一入这条蛇的阴鸷的法眼，无不变得可疑起来。对中国古老文明来说，鲁迅不啻是一个妖孽，是一个百年不遇、千年成精的蛇妖，他使龙的历史遭到前所未有的覆顶之灾。鲁迅笔锋所至，无不似毒蛇吐信，带有制敌于死命的杀伤

---

① 参见曹聚仁《鲁迅评传》，东方出版中心 1999 年版，第 160 页。

② 鲁迅：《集外集拾遗·对于“新潮”一部分的意见》，《鲁迅全集》第 7 卷，人民文学出版社 1981 年版，第 225 页。

③ 鲁迅：《两地书·一〇》，《鲁迅全集》第 11 卷，人民文学出版社 1981 年版，第 40 页。

④ 许寿裳：《亡友鲁迅印象记》，《鲁迅回忆录》（专著 上册），北京出版社 1999 年版，第 223 页。

⑤ 鲁迅：《华盖集续编·记念刘和珍君》，《鲁迅全集》第 3 卷，人民文学出版社 1981 年版，第 275 页。

⑥ 鲁迅：《三闲集·通信》，《鲁迅全集》第 4 卷，人民文学出版社 1981 年版，第 98 页。

⑦ 鲁迅：《野草·墓碣文》，《鲁迅全集》第 2 卷，人民文学出版社 1981 年版，第 202 页。

力。按郁达夫的话说，就是“寸铁杀人，一刀见血”[①]，具有“一种喝了毒酒也不怕死似的凄厉的风味”[②]。而且字里行间常常扑散着一团团阴气、邪气、毒气、鬼气，让一向自我感觉良好的中国人疑惧、惶恐、惊悚、震颤。而他无论生前身后，都被无休止的攻讦、谩骂、误解、歪曲所缠绕和包围。他的文章屡遭“开天窗”“抽肋骨”的厄运，他的笔名也是一换再换。有生之年，他还一度被视为“文妖”而“通电全国文艺界一致攻击”[③]。翻一翻历史上那些“骂”他的文章，满篇充斥着的多是“绍兴师爷借刀杀人”“毒笔的文人”“阴贼”“刻薄”“恶毒”“险恶”“睚眦必报”“含血喷人”之类的字眼。有人说：“他没有一篇文章里不放几枝冷箭。”[④] 还有人说：“他的笔尖只涂抹灰色的‘幻灭的悲哀’”，他的《野草》一展开“便觉冷气逼人，阴森森如入古道……”[⑤] 苏雪林更是直接将鲁迅咒为“老毒蛇”，说他“腔子里充满毒液，不向人发泄，则奇毒攻心，势将自毙”[⑥]。她不仅惊恐于鲁迅的存在，而且念及鲁迅身后“所遗留的恶影响”，竟然也感到“毛骨悚然”[⑦]。自古洎今，还没有谁能像鲁迅这样，让这些君子、绅士、革命家、社会贤良、国家支柱们感到浑身不自在，甚至于惶惶然不可终日。中国人，所谓“龙的传人”，对蛇这一异类从来都是既敬又怕，就是谈不上喜欢和亲近，他们也很难真正地理解和接受鲁迅。

这的确是一条奇异的毒蛇。在一个有着悠久的龙的传统的国度，身

---

① 郁达夫：《鲁迅与周作人》，见陈子善、王自立编注《郁达夫忆鲁迅》，花城出版社 1982 年版，第 9 页。

② 郁达夫：《鲁迅的伟大》，见陈子善、王自立编注《郁达夫忆鲁迅》，花城出版社 1982 年版，第 21 页。

③ 转引自张梦阳《中国鲁迅学通史》，广东教育出版社 2001 年版，第 187 页。

④ 陈源：《闲话的闲话之闲话引出来的几封信》，转引自孙郁编《被亵渎的鲁迅》，群言出版社 1994 年版，第 3 页。

⑤ 钱杏邨：《死去了的阿 Q 时代》，转引自孙郁《被亵渎的鲁迅》，群言出版社 1994 年版，第 51 页。

⑥ 苏雪林：《鲁迅传论》，转引自孙郁《被亵渎的鲁迅》，群言出版社 1994 年版，第 271、273 页。

⑦ 苏雪林：《鲁迅传论》，转引自孙郁《被亵渎的鲁迅》，群言出版社 1994 年版，第 271、273 页。

陷于龙的子孙的包围之中，对叛逆的蛇来说“四面都是敌意”，他的反抗注定是孤独的“韧的战斗”。鲁迅“看透了造化的把戏”，痛恨“卑怯”，决不“中庸”，反对“费厄泼赖”，在“无物之阵”里，面对他所遇到的，举起了投枪。直到逝世前一个月，提及他的“怨敌”，他还说：“让他们怨恨去，我也一个都不宽恕。”[①] 他明确表示自己做事的一贯态度是“纠缠如毒蛇，执着如怨鬼”[②]。鲁迅敢恨敢爱。爱，爱到底；恨，恨到死。一如当年纠缠着他的寂寞灵魂的大毒蛇，他也死死地纠缠着他认定的目标。大如“国民性”问题探讨，小至对某个人的厌恶，鲁迅一生都耿耿于怀，从未懈怠。冯雪峰就认为，鲁迅具有“毒蛇一般非缠死人不歇的‘韧’的战法”[③]。在龙的国度里，这是蛇特有的品格。然而鲁迅对自己却表示了真诚的憎恶：“我自己总觉得我的灵魂里有毒气和鬼气，我极憎恶地想除去它，而不能。我虽然竭力遮蔽着，总还恐怕传染给别人。”[④] 那条“口有毒牙”的长蛇，“不以啮人，自啮其身”。鲁迅自白道：“我的确时时解剖别人，然而更多的是更无情面地解剖我自己。”[⑤] 首先他发现：在中国自古龙蛇一家，难分难舍，“龙或时似蛇，蛇或时似龙”[⑥]，因了年代的久远，二者的关系实在有些暧昧：

> 吃人的是我哥哥！
> 我是吃人的人的兄弟！
> 我自己被人吃了，可仍然是吃人的人的兄弟！

---

① 鲁迅：《且介亭杂文末编·死》，《鲁迅全集》第6卷，人民文学出版社1981年版，第612页。

② 鲁迅：《华盖集·杂感》，《鲁迅全集》第3卷，人民文学出版社1981年版，第49页。

③ 冯雪峰：《鲁迅回忆录》，转引自张梦阳《中国鲁迅学通史》（上），广东教育出版社2001年版，第422页。

④ 鲁迅：《书信·240924致李秉中》，《鲁迅全集》第11卷，人民文学出版社1981年版，第431页。

⑤ 鲁迅：《坟·写在〈坟〉后面》，《鲁迅全集》第1卷，人民文学出版社1981年版，第284页。

⑥ 王充：《论衡·讲瑞篇》，参见黄晖《论衡校释》，中华书局1990年版，第730页。

更可怕的是，鲁迅意识到蛇以毒攻毒，在保全自我的同时，似乎又是在传播毒素，树起了毒的大纛。这实在有悖于自己的初衷。我是谁？我在做什么？我该怎么做？一向坚决的鲁迅从未这样困惑过。“抉心自食，欲知本味”，然而，“创痛酷烈，本味何能知？”“然其心已陈旧，本味又何由知？”蛇“终以殒颠”，勇敢如鲁迅者也不敢正视自己，几乎是出于本能地仓皇退却了，“我疾走，不敢反顾，生怕看见他的追随”。这条似乎痴于自啮的蛇，让我们看到了一个多么真实的鲁迅，让我们看到了一个现代中国最苦痛的灵魂。

《圣经·旧约》上说，由于蛇的引诱，伊甸园里的夏娃、亚当吃了禁果，眼睛明亮起来，认识了自我。对这个故事，鲁迅在《摩罗诗力说》中专门作了记述：“伊甸有树，一曰生命，一曰知识。神禁人勿食其实；魔乃托蛇以诱夏娃，使食之，爰得生命知识。”晚年在他的二楼卧室，镜台上置有三幅木刻，其中就有一幅《夏娃与蛇》①。可见鲁迅对这个故事很感兴趣。在这个故事中，蛇成了魔鬼的化身，成了人类觉醒的先导。而鲁迅之于华夏民族，正如蛇之于亚当、夏娃。蛇敢于拂逆全能上帝的意志，而鲁迅向千百年不变的各种信条提出了大胆的质问：“从来如此，便对么？”是他，这位现代中国摩罗战士，引领一个古老民族开始从蒙昧走向觉醒，从死亡走向新生。英国史学家汤因比在比较了世界十多种古代文明的兴衰后得出结论说：一种文明如果不至于衰微下去，“那么，我们就必须再叫一个演员出场：让一个批评家来提出几个疑问以便让思想再度活动；叫一个对头来注入一点痛苦、不满、恐惧或憎恶，以便感情再度敏锐化。这就是《创世记》里蛇的工作，《约伯记》里撒旦的工作，

---

① 参见［美］李欧梵《鲁迅与现代艺术意识》，载《铁屋中的呐喊》，尹慧珉译，河北教育出版社 2001 年版，第 197 页。另外，鲁迅还存有不少画有蛇的西洋画，对蛇表示出喜爱。曙天女士在《访鲁迅先生》中曾有这样的记载：“因为知道我是喜欢绘画的缘故，鲁迅先生找出一册册的德国名画来。我不懂德文，所以只能看画。然而画上有蛇，我怕蛇，连画上的蛇也怕看。‘绘画的人是不能怕蛇的！’鲁迅先生说。”详见《鲁迅回忆录》（散篇 上册），北京出版社 1999 年版，第 87—88 页。

《浮士德》里摩非斯特的工作……”[①]，这也是鲁迅的工作。我们完全可以说，对整个中华文明来说，鲁迅就是一条使之获得涅槃的蛇。然而蛇为自己的行为付出了惨重的代价，它受到上帝严酷的惩罚，终生“腹行而土食”。蛇的这种命运，得到鲁迅深深的认同。他对人生之苦本来就有太多的深刻的体认，一再感叹“人生苦”“无量悲苦”“绝望”等。然而他又明确表示要“用无我的爱，自己牺牲于后起新人”。“自己背着因袭的重担，肩住了黑暗的闸门，放他们到宽阔光明的地方去；此后幸福的度日，合理的做人。”[②] 鲁迅是一位自觉的受难者，在缺少罪感文化传统的中国，鲁迅却怀有深深的罪恶感，这使他比任何人都具有牺牲精神。终生“腹行而土食”的蛇，让我们想到鲁迅笔下一直都在不停息行走的“过客”，让我们想到一生都在“与绝望抗争”的鲁迅。

（原载《书屋》2003 年第 10 期）

① ［英］阿诺德 · 汤因比：《历史研究》（上），刘北成、郭小凌译，上海人民出版社 1986 年版，第 78 页。

② 鲁迅：《坟 · 我们现在怎样做父亲》，《鲁迅全集》第 1 卷，人民文学出版社 1981 年版，第 130 页。

旧世界的“放火者”与鲁迅的“白日梦”

一部《鲁迅全集》堪称是一部活的现代中国人的“人史”。现代中国特有的民性、民情、民俗、民魂，皆在其中得到真实的表现。而细致翻检我们会惊异地发现，这部“人史”又展现给我们一个异常丰富奇特的“动物世界”。在这里“人”的思考和表现，常常是在与“兽”（动物）关联和比照中进行的。“人”与“兽”常常不可分离，纠缠在一起。“人的世界”与“动物世界”交相辉映，异彩纷呈，构成神奇诡异的艺术天地，深蕴着鲁迅对人与世界的独特思考和探索，记录着鲁迅广博和幽深的精神世界。据笔者的不完全统计，《鲁迅全集》中提及的飞禽走兽大约有200种左右，其中很大一部分是作为文学意象而存在的，也就是说，这些动物以“象”的形式显现，但又不是单纯地指某种动物的符号代码，而是其中蕴含了“象”外之“意”，这里的“意”具体说来就是鲁迅对人的理解和认识。鲁迅通过写动物来写人，兽与人之间明显地存在着一种隐喻、象征关系。不同的动物意象，自然隐含作者不同的情感态度。在飞禽鸟类中，鲁迅喜爱猫头鹰和乌鸦，而厌恶喜鹊。这是颇耐人寻味的。本文联系猫头鹰这一与乌鸦相近的意象，对乌鸦意象的内在意蕴进行具体分析，发掘这一意象所隐含着的象征意义。

同是鲁迅喜爱的飞禽，与乌鸦相比，猫头鹰更多地被鲁迅所称引。鲁迅喜欢猫头鹰，要追溯到日本留学期间。回国后在杭州两级师范学校教书，他在自己的笔记本封面的右上角就画有猫头鹰。[①] 因为喜爱猫头鹰，外貌神态又与猫头鹰有几分相像——“在大庭广众中，有时会凝然冷坐，不言不笑，衣冠又一向不甚修饰，毛发蓬蓬然”[②] ——五四运动时期的鲁迅还获得了一个“猫头鹰”的绰号。1927 年，鲁迅的第一本杂文集《坟》出版，他亲自设计了书的封面，又以猫头鹰形象作为装饰图案。[③] 其实，鲁迅更多的是从精神上与猫头鹰产生认同的。他早年就热烈地呼唤怪鸱的“真的恶声”，并且他一生也在尽力去做这样的怪鸱，以至于晚年他说出这样的话：“我的言论有时是枭鸣，报告着大不吉利事。”[④] 的确，鲁迅更多时候在他的读者面前扮演了一个呐喊者的形象。他发出“真之心声”，“放言无惮，为前人所不敢言”，[⑤] 逼使人们从昏睡状态中醒来，不为喜鹊的叽叽喳喳的“和顺之音”所迷惑，勇敢地直面现实人生。“只有真的声音，才能感动中国的人和世界的人；必须有的真的声音，才能和世界的人同在世界上生活。”[⑥] 猫头鹰的恶声怪叫，刺耳难听，却是“铁屋子”里的中国人走向觉醒所必需的，非“精神界之战士”不能发出。

乌鸦是与猫头鹰类似的一种禽鸟，它同样是外形难看，叫声难听，与喜鹊相反，报丧不报喜，遭人厌恶，在众多民族文化中历来都是不吉利的象征。在《圣经》中挪亚在方舟中躲避滔天洪水，给他带来和平信息的是衔着橄榄枝飞回来的鸽子，而他先前放出的那只乌鸦却一去不复返，在这里乌鸦象征着罪恶和灾难。中国古籍《埤雅》中说，鸦见异则噪，故人唾其凶。民间习俗因袭至今，认为鸦啼不吉，所以厌之。而鲁迅偏偏非常喜欢乌鸦，也像拿猫头鹰一样拿它来自比自称，显示出反传

---

① 姜德明：《鲁迅与猫头鹰》，《活的鲁迅》，上海文艺出版社 1986 年版，第 163—167 页。

② 沈尹默：《鲁迅生活中的一节》，《鲁迅回忆录》（散篇 上册），北京出版社 1999 年版，第 248 页。

③ 姜德明：《鲁迅与猫头鹰》，《活的鲁迅》，上海文艺出版社 1986 年版，第 163—167 页。

④ 鲁迅：《且介亭杂文二集·序言》，《鲁迅全集》第 6 卷，人民文学出版社 1981 年版，第 217 页。

⑤ 鲁迅：《坟·摩罗诗力说》，《鲁迅全集》第 1 卷，人民文学出版社 1981 年版，第 99 页。

⑥ 鲁迅：《三闲集·无声的中国》，《鲁迅全集》第 4 卷，人民文学出版社 1981 年版，第 15 页。

统的决绝姿态。鲁迅自比为“乌鸦”，不以人之讨嫌为然，反以报告灾祸自得，这不仅表现了他那独立不羁的精神个性，而且显示出他不同流俗、特别是与那些正人君子格格不入的战斗姿态。乌鸦意象作为鲁迅自我的精神写照，正表现了他那先驱者反叛社会、反叛传统的决绝和无畏。

关于鲁迅自比为乌鸦，有一篇发表于1929年的文章是这样介绍的：“鲁迅曾经把自己比之于一种乌鸦，它带给厄运和火灾于它所落的家里，——看一看他的头发和胡须之黑，这比拟倒也不错。”① 而茅盾的说法有些不同：“绅士们讨厌他多嘴，一开口就是‘不祥’。并且把他看作‘火老鸦’，他所到的地方就要着火。”② 实际情况很可能是，一开始是别人斥责鲁迅为乌鸦，而鲁迅听说后，不以为怪，反倒欣然接受了。将敌人的恶谥直接用作自称，一来显示自己的决绝和自信，二来表示对敌人的蔑视和揶揄，这可是鲁迅一贯的做法。想想“狂人”“疯子”，等等名目，不都是当时社会对思想先觉者的蔑称吗？而鲁迅恰恰就用这些称呼来命名他在自己作品中所肯定的人物，我们上面的推想应该是合理和可信的。而鲁迅当年离开厦门赴广州时，在给朋友的信中正是以“火老鸦”自比的：“不知怎地我这几年忽然变成火老鸦，到一处烧一处，真是无法。此去不知如何，能停得多少日。”③ 这里的“火老鸦”指的是一种传说中能衔火的乌鸦，常常将口中衔着的火置于屋顶，高声鸣叫，翅膀扇动，使火引燃并蔓延。④ 上述那篇文章说鲁迅将自己比作“一种乌鸦”，说得有些含糊，但他点明能带来“火灾”，指的应该就是这种“火老鸦”，

---

① 林玉堂：《鲁迅》，《鲁迅回忆录》（散篇 上册），第454页。该文原载于1929年1月1日《北新》第3卷第1期，由英语译来，署名“林玉堂作/光落译”。

② 茅盾：《鲁迅论》，《红色光环下的鲁迅》，河北教育出版社2000年版，第126页。

③ 卓治：《鲁迅是这样走的》，《鲁迅回忆录》（散篇 上册），第490页。按作者的解释：“‘火老鸦’是火烧时飞飏的火星，他落在邻近屋上，也就烧起来了。”此说笔者不敢苟同，另有别解，详见注释④。

④ “火老鸦”当是“火鸦”的俗称。关于“火鸦”，《汉语大词典》“火鸦”注曰：“传说中能衔火的乌鸦。明李时珍《本草纲目·禽三·慈乌》：‘蜀徼有火鸦，能衔火。’”见《汉语大词典》第7卷，汉语大词典出版社1991年版，第20页。另《辞源》“火鸦”注曰：“《广东新语》：儋州有乌鸦，能食火，每衔火置人屋上，以翅煽焚，则群鸣飞舞，其名火鸦。”见《辞源》（三），商务印书馆1999年北京影印第一版，第174页。

这也与茅盾的说法相吻合。看起来，鲁迅这样特别将自己比为“火老鸦”，而不是一般的乌鸦，不仅仅是要求自己要像猫头鹰那样对黑暗的世界发出报丧的声音，对麻木的人们发出震颤心灵的战叫，而且还要求自己能够充当焚烧旧世界的“放火者”。这一点应该是不同于猫头鹰这一意象的独特之处。鲁迅确也曾自称为“放火者”。在给许广平的一封信中，也是谈到他要离开厦门，他写道：“那时一定又有人归罪于我，指为‘放火者’，然而也只得‘听其自然’，放火者就放火者吧。”[①] 其实，鲁迅心目中的精神界战士就是一位“放火者”。他在五四运动之初，就曾宣称：“新主义宣传者是放火人。”[②] 在小说《长明灯》塑造的“疯子”象征的是一位精神界战士，他不仅要吹灭社庙里的长明灯，更要一把火烧掉村里的这座社庙，于是便在大街上连连高喊：“我放火！”“我放火！”由此可见，乌鸦这一意象，与猫头鹰意象一样，也是鲁迅所心仪的精神界战士的象征，是鲁迅自我精神的写照。

鲁迅虽然自比为乌鸦，但对于这一动物意象的营造仅见于《药》中。多年来对作品中乌鸦意象的索解，众说纷纭，莫衷一是。甚至存在截然相反的两种观点：有人认为它是“革命者”的象征，有人却认为它象征的是“反革命”。否认乌鸦象征“革命者”的论者，陈述起己见来振振有词。仅举一例：“说乌鸦象征革命者，这近于荒谬。乌鸦那么难看的形象和难听的叫声，人们从来就把它当作不祥之物，看作丑恶的象征……鲁迅先生决不会那么违情逆理，用乌鸦去象征他心目中所敬仰的革命者！”[③] 这种观点颇具代表性，它以惯性思维凭空推想鲁迅不会“违情逆理”，殊不知以反传统为己任的鲁迅恰恰反其道而行之。我们上一节的论述，足以说明，这是一种无根无据、想当然的臆测。其实，在鲁迅所处的时代，

---

① 鲁迅：《两地书·一〇九》，《鲁迅全集》第 11 卷，人民文学出版社 1981 年版，第 269 页。

② 鲁迅：《热风·随感录五十九“圣武”》，《鲁迅全集》第 2 卷，人民文学出版社 1981 年版，第 354 页。

③ 马勇生：《从“乌鸦”身上窥探作者的苦心》，《中学语文教学》1994 年第 8 期，第 36 页。

反传统正是当时文化思潮的主流。鲁迅自比为乌鸦，以此作为自我的精神写照，这种反传统的动物意象营造，并不是闭门造车，出于个人的臆想，而是受到时代的影响和启示，与时代话语保持了相当直接的互动关系。无独有偶，乌鸦这一意象在当时也出现于胡适诗中：

> 我大清早起，
> 站在人家屋角上哑哑的啼，
> 人家讨嫌我，说我不吉利：——
> 我不能呢呢喃喃讨人家的欢喜！①

乌鸦在传统文化习俗中是不吉利的象征，历来受到人们的憎厌。而在五四运动时期，新文化的先驱者们遭到保守派的围攻，又不被大众所理解，他们在社会中的处境往往正类同于乌鸦。所以，乌鸦在当时得到新文化运动先驱者们的强烈认同，它所代表的那种不讨人喜欢的品性，恰恰成为他们反叛社会、反叛传统的自我角色的写照。胡适和鲁迅都是五四运动时代的弄潮儿，他们不约而同地以乌鸦意象作为新文化战士和自我的象征，正是以审美的方式集中体现了反传统的时代主流话语。他们不仅充当了新文化新思潮的开创者与代表者，也充当了新的审美趣味的创造者与体现者。可见，鲁迅反传统的动物意象营造，并不是单独突进，而是与胡适等同时代作家的创作保持着高度融合与一致，正反映出时代话语对作家们的共同影响和启示。

鲁迅喜爱乌鸦，并且一直将乌鸦用以自比或比作革命者，《药》中的乌鸦作为一种动物意象也不例外，鲁迅正是将其当作革命者的象征来营造的。为了说明这一点，我们有必要回到原著进行一番文本细读。小说是在结尾处描写夏大妈与华大妈祭子时在坟地相遇，特别写到了乌鸦：

---

① 胡适：《胡适文集（一）》，人民文学出版社 1998 年版，第 206 页。

他（夏大妈——引者注）想了又想，忽又流下泪来，大声说道："瑜儿，他们都冤枉了你，你还是忘不了，伤心不过，今天特意显点灵，要我知道么？"他四面一看，只见一只乌鸦，站在一株没有叶的树上，便接着说，"我知道了。——瑜儿，可怜他们坑了你，他们将来总有报应，天都知道；你闭了眼睛就是了。——你如果真在这里，听到我的话，——便教这乌鸦飞上你的坟顶，给我看罢。"

微风早经停息了；枯草支支直立，有如铜丝。一丝发抖的声音，在空气中愈颤愈细，细到没有，周围便都是死一般静。两人站在枯草丛里，仰面看那乌鸦；那乌鸦也在笔直的树枝间，缩着头，铁铸一般站着。

许多的工夫过去了；上坟的人渐渐增多，几个老的小的，在土坟间出没。

华大妈不知怎的，似乎卸下了一挑重担，便想到要走；一面劝着说，"我们还是回去罢。"

那老女人叹了一口气，无精打采的收起饭菜；又迟疑了一刻，终于慢慢地走了。嘴里自言自语的说，"这是怎么一回事呢？……"

他们走不上二三十步远，忽听得背后"哑——"的一声大叫；两个人都竦然的回过头，只见那乌鸦张开两翅，一挫身，直向着远处的天空，箭也似的飞去了。

在这一个段落中，乌鸦的出现，连同"有如铜丝"的"枯草"、"没有叶"的"树枝"，共同渲染出一种悲凉的氛围，有力地表现出"革命者的悲哀"。但是，作为一种文学意象，乌鸦的艺术功能并非仅限于此。我们看到，在这一艺术场景中，乌鸦始终处于中心位置，它紧紧牵动着两位老妈妈的心，这样乌鸦就不单是一种自然环境中的动物了，而在她们的心目中已经转化为一个象征物，是她们的希望之所寄。这当然不可能是反对派的象征，因为反对派的动向不是决定两位老妈妈希望的因素，它所象征的只能是革命者。研读原著，我们不难发现，乌鸦的形象并不令人厌恶，其中倾注着鲁迅的赞美之情。在鲁迅笔下，它"缩着头，铁铸一般站着”，给人以遒劲有力的感觉；它那“哑”的一声大叫，打破了荒野墓地死一般的沉寂，令人不禁悚然回首；它“张开两翅，一挫身，直向着远处的天空，箭也似的飞去了”，又显现出一副多么孤傲雄健的英姿。显然，鲁迅在这里是充满了敬意将它作为革命者的象征来刻画的。王富仁先生在将乌鸦这一意象界定为革命者的象征的同时，又敏感地发现了它所象征的革命者，是与夏瑜的形象不尽相同的。他通过对比分析认为：“夏瑜是一个脱离开中国社会思想革命的政治革命者，‘乌鸦’则是鲁迅当时所要求的反封建思想革命者的象征形象。”① 王富仁先生的这一结论无疑是正确的，可惜他就此打住，没有再继续挖掘下去。其实，按照这一思路进一步分析，我们还会有新的发现，那就是《药》中的乌鸦不单是鲁迅理想中的精神界战士的象征，还是他自我精神的写照。换句话说，我们在前文中论述得出的结论，在《药》中得到了很好的体现。首先，作品中的乌鸦在高高的枯树枝杈中间“铁铸一般站着”，冷峻孤傲，依稀可辨出鲁迅平时的外貌神情。② 其次，它最终也没有像两位老妈妈所期望的那样，落在夏瑜的坟头，却以一声大叫，抖落了她们的失望和落寞。它没有使她们绝望，也没有给她们以希望，只是孤独一身奋然远行。这种描写其实是鲁迅所特有的“反抗绝望”之生命哲学的形象化表现。再次，我们还应该注意到，在《药》中自始至终没有出现为夏瑜之死发出一两声哀鸣的略为清醒的人。鲁迅在《无声的中国》里曾感叹：在中国“人是有的，没有声音，寂寞得很。——人会没有声音的么？没有，可以说，是死了。倘要说得客气一点，那就是：已经哑了。”面对这

---

① 王富仁：《中国反封建思想革命的一面镜子》，北京师范大学出版社 2000 年版，第 230 页。另外需要说明的是，在该书中王富仁先生对《药》中乌鸦意象的象征意义的分析，虽有烦琐板滞之嫌，但得出的结论至今看来仍富有见地，笔者以上对乌鸦的解释采用他的观点。详见该书第 225—230 页。

② 据沈尹默回忆：鲁迅因为外貌、神情上与猫头鹰相仿而得了一个“猫头鹰”的绰号。参见沈尹默《鲁迅生活中的一节》，《鲁迅回忆录》（散篇 上册），第 248 页。而《药》中的乌鸦又颇具猫头鹰的特点：“缩着头，铁铸一般站着”、“一挫身，向着远处的高空，箭也似的飞去了。”等等，以至于有人认为这里的乌鸦“带着鹰与鸱鸮的基因。”参见张宏图《〈战城南〉与〈药〉中乌鸦意象解说》，《内蒙古民族师院学报》1999 年第 1 期，第 30 页。

一无声的、死寂的中国，鲁迅从来都是感到无法忍受的，所以他曾发出这样的呼喊："我们还要叫出没有爱的悲哀，叫出无所爱的悲哀。"[①] 在《药》中鲁迅借乌鸦之口，发出一声满含苦闷的"哑——"，撕破了荒原死一般的岑寂，既是对夏瑜之死的哀号，又是自身满腔愤懑的释放。从这一点来看，乌鸦也是鲁迅的自我写照。

除了以上三种理由，我还想结合乌鸦这一意象的文化内涵，运用精神分析的方法进一步说明这一观点。根据《格物论》讲：乌"长而反哺其母者，为慈乌。"晋代有一篇《乌赋》，专门赞美乌鸦："其性好德，反哺于亲。"所以，在我国传统文化中，乌鸦是孝的化身。在《药》中，面对丧子之痛的两位老母亲，作为孝的化身的乌鸦绝对本应该体恤她们内心的孤苦，听从她们的意愿，飞落在夏瑜坟头。然而它沉默了多时，依然违逆了她们的意愿振翅高飞了。在我看来，这种描写渗透了鲁迅痛苦的生命体验。众所周知，鲁迅是有名的孝子，对母亲从来都是唯命是从，哪怕是自己的婚姻大事。他因此而备受心灵折磨，承受了纠缠一生的精神重负。这种在现实生活中难以言说和疏解的精神痛苦，鲁迅通过文学创作自觉或不自觉地加以排遣，以此获得精神创伤的疗救。《药》当中乌鸦的描写，就是典型一例。在现实生活中，鲁迅严守孝道，恭恭敬敬，在母亲面前自觉泯灭了自我意志。但是，在文学这片自由天地里，他却可以任个人意志自由驰骋，以此来弥补现实中的缺失。所以我们看到，在他的设计安排下，那只乌鸦违逆了孤苦无告的两位老母亲的意愿。这样，鲁迅在现实生活中想做而又不敢做、做不到的事情，却借助乌鸦这一意象完成了。从这个意义上说，乌鸦正是鲁迅"白日梦"中的自我。值得注意的是文本中"许多的工夫"这一关键词，这表示的是从夏大妈许愿到乌鸦大叫飞去这之间的时间间隔。乌鸦确实最终违逆了两位母亲的意愿，但这却是在"许多的工夫"之后，而且是在她们离开"不到二三十步远"，是在她们"背后"。可以想见，在这么长的时间内，乌鸦在

---

① 鲁迅：《热风·随感录四十》，《鲁迅全集》第 1 卷，人民文学出版社 1981 年版，第 323 页。

干什么？外表是“铁铸一般”纹丝不动，内心也许正相反。是给两位可怜母亲廉价的安慰（想想看她们这时是多么需要安慰啊!）？还是振翅远行去寻找自己的一片天地（这会使她们更加茫然不解!）？是尽孝？还是尽忠？乌鸦，孝子鲁迅，一定在进行着这样矛盾的、痛苦的选择。所以，他让乌鸦静静地目送两位母亲离开“不到二三十步远”，才在她们“背后”大叫一声“哑——”。这长长的一声“哑——”中有眷恋，有告别，有歉疚，有无奈……但是毕竟是经过了长时间的矛盾、犹疑而做出的选择，所以才显得那么决绝、果敢、义无反顾：“只见那乌鸦张开两翅，一挫身，直向着远处的天空，箭也似的飞去了。”革命者经过痛苦的抉择，奋然孤往，去拥抱属于自己的天空。鲁迅也在文学世界里挣脱了母爱的情感羁绊，赢得了精神的自由。在《药》中乌鸦这一意象里，鲁迅渗透了自己许多痛苦的生命体验。鲁迅写乌鸦，也是在写自己。

（原载《鲁迅研究月刊》2009 年第 7 期）

开辟现代启蒙话语的学院空间

鲁迅入世的第一份工作就是教师。1909 年 6 月，他从日本留学回国，同年 8 月，由好友许寿裳推荐在杭州浙江两级师范学堂任化学和生理学教员（另兼任日籍教师的翻译）。其后，无论是回故乡绍兴，还是辗转流离于北京、厦门、广州，鲁迅或兼职或专职，都没有离开学校，这样一直到 1927 年 4 月他辞去中山大学的教职为止，鲁迅与教育结缘长达 18 年之久。

鲁迅的理想事业本来是文学，这在留日期间就已经确定。然而文学活动接二连三的碰壁，还有日益严峻的经济问题，使鲁迅不得不从文学梦中走出来回到现实。如果寻梦他应该远赴德国留学，而回国就是为了就业，为了养家糊口。很简单，鲁迅从事教育的最初动因纯粹是为了生计，这在他那里已经有很明确的交代："因为我的母亲和几个别的人很希望我有经济上的帮助，我便回到中国来。"① 至于为什么第一份工作是教师而不是其他？这有多方面原因。首先是清政府学部早在 1907 年就有明文规定，官费留学生回国后必须担任专门教员 5 年，鲁迅有按规定履行契约的义务。其次是在此政策作用下，留学生回国从教成一时之盛，浙江两级师范学堂收罗了不少留日的"海归一族"，再加上好友许寿裳的推荐，对于出门还要戴假辫子的鲁迅来说，除了加入他们的行列似乎还没有更好的去处。从这一意义说，与其说鲁迅选择教育，不如说他是选择

① 鲁迅：《集外集·俄文译本〈阿 Q 正传〉序及著者自叙传略》，《鲁迅全集》第 7 卷，人民文学出版社 1981 年版，第 88 页。

一种寄身之地。再说，文学梦既不能延续，文字也不能锅中煮，鲁迅没有修完的那些生理科学方面的知识，除了用于教书以外似乎还真别无他用。当年主动放弃的，现在不得不重新捡回，这确实有些尴尬。当然，学人与学校有着天然的亲和力，不管怎么说从教还是能够显示和发挥自己的一技之长的，对于鲁迅来说，这是一次有些无奈而又不坏的职业选择。凡此种种，不管是为了解决生计问题，还是为了寻找归属的圈子，总之，考察鲁迅从教的原因，根本看不出这是他出于自己志向和志趣的主动选择。教育，对于鲁迅来说只是一种“安身”的职业，而不是那种“立命”的事业。鲁迅内心牵挂着的依然是文学，曾经闪亮的文学梦只是被暂时压抑下去了，并没有完全破灭。任何活动和工作，当然也包括教育，是无论如何也替代不了文学在他心底里位置的。所以，我们看到，厕身于绍兴教育界的鲁迅，在与好友许寿裳的书信中一再哀叹自己处境之难。主要原因固然是环境的幽闭压抑，但也与教学工作非己所愿有很大关系。他在山会初级师范学堂任校长，仍然忙里偷闲写下小说《怀旧》，恰恰说明他身在教育而心在文学。有不少材料证明鲁迅当年从教是相当敬业的，无论是在中学还是在高校，无论专职还是兼课，从教学到管理，从讲义编写到课堂讲授，鲁迅总是认真负责，一丝不苟。其实，这更多是出于一种职业道德以及他个人做事的一贯作风，如果据此就得出鲁迅以教育为事业的结论，未免失之于简单。当然，他也力图将职业与事业、谋生手段与个人志趣结合起来，故而能够自觉不自觉地倾注热情。在北京兼课期间他写成《中国小说史略》作教材之用，就是很好的例子。但不管怎么说，教育始终没有像文学那样为鲁迅所钟情所重视。早在留日期间鲁迅就将文学与“立人”与改变国民精神联系在了一起，视其为“第一要著”。至于教育那是其次的事情，“人立后而凡事举”，教育问题当然也不在话下。所以，在回顾欧洲现代历史时他有这样的论述：“盖自法朗西大革命以来，平等自由，为凡事首，继而普通教育及国民教育，无不基是以遍施。”[①] 也就是说，教育是以“立人”为基础的，而

---

① 鲁迅：《坟·文化偏至论》，《鲁迅全集》第1卷，人民文学出版社1981年版，第50页。

“立人”首先依靠的是文学。这样看来，教育与文学，在鲁迅心目中孰轻孰重、孰先孰后，可以说一目了然。他甚至于认为二者是相互对立的两种不同工作，1926 年他在给朋友的信中这样说：“从我们平常人看来，教书和写东西是势不两立的，或者死心塌地地教书，或者发狂变死地写东西，一个人走不了方向不同的两条路。”① 当然，鲁迅重文轻教，在他并非一种学理分析基础上的选择，说到底还是性情志趣使然。鲁迅是一个旷世文学天才，他注定属于文学。心系文学而投身教育，鲁迅从教 18 年更多是出于生计上的考虑。一开始是这样，后来有了文名仍是这样。这在鲁迅的一次演讲中说得很清楚：“现在有几个做文章的人，有时也确去做教授。但这是因为中国创作不值钱，养不活自己的缘故。……我自己的短篇寄给大书铺，每篇卖过二十元。当然要寻别的事，例如教书，讲文学。”② 鲁迅自始至终都没有将教育看作自己的事业，也无意在教育方面有所追求和建树。所以，定居上海后既然能够卖文为生，他就与教育脱离了关系。毕竟书斋和讲台，空间实在太有限了。走出象牙之塔，走向十字街头，把整个社会当作自己驰骋的战场，这才是一位战士的最佳选择。关于教育，鲁迅是发表过一些真知灼见，但都散见于各种文章之中，并没有专门的论述，也缺少理论性和系统性，不过是鲁迅“人学”思想的一部分。所以，无论从思想还是实践上看，鲁迅在教育上的成就都是有限的，不足以称为教育家。至今有人将“教育家”的桂冠罩在鲁迅头上，既不符合实际，也缺少学理上的依据。③

鲁迅不是教育家，无意于在教育界争一席之地，但是在为期不短的执教经历中，他一直坚持进行反传统反专制的斗争，坚持利用教坛传播现代科学知识和文化思想，努力改善学校文化环境，力图开辟一隅承载

---

① 鲁迅：《华盖集续编·厦门通信（二）》，《鲁迅全集》第 3 卷，人民文学出版社 1981 年版，第 373 页。

② 鲁迅：《而已集·读书杂谈》，《鲁迅全集》第 3 卷，人民文学出版社 1981 年版，第 440—441 页。

③ 长期以来不少文章很随意地将鲁迅称为“教育家”。1991 年 8 月新疆大学出版社还正式印行过一本 20 多万字的专著《鲁迅——伟大的教育家》。这种对鲁迅缺少根据的随意“命名”至今未绝。

现代自由思想的学院空间，表现出一位文化战士的本色，这使他的教育教学具有了许多鲜明的特点。

鲁迅所执教的都是新学堂，但是在那样一个新旧文化转型时期，大多学校都程度不一地残存着旧的思想和风习，对此鲁迅一直是坚决抵制和反对。在浙江两级师范学堂供职时，他不满新任校长夏震武恢复旧礼教、旧文化和奴化教育的倒行逆施，与同事们一道进行抵制，宣布停课以示抗议。遭遇夏氏的强权打压后，全体教员辞职离校，不屈不挠，坚持斗争两个星期，最终取得胜利。在这场被称为“木瓜之役”的风潮中，鲁迅获得“拼命三郎”的诨名，可见其斗争之坚决和勇敢。回国伊始，鲁迅还没有登上文坛一展身手，却挟带一股东京生活的豪气最先在教育界展开了对黑暗势力与旧文化风习的攻击。不畏强权，反抗专制，反对旧的文化传统，呼唤新时代的诞生——鲁迅在教育界的这种斗争，与日后在文艺界的战斗是高度一致的，也为他本人所一贯坚持。在 20 世纪 20 年代的北京女师大风潮中，仍然是反感于校长杨荫榆的强权淫威与家长制作风，鲁迅坚定地站在了弱势学生一边。杨荫榆一方面迫害学生，一方面发表“须知学校犹家庭”之论，以“尊长者”自居，要求学生作为“家属”“幼稚者”无条件地服从自己，以此来为自己辩护。鲁迅深入剖析杨氏的言论，一针见血地指出，在杨氏治下校长与学生的关系已沦为传统社会的婆媳关系，而他自己“虽然在学校教书，也等于在杨家坐馆”。[①] 在现代高等学府，校长、老师、学生之间本应该建立起一种平等互爱的关系，然而，这种现代教育新型的人际关系在北京女师大荡然无存。杨荫榆的种种倒行逆施，实际上是传统专制文化的现代变种，遭到鲁迅的迎头痛击实属必然。后来鲁迅游走厦门、广州的高校，也一再对日趋官僚化的大学体制以及错综的人际关系而抱怨不已，种种不堪鲁迅早就一语道尽：“教育界的称为清高，本是粉饰之谈，其实和别的什么界

---

① 鲁迅：《华盖集 · “碰壁”之后》，《鲁迅全集》第 3 卷，人民文学出版社 1981 年版，第 69 页。

都一样。”① 也许是因为洞悉和失望于教育界的黑暗吧，以至于定居上海后他终于告别了教职。但是他执教期间不畏强权反抗专制的斗争实践，表现出一位文化战士的战斗风范。鲁迅曾经称赞北京大学“是常与黑暗势力抗战的”②，这可以说是他提倡的一种大学精神，而他本人正是发扬和践行这种革命精神的模范。

鲁迅反对强权专制，向往学院那种“平静的空气”③，这首先指的是一种平等的师生关系，鲁迅执教期间一直在为建立这种现代教育新型的人际关系而身体力行。他反对自古以来的“师道尊严”，明确表示：“古之师道，实在太尊，我对此颇有反感。”④ 他任山会初级师范学堂任校长时，经常在熄灯后到宿舍检查学生作息情况。一次刚好碰到几个贪玩的学生正在做“调狮子”游戏，他并没有板起面孔来训斥他们，只是要求他们遵守制度，按时作息，并且和气地说：“可以睡了，明天去操场上去玩个痛快吧。”还有一次，鲁迅查宿舍抓到几个夜间外出参赌的学生，他循循善诱，谆谆教导，终于使学生们承认了错误。他诚恳地说：“只要你们能改，这次不给你们处分。回去后，都要把这次错误记一篇日记。”⑤ 同样是作为教育管理者，鲁迅与杨荫榆的工作作风与方法形成鲜明对比。面对学生，杨荫榆唯我独尊，动辄挥舞权力的斧钺大加砍伐，置之死地而后快，说到底是没有将学生置于平等的地位来看待，而是表现出一种居高临下的专制家长作风。鲁迅呢，则是从关心和爱护学生的立场出发来治校，即便学生违纪犯错，也是心平气和地开导教育，而不是简单粗暴地加以训斥，或者利用手中权力大加惩处，表现出一种现代民主作风。

---

① 鲁迅：《两地书·第一集·北京（二）》，《鲁迅全集》第 11 卷，人民文学出版社 1981 年版，第 14 页。

② 鲁迅：《华盖集·我观北大》，《鲁迅全集》第 3 卷，人民文学出版社 1981 年版，第 158 页。

③ 鲁迅：《集外集拾遗补编·中山大学开学致语》，《鲁迅全集》第 8 卷，人民文学出版社 1981 年版，第 159 页。

④ 鲁迅：《书信·330618 致曹聚仁》，《鲁迅全集》第 12 卷，人民文学出版社 1981 年版，第 185 页。

⑤ 朱忞等：《鲁迅在绍兴》，浙江文艺出版社 1997 年版，第 210—211 页。

作为一名普通教员，鲁迅也同样尊重学生，理解学生。在女师大教书时，有一次上课，讲义尚未印出，女大学生们为窗外的春光所吸引在教室里坐不住了。这在一般老师看来实在有些不像话，但鲁迅没有大为光火，而是因势利导带她们去集体参观历史博物馆，并且充当义务解说员。学生们既在来回途中饱览了春光，又在新的课堂学习到了知识，感到“胜过我们读多少书”①。只有平等对待学生的老师，才会这样体谅学生而因势利导，否则很容易将学生的行为看作是对自己尊严的冒犯。鲁迅从教多年，在为师方面有着自己的追求，他一再称道章太炎先生“对待弟子，向来也绝无傲态，和蔼若朋友然”②。这其实也可以看作他的夫子之道。他热爱学生，关心学生，对待学生没有师长那种装腔作势的“傲态”，有的是朋友式的和蔼可亲的平等，是学生真正的良师益友。鲁迅不是教育家，他没有专门从理论上论述为师从教之道，而是以实际行动为破除传统的“师道尊严”，建立现代新型的师生关系，营造具有“平静的空气”的校园文化环境做出了贡献。

学校“平静的空气”是为了更好地传播新知服务社会，所以鲁迅强调说：“这平静的空气，必须为革命的精神所弥漫。”③ 鲁迅在评价北京大学时也将其大学精神首先概括为“常为新”，称北大为“改进的运动的先锋”④。鲁迅本人就是一位“常为新”的革命先锋，这在文学创作方面已是有口皆碑，而在他的从教生涯中也有突出表现。可以说，发扬永远革命的精神，不断地改进和创新，一直贯穿于鲁迅的教学实践中。鲁迅在浙江两级师范学堂任教时，为优级科学生讲授生理卫生一课，应同学们的要求增加了生殖系统内容。在缺乏科学知识、礼教长期禁锢的环境下，这无疑是一次教学内容的大胆革新，对当时传统教育形成有力的冲击。

---

① 许广平：《关于鲁迅的生活》，人民文学出版社 1954 年版，第 37 页。

② 鲁迅：《书信·330618 致曹聚仁》，《鲁迅全集》第 12 卷，人民文学出版社 1981 年版，第 185 页。

③ 鲁迅：《集外集拾遗补编·中山大学开学致语》，《鲁迅全集》第 8 卷，人民文学出版社 1981 年版，第 159 页。

④ 鲁迅：《华盖集·我观北大》，《鲁迅全集》第 3 卷，人民文学出版社 1981 年版，第 158 页。

同事夏丏尊在1936年回忆此事说："这事在今日学校似乎也成问题，何况在三十年以前的前清时代，全校师生都为惊讶，他却坦然去教了。"[①]鲁迅不顾世俗骇怪，很好地完成了教学任务，受到学生的欢迎。他为这门生理卫生课精心编写的教学讲义《人生象敩》，具有很强的科学性和系统性，并附有手绘图表七十余幅和生理实验指导，其中关于卫生保健和疾病预防的许多思想观点都有独到之处和超前意识，该讲义被认为是我国近代最早的生理卫生学讲义之一。可以说，鲁迅在中国近代生理卫生教育方面有开拓之功。鲁迅还非常注意教学方法的改革，他既反对教师照本宣科，又反对学生死啃书本，特别注重教学的实践性，引导学生走出学校走出课堂，在实践中掌握知识，提高能力。在绍兴府中学堂担任学监时，他对教学进行了大胆改革。当时学生均来自乡下，对科学新事物缺乏起码的常识，轮船、火车、电灯、电话都未见过。针对这一现状，鲁迅组织全校学生去南京参观"南洋劝业会"，一路上乘轮船，坐火车，在展览会上看到各地名产和商品，使学生们大开眼界。同学们认为"绍兴井底蛙，幸得鲁迅先生率领，一跃而出，游了汪洋大海，大开学习科学的诀窍"[②]。除此以外，他还利用博物学课，组织师生访禹陵，登禹庙，游兰亭，攀七星岩，并且在这些名胜古迹上拓摩碑帜，沿途不忘采集植物标本。这些亲近自然、走向社会的教学方法的运用，开阔了学生视野，巩固了所学知识。

作为一名文化战士，鲁迅有着强烈的现实情怀，这使得他的授课别具一格，那就是在一些专业课的讲授中，往往联系现实借题发挥。魏建功对鲁迅的小说史课有过这样的回忆：鲁迅"讲课的时候并不是'照本宣科'，多半就讲义上的论点加以发挥补充。我还记得讲第二章'神话与传说'的末了的第二例'紫姑神'，他就提到封建社会妇女地位等问题。总之，先生讲课的精神跟写杂感的风格是一致的。……我们那时候听先

---

① 夏丏尊：《鲁迅翁杂忆》，《高山仰止：社会名流忆鲁迅》，河北教育出版社2002年版，第57页。

② 吴耕民：《回忆七十年前的母校》，《高山仰止：社会名流忆鲁迅》，河北教育出版社2002年版，第66页。

生讲课实在是在听先生‘对社会说话’，幸福地当面受到他伟大思想的教育”[①]。陆晶清也有类似的回忆：“鲁迅先生讲课，不是讲台上旁若无人，口若悬河滔滔不绝地自说自话，也不是用记录的速度念讲义。而是在深入浅出地讲解教材时，联系实际，提出问题并引导学生思考、分析问题。每听鲁迅先生讲一次课后，我们都要议论、咀嚼多时。”[②] 他们二人读书一个在北大，一个在北京女师大，多年以后回忆起鲁迅的小说史课，最深刻的印象是相同的。这充分说明，联系实际启发学生来关注现实，的确是鲁迅讲课最突出的特色和风格。至于鲁迅当时是如何借题发挥的，他们都没有具体说明，这方面的材料也不多见。不过，我们从鲁迅《魏晋风度及文章与药及酒之关系》这篇演讲中大致可以窥见他的讲课风格。这次演讲本来谈的是一个学术问题，也确实具有很高的学术价值。但是演讲中鲁迅随时加入各种见闻与感想。例如拿鸦片来形容魏晋人吃的五石散，拿真的三民主义信徒来比照那时反对礼教者的心情，而说到曹操杀孔融的无理，又有“事实上纵使曹操再生，也没人敢问他，我们倘若问他，恐怕他把我们也杀了！”的议论。这样时时从历史中回到现实，的确能够给青年学生思考现实人生带来很大启悟。鲁迅后来也承认这篇关于魏晋文学的讲演“实有慨而言”[③]。鲁迅讲小说史，除了像这样借讲课“对社会说话”以外，还结合课程内容讲解些写作的方法，以有助于学生写作能力培养。对此许钦文有过这样的回忆：“我总觉得鲁迅先生讲中国小说史，并非只是为着讲小说史，是故意多讲些做法，鼓励大家写作的。同时相机多方指出旧社会的缺点。托熟以后我把这感想向鲁迅先生说明了。‘是的’他说，‘如果只为小说史而讲小说史，即使弄得烂熟，也没

---

① 魏建功：《忆鲁迅先生》，《高山仰止——社会名流忆鲁迅》，河北教育出版社 2002 年版，第 78 页。

② 陆晶清：《鲁迅先生在女师大》，《鲁迅回忆录散篇》（上），北京出版社 1999 年版，第 403—404 页。

③ 鲁迅：《书信 · 281230 致陈濬》，《鲁迅全集》第 11 卷，人民文学出版社 1981 年版，第 646 页。

有多大意义；不如多培植些青年作家，一道来攻击旧社会。’”[①] 鲁迅是热爱中国小说史研究的，治学谨严，卓有建树。按说，将自己的研究成果传授给学生，是他作为一位老师的职分。然而，作为一位文化战士的鲁迅，最希望青年人能够更多地成长为自己的同道者，以笔为武器向旧社会进攻。在这种潜在而强烈的意愿指使下他忍不住要在讲课中旁逸斜出，谈论社会，指导写作。而这样做势必会偏离于课程内容，于教学于教师来说都不尽合乎规范。所以，他感慨地说：“一做教员，未免有顾忌；教授有教授的架子，不能畅所欲言。”[②] 这里的“顾忌”应该指的是一种教师职业规范的约束。做一名学者教授，鲁迅不是不能，而是不愿。1927年3月，他在给中山大学的致语中最后希望“中山大学中人虽然坐着工作而永远记得前线”[③]。而这也正是他对自我的一种期许，所以他从教讲课，身在课堂，心在社会，情系写作，向往战斗。

鲁迅与中国现代教育结缘前后长达18年之久，尽管他厕身教育界更多是出于生计上的考虑，从来没有将教育当作自己的事业来看待，但是在为期不短的执教生涯中，他一直不屈不挠地反对传统专制文化和制度，在传播现代科学知识和文化思想的同时，注意在青年学生中发现和培养反抗旧社会的文化生力军，力图创建一种现代新型的校园文化环境，开辟一方承载现代自由思想的学院空间。在鲁迅这里，学院讲坛不再单纯是传授知识和学问的领地，也在一定意义和程度上成为反抗社会现实的没有硝烟的战场。这固然不是鲁迅从教生活和成就的全部，却不能不说是最富有特色的。从这一角度看，鲁迅从教可以说充当了从文的辅助，履行的是一位文化战士的战斗职责。

[原载《天津师范大学学报》（社会科学版）2015年第5期]

① 许钦文：《鲁迅先生和青年》，《鲁迅先生二三事》，河北教育出版社2002年版，第171页。

② 鲁迅：《而已集·读书杂谈》，《鲁迅全集》第3卷，人民文学出版社1981年版，第441页。

③ 鲁迅：《集外集拾遗补编·中山大学开学致语》，《鲁迅全集》第8卷，人民文学出版社1981年版，第160页。

开辟现代启蒙话语的传媒空间

晚清以降的文学发展与现代传媒有着密不可分的关系，从梁启超1902年创办《新小说》掀起“小说界革命”，到以《新青年》为策源地的五四运动新文学运动的兴起，近现代文学的每一次变革都是由现代传媒导引的。曹聚仁指出：“中国的文坛与报坛是表姊妹，血缘是很密切的。”[①] 现代传媒指的是晚清以来的报纸杂志，它不但是文学传播的载体和媒介，而且以其现代理念、公共性改变了传统文学的生产、传播方式，使得近代以后的中国文学在写作、流通、消费各方面都发生了质的变革。主要表现为文本创作者身份的普泛化、生产复制的机器化、传播机制的市场化、受众群体的大众化。这样一来，文学就由封建士大夫特权阶层的专利品，变成了普通民众参与共享的文化资源，迅速走向平民化。可以说，对于有着强烈入世精神的现代知识分子来说，现代传媒以其所具有的公共性和干预、批判、向导的功能，日益成为他们发表言论、传播思想的最佳载体。陈独秀、胡适等人在五四运动时期都曾经信誓旦旦地表示不谈政治，办刊一二十年，让全国的思想全改观，看重的正是现代传媒力量所形成的“公共舆论”。以启蒙为己任、致力于改造国民性的鲁迅，从开始文艺活动之初，就充分认识到现代传媒的重要性。他弃医从文做的第一件事就是筹办文艺杂志《新生》，从此与现代传媒结下了不解之缘，他一生主编和参编的刊物有20多种，直到去世前一天还关心《译

---

① 曹聚仁：《文坛五十年》，东方出版中心1997年版，第8页。

文》杂志的编辑工作。各种报纸更是被鲁迅利用来发表自己的言论，扩大思想的传播。批评家李长之曾经说："当代文人中，恐怕再没有鲁迅那样留心各种报纸了吧。"① 可以说鲁迅一生都在依托现代传媒的力量，努力争取在文化界的话语权，为中国现代知识分子创造和寻找现代新思想的言说空间。

一

鲁迅弃医从文后即投身出版活动，但是运交华盖、出师不利，先是《新生》杂志"流产"，接下来的《域外小说集》也行销寥寥，给信心百倍的鲁迅不小的打击。从日本回国后，鲁迅依然没有忘记借助媒体发言，1912 年 1 月他在故乡发起创办了《越铎日报》，不久因为批评时政，冒犯权贵不得不远走他乡。1918 年，小说《狂人日记》揭载于《新青年》使他一举成名，同时在《新青年》上接连发表一系列"随感录"，集中展开他的"文明批评"和"社会批评"，在此鲁迅不仅在文化界获得了一定的话语权，而且找到了适应现代传媒的最佳文体。但是 1920 年《新青年》团体分化解体，按鲁迅自己的说法他的"战斗的意气却冷得不少"，本来他与《新青年》团体之间思想立场并不一致，成员的各奔东西对于一贯独立的鲁迅来说应该影响不大，问题的关键就在于《新青年》的分化使他一下子失去了可以依靠的传媒载体，只好"在散漫的刊物上做文字"②。1924 年冬曾经因为他投寄给《晨报》副刊的一首诗，好友孙伏园遭到连累而辞职，这样的事情应该让鲁迅感受到自办刊物、拥有自由言说空间的必要。所以，当孙伏园提议创办《语丝》，他立刻积极响应，这不全是出于对连累好友的"抱歉"。周作人在起草的《〈语丝〉发刊辞》中指出："我们几个人发起这个周刊，并没有什么野心和奢望。我们只觉得在

---

① 李长之：《鲁迅批判》，北京出版社 2003 年版，第 143 页。

② 鲁迅：《三闲集 · 〈自选集〉自序》，《鲁迅全集》第 4 卷，人民文学出版社 1981 年版，第 167 页。

中国的生活太是枯燥，感到一种不愉快，想说几句话，所以创刊这张小报，作自由发表的地方。”① 以上所表达的，其实也可以看作是鲁迅这一时期的思想，拥有一个“自由发表的地方”才是他最渴望的，也是他积极参与《语丝》创办的原动力。《语丝》最初成员有十六人，很快即有分化，固定的投稿者不过五六人，其中以鲁迅用力最多、贡献最大。他把披沥心迹、艺术精美的一组散文共计二十三篇，全部奉献给了《语丝》，后来结集为《野草》。《野草》的生成自然有多方面原因，其中之一就在于鲁迅因为《语丝》而拥有了比较稳定和自由的言说空间，当初导致孙伏园辞职的那首诗就是移到《语丝》刊载的。从这一角度可以说，《野草》是鲁迅在自己的精神园地里培植起来的一丛艺术奇葩。至于杂感，也是因为有了《语丝》等一些可以依托的刊物，鲁迅在与现代评论派的论战中才能够频频出手反击，迎来了自己杂感创作的一个多产期，并且在这一过程中逐渐建立起了自觉的杂感写作意识，由此跨越了《新青年》“随感录”时期单纯说理、直白议论的方式，而运用隐喻、反语、曲笔等表现手法使说理论辩更富有特色和魅力。鲁迅曾经将《语丝》散文的特色总结为“任意而谈，无所顾忌”②，其实这也正是鲁迅本人杂感的风格。可以说，鲁迅以自己有力的创作与乃弟一道促成了《语丝》派散文特色的确立。

鲁迅靠自己的努力改变了“散兵游勇”的状态，改善了自己的文化生态，但对于当时整个传媒界他并不满意，1925 年 3 月 31 日他在给许广平的信中说：“北京的印刷品现在虽然比先前多，但好的却少。《猛进》很勇，而论一时的政象的文字太多。《现代评论》的作者固然多是名人，看去却很显得灰色，《语丝》虽总想有反抗精神，而时时有疲劳的颜色，大约因为看得中国的内情太清楚，所以不免有些失望之故罢。”③《语丝》作者的“基本班底”还是《新青年》的“五四老人”，难免有些暮气。

---

① 《〈语丝〉发刊辞》，《语丝》第 1 期，1924 年 11 月 17 日。

② 鲁迅：《三闲集·我和〈语丝〉的始终》，《鲁迅全集》第 4 卷，人民文学出版社 1981 年版，第 167 页。

③ 鲁迅：《两地书·八》，《鲁迅全集》第 11 卷，人民文学出版社 1981 年版，第 32—33 页。

鲁迅非常希望能够有专门的刊物提供青年人发表意见、指斥时弊的天地。“我早就希望中国的青年站出来，对于中国的社会，文明，都毫无忌惮地加以批评，因此曾编印《莽原周刊》，作为发言之地”① 于是，在鲁迅的一手操办下《莽原》周刊于 1925 年 4 月 24 日在北京创刊，几天后在与许广平的信中他更是直截了当地谈起创办这一刊物的初衷：“中国现今文坛（?）的状况，实在不佳，但究竟做诗及小说者尚有人。最缺少的是‘文明批评’和‘社会批评’，我之以《莽原》起哄，大半也就为了想由此引起新的这一种批评来，虽在割去敝舌之后，也还有人说话，继续撕去旧社会的假面。”② 鲁迅一直不满意于当时报刊界多文艺杂志的情况：“历来的《妇周》，几乎还是一种文艺杂志，议论很少，即偶有之，也不很好。”他对于新出版的《莽原》的不满和担心也在这里：“咱们的《莽原》也很窘，寄来的多是小说与诗，评论很少，倘不小心，也容易变成文艺杂志的。”③ 从这些论述来看，鲁迅积极参与文化期刊的创办，立意并不在于发展文学艺术，而主要是通过一定的传媒争取在文化界的话语权，获得“公共空间”。在鲁迅的参与和支持下，《语丝》《莽原》《猛进》《京报副刊》《晨报副刊》《国民新报副刊》等几个报刊办得有声有色，在一定程度上成为当时中国进行“社会批评”“文明批评”的最主要的传播媒体。虽然它们量少力微，鲁迅却赞之为“匕首”，而且满怀期待：“在现在，我倒只希望这类的小刊物增加，只要是所向的目标小异大同，将来自然而然的成了联合战线，效力也不见得小。”④ 显然，鲁迅参与文化报刊活动，并不局限于争取一时一地的话语权，获得必要的言说机会，而是从文化战略高度出发，别有用意地从点滴做起，步步为营，不断拓展新思想言说的“公共空间”，从而改善整个中国的文化生态。

---

① 鲁迅：《华盖集 · 题记》，《鲁迅全集》第 3 卷，人民文学出版社 1981 年版，第 4 页。

② 鲁迅：《两地书 · 一七》，《鲁迅全集》第 11 卷，人民文学出版社 1981 年版，第 63 页。

③ 鲁迅：《两地书 · 一九》，《鲁迅全集》第 11 卷，人民文学出版社 1981 年版，第 69 页。

④ 鲁迅：《华盖集 · 通讯》，《鲁迅全集》第 3 卷，人民文学出版社 1981 年版，第 24 页。

二

1927年10月，鲁迅开始了为期10年的上海生活。当时的上海是中国城市化、现代化程度最高的城市，已经取代北京成为中国的文化中心。这里牵动着现代中国敏感的神经，聚集着中国社会、文化纷繁的问题，反映出中国现代化进程中的种种矛盾与冲突，新旧交错，华洋共处，光怪陆离，鱼龙混杂。刚到上海鲁迅就有这样的印象："这里的情形，我觉得比广州有趣一点，因为各式的人物较多，刊物也有多种，不像广州那么单调。"[①] 鲁迅注意到上海"刊物也有多种"，确实敏锐地捕捉到了上海作为一个现代大都市信息传播体系发达的特点，也反映出一位作家、文化人强烈的传媒意识。面对一个全新的文化语境，鲁迅经过短暂的自我调适最终选择以自由撰稿人的身份向社会发言。这样，无论是为了生计问题，还是出于文化责任的担当和人生价值的实现，鲁迅都不能不更多地仰赖上海的报刊传媒和文化市场。而当时的上海文化界既受国民党文化专制的禁锢，又遭商业化、消费主义的侵蚀，形势相当复杂和严峻。鲁迅曾对朋友感叹："上海的情形，比北京复杂得多，攻击法也不同，须一一对付，真是糟极了。"[②] 鲁迅充分利用自己的革命经验与斗争智慧，在上海媒体丛林中进行艰苦卓绝而又灵活机智的战斗，运用多种多样的"攻击法"，有效地突破了政治和商业的重重包围，开辟出现代思想言说的"公共空间"。

首先是编辑刊物，构筑阵地。鲁迅深知媒体之重要，一到上海就复刊《语丝》，自任编辑。鲁迅秉承刊物既有的文化启蒙立场办刊，受到政府的警告和禁止，再加上商业广告的侵袭，半年后即辞职离任。这期间鲁迅受到创造社与太阳社的围攻，《语丝》充当了他自卫反击的唯一据

① 鲁迅：《书信·271021致廖立峨》，《鲁迅全集》第11卷，人民文学出版社1981年版，第587页。

② 鲁迅：《书信·280224致台静农》，《鲁迅全集》第11卷，人民文学出版社1981年版，第610页。

点，实际上也是他立足上海文化界的第一个据点。在与创造社、太阳社的论争中鲁迅深感介绍革命文艺理论的必要，意在纠正那些青年的“左”倾幼稚病，于是刚脱离《语丝》就与郁达夫合编《奔流》月刊。后来又与柔石等青年人成立“朝花社”，创办《朝花》周刊，集中介绍东欧与北欧的文学，输入外国的版画，还借此培养起一批文艺新人。20 世纪 30 年代，左翼文艺运动兴起，鲁迅编辑了《萌芽》月刊、《文艺研究》季刊、《前哨》月刊、《文学导报》半月刊、《十字街头》半月刊、《译文》月刊等。此外鲁迅还指导参与过《北斗》《文艺新闻》《杂文》《太白》等诸多刊物的创办。鲁迅深知在媒体丛林中争取一席之地实属不易，所以办刊一贯以质量求生存，除了对稿子内容严格把关外，对待编校工作也是呕心沥血、精益求精。创办《奔流》时鲁迅曾向朋友感叹：“白天汗流，夜间蚊咬，较可忍耐的时间，都用到《奔流》上去了。”① 编辑《译文》，鲁迅不仅自己翻译作品，配置插图，关于稿子次序的排定，每篇的提名所用字号，插图缩成多大，都一一注明。鲁迅日记中也提道：“自晨至晚编《译文》。”“夜编《译文》第二期稿讫。”“夜编《译文》第三期讫。”② 可见其对《译文》极其上心。为了保全刊物，守住营垒，鲁迅非常讲究斗争策略。一些左翼刊物不顾艰危处境，有的在封面上赫然刊登马克思的像，有的在文章中出现“拥护中国革命”“苏维埃政权万岁”等口号，很快遭到查禁。针对这种“左”倾幼稚的做法，鲁迅告诫：“作品似以浅显为宜，也不要激烈，这是必须看环境和时候的。别处不明情形，要评为灰色也难说，但可以置之不理，万勿贪一种虚名，而反致不能出版。”③ 他主编的刊物一被查禁，往往随即更换名称，如《萌芽》出至第 5 期被禁，第 6 期改名《新地》，《前哨》从第 2 期起改名《文学导报》。

---

① 鲁迅：《书信 · 280802 致章廷谦》，《鲁迅全集》第 11 卷，人民文学出版社 1981 年版，第 631 页。

② 鲁迅：《日记 · 1934 年 10 月 19 日》，《鲁迅全集》第 16 卷，人民文学出版社 1981 年版，第 479 页。

③ 鲁迅：《书信 · 330620 致榴花社》，《鲁迅全集》第 12 卷，人民文学出版社 1981 年版，第 188 页。

更多时候鲁迅实行的是“游击战”，变幻行踪，巧钻文网。相对于杂志刊物，报纸的信息传播更迅捷和广泛。由于政治形势的压迫，鲁迅清醒地意识到“我们自己绝办不了报纸”，但不能因此就轻易放弃这一有效的言说空间。相反，鲁迅强调应该争取一切可以争取的报纸和版面，“应当利用一切机会，打破包围我们的黑暗和沉默”。鲁迅认为，一般报纸不可能干干净净，但是我们可以“利用它的版面，发表我们的意思和思想”[①]。《申报》的副刊《自由谈》鲁迅很清楚它并非同人杂志，“自由”更当然不过是一句反话，本来他是不想在这一园地“驰骋”的，但最终还是接受了它，主要原因在于新任主编黎烈文表现出的革新意识，让鲁迅觉得可以在这一商业味十足的旧报中找到为我所用的新空间。与《申报》的发行节奏相颃颉，鲁迅的杂文写作迎来一个高峰期，自 1933 年 1 月至 1934 年 12 月近两年时间，《自由谈》上刊登鲁迅杂文约计 140 多篇。由于《申报》是面向市民大众的日报，发行量大，覆盖面广，借助于这一大众传媒鲁迅杂文的影响力和辐射力剧增，已非以往的同人刊物所能比拟。在鲁迅的影响带动下，有近百名作家在《自由谈》上发表杂文，不仅迎来了杂文写作的全盛期，在中国现代文学史上写下辉煌一页，而且充满商业气息的《申报》被生生地辟出一角，逐渐发展成为知识分子的言说平台，成为现代知识分子与社会、政治和公众建立有机联系的媒质。大众传媒而非精英杂志直接参与了现代文明和文化的积极建构，书写了中国现代文化发展史的新篇章。除此以外，鲁迅还在《中华日报》的副刊《动向》、小品半月刊《太白》等投稿，扩大影响范围。为了躲避当局苛刻、刁钻的出版审查，除了采用比较隐晦曲折的笔法，鲁迅还经常更换笔名投稿。他这一时期发表的杂文，基本上都是“改些作法，换些笔名，托人抄写了去投稿”的[②]。鲁迅一生用过 140 多个笔名，其中大部分是在上海 10 年“文化围剿”严重时期使用的，仅在《申报》上就先

① 李霁野：《〈民报〉副刊及其他》，《编辑生涯忆鲁迅》，河北教育出版社 2002 年版，第 145 页。

② 鲁迅：《花边文学 · 序言》，《鲁迅全集》第 5 卷，人民文学出版社 1981 年版，第 417 页。

后换用过40多个笔名。有时稿子不能刊用，鲁迅从来不会强攻硬上，而是估量了形势，及时索回，另投他处。文章《论翻印木刻》寄《申报·自由谈》后20天左右不见登载，鲁迅“知有异，因将原稿索回，始知所测并不虚。”[①] 马上转投友人曹聚仁，在他主编的《涛声》顺利刊出。就这样鲁迅化名投稿，变幻行踪，机智巧妙地钻过森严的文网，纵横驰骋于上海文坛。

三

鲁迅在上海媒体丛林中开展“游击战”，抢占现代思想的话语领地，凭借的是“匕首”“投枪”似的杂文。同时，他又适应媒体的特点、根据斗争形势的需要，用全部的心血来铸炼杂文这一利器，增强其战斗威力，让有限的话语空间发挥出最大的社会效能。鲁迅的杂文创作经历近20年的发展变化，与三份报刊密切相连，那就是《新青年》《语丝》和《申报·自由谈》。《新青年》和《语丝》构成了鲁迅杂文创作的两个重要阶段，到《自由谈》时期鲁迅的杂文创作达到鼎盛，也因为时代变迁与媒体变化而产生了不少新特点。《新青年》和《语丝》毕竟是同人杂志，在这里能够比较自由地发出自己的声音。而《申报》则是面向大众的商业报纸，发表言论不可能不考虑报纸的商业属性，更何况当时的上海“文禁”如毛，任何人说话都不得不掂量。鲁迅向来都是非常理解报刊出版特点和编辑处境的，当年在编《南腔北调集》时就说：“《语丝》早已停刊，没有了任意说话的地方，打杂的笔墨，是也得给各个编辑设身处地地想一想的，于是文章也就不能划一不二，可说之处说一点，不能说之处便罢休。”[②] 在政治高压与商业氛围的双重挤兑下不得不调整创作，对鲁迅来说是一种挑战，他曾经这样感慨：“刊物来要稿，一面要顾及被

---

① 鲁迅：《书信·331120致曹聚仁》，《鲁迅全集》第12卷，人民文学出版社1981年版，第279页。

② 鲁迅：《南腔北调集·题记》，《鲁迅全集》第4卷，人民文学出版社1981年版，第417页。

禁，一面又要不十分无谓，真变成一种苦恼，我称之为‘上了镣铐的跳舞’。”① 鲁迅在夹缝中寻找言说的自由，进行自由的创造。一是适应报纸副刊“短平快”的常规要求，尽量照顾《自由谈》有关稿件篇幅的具体规定，还要顾及“文禁”的钳制，鲁迅的杂文一般都在三五百字左右，多不过千字，所以鲁迅称之为“短评”。这样适应媒体和环境来调整自己的创作，鲁迅是有苦衷的，他曾经说：“写《自由谈》上的那样的短文，有限制，有束缚，对于作者，其实并无好处，最好还是写长文章。”② 的确，由于篇幅的限制，这时期的鲁迅杂文是缺少了以往“任意而谈”的痛快畅达，但也多了一分深沉内敛。于是杂文在鲁迅手中铸炼成了“匕首”和“投枪”，短小精悍，寸铁杀人。二是取材于报刊，贴近现实。《申报》《大晚报》等报刊每天登载的时事新闻，成为鲁迅杂文创作素材的重要来源。而且在文字资源的不断刺激中，鲁迅逐渐形成了一种“新闻人”的视角和素质，及时灵敏地对时事做出反应。1933 年 1 月 28 日，报纸刊发了国民党教育部禁止北平大学生逃难的通电，与此同时政府却在忙着迁移古物，2 月 6 日《自由谈》就发表了鲁迅的杂文《崇实》，对国民党的做法给予尖锐讽刺。这篇文章的写作时间是 1 月 31 日，距离事件发生只有 3 天。所谓“是感应的神经，是攻守的手足”③，在此得到很好的体现。这样贴近报刊，追踪时事，形成的想法难免因为缺少时间沉淀而少些韵味，却也因为话题的鲜活而吸引更多读者，引导他们进入媒体世界，就某种话题与作者对话，从而形成文本潜在的对话性机制。三是形式上出新出奇，体现了一种带游戏色彩的趣味性。鲁迅《自由谈》上的杂文有着深刻的主题和严肃的内容，绝不是什么游戏之作，但在形式上确实带有一些“游戏色彩”：故意的剪贴拼凑、重要关节处的加注、

---

① 鲁迅：《书信 · 360504 致曹白》，《鲁迅全集》第 13 卷，人民文学出版社 1981 年版，第 369 页。

② 鲁迅：《书信 · 360317 致唐弢》，《鲁迅全集》第 13 卷，人民文学出版社 1981 年版，第 328 页。

③ 鲁迅：《且介亭杂文 · 序言》，《鲁迅全集》第 6 卷，人民文学出版社 1981 年版，第 3 页。

语言的捉迷藏……这首先是“游击战”的需要，文章罩上一层“没正经”的外衣，多少可以蒙蔽敌人，逃避审查。另外，《自由谈》自1911年创刊以来设有“游戏文章”“海外奇谈”“岂有此理”“博君一粲”等栏目，趣味主义传统由来已久。鲁迅的杂文多少也有对刊物风格的迎合。不过从根本上说，形式上的“游戏”，内里隐藏的是鲁迅对社会人生荒谬感的深刻体认。试看他对上海文人的感受：“我与中国新文人相周旋者十余年，颇觉得以古怪者为多，而漂聚于上海者，实尤为古怪，造谣生事，害人卖友，几乎视若当然，而最可怕的是动辄要你生命。但倘遇此辈，第一切戒愤怒，不必与之针锋相对，只须付之一笑，徐徐扑之。吾乡之下劣无赖，与人打架，好用粪帚，足令勇士却步……看《自由谈》所发表的几篇批评，皆太忠厚。”[①] 这是不满意于《自由谈》的杂文“皆太忠厚”而给刊物主编黎烈文说的一番话，既然如此，他自然会作几篇以毒攻毒的文章给大家看的。世道人生已古怪荒唐之至，对付它也就不必一本正经了，倒是一些超常规的出格的“恶作剧”来得恰如其分。带着这样心态写成的杂文也就自然免不了带些游戏色彩了。不管怎么说，精悍、应时、对话性、趣味性，这些特征都为鲁迅杂文赢得了广大读者。生活于上海媒体丛林中，鲁迅没有被媒体束缚住，而是积极适应媒体，利用媒体，变被动为主动，不仅成功实现了晚期杂文创作的新变，而且让其搭乘上大众媒体的直通车走向社会，走进民众，从而使来之不易而又有极为限的言说空间发挥出了最大社会效能。

麦克卢汉认为：“媒介是社会的先锋。”[②] 发生在晚清以报刊为主的现代传播媒介革命，在经济、政治、文化各个方面，全方位地塑造、改变、创造着中国社会，推动中国融入世界化、现代化的历史进程中。鲁迅是在这一历史巨变中产生的一代文化巨人和文学大师，他经由现代书刊接受西方现代思想而完成了从士大夫文人到现代知识分子的角色转型，又

---

① 鲁迅：《书信·330708致黎烈文》，《鲁迅全集》第12卷，人民文学出版社1981年版，第194页。

② ［加］埃里克·麦克卢汉、［加］弗兰克·秦格龙编：《麦克卢汉精粹》，何道宽译，南京大学出版社2000年版，第401页。

以文学活动的方式以现代报刊传媒为中介参与到中国的历史变革之中。鲁迅不仅依赖于报刊发表文学作品（创作与译作），传播现代思想，而且还自办刊物，争取思想言说的主动权；不仅以一篇篇文学佳构为报刊增光添彩，促进现代媒体的成长和发展，而且还审时度势根据媒体的特点调整自己的创作，成功实现杂文创作的新变。就这样，文学与报刊相得益彰，携手共进，伴随着鲁迅在文化启蒙道路上一路跋涉前行。从东京到绍兴，从北京到上海，无论何时何地，走在时代文化前沿的鲁迅终其一生都没有离开作为“社会的先锋”的报刊传媒。借助现代传媒鲁迅在“无声的中国”发出自己的声音，启蒙民众，改造社会，同时又运用战斗的智慧在恶劣的文化环境中四面出击，努力争取现代知识分子的话语权，开辟和拓展现代思想的言说空间，改善整个中国的文化生态。

［原载《天津师范大学学报》（社会科学版）2013 年第 3 期］

鲁迅小说的悲剧美

悲剧作为“最高的艺术”（尼采语），其审美功效是其他艺术所无法比拟的。鲁迅在小说创作中为后人留下了许多悲剧性作品，它们以其强烈而深沉的悲剧力量震撼着读者的心灵。这正是鲁迅小说别具艺术魅力的重要原因之一。

鲁迅说：“悲剧将人生有价值的东西毁灭给人看。”① 考察鲁迅小说，所谓“人生有价值的东西”主要指的是人的生存价值。鲁迅以个人主义、人道主义现代思想观念来审视中国社会历史和现实，清醒而深刻地揭示出封建制度和礼教的“吃人”本质，描绘出中国人精神备受摧残、生命遭到毁灭的各种人生悲剧。鲁迅小说的悲剧本质内涵是“人的悲剧”，这是五四运动时期“人”的现代化观念的产物，是鲁迅“立人”思想的审美反映。本着思想启蒙的目的，在“立人”、改造国民性这一总主题下，鲁迅从不同方面、不同层次来进行悲剧小说创作，这些作品所产生的悲剧激情和审美效果也不尽相同，从而呈现出不同的悲剧美形态。

悲哀是鲁迅小说悲剧美最基本、最主要的表现形态。西方古典悲剧往往以英雄人物为主角，强调表现崇高悲壮的美。而作为一位以改造国民性为己任的文化启蒙战士，鲁迅关注的重心注定是处于社会最底层、占社会大多数的小人物。鲁迅关注他们的苦难人生和命运，对他们表现出“哀其不幸”的深厚情感，作品所唤起的是人们对这些小人物的深深

---

① 鲁迅：《坟·再论雷峰塔的倒掉》，《鲁迅全集》第 1 卷，人民文学出版社 1981 年版，第 192—193 页。

的同情和悲悯。

鲁迅说："中国人向来就没有争到过'人'的价格，至多不过是奴隶，到现在还如此，然而下于奴隶的时候，却是数见不鲜的。"① 鲁迅以博大深厚的人道主义情感，真实地描绘出小人物们"向来没有争到过人的价格"的悲哀。首先，鲁迅表现出他们物质的贫困、生计的悲哀。我们看到，少年闰土本来天真活泼，然而长大成人后，"多子，饥荒，苛税，兵，匪，官，绅，都苦得他像一个木偶人了"。祥林嫂"实在比勤快的男人还勤快"，却不能凭自己的劳动养活自己，最后竟无家可归，沦为乞丐，倒毙街头。阿 Q 做短工为生，也很能干，颇得人们的"颂扬"，然而却居无定所，四处游荡，在未庄被盘剥得只剩下一条裤子，只好进城干起了偷盗的勾当。孔乙己是位善良的读书人，进学不遂，穷愁潦倒，因"窃书"而被打折了腿，只得坐着以手拄地而行。

鲁迅重视人的物质生命，但更重视的是人的精神生命。鲁迅用更多的笔墨集中揭示出小人物们精神上的苦痛。闰土形象最令人心颤之处是：他见到儿时的伙伴"我"，恭恭敬敬叫出了一声"老爷"。祥林嫂不厌其烦地逢人便讲爱子阿毛被狼吃掉的事情经过，从这种不无变态的举动中人们不难窥到她内心巨大的隐痛。她恐惧于死后在地狱里被一锯两段，又盼望着能有地狱的存在以便死后能与家人团聚，在这种精神两难的折磨中祥林嫂一天天走向死地。阿 Q 一贯用精神胜利法来麻醉自己，消解自己所遭受的种种屈辱和苦难。死到临头居然还懵懵懂懂，为自己画押不圆而懊悔不已。

可以看出，鲁迅侧重于从精神层面而不是物质层面描写人的生命价值的被毁灭，不仅如此，他还特别重视描绘人们对毁灭的生命价值的高度漠视。王富仁先生称之为"第二次毁灭"，认为这是鲁迅小说悲剧冲突的"第一的，也是最高的形式"②。的确，在鲁迅小说中，真正悲哀的、

① 鲁迅：《坟·灯下漫笔》，《鲁迅全集》第 1 卷，人民文学出版社 1981 年版，第 212 页。

② 王富仁：《中国反封建思想革命的一面镜子》，北京师范大学出版社 2000 年版，第 401 页。

最可悲哀的还不是悲剧主人公精神的毁灭，而是他们毁灭之时或之后，周围人们的反应：内心激不起半点涟漪，没有震惊、思考，甚至引不起一点最起码的同情，反而将受害者、牺牲者的痛苦和不幸当作鉴赏和咀嚼的材料，而后依然如故地麻木生活。孔乙己在人们的哄笑中以手拄地慢慢离去，人们在不知不觉中将他忘却，最终他是死是活，无人知晓。祥林嫂一再念叨儿子被狼吃掉的事，不仅得不到人们的同情和理解，反而遭到人们的厌弃。她死后还受到鲁四老爷的责骂，短工对此浑然不觉，而鲁镇的人们照常忙于祝福以祈祷他们的幸福。阿 Q 被处死，人人都认为理所当然，更有人很不满足，或抱怨枪毙并无杀头好看，或遗憾于白白跟了一场而没听到一句好戏。

无论是闰土、祥林嫂，还是阿 Q，在鲁迅笔下，他们的人生悲剧主要是一种精神悲剧，而且他们面对人生的种种苦难和不幸总是逆来顺受，没有任何一点主动的自觉的抗争，最多不过是出于本能的挣扎。他们的生命被强大的封建势力和伦理道德所吞噬，总是无声无息，引不起社会的任何反响，甚至于被人们当作咀嚼和鉴赏的材料。这种小人物的“几乎无事的悲剧”唤起的更多的是人们悲哀的情感。

鲁迅小说悲剧美的另一种表现形态是悲愤。这类悲剧的特点是：作品的矛盾冲突异常尖锐，悲剧主人公在与悲剧制造者激烈的对抗中遭到毁灭，读者在爱与恨的两极的碰撞中所产生的激情十分强烈。如果说，在鲁迅小说中，描写劳动群众和传统知识分子的作品基本上属于一种悲哀的悲剧，那么，那些描写觉醒的知识分子的作品大多是悲愤的悲剧。它们中的悲剧主人公不再是混沌的蒙昧者，而是清醒的先觉者；不再是一世顺民，而是新时代的反抗者；他们不再麻木被动地任人宰割，而是积极自觉地奋起抗争。作为新时代、新思想的代表，他们与传统封建制度和文化构成十分尖锐的矛盾冲突。在激烈的斗争交锋中他们最终失败，生命价值遭到毁灭。他们的人生悲剧带给人们的不仅仅是悲哀，还有一种意气难平的激情，这就是悲愤。

并不是说鲁迅小说中所有描写觉醒知识分子的作品，其悲剧美都呈现出悲愤的形态。《药》中的夏瑜是一位悲剧性人物，但是作者整体上是将他放在小说背景上来处理的，而用更多的笔墨集中于对不觉悟群众的描写。夏瑜的悲剧性更多地存在于他的牺牲与群众的愚昧二者的对照关系中，并没有完全体现在他与反动势力的矛盾冲突中和夏瑜的具体生活命运上。所以弥漫于小说《药》中的情绪更多的是一种让人痛心彻骨的悲哀，这种悲哀正来自于广大民众对夏瑜牺牲的冷漠和不理解。同样是刻画觉醒的知识分子，《在酒楼上》倒是将主人公吕纬甫的生活命运放在主导地位来描写的。但是我们看到吕纬甫在作品中一出场就是一位人生的失意者、失败者，他颓唐，哀怨，自暴自弃，以酒浇愁。这个曾经很激进的青年，如今已心如死灰，他一味迁就于现实环境，整日纠缠于为小弟迁葬、给邻居小姑娘送剪绒花之类的无聊小事，却在大事上变得浑浑噩噩，他不仅失去了与社会抗争的意志，而且竟然为糊口给孩子们教起了《女儿经》。在吕纬甫个人与社会的矛盾冲突中，作品没有正面表现主人公抗争的一面，却大量描绘出他的主动妥协、放弃，他的颓唐、叹息。因此作品的情感基调是感伤的、悲哀的，而缺少悲愤的色彩。

但是在《在酒楼上》的姊妹篇《孤独者》中，我们却分明能感受到一种十分剧烈的痛苦和愤懑。小说主人公魏连殳既有着博大宽厚的人道主义感情，又不乏坚毅的个性主义精神。他也和吕纬甫一样承担着奉养老人的义务，也讲究温润的亲情、私情，甚至于不得不暂时屈从于封建陈规陋习，屈从于强大的封建势力，但是他在内心深处却始终没有放弃反封建的目标，也没有改变反封建的意志。所以当无路可走时，他不是随波逐流，得过且过，而是进行着一种宁折不屈的、变形的、绝望的抗争：对社会、对群众他施行报复，对自己他则自虐、自戕。同样是觉醒的悲剧知识分子，如果说吕纬甫是被琐屑的温情蚕食掉的，那么魏连殳则是被封建势力的狂飙巨澜摧折倒的。魏连殳这种孤独抗争、至死不屈的悲剧命运，无疑更能唤起对封建势力的愤怒和痛恨。小说结尾又特别再次写到魏连殳那一声嗥叫："像一匹受伤的狼，当深夜在旷野中嗥叫，惨伤里夹杂着愤怒和悲哀。"这种描写更强化了充溢在全篇中的那种难以遏制的悲愤之情。

《狂人日记》中的狂人，《长明灯》中的疯子，就其象征意义来讲，都是敢于反抗传统反抗封建势力的精神界战士。他们都怀有一颗真正人道主义的救世之心，敢于挑战强大的封建势力，为此而进行不屈不挠的抗争，他们为社会所不容，被斥为“狂人”“疯子”，遭到整个社会的联合压制和迫害。他们的人生悲剧固然令人悲哀，更能唤起人们对封建制度和文化的强烈愤恨之情。

《伤逝》描写的是五四运动新青年涓生和子君的爱情悲剧。这对年轻人都纯洁善良，有着美好的愿望和合理的追求。然而面临社会的种种压力，他们显得是那样的束手无策，一筹莫展，眼看着自己日益陷入悲惨的深渊而无力自拔。这种人生悲剧自然能激起人们对他们深深的同情和对封建势力的强烈愤怒。相对于涓生，子君的悲剧命运更能牵动人们的情怀。子君是一位弱女子，她冲破家庭的束缚，顶住世俗的压力，毅然决然地与涓生走在了一起。在这一过程中，她表现出来的意志力是足够坚强的，她付出的代价是惨重的，她的牺牲精神是崇高的。因此她的悲剧虽然平凡，却有着震撼人心的巨大力量。

鲁迅小说悲剧美的第三种表现形态是悲壮。悲壮是与崇高联系在一起的。历史上就有人认为悲剧美是崇高的壮美。例如康德在《判断力批判》中就声称悲剧是崇高加美。一般来说，英雄悲剧才表现出一种悲壮之美，悲剧主人公是大人物、英雄，即使是普通人，他与一般人也有一定的“距离”：他的言行是崇高的、令人敬佩的，又不是常人轻易所能做到的。

整体上看，鲁迅小说中没有严格意义上的英雄人物，但在《呐喊》《彷徨》中，那些觉醒的知识分子悲剧人物中，还是存在着某些“壮”的言行的。例如《狂人日记》中的狂人呼喊“救救孩子”，《长明灯》中的疯子大叫“我放火”，《伤逝》中的子君宣布“我是我自己的，他们谁也没有干涉我的权利”，涓生自勉“我活着，我总得向着新的生活跨出去”，等等，都使得作品在总体的悲剧氛围中增添了几分“壮”的色彩，但这还不足以使整部作品呈现出悲壮美的形态。

真正能够显示鲁迅小说悲剧美的是《故事新编》中的一些作品。《故事新编》是鲁迅前后经过 13 年而创作完成的一部小说集。在集中鲁迅塑造了女娲、后羿、眉间尺、黑衣人、大禹、墨子等古代英雄人物形象，并赋予他们现代悲剧的意味。他们为了造福大众或捍卫正义而不断操劳和抗争，而奋斗的成果却遭到践踏和亵渎。奋斗意义的消解正构成《故事新编》真正的悲剧内涵，使作品富有相当的悲壮美。

《补天》中的女娲是人类的始母，她进行着创造人类的庄严工作，然而她的创造成果——人，却异化为奴隶，进行着奴才式的破坏。女娲的工作也由创造转化为修补，这是一种英雄精神的沦丧。“修补照例是可悲的。”女娲没有牺牲于创造之中，却累死于补天之中，更可悲的是死后还被人改造、利用。《奔月》中的后羿是一位曾经上射九日、下除诸害的传奇式英雄。然而这种英雄壮举竟成为他走向末路的原因：“我的箭法真太巧妙了，竟射得遍地精光。”可怜一世英雄无用武之地，加上妻子“奔月”而去，青年暗中“剪径”，后羿陷于深深的愤懑、苦恼、孤独之中。后羿的悲剧是英雄末路的悲剧，是缺少对手的悲剧，是一种灵魂上没有回音的悲剧。《铸剑》塑造了眉间尺和黑衣人两位复仇者的形象。他们都肩负使命，执着复仇，不屈不挠，死而后已。关键时刻，眉间尺以身赴死，义无反顾。黑衣人也一诺千金，割下自己的头颅，与眉间尺一起杀死了国王。然而复仇成功之际也就是复仇消解之时：“三王坟”建成，复仇者与仇人同葬一处，结局无二，这无疑是复仇精神的最大悲剧。《理水》中的大禹与《非攻》中的墨子，是“中国的脊梁”。大禹治水三过家门而不入，这样苦干、操持，换来的不是百姓生活的安康，而是“阔人们”的骄奢淫逸。更可悲的是禹被世俗所包围，异化为太平盛世的建造者。墨子和大禹一样，也是位实干家。他克勤克俭，埋头苦干，为了消除战争与灾难，终日孤独地奔波、劳顿。可悲的是他的“兼爱”思想，连弟子们都不理解；他凭借勇气和智慧使宋国免于兵燹之祸，却在宋国连遭尴尬之事。

在这些作品中，鲁迅以多种手法来表现英雄悲剧中崇高的一面。首先是以壮美的景物来透视人物崇高的心灵，渲染悲剧气氛。例如《补天》中金球般的太阳，忽明忽灭的星星，生铁般的月亮，衬托出一个屹立于天地之间的人类始母。结尾处，景色依旧奇异，女娲却已颓然倒下，作品笼罩上一种悲壮色调。其次，这种壮美也表现在英雄自身形象的刻画中。《奔月》中的后羿有着岩石般的身躯，闪电般的目光，黑色火焰般的须发，这种英雄形象与英雄末路相对比，使得后羿的悲剧显得格外壮美和沉重。

鲁迅小说悲剧美的第四种表现形态是悲谐。所谓“悲谐”，即悲中有谐，谐中有悲，悲剧和喜剧两种因素相融合。这是鲁迅小说悲剧美中带有总体性质的美的形态。

鲁迅在论述悲剧和喜剧时说过：“悲壮滑稽，却都是十景病的仇敌，因为都有破坏性，虽然所破坏的方面各不同。”① 悲剧的破坏，是“将人生的有价值的东西毁灭给人看”；喜剧的破坏，是“将那无价值的撕破给人看”。尽管二者破坏的方面不同，但破坏的目的却一样：展示人生有价值的东西的“毁灭”，正是为了肯定它的价值；而要肯定它的价值，则又可以通过将那无价值的“撕破”来达到。鲁迅小说的独特之处，就是在“毁灭”人生有价值的东西的同时，又“撕破”人生无价值的东西。这种“毁灭”和“撕破”的融合，形成了鲁迅小说的悲谐美。具体说来，鲁迅自始至终抱着启蒙的目的来进行小说创作的，这决定了鲁迅必然以表现“病态社会不幸的人们”为中心，以深厚的人道主义情怀关注和描写他们悲惨的生活命运，因此小说呈出悲剧性的面貌。与此同时，鲁迅又对这些人物身上存在的荒谬、可笑的精神特征进行无情的讽刺，小说因此又呈现出喜剧性的面貌。鲁迅小说就这样为我们提供了悲剧和喜剧相融合而生成的特殊的悲谐美。

在鲁迅小说中，“悲”和“喜”是对立的，但是当它们共同处在同一的矛盾体中时，又能够互相依存，相反相成。小说中悲剧人物生活命运的悲惨显示了与他们的根本利益不相符的传统思想的可笑性，悲剧加强着喜剧；而他们可笑的思想观念也加重了他们生活命运的悲惨性，喜剧加强着悲剧。因此形成了“含泪的笑”的特殊的审美效应。悲谐这一悲

---

① 鲁迅：《坟・再论雷峰塔的倒掉》，《鲁迅全集》第 1 卷，人民文学出版社 1981 年版，第 193 页。

剧美形态在鲁迅描写下层小人物的小说中有集中表现。《孔乙己》和《阿Q正传》就是这方面的典型文本。

鲁迅小说的悲谐，还体现出一种由悲到谐的发展、转化的创作趋向。鲁迅曾说，他的创作小说是“只因哀本国如隆冬，没有歌唱，也没有花朵，为冲破这寂寞才写的”，他说“今后写还是要写的，但前途暗淡，处此境遇，也许会更陷于讽刺和诅咒”。① 从《呐喊》到《彷徨》，我们确实可以清楚地看到鲁迅创作“更陷于讽刺和诅咒”的趋向；从《呐喊》《彷徨》到《故事新编》，我们更可以看出“讽刺”的明显加强（只是没有更陷于“诅咒”）。由于讽刺的不断增多，喜剧和悲剧两种因素的完美结合，以致使《补天》《理水》这类作品，已经不再是严格意义上的悲剧，而更接近于悲喜剧结合的正剧。

鲁迅发挥他杰出的幽默和讽刺才能，在悲剧的情节中穿插喜剧的细节，在悲剧的氛围中渲染喜剧的情趣，所采用的主要手法有三种。一是幽默。例如《阿Q正传》中的“序”为阿Q正名，煞有介事地考证阿Q的籍贯、姓名，意在说明阿Q地位卑微低下，连姓字名谁自己都不知晓。幽默、诙谐的语调中隐伏着哀痛。二是滑稽。鲁迅小说里采用的多数是否定性滑稽，如《补天》中的“古衣冠小丈夫”的描写，反衬出女娲形象的伟大及其命运的悲壮和悲哀。再如《理水》里写“文化山”上学者开口“OK”，闭口“莎士比亚”，无聊造作，与大禹的脚踏实地、埋头苦干形成鲜明对比。三是讽刺。鲁迅认为“讥讽又不过是喜剧的变简的一支流”。② 他的小说有时将人物置于一定环境中，二者的不协调造成讽刺的意味。例如孔乙己热天穿长衫，说话时满口“之乎者也”；人们对他打趣取乐，他却极力辩解，竟至于涨红了脸。还有用夸张的手法揭示人物表里不一、心口二致，人格两重。如《阿Q正传》中的赵太爷，对阿Q前倨后恭，就属此类。

---

① 鲁迅：《书信·201214 致青木正儿》，《鲁迅全集》第13卷，人民文学出版社1981年版，第454页。

② 鲁迅：《坟·再论雷峰塔的倒掉》，《鲁迅全集》第1卷，人民文学出版社1981年版，第193页。

综上所述，我们可以看出鲁迅小说的悲剧美大致可分为悲哀、悲愤、悲壮、悲谐四种表现形态。其中悲哀之美是最基本、最主要的，悲谐也是一种带有总体性特征的悲剧美形态。相比之下，悲愤、悲壮的美，在鲁迅小说中表现比较微弱。这还是由鲁迅小说创作的基本态度和目的所决定的。以启蒙为己任的鲁迅关注和表现的中心始终没离开劳动群众，悲剧矛盾双方的正面冲突交锋，并不在鲁迅思想和审美的视阈之内，始终没有占据鲁迅小说的中心地位。在鲁迅笔下，无论是现代的斗士，还是古代的英雄，他们的最大悲剧都不是与劲敌、对手一对一的肉搏中失败、毁灭，而是在“无物之阵”中倒下，被鉴赏，被冷落，被利用，被异化，被践踏。所以鲁迅一些小说虽也掀起了一定的悲愤、悲壮的情感波澜，但往往又被随即奔涌而至的悲哀潮水所淹没，冲洗殆尽。这一特点在《故事新编》中有最明显的体现。悲剧主人公命运的悲壮，往往被他们的“二次毁灭”的悲哀所消解。我们以其中的作品为例来分析说明鲁迅小说中的悲壮美，并不意味着这些作品就属于悲壮美类型的悲剧。它们是有着悲壮美的成分，有的还相当突出，但整体上看也许将它们看作悲哀型、悲谐型的悲剧更为合适。

还需要说明的是，悲剧激情往往是一种复合的情感，我们很难将这纠缠在一起的情感条分缕析。在鲁迅悲剧性小说中，种种激情多是相互交叉，彼此包含的；悲哀、悲愤、悲壮、悲谐这四种悲剧美形态也往往在一部作品杂糅、错综在一起，单一地、纯粹地表现出某一种悲剧美形态的作品实际并不存在。这才使得这些小说产生出丰富复杂的审美效应，这也正是其艺术魅力之所在。

（原载《泰山学院学报》2005 年第 4 期）

生命敬奠的空间

鲁迅是一种异质精神的存在，《野草》如精博锋利的悼词，是置身荒原倚坐坟前的沉思，是自我埋葬的文本，充满了对生命的重新审度，其中所涵纳的意蕴突破时代的内容，延伸到更为深广的空间。鲁迅在开篇的《题辞》中宣告：

> 过去的生命已经死亡。我对于这死亡有大欢喜，因为我借此知道它曾经存活。死亡的生命已经朽腐。我对于这朽腐有大欢喜，因为我借此知道它还非空虚。
>
> 生命的泥委弃在地面上，不生乔木，只生野草，这是我的罪过。

这最清楚不过地表明：《野草》是鲁迅生命的凝结，是鲁迅为审视和安妥自我生命而构筑的一个精神空间，是幽独而孤寂的灵魂对于生命的伤悼和敬奠。在《野草》这一象征性空间中，鲁迅在诀别，也在留恋；在埋葬，也在重建；在追悼，也在寻求。那自白其心的陈述，倾吐现实苦境的痛楚；回归自我，在内心深处舐舔伤痕；因“不生乔木，只生野草”而憎恶历史遗留的丑恶；敬奠过去生命之绝望、凄惶、惨苦，并在绝望中蓄积一种力量，情感上眷恋诗意的生存，思想上偏爱人性的复苏……这种种思虑冲击成一个特殊的审察自我的情感地带和精神家园，在情与思的交汇碰撞中发出了激越跌宕的交响，幽琼而迷人。

一 现实空间："非人间"的困境与梦的幻灭

天地、荒野、冰谷、地狱、灰土等意象往往构成了《野草》超越性背景，同时也是《野草》所要架构的宏阔而又模糊的空间结构，事实上，这些超现实的极致的世界描述，正是对"非人间"的"吃人"世界的透视，是现实生活的实底。喧嚷嘈杂的现实世界是黑暗、寒威、窒息、肃杀、昏沉的，身陷其中则如处"无物之阵"，这不仅是敏觉者对现实环境的真切感受，也是一种跌落人生深谷后的痛彻发现，"有谁从小康人家而坠入困顿的么，我以为在这途路中，大概可以看见世人的真面目"[①]，潜隐着的痛苦之经验、悲凉之感受可窥一斑。展开诗卷《野草》，如见苦境中孤独受伤的鲁迅在述写自己无尽的苦闷经验，舐舔难以弥合的伤口：这里不是见刺色变的天的压迫，就是看不见的严霜的荼毒；不是向黑暗里无地彷徨，就是"被割裂的情结"的痛彻的"绝交"；不是求乞中遭遇侮辱的沉默，就是复仇中惨苦的试偿；不是希望的悲凉缥缈，就是周遭的寒威冷气；不是探索路上的疲劳枯渴、受伤流血，就是墓碣之中抉心自食，创痛酷烈……《野草》丛中悒郁的氛围满是累累的伤痕，触目惊心地掩于其间。康德认为，"空间是外在感觉的形式"，在《野草》的首篇《秋夜》中，鲁迅描绘大有深意的诡谲的秋空实质上也就是对现实世界的"模范"描写，在幽远空邃的苍穹中皓月朗然，寒星数点，"而将繁霜洒在我的园里的野花草上"，冷笑、冷眼、冷气，正是无法逃避的现实世界"非人间"境况。《淡淡的血痕中》与《秋夜》遥相呼应，看透了造物者"暗暗地使天地变异"的把戏，他要打破这种二重现实世界结构，"将要起来使人类苏生，或者使人类灭尽"，这使造物主"羞惭""伏藏"，使天地变色。在《秋夜》与《淡淡的血痕中》之间，鲁迅有感现实之黑暗与生存之虚无，他处在"废弛的地狱边沿"清醒地观照，像夜色里游魂一般的猫头鹰发出凄厉的枭鸣，诅咒着"无物之阵"的消逝和地狱般

---

① 鲁迅：《呐喊·自序》，《鲁迅全集》第1卷，人民文学出版社1981年版，第415页。

“非人间”的灭亡。

诚然，经验世界中的鲁迅以其坚毅的韧性精神能够直面人生的惨淡，但是敏感的心灵却落下了斑斑伤痕。梦作为一种愿望的达成，试图为经验的“伤”予以心灵的补偿。与现实的远远相隔并借以对白日的梦的追怀而寻求一方心灵的栖息之地成为鲁迅创作的心理诱因之一。《野草》试图以模糊现实印迹的梦来平复无言的精神伤痛，然而接近于“希望”的美梦在一次又一次的夭折中加剧了伤的痛感，这种经验世界的幻灭感造成了体验世界的双重伤痛。在《野草》集中写梦的篇什中，真正写梦的只有一篇《好的故事》，其余的梦都是现实的镜像，个体遭遇的伤痛和“好的故事”的破灭挝碎了心中的渴望，构成《野草》写作的现实空间感受。多年以后，鲁迅在《听说梦》里，有对“梦”的更为凝重的反思：“虽然梦‘大家有饭吃’者有人，梦‘无阶级社会’者有人，梦‘大同世界’者有人，而很少有人梦见建设这样社会以前的阶级斗争，白色恐怖，轰炸，虐杀……”“倘不梦见这些，好社会是不会来的，无论怎样写的光明，终究是一个梦，一个空头的梦，说了出来，也无非教人都进这空头的梦境里去。”[1]

在光明/黑暗的二重世界里，在希望/绝望之间的绝境中，招致厄运的无情戏弄和打击，鲁迅写出了更大的破灭与绝叫，凸显出更深刻而悲哀的彷徨。鲁迅并不愿意“偷生在这不明不暗的‘虚妄’中”，故而以自戕、自抑的方式牺牲自我，“在生活的路上，将血一滴一滴地滴过去，以饲别人”，然而“人们笑我瘦弱了，连饮过我的血的人，也来嘲笑我的瘦弱了”[2]。“我就退进野草里，自己舔尽了伤口的血痕，决不烦别人敷药。”[3]《野草》是受难的生命暂时息肩之所，现实苦境的遮蔽和由此引发的惨苦遭遇所造成的深重创痛是鲁迅“自我埋葬”的一个最初心理动

① 鲁迅：《南腔北调集·听说梦》，《鲁迅全集》第4卷，人民文学出版社1981年版，第468页。

② 鲁迅：《两地书·九五》，《鲁迅全集》第11卷，人民文学出版社1981年版，第247页。

③ 鲁迅：《南腔北调集·答杨邨人先生公开信的公开信》，《鲁迅全集》第4卷，人民文学出版社1981年版，第628页。

因，亦是其作品的底色。现实“苦境”在《野草》中令人深感“气闷”，鲁迅呈现出拒绝和告别的姿态，如同影向肉体告别、过客向老翁告别，“我”向死尸告别，这种毅然决然的姿态是在诅咒“人间苦”。在当时外界高歌猛进的世界里，鲁迅对现实经验的感知却有“于浩歌狂热之际中寒”之创痛感。

二 内心空间：心造的绝境体验与自我隐蔽的两难

《野草》在鲁迅整个创作生涯中呈现出一个重要的特征就是退回自身。《野草》于嶙峋的笔致中常溢出奇诡的遐想与情思，有别于现实空间的逼仄、黑暗与凄楚，内心空间具有广阔性和幽深性。《野草》是“对灵魂深处的一次逼视”①。《风筝》中的鲁迅是一个现实生活中根本不存有的无地自容的忏悔者，周作人认为这是“想象的假设”，这种看法为我们理解鲁迅的心灵图景提供新的维度。《求乞者》中的“我”本身挟带的是鲁迅“不惮于最坏的恶意揣测”的“布施者”“类”的麻木的内心指向，此时却转换为“求乞者”个体切身的感受，“我”才发现自己完全处于冷漠的世界，虽然“另外有几个人各自走路”，但“我”深知哀呼、悲戚都得不到布施，其根柢在于“得不到布施心”，求乞在四面灰土中进行，回忆于灰暗的空中纷飞，“我至少将得到虚无”，这虚无还包蕴着鲁迅无限愤慨于心灵缺失“使人们各各分离，遂不能再感到别人的痛苦”②。求乞者是灰土世界的受伤者，其灭亡并非灰土淹没所致，而是可悲悯的、可诅咒的“布施心”的木然戕害其灵魂。现实空间中的鲁迅虽未沦为“求乞者”，却曾多次忆及十三四岁时寄住在亲戚家里“有时还被称为求乞者”的事，亲戚邻里的侧目而视、冷眼相投对其触动很大。某种意义上，当时的鲁迅已具《野草》创作时所持有的苦闷而悲痛的情绪体验和沉滞

① 钱理群：《心灵的探寻》，北京大学出版社 2001 年版，第 21 页。

② 鲁迅：《坟·灯下漫笔》，《鲁迅全集》第 1 卷，人民文学出版社 1981 年版，第 217 页。

感受，或者说《求乞者》中的孩子就是鲁迅幼时的自况。这样的描述正基于"想象的假设"，虽然《狂人日记》的横空出世改变了鲁迅生命的轨迹，然他也不得不思考这样的一种情况：倘若真的沦为求乞者，将是何等的不幸。这种基于现实的假设正是鲁迅《野草》思维的出发点，它往往呈示出现实以外的另一种遭遇，这种可能性遭遇是内心绝望的沉思。《颓败线的颤动》中，鲁迅着笔于梦中之梦，实质上却是生活中的生活，是生活的实底，虽非生活境况的实摹，亦为"想象的假设"，涵纳了更深切的表达内心绝境的体验。"我"置身于"梦"也即生活至深处，透过小屋的墙，"我"看清了深夜中紧闭的小屋的"内部"，这一梦境空间本身具有自我检察、审度的意味。小屋里是被命运驱策的绝望的女人，在光明笼罩的破榻上，以其瘦弱渺小的身躯牺牲着自我的灵魂，来养活幼小的生命，然而回馈她的竟是小辈的怨恨与鄙夷。郜元宝说鲁迅的文学是一种"创伤文学"[①]，垂老女人内心的怔悚是自我"灵魂上那么多的人我所加的伤"的剖白，一切的冷骂与毒笑都可能触碰鲁迅的隐痛，"我憎恶我自己"，"每每终于发见纯粹的利用"，如何利用我们很难罗列分明，但此话却一语成谶，无限的悲哀与苦闷却选择隐忍，诚然出离愤怒，依然平静地支撑。鲁迅的确是独异的战士，但我们无法苛求他在不满、怨恨中必然奋然回敬种种私怨，以攻讦为事，何况他选择遗弃、隐忍，而非恣意地臧否他人，这恰是鲁迅当时心境的流露。老妇在天地间凄厉地控诉声永久地诅咒着"生的悲哀的绝望"和"浓黑的悲凉"，这种沉默的爆发是鲁迅"想象的假设"，他深感"本根剥丧，神气旁皇……寂漠为政，天地闭矣"[②]，以无言语的天籁的呼唤回归心境的平安。

维蕾娜·卡斯特说："与自我感受相关的生命体验就是那些将人置于自我极限边缘的、在生死攸关的考验中超越这一极限的体验。"[③] 鲁迅的

---

① 郜元宝：《鲁迅精读》，复旦大学出版社 2005 年版，第 80 页。

② 鲁迅：《集外集拾遗补编·破恶声论》，《鲁迅全集》第 8 卷，人民文学出版社 1981 年版，第 23 页。

③ ［瑞士］维蕾娜·卡斯特：《依然故我》，刘沁卉译，国际文化出版公司 2008 年版，第 17 页。

“想象的假设”将自我置于绝境边缘，是海德格尔所谓对于存在的探询，那些心造的绝境除了对人的精神的虐杀、沦为求乞者、出离愤怒的痛诉，还有冰谷、荒野、地狱等绝望处境的想象，这些假设在鲁迅看来更具紧张和压迫感。然而对于自己“写心”的作品，鲁迅为何要那么激烈地反对高长虹“入于心”说呢？加斯东·巴什东说：“一切内心空间都是自我隐蔽”[①]，鲁迅“想象的假设”并非如“自由谈”式的游戏文章，而是趋于边缘性的写作方式，存在着虚无的包围和纠缠。李欧梵认为鲁迅存在着这样一种哲学思想，即把“独异个人”与“庸众”并置，“独异个人”是少数清醒者，“开始时想唤醒沉睡者，但是那努力导致的只是疏远和失败。清醒者于是变成无力唤醒熟睡者的孤独者，所能做到的只是激起了自己的痛苦，更加深深意识到死亡的降临。他们中任何人都没有得到完满的胜利，庸众是最后的胜利者。‘铁屋子’毫无毁灭的迹象。”[②] 李欧梵还非常敏锐地指出“铁屋子”意指鲁迅自身的“黯淡的内心”，这种黯淡、孤独饱含着深刻的虚无、绝望和黑暗。无涯的暗夜，鲁迅渴望走出一条真正的道路，然而这条路是黑暗中“一条灰白的长蛇，自己蜿蜒着向我奔来，我等着，等着，看看临近，但忽然便消失在黑暗里了”，黑暗之盾的后面依然黑暗。象征着“黯淡的内心”的铁屋子没有被打破，鲁迅被置于希望与绝望之间的绝境，并由于将自己作为清醒的战士与“庸众”形成对峙的空间，这种情势造成了认同感的丧失，形成非常大的情感冲撞。没能打破禁锢内心枷锁的铁屋，犹如鸱鸮之在于笼，又被庸者拒斥。黑暗与虚无既为他所不愿，却又是其自我实现的必然选择，“惟黑暗与空虚乃是实有”，他在敬奠过去生命的同时也在敬奠自我的现在与未来。在绝望的边境，他的整个内心裹挟着虚无与黯淡，并在虚无与否定虚无之间，在坚持枣树的抗战与继续做青葱的梦之间，始终于两难处境中徘徊。在《秋夜》中听到发自内心的怪笑，这笑声似乎来自于现实空

---

① ［法］加斯东·巴什拉：《空间的诗学》，张逸婧译，上海译文出版社 2009 年版，第 53 页。

② ［美］李欧梵：《现代性的追求》，人民文学出版社 2010 年版，第 40 页。

间的恶鸟，实际上正是内心深处矛盾重重的述写与暗示，当他倾听自己的心音时，感觉到“有无量悲哀”，却又说“不过是淡淡的哀愁”。《野草》的创作中，鲁迅远离现实纷扰的逋薮，隐忍了虚无的包围与纠缠，剖白心迹的同时也巧妙地遮掩了很多不愿为他人知的内心的真实感受，回避埋葬自我、对自我虚无彷徨体验的直接指认，以及内心存有的难于传言的生命飘零的空落情绪，鲁迅反观自我表达着“于天上看见深渊”的凄惶感。

三　历史空间：遗留的憎恶与十字街头的抉择

鲁迅的思索不断突破自我和时代框架的拘囿，浸润着悠远的历史情境，使其个体经验的苦痛与困境与中国社会历史的苦难遭遇之间存在着一定的同构性。较之于纯然自我的凄惶，显然他对历史的观照产生更为深刻的绝望与空寞。鲁迅对传统思想具有天然的抗拒，他以价值中间物的进化观憎恶遗留下的非人性因素。从《影的告别》到《过客》构成的意识流向，标示出作者告别传统的阴影而在无地之处走向新的历史性抉择。过客如同黑色的影独自远行，漂泊四方，在充满荆棘的无地、黑暗、虚无之处不愿休憩地往前行走。这样弃绝的行进，使人忘却置身于哪个世纪，默默地静想人类遥远而漫长的历史，人类一如踉跄走出的过客，其中包蕴着一种奇妙的原始思维。

在《复仇》中，虚设的原始背景广漠的旷野之上，两个持刃的鲜活的裸体，投入到无限的历史空间之中，以其温热吸引着没有具体的历史年代的嗜血者，这些嗜血的看客麇集而来如同槐蚕与马蚁，遗留着嗜血的兽性，以他人生命的速亡来慰藉自身的无聊，嗜血之行为由来久矣，暗示了鲁迅对历史的惰性力量、对集体无意识的可怖以及其瘟疫一般的蔓延性的反感与憎恶。在《复仇（其二）》中，鲁迅依据《圣经·新约》中的一段上帝独子耶稣受难的场景，描绘了令人揪心的被围观的十字架，这个十字架仿佛一直存放于人们仰视的地方，模糊了原本存在的空间，氤氲着无法辨识的历史幽深感。《圣经·提摩太后书》中说："圣经都是上帝默示的。"《复仇（其二）》中耶稣罹难承受弃绝的遭遇某种程度上亦可视为鲁迅的自况。他是自觉的殉难者，是自我在绝境处默示的意愿性赴难，但他感受到与耶稣不同的是"四面都是敌意"，这种"敌意"在鲁迅看来是"可悲悯的"与"可诅咒的"，其存在的理由并不是上帝的旨意而是不合理的不应存在的惨伤的人间悲剧，人之子终究不是神之子，其命运不是上帝安排的过错，而是四方的无情、无知所造成的严重的人格灾难。而灾难的根由、悲剧的场景却是在历史遥远处的某个午后产生的戏剧性的一幕，延续至今，除了悲悯与诅咒，还玩味着他们人性的断裂与泯灭。而被围观的十字架耶稣赴难替世人赎罪本身，已然说明了人性之恶的久远的循环堆积与无可挽回，这是一个吊诡的历史空间。有论者认为人之子就是鲁迅，其实鲁迅主要还是一个隐藏于幕后清醒冷静的观察者，当他关注于历史性的这一幕，显现得比基督更为绝望与悲凉——连赴难十字架这般的壮举都无法惊醒他们冷冻的热血和入眠的人性，打破历史轮回的梦魇代价是难以估衡的。在《求乞者》中，另外几个人走路也仿佛是在历史的甬道中行进，他们各自走路，如同尼采那癫狂的意念，可怖的"永恒轮回"的梦魇，漫长的历史不过是无休无止的轮回。作为历史中间物，鲁迅自然希望进化论的观点在历史长河之中有所体现，但过去的历史令人心生绝望，未来的希望更显得渺茫。《淡淡的血痕中》初刊时并无副标题，待到成书出版之际，鲁迅添加了这样一副标题："记念几个死者和生者和未生者。"孙玉石认为这一深情的副标题一方面追怀"三·一八"死难烈士的"淡淡的血痕"；一方面对国民党反动派的屠杀感到无比的愤慨①。实际上"淡淡的血痕"是对历史真相淡出生存记忆的控诉，历史的迷雾掩盖了浓郁的血污，鲁迅纪念牺牲者为改变历史所做的努力，也在哀悼先驱者、基督的牺牲与努力得不到生灵的回响，更是对生者茫然地存在于历史晦暗的地狱以及未生者难以脱离这种命运的近乎永世的哀伤。

---

① 孙玉石：《〈野草〉研究》，北京大学出版社2007年版，第115页。

回顾历史的同时，鲁迅还面对着“十字街头”的痛苦抉择。《过客》中的黑衣人面对着这样的选择：回去、留下、前行。回去意味着恢复到告别的原点，接受现实的历史的改编；留下则意味着躲进小屋，远离现实的苦痛绝望的境遇；而“息不下”则是参透了历史而选择的自我担当。在东西方文明交汇的歧路，鲁迅倾向于跳出历史的圈套，重新摸索一个可以行走的空间，“站在十字路口，是可走的道路很多。我自己，是什么也不怕的，生命是我自己的东西，所以我不妨大步走去，向着我自以为可以走去的路；即便前面是深渊，荆棘，峡谷，火坑，都由我自己负责。”[①]“我”告别历史的遗留，试图在黑暗中求索，“反抗绝望”的言说潜在地表达出艰困的历史处境。《过客》中的黑衣人是鲁迅的自况也是鲁迅对身外青春的希望，他的行进虽然否决了历史遗留的危害，却无法改变历史本身的轨迹，当他寄希望于未来，然而“各样的青春在眼前一一驰去了，身外但有黄昏环绕”，置于历史曲径的凄迷。翻检沉思，鲁迅产生了“于一切眼中看见无所有”的空寞感。

四 诗意空间：诗意的栖居与爱的翔舞

孙玉石说：“鲁迅的《野草》具有鲜明的诗的特质。”[②]《野草》中现实的苦境造成的苦痛感、内心深处虚无徘徊的凄惶感、历史无法超越的空寞感，透露出对现实、自我、历史的多重绝望，但《野草》的语言却诗意绵绵，牵动人的情怀，呈现出鲜活的生命意志和真切的生活热度。

居于困苦生活之上的诗意蕴含着深刻的生存观。在黑暗中，缘于诗意的存在，我们可以读到一丝光明；在绝境中，缘于诗意的存在我们能够读到一点希望；在冰冷中，缘于诗意的存在我们读到一抹温馨，“野草”是那样的脆弱与卑微，“根本不深，花叶不美”，缘于诗意，我们感

① 鲁迅：《华盖集·北京通讯》，《鲁迅全集》第3卷，人民文学出版社1981年版，第51页。

② 孙玉石：《〈野草〉研究》，北京大学出版社2007年版，第115页。

受到它生存的热望和倔强。《野草》诗意的心曲绝不单单是艺术形式的追求，还是“出于心”的生命态度，在情感上有明显的诗意的流转，《秋夜》里“吃吃”的笑声连空气都在应和，《死火》中“哈哈”的笑声别有意味，其诗意超越了形式本身而获得了奋勇抗击非同凡响的魅力。《雪》从单调的暖国之雨和滋润美艳的江南之雪着笔，写其存在的短暂和尴尬，而朔方“大风飞雪临空际”，表达一种超迈的人生意境。《复仇》中所写的两个人，裸着全身，捏着利刃，对峙于广漠的旷野之上，麇集而来的路人豫觉着舌上的汗或血的鲜味，兴致勃勃地等待着他们俩的拥抱或杀戮，然而他们俩旁若无人心照不宣地进行着复仇的游戏。这种艺术的诗意浮出文字的叙述，让我们感受到诗的谐美与人生况味，以及对生命的挚爱与充实。

鲁迅在绝望的边缘何以如此诗意绵绵的书写？这来源于他对生命的珍视。在文学世界，鲁迅展开爱的翔舞，在他笔端往往诗意与大爱及自由的追求具有内在的统一性。《死后》以诗意的想象饶有趣味地探讨了生命个体死后“官知止而心欲行”的遭遇，本来“死后”是六合之外、存而不论的命题，然而鲁迅却把“死后”的感受一一道来，首先是路人切切嚓嚓的声音，踹起的黄土，使死者想打喷嚏，可见围观者众多。接着是虫豸的烦厌，马蚁在脊梁上爬，青蝇停在颧骨上寻求着“做论的材料”。还有收殓者的草率，他们以为“死人无知”，没有扯平死者的小衫，棺材也委实太毛糙，锯绒毛毵毵的。而最有意思的是“勃古斋”旧书铺的小伙计兜售“嘉靖黑口本”《公羊传》，这些荒诞不经的情节令死者也无法安生，无限的感慨，在快意中落下泪花，于是不愿死去而坐了起来。存在的不确定性和荒诞性却包蕴着对生活的挚爱和关切。写作是鲁迅纯然个人的声音，他钟情于文字的叙述，致力于生命意义的讨源，爱的翔舞促使其对生活充满希望。“人生现在实在苦痛，但我们总要战取光明，即使自己遇不到，也可以留给后来的。我们这样的活下去罢。”① 他不是

① 鲁迅：《书信·36032 致曹白》，《鲁迅全集》第 13 卷，人民文学出版社 2005 年版，第 337 页。

堂吉诃德式的理想主义者，因而清楚地记得一切深广和久远的苦痛；他亦不是浪漫主义的诗人，因而也不可能永久地活在自己的世界中。鲁迅的诗意是魏晋名士的放达疏旷的情怀，这使他能够抛却个人内心的忿忿不平，而将视野投向更为广阔的空间，诗意的美丽情怀弥合内心的疼痛焦灼的裂隙。不甘于人生归于孤寂，鲁迅在敬奠“过去的生命”的同时，却以绵绵诗意的形式，吟咏出情感上的“于无所希望中得救”的诗意心灵。

五　哲思空间：“埋葬自我”的意绪和“撄人心”的存在

在情感上的诗意并非闲情逸趣的吟唱，而在思想上，哲学层面的沉思充满更高意义上的价值。美籍华裔学者王浩在《中国和西方哲学》中将鲁迅与王国维两相对比，称“鲁迅作了更多更久的思想家的工作，是一个广义的哲学家”[①]。

鲁迅曾就《野草》的意蕴指向诉于章衣萍，“他的哲学都包括在他的《野草》里面”。[②]“说是哲学，当然已不是使用抽象概念的一般哲学，而是把作为人的生存状态当作自己的问题来直接探寻的广义的哲学性的思维。”[③]《野草》所阐释的哲学感悟是理性思考逻辑判断无法介入的空间，多是难以直说的思悟，不过这并不表明《野草》就止于鲁迅个体内心的回忆和自言自语的封闭的回响，他缘于对更为广阔的视野的审察和对人生的悲哀的沉思。“埋葬自我”的哲思不仅埋葬了对现实、内心、历史认同的自我——绝望的自我，也埋葬了对现实、内心、历史反叛对抗的自我——希望的自我，并通过自我的埋葬与毁灭，借以述写对于虚妄与黑暗持存空间的诅咒与决断，这种奇特的“自我埋葬”的感受一如鲁迅在

---

① ［美］王浩：《中国和西方哲学》，中国友谊出版社 1988 年版，第 37 页。

② 章衣萍：《古庙杂谈（五）》，《京报副刊》1925 年第 3 期。

③ ［日］丸尾常喜：《耻辱与恢复——〈呐喊〉与〈野草〉》，秦弓、孙丽华编译，北京大学出版社 2009 年版，第 112 页。

厦门的一段真切经验:“我沉静下去了。寂静浓到如酒,令人微醺。望后窗外骨立的乱山中许多白点,是丛冢……”① 鲁迅在厦门时倚坐坟头拍摄的令人错愕的相片恰是对此思索的认可,埋葬的自我羁留在黑暗中,获得了“无我的存在方式”,在暧昧不明中自由梦态的游走探险。当然,并非如孤独者“以送殓始,以送殓终”,《腊叶》的出现表明鲁迅从埋葬自我走向了对自我的持存。在《野草》中不唯有心血斑斑的披沥,还有一些朦胧的声响“使我息不下”,这些声响可视作是坚忍、孤胆而我执的精神状态的一个巧妙的表达,“催促”“叫唤”的声音自然是不存有的,不过是虚设的内心期许的精神自足,是不听从绝望命运的自觉反击。常见鲁迅比他人更喜用“运命”这个词语。从文字学的角度说,命就是“口令”,“运命”就是不听从宿命论的声音,自觉探究生存的可能。看似惊悚灵魂的文字可使人之内曜,破除生命的黯淡。

《野草》沉淀着独特的感受,是奇谲的,又是令人难忘的。过去的生命遭遇着埋葬,自我的存在方式还在“撄人心”的体验中获得其存在的合理性,在隐没自我和爆发自我之间搅动人的心魂。钱理群说:“我呼唤搅动灵魂,这不仅是生命的呼唤,也是文学和学术的呼唤。”② 自我的隐匿是一种否定与挥弃,如《影的告别》《求乞者》《过客》《墓碣文》《失掉的好地狱》等在文末处的“自我”撤离了读者的视野而沉没于无地之中;自我的昂扬是一种控诉和抗拒,如《复仇》《颓败线的颤动》《死火》《雪》《这样的战士》等篇什语及自我情绪的外化,非但没有沉没反而以极为震撼的方式永久地呈现在我们的视野范围内。不管是搅动灵魂的充满张力的语言,还是弥漫灰土预留足够的想象空间,都同样撞击着我们的内心,凝聚着的尖锐冲决的力量给人以警醒的刺痛感,似乎在听闻鲁迅讲授“热带人语冰”的箴言。

鲁迅“撄人心”的超验的哲学感悟具宗教情怀的悲悯感。《野草》中的鲁迅发现了非人间的现实底色,搅动人们的灵魂,咀嚼着人

① 鲁迅:《三闲集·怎么写》,《鲁迅全集》第4卷,人民文学出版社1981年版,第18页。
② 钱理群:《那里有一方心灵的净土》,中国文联出版2008年版,第425—426页。

我的渺茫的悲苦，敬奠苦难的人生。狄更斯在《小杜丽》临近结尾处有一段小杜丽感人至深的独白：“在耶稣的一生中，并无所谓复仇，并无所谓遭受痛苦。我也相信，听从耶稣，不去追寻别的足迹，就绝不会有迷惑!”[①] 与狄更斯对宗教信仰的虔敬有所不同，在鲁迅的《复仇》中，他是以肉身的毁灭、鉴赏的失败进行着复仇的游戏，孙玉石先生在评价《复仇》说：“这篇散文诗深层意蕴所体现的鲁迅对‘路人们’的‘复仇’的生命哲学，如他评说绥惠略夫那样，这大憎里面，仍然是‘根于更大的爱的’。”[②] 在明与暗、生与死、过去与未来之际，鲁迅将多重的绝望埋葬在心里，其“撄人心”的作为以竹内好所谓“非宗教的宗教性体验”来求乞人的自觉，并从内心深处生发出对于人道、人性的真诚呼唤。《求乞者》之于人的生存境况的思考，《风筝》之于精神虐杀的反思，《颓败线的颤动》的向天的诉说，洋溢着人道的、人本的朴素的人伦观。《狗的驳诘》《失掉的好地狱》《聪明人和傻子和奴才》等对人的“非人”的、“兽性”的判断则警惕着人性的沉沦。鲁迅对充满人性的个体生命的自我存在极为珍视，在《野草》的气氛里，黄昏和曙色共有的迷离色彩令人感觉到奇诡的平和，这种平和有一种斯多葛派崇尚的那种节制。然而斯多葛派认为，如果外在环境过于恶劣，在生而无所眷恋的情况下，可以放弃自己的生命。斯多葛派许多代表人物都践行这一原则，甚至包括受此学说影响的罗马帝国五贤帝之一的马可·奥勒留。而这一点恰是鲁迅所不认同的，如果环境的恶劣容不下乔木的生长，那就成为一株荒原上的野蓟承受雨露和冰霜，在没有光明的地狱的边境在无涯际的黑暗中绽放惨白色的小花。《野草》中鲁迅将其自身置于希望与绝望的生命边境，在自我埋葬中感知存在的力量，在梦魇中窥视自我内心深处的苦难，呼叹着黑暗、虚无的毁灭和人性的复苏与回归。鲁迅所持存的背负伤痕的悲悯意识和埋葬自我所衍生的灵魂探险意识是最富哲学意味

---

① ［英］狄更斯：《小杜丽》（上卷），金绍禹译，上海译文出版社1993年版，第34页。

② 孙玉石：《现实的与哲学的——鲁迅〈野草〉重释》，上海书店出版社2010年版，第62页。

的对阻抑的突围。作为独具魅力、惊人心魂的存在，《野草》的生命力正源于他自身精神的完足与灵魂的不安，其神迹一般的展现是狂人望月的顿悟。他不屑于服从世界话语的描述，也不后于世界思想者求索的脚步，他的哲学是生命敬奠的探究，是对生命的一种苛待，亦为一种广泛意义上的人间情怀。

鲁迅眼中的世界是完整的、一体的，笼罩着哲学的情绪和诗的氛围。在《野草》的空间述写中，现实世界是黑暗、严寒、冰冷而令人窒息的，生存的艰困遭遇着梦的幻灭；“入于心”的内心感受难以弥合现实的伤痛，只不过是生的绝望、苦闷和哀伤的凄惶；推己及人，感悟到人类的绝望与不幸，历史宛如漫漫长夜，遗留至今的凉薄、冷酷依然如故的苦闷；然而多重的绝望却不改战士的秉性，个体的反抗诗意的存在，追逐着爱的翔舞；在思想上的哲思呼唤人性的复苏，让我们感受到鲁迅的丰富与精微。《野草》是敬奠生命的空间，是鲁迅充分领会艰难人世后灵魂的皈依。即便是满目悲怆的人生，然而生命中积蓄着爱的力量和人文的情怀，绝望的边境亦皴厚其生命的重量，让人生诗意而哲学地相随。

［原载《宁夏大学学报》（人文社会科学版）2012 年第 1 期］

论鲁迅《野草》的解构主义倾向

鲁迅《野草》的阐释史还在延伸，它不会终结，因为每一时代的读者都须在对历史文本的解构和重构中来寻求自身生活的意义。在后现代主义文化语境中重读《野草》，我们发现，它的许多篇章都或隐或显地具有解构主义倾向。这一倾向不仅表现在文本的写作策略、艺术风格等方面，也渗透在作者为文的思维方式之中。《野草》是一部产生于20世纪初期的中国的散文诗集，这也决定了其解构倾向是中国的、现代的、散文诗的，难以摆脱解构与建构的冲突。

翻开《野草》，我们会看到里面有许多成对的概念或意象符号，像希望/绝望、生/死、爱/憎、过去/未来、有/无、地狱/天国、形/影、沉默/言说，等等，它们在《墓碣文》《希望》《影的告别》或《过客》等诗篇中或同时并置或星散在文本之中。通常这类成对的符号都是有等级的，一个为本，另一个为末，本末对立，本优于末，末臣服于本，像“形与影”，“形”就是本，“影”就是末。深究起来，这种二元对立结构之所以能够形成，其深层的原因在于，无论是在东方还是在西方形而上学传统中，人们总要为世界设定一个由语言表达的最终本源，一种语言文字与其语义最终合二为一而不可再分的“逻各斯”（logos）或“终极能指”。这个本源可以是“理念、元始、终结、势能、实在（本质、存在、实质、主体）真实、超验性、知觉或良知、上帝、人、理性等”。[①] 正是由

① Derrida and Jacques, *Writing and Difference*, London: Routledge and Kegan Paul Ltd, 1978, p. 279.

这个本源出发，人们设定了一系列的二元对立范畴。但随着阅读的展开，我们发现，这些符号通常具有的等级关系被艺术化地消解了，臣服的一元获得了“自由”，但获得了“自由”的符号却并没有获得确定的意义，而恰恰成了意义模糊不清、无所依傍的碎片。这正是解构思维的表现。我们可以先读一下《影的告别》，它是叙述者“睡到不知道时候的时候”的一段呓语，时空的不确定使文章淡化了具体的时代意义，不过，这又使作者的思考更具有了普适性。“形影相随”“影随形移”是常识，但在鲁迅所创造的艺术世界里，“影”却变成了一个与“人”或“形”对立的主体，并以决绝的语气向“形”宣告，“我不想跟随你了”。这实际上意味着“影”与“形”的分离，“影”以主动的离去获得了自己的生命并颠覆了“形”的中心和主导地位，颠覆了“形”与“影”之间的那种主仆关系。不过，这样理解虽然挑明了二者的基本关系，但毕竟太抽象了。而实际上在文章中，“形”和“影”都是各具象征意义的。“形”是“天堂”“地狱”和“黄金世界”的承载者，而“影”则可以说是那游荡的边缘人的形象。仔细想来，在人类历史上，人们以“天堂”“地狱”或“黄金世界”为“逻各斯”即中心或本源构建了多少道德、宗教、哲学、神话等话语体系，那真是难以计数，而这些话语体系的始基的设定，体系的建构又往往是为表达部分人的利欲而完成的，但却都以代表全人类的承诺企图成为主导话语。而其中的有些话语体系也确实达到了目的，从而使千千万万的信徒或时刻翘首“天堂”或战栗在“地狱”的边沿或沉迷于“黄金世界”。在“形”与“影”对立的层面上，“影”的离去固然隐喻着对“中心”的怀疑和否定，表现出了解构主义“反中心”、抹平等级的致思趋向，但在由地狱、天堂和大地所构建成的宇宙图景中，“影”在离开了地狱、天堂和黄金世界以后是否找到了安身立命之所呢？回答是否定的。它只能是“彷徨于无地”，“彷徨”和“无地”都是对“影”的自身统一的解构。这正表现出了解构思维区别于二元对立思维一个关节点，后者的非此即彼逻辑导致的是否定一个“中心”后而又树起另一个“中心”，而前者却并非如此，它在消解了一个“中心”以后，并不期望另一个“中心”的出现，在解构主义者的视野中，所谓“中心”

都是分裂的，难以确立和统一。

“我不愿意彷徨于明暗之间”，“然而我终于彷徨于明暗之间”，这是对“彷徨于无地”的进一步推演。“愿意”与“不愿意”表达的是主观意向，即使“不愿意”，“我”也只能“彷徨于明暗之间”，“我”也只能承受走向“明”的欲望与隐遁于“暗”的欲望的冲突。这才是“影”的客观处境——分裂着且冲突着。“我”无法消弭这种内在的冲突，只好“举灰黑的手装着喝干一杯酒”来掩饰，但“影”还是作出来痛苦的选择——“将在不知道时候的时候独自远行”。这一选择就为解构思维画上了句号，所以说，在这篇文章里解构主义的倾向也就到此为止，因为按照解构思维的逻辑，任何选择都是偏激的，都预示着一个“中心”的突起和对其他因素的排斥。在文章的结尾，作者写道，“我独自远行，不但没有你，并且再没有别的影在黑暗里。只有我沉没在黑暗里，那世界全属于我自己”。“我”虽然做出了主观的选择，但这并不意味着客观的冲突的消失。这两者分别处在价值与事实的层面上。而联系整篇文章来看，文中思维理路的转化正说明了鲁迅内心的矛盾，他既看到了解构视野中的冲突、分裂和虚无，又感觉到了建构视野中选择的必然性，解构与建构的矛盾一直在啃蚀着他的灵魂。因此我们在从解构主义的视角来阅读《野草》时，一定要一方面清醒地意识到解构思维的可能性，一方面又要把握好解构的界限。鲁迅的现实责任意识让他不可能像当代的一些后现代作家那样充分享受解构的轻松和欢乐。虽然在《题辞》中他一再重复“我将大笑”之类的言辞，但“大笑”是有限度的，总难挥去长歌当哭的悲凉意味。

解构与建构的矛盾贯穿《野草》的始末，从思维方式角度看，由解构向建构、无向有的转换几乎是成了每篇作品的结构模式。但由于解构和建构的对象、侧重点、思维重心等方面的差异，这一结构模式还是表现出了许多变数。与《影的告别》等篇章不同，《题辞》重点思考的是言与意即能指与所指的关系。言与意的关系问题无论在东西方几乎都与人的思想史一样古老，它是一个哲学问题，同时也是一个语言学问题。语言是思维和表达的工具、“意以象尽，象以言著”等诸如此类的语言观，都自信地表达着这样一种观点，意是先在的，言是派生的，但言完全可以达意，言与意、能指与所指之间是透明的。而《题辞》的一开头就对这一传统语言观提出了怀疑。“当我沉默着的时候，我觉得充实；我将开口，同时感到空虚。”这种悖论性的命题确实是费解的，鲁迅后来曾对此做过更明晰一些的解释。

> 夜九时后，一切星散，一所很大的洋楼里，除我以外，没有别人。我沉静下去了。寂静浓到如酒，令人微醺。望后窗外骨立的乱山中许多白点，是丛冢；一粒深黄色火，是南普陀寺的琉璃灯。前面则海天微茫，黑絮一般的夜色简直似乎要扑到心坎里。我靠了石栏远眺，听得自己的心音，四远还仿佛有无量悲哀，苦恼，零落，死灭，都杂入这寂静中，使它变成药酒，加色，加味，加香。这时，我曾经想要写，但是不能写，无从写。这也就是我所谓“当我沉默着的时候，我觉得充实，我将开口，同时感到空虚”。①

由此来看，作者对这一命题的解释的确是巧妙的，同时也是无奈的，他只能以诗化的语言作隐喻性的解释，因为那“充实”的世界，是在沉静到“微醺”，解脱了理性的约束以后才浮现的无意识世界，那“心音”是驳杂的、感性的、原始的，理性语言对它的表达就是对它的戕害，就会破坏那种原生性。只要开口说话，就会陷入片面、短暂、相对的泥淖，就会成为了井底之蛙。只要开口说话，就同时说出了被否定的根由。而“沉默”的“存在”“大全”或整体性就烟消云散了。语言永远是“有”与“无”的纠缠，而人类又不能摆脱语言，永久地“沉默”。解构主义的语言观也正是对这一困境的认同和阐释。解构主义者认为，意义不是先于语言生成的，语言与意义是共生的。语言之下是生生不息的生命之流，它源于无意识，无意识到意识的转化就是语言的生命运动。这是一个理

---

① 鲁迅：《三闲集·怎么写（夜记之一）》，《鲁迅全集》第4卷，人民文学出版社1981年版，第18—19页。

性与非理性、逻辑与非逻辑的对话过程。无意识的呈现就是具体语言的生成，“呈现是语言的出生，也是它的死亡，出生意味着由无到有，从潜在的意义到显在的意义，死亡意味着呈现以命名的方式将住了它，而且在呈现过程中它必然失去本来面貌。”① 比较来说，在对言与意的辩证中，鲁迅与解构主义者都意识到了其内在的悖论及语言的不透明性，在思维方式上，后者更凸显了其“亦此亦彼”的特点，而前者更多地显示出了解构思维的“反中心”倾向。虽然《题辞》一开头就解构了言与意、能指与所指的统一，悟解了言说的“虚无”，虽然“地火在地下运行、奔突；熔岩一旦喷出，将烧尽一切野草”，但作者还是为“野草”的存在寻找了理由，并在“虚无”的大地上塑造了一位“大笑”着的“过客”形象，尼采的影子又显现了。解构又转向了建构，一丛“野草”又“献于友与仇，人与兽，爱者与不爱者”的面前。

解构主义认为多元、歧异、常变和运动是宇宙万物所遵循的规律。“歧异的存在是多元的必然，也是事物发展的动力，在差异的运动中，由于变是不可停止的，矛盾成为互补而非绝对对抗，由于歧异是一种积极的运转的能，使万物不断更新，它不应受一个中心意旨的压制。”② 因此反中心、反二元、崇尚多元化、坚持亦此亦彼原则、固守运动和变化的理念等致思特点正是解构思维的特别之处。如果说《影的告别》《题辞》以及《过客》《立论》和《秋夜》等篇什更多地显示了解构思维的反中心、反二元的特征，那么，《希望》《颓败线的颤动》《墓碣文》《求乞》等文章则更容易让人看到解构思维的歧异、多元化、亦此亦彼的趋向。在《墓碣文》的残言片语中存在着这样几对重要意象：狂热——中寒、天上——深渊、一切眼中——无所有、无所希望——得救。它们都是意义相反或相对的词语的组合，意象之间互相消解而又互相缠绕。这种解构方法也为日本学者木山英雄所注意，他指出“说到方法，从一个极端到另一个极端往复探求以解析混沌状态，这是鲁迅最显著的特有方法，

① 白艳霞：《结构与解构》，《文学评论》1996 年第 6 期，第 37 页。

② 郑敏：《解构思维与文化传统》，《文学评论》1997 年第 2 期，第 29 页。

这个方法大概与鲁迅本身所持‘一无所有’的根本意识，以及多数非难者与崇拜者所一致指出的‘鲁迅没有思想体系’深深联系在一起的。”①木山英雄对鲁迅思想的理解可以商榷，但他所指出的这种解构方法是事实。在这种解构方法中，前一个意象出现后随即被后一个意象的意义所抵抗和消解，同时后一意象也被前一意象所抵抗和消解。这也就是解构主义所推崇的方法：一边书写，一边擦涂。在并置意象中，任何一方都难以作为价值中心将对方统一到自己的逻辑框架中，而建构起价值体系。

在接下来的描述中，《墓碣文》也就传统认识论中的主体与客体之关系展开了形象地讨论。“抉心自食，欲知本味，创痛酷烈，本味何能知？……痛定之后，徐徐食之，然其心已陈旧，本味又何由知？”这意味着，欲知作为客体的“自我”之本味，必须有一认识主体，而这一认识主体只能是“自我”，这就要求“自我”必须成为认识主体的对象，即“自我”成为“自我”的认识客体。这是不可能的。因为就某一时刻的认识主体而言，如果他有认识能力，能进行认知，他就必须是一个完整、独立的认识主体，“抉心自食”即把“自我”从“自我”当中分离出来进行品味，这实际上就撕裂了作为认识主体的“自我”，破碎的认识主体怎能完成认知的重任。撕裂认识主体是痛苦的，这种情形下的“欲知本味”是难以成功的。这也许就是“创痛酷烈，本味何能知”的意义。同样在时间之维上来说，如果“自我”真的被分离出来，成了作为认识主体“自我”的认识客体或认识对象，那么，这个分离出的“自我”就已不是现在的“自我”了。所以，“痛定之后，徐徐食之，然其心已陈旧，本味又何由知？”鲁迅正是从反面说明了，在认识过程中，主体与客体是互相包孕的，难解难分的，从而解构了传统的认识论和本体论。

鲁迅的《野草》不仅在思维方式上显示出了解构主义倾向，其在写作策略上也是如此。前文其实已涉及了解构主义的一些常见写作策略，像并置（如《墓碣文》《希望》等）、悖论性语境设置（如《立论》《求

① ［日］木山英雄：《文学复古与文学革命——木山英雄中国现代文学思想论集》，赵京华编译，北京大学出版社2004年版，第57页。

乞》等)。《野草》这类写作策略还有许多，本文只想讨论一下“互文性”策略。“互文性”在《我的失恋》一诗中得到了比较充分的展现。在以前的大部分论著中，人们多持《我的失恋》“实在并没有什么幽深的微言大意”① 的观点。从解构主义的视角来看，《我的失恋》在《野草》里并非异类，其思想脉络与其他篇章是相通的。如果说其他篇章大都存在着解构与建构的冲突和转换，而《我的失恋》则更是一个比较纯粹的解构主义文本。互文性理论认为：“任何文本的建构都是引言的集合；任何文本都是对其他文本的吸收与转化。”② 据此可以说，《我的失恋》是张衡《四愁诗》的现代版。

《四愁诗》作为“前文本”一直伴随着《我的失恋》，它们的节奏韵律、结构模式等几乎是一样的，题材也都关涉爱情、信物等。但在审美趣味、主题蕴涵等方面却大有差异，这直接导源于鲁迅对《四愁诗》的戏仿，对“前文本”施以反讽、戏谑。我们可以《我的失恋》的第一段为例略做阐释。第一段开头就写“我”对爱人的思念之情：“我的所爱在山腰；想去寻她山太高，低头无法泪沾袍。”作者有意突出“山腰”“山太高”，以表达爱之深、之切，以及上刀山下火海般的求爱之意志。接着写的是赠信物，是“爱”的发展：“爱人赠我百蝶巾；回她什么：猫头鹰。”百蝶巾是一种饰有蝴蝶图案的手巾，彩蝶双飞象征着美满爱情。而猫头鹰常在夜间出没，叫声阴森，通常被视为“不祥之鸟”。将百蝶巾和猫头鹰作前后的排列，在阅读过程中就容易体味到别样的审美趣味。当人们首先读到百蝶巾时，审美期待中要求对应的一般会是双玉盘之类的高贵、典雅、精致、温爱之物，但紧接着的却是猫头鹰这“不祥之鸟”，潜在的逻辑和期待瞬间发生了逻辑的中断和错位，幽默、滑稽、反讽意趣猛然生成。更为重要的是在这种嬉笑声中，神圣、理想的爱情“脱冕”了，化成了苍白、虚空的俗物，解构主义所主张的雅与俗、神性与物欲、

---

① 孙玉石：《现实的与哲学的：鲁迅〈野草〉重释》，上海书店出版社 2001 年版，第 52 页。

② ［法］克里斯蒂娃：《主体·互文·精神分析：克里斯蒂娃复旦大学演讲集》，祝克懿、黄蓓编译，读书·生活·新知三联书店 2016 年版，第 14 页。

美与丑、永恒与短暂的融合在百蝶巾与猫头鹰的互相对立和消解中实现了。

那么，这与“前文本”《四愁诗》有什么关系呢？首先就诗歌的整体来看，《四愁诗》的节奏韵律、结构模式、句式等形式因素与其所负载的内容是和谐统一的，优美的节奏、一唱三叠的结构、错落的句式对应着深挚、缠绵、圣洁的思恋之情，但到了《我的失恋》中，鲁迅基本上借用了《四愁诗》的形式，却将内容置换成了猫头鹰、发汗药等世俗化的东西，诗篇的能指与所指出现了错位和裂痕，在错位和裂痕的缝隙之间，现代爱情与传统爱情发生了对话关系，产生了诙谐、戏谑的喜剧效应。其次从作品意象之间的关系看，《四愁诗》中的金错刀、青玉案等意象实际已移植到《我的失恋》中，变换成了类似的意象百蝶巾、玫瑰花等，而与猫头鹰、赤练蛇等意象形成了冲突、对话关系。但这两类意象或信物在文化意义和物质价值方面不是处在同一个层次上，它们的交流出现了阻隔和短路，思念中的男女情感不能沟通，“失恋”就不可避免了，“爱情”也就沦为虚空。由此看来，这两首诗的互文关系是多层面的。互文关系的形成既动摇了《我的失恋》的中心地位，也消解了《四愁诗》作为历史意义源泉的地位，因为它们各自都无法成为独立的文本，两者之间互相解释、互相消解，“爱情”主题就模糊不定，陷入了解释的循环。

《野草》的解构主义倾向的产生有诸多原因。这当然与鲁迅对生命的体验和洞察有关，同时与他所接受的现代主义文化思潮和佛教思想也不无关系。后现代主义者利奥塔德曾说过，“后现代属于现代的一个部分”，“如想成为现代作品，必须先是后现代的才行。因此，后现代主义并不是现代主义的末期，而是现代主义的初期。而且这一状况是不断地持续下去的。”① 这就意味着接受了现代主义实际上也接受了后现代主义。对《野草》解构主义倾向做发生学的还原是困难的，笔者只能简略分析一下

---

① 王岳川、尚水：《后现代主义文化逻辑（代序）》，《后现代主义文化与美学》，北京大学出版 1992 年版，第 2 页。

佛教思想与《野草》解构主义的认同关系。鲁迅大量阅读佛经是在辛亥革命失败以后，想“借以研究其人生观”。[①] 大家知道，佛教的宇宙观和人生观都是建立在“缘起论”基础上的，在宇宙观上否认有至高无上的“神”或“造物主”，在思维方式上否认有任何终极本体存在。这两方面都与《野草》的解构主义有内在相通之处。具体来说，佛教用“性空缘起”和“缘起性空”来分别解释和解决宇宙现象问题和宇宙本体问题。所谓“缘起”，即一切事物或现象的生成都是由相待（相对）的互补关系和条件决定的，离开关系和条件，就不能生成任何事物和现象。“此有故彼有，此起故彼起”[②] 即是此义。“缘起”在佛经中有许多含义，归纳起来，大体有这样几层：1. 无造物主，即否定有创造万物的主宰；2. 无我，即一切事物皆无独立的实在自体，无自性，因缘和合而生；3. 无常，即一切事物都受时空条件的制约而变动不居。而“性空”则是说，一切事物和现象皆无自性，即没有独立的、决定的永恒的本质。万物皆无自性，故此才可因各种条件和关系的和合而生成。因“缘起”而“性空”，因“性空”而“缘起”，二者是互为前提和结果的。由此来看，作为佛教宇宙本体论的“缘起性空”论，其核心是强调宇宙万物的本体是无自性，是“空”，它否定了一切神秘的“神格”或精神实体。这与鲁迅的“虚无”“虚妄”或“虚空”观念是极其接近的。佛教的“性空”和《野草》的“虚空”等观念一样，都不能在伦理学的视阈中来理解，它们与解构主义本体论的“虚无”相一致，都是说，宇宙间所有的事物皆为相对的、暂时的、有限的存在，没有什么永恒的中心意义之源，也没有源自于某个“逻各斯”的乌托邦。这是哲人们明悟了人之存在的有限性和无根性，解构了一切理论上的普遍性、必然性和可靠性以后所必然达至的精神境界。

佛教的传释方式有“表诠法”和“遮诠法”之分。“遮诠法”是早

---

① 许寿裳：《亡友鲁迅印象记》，人民文学出版社 1997 年版，第 44 页。

② 《杂阿含经 · 卷十二》，http：//sino － sv3. sino. uni － heidelberg. de/canon/SUTRA/FG0099B/FG0099B. 12。

期婆罗门教在对该教所崇奉的“梵”的论证过程中提出的。具体来说，婆罗门教认为“梵”的本质是不能用一般的概念、范畴来正面表述的，人们只能用不断否定“梵”具有各种具体属性的方式来表述“梵”。这实际上就是一种否定形态的思维方式。佛教不承认有所谓“梵”这样的实体。但佛教在观察和处理问题时，还是借鉴了婆罗门教的这种思维方式。举例来说，《中论》就强调了所谓“八不”：不生亦不灭，不常亦不断，不一亦不异，不来亦不出。在中观派看来，生、灭、常、断、一、异、来、出这些概念用来说明事物的特性时都不具有完全的正确性。在把握事物的实相时，对这些概念中的每一个都不能肯定，也不能肯定与其相反的概念。而是要在这些概念前无一例外地加上“不”字。总起来看，佛教的这种思维方式与《野草》的解构主义的认同是在思维取向上的，在具体的解构方法上，《野草》还有其独特性。

虽是《野草》的许多文本都表现出了解构主义倾向，但就整体来看，《野草》仍然是现代主义文本。现代主义和属于后现代主义思潮的解构主义都看到了生命和世界的“虚无”和传统认识论的困境，但现代主义是取一种背负着“绝望”来反抗的姿态，主张有所选择，希求对生命的拯救和诗意的复归；而解构主义则将现代主义的“否定”推到了极端，彻底地消解本体论和认识论，即消解认识的明晰性、意义的确定性、价值本体的终极性和对最终真理拥护。“它终止了一切诗意唤神的本性，放逐了一切具有深度的确定性，走向了精神的荒漠和不确定的平面。”① 而《野草》在解构的同时始终没有忘记建构。这或许与鲁迅的社会关怀有关，因为他多次表达过这样的意向：“因为希望是在于将来，决不能以我之无的证明，来折服了他之所谓有。”② 这种情怀也是我们该尊重的。

（原载《江淮论坛》2004 年第 2 期）

① 王岳川：《后现代主义文化研究》，北京大学出版社 1992 年版，第 12 页。

② 鲁迅：《〈呐喊〉自序》，《鲁迅全集》第 1 卷，人民文学出版社 1981 年版，第 420 页。

杂文：鲁迅综合素质全息图

关于鲁迅杂文思想性、艺术性，一直是鲁迅杂文研究的中心，因为它是认识鲁迅杂文价值的基础，也关涉到鲁迅后期乃至一生文学创作的评价。但我们看到，对这一问题的研究，各家虽不乏真知灼见，但总难免有遗珠之憾、散漫之嫌。原因就在于各家论述都缺乏各自的一个立足点、透视点，往往只是随机地升华一下对鲁迅杂文的几点强烈印象，虽能道出个一二三四、甲乙丙丁，但由于不是从一个相对固定的视角出发，当然也不可能为一个固定的视角所统摄，所以必然显得支离破碎，挂一漏万，很难形成一个相对周延、系统的鲁迅杂文观。研究的角度和方法自然是多样的。本文尝试运用全息论观点，从创作主体的内在素质构成这一角度，来审视和整合鲁迅杂文的思想、艺术特质。

全息论强调以整体观、系统观、统一观看待世界，它从信息的角度和全息对应的角度去认识事物的普遍联系、相互作用、相互包含、相互转化，认为“世界的统一不是统一于某种具体的物质层次或某一属性，而是各部分之间所包含的全部信息的统一。宇宙的多样性是以全息的方式相互联系的。”[①] 以这样的观点去看待鲁迅杂文，我们会发现它是鲁迅的各种禀赋、才情的外化，二者以全息的方式高度统一着：它在内容和形式上的种种特点都是由鲁迅的各种素质所决定和内在规定的。这样我们在考察鲁迅杂文的思想和艺术特质时，就应该以鲁迅全面的而不是片

① 严春友：《精神之谜》，中国社会科学出版社 1991 年版，第 24 页。

面的素质来作为参照。

作为一代文化巨人、文学大师，鲁迅的禀赋、才情丰富多样，非同一般。他既具有文化斗士的气质和立场，又具有思想家的穿透力、概括力；既具有小说家的想象、造型功夫，又具有诗人的激情和敏感；既具有学者的历史眼光、渊博学识，又具有文体和语言的驾驭力、创造力……所有这一切，都有机地融注于他的杂文创作中。而杂文这一边缘性文体，对鲁迅多种素质的充分施展和发挥，是再适合也不过的。关于杂文，鲁迅曾这样说："我们试去查一通美国的'文学概论'或中国什么大学的讲义，的确，总不能发现叫作 Tsa-wen 的东西。"[①] 他又说："我知道中国的这几年的杂文作者，他的作文，却没有一个想到'文学概论'的规定，或者希图文学史上的位置的，他以为非这样写不可，他就这样写。"[②] 这就是说杂文是一种尚未规范化的文体，这正好为鲁迅多重素质的发挥提供了广阔自由的空间。而鲁迅也相当自觉地、有意识地要使杂文"侵入高尚的文学楼台"。他曾从历史的高度，将杂文与小说、戏曲作类比，颇具信心地预言，杂文也会由"邪宗"变为"正宗"，并会使人"奉之为宝贝。"[③] 可见，鲁迅进行杂文创作，除适应形势和战斗的需要，还有意识地进行一种新文体的试验和创造。从这一高度出发，鲁迅对这项工程有足够的重视和准备。他说："'杂文'很短，……不过也要有一点常识，用一点苦工。"[④] 可以说，鲁迅是集中调动起自己的全部天资和才情，进行杂文创作的。吐纳英华，莫非性情。在杂文这片广阔天地里，鲁迅尽显英雄本色。战士的气质、思想家的品格、讽刺大师的智慧、小说家的匠心、诗人的激情、学问家的功底、语言大师的才华，形成了一种合力，

---

① 鲁迅：《且介亭杂文二集·徐懋庸作〈打杂集〉序》，《鲁迅全集》第 6 卷，人民文学出版社 1981 年版，第 291 页。

② 鲁迅：《且介亭杂文二集·徐懋庸作〈打杂集〉序》，《鲁迅全集》第 6 卷，人民文学出版社 1981 年版，第 291 页。

③ 鲁迅：《且介亭杂文二集·徐懋庸作〈打杂集〉序》，《鲁迅全集》第 6 卷，人民文学出版社 1981 年版，第 291—292 页。

④ 鲁迅：《花边文学·商贾的批评》，《鲁迅全集》第 5 卷，人民文学出版社 1981 年版，第 563 页。

共同将杂文作为一种独立的现代文体推上了“高尚的文学楼台”。这种天赋和才情，是鲁迅独有的、不可替代、不可重复的，它们正决定和构成了鲁迅杂文思想、艺术特质的各个方面。从这一意义上来说，鲁迅杂文正是鲁迅作为一代文化巨人、文学大师的综合素质的全息图。

一　批判性、否定性，显示出战士的本色

鲁迅是现代中国的精神界战士，这是他最为本质的地方。无论是作为思想家，还是文学家、学者，无不叠印在这一底色上而显示出灼目的独异性。这在他的杂文中表现得更为充分和鲜明。曾有幸亲承鲁迅謦欬的肖红，以女性作家特有的敏感谈道，写杂文的鲁迅，更像一位战士，勇者[①]。鲁迅钟情于杂文，说一道万，根本上还是在于他的战士本色。他何尝不想经营鸿篇巨制的“传世之作”，然而战士的本分，使他从来就不屑于“不朽”，而总是执着于现实，忘情于战斗。杂文精悍、犀利、快捷，是再实用不过的武器，愈来愈成为这位战斗者的首选。鲁迅曾响亮地提出，杂文作者的任务，“是在对于有害的事物，立刻给予反响或抗争，是感应的神经，是攻守的手足。”[②] 这再明确不过地说明了杂文的批判性质和功能。正因如此，鲁迅把杂文分为“文明批评”和“社会批评”两类。他的十几本杂文集，按时间顺序编排，就是一部现代中国的思想文化斗争的编年史：五四运动时期对封建旧礼教、旧传统的批判，与复古派的论争（《热风》）；五四运动后对中国历史、国民性的解剖（《坟》）；“五卅”运动与“三一八”惨案中对残杀中国人民与青年学生的帝国主义、封建军阀的揭露和抗争，与现代评论派的论战（《华盖集》《华盖集续编》）；大革命失败后对于国民党对革命青年的杀戮的抗击（《而已集》）；20 世纪 20 年代末与创造社、太阳社关于“革命文学”的

① 聂绀弩:《〈肖红选集〉(序)》，人民文学出版社 1981 年版，第 3 页。

② 鲁迅:《且介亭杂文·〈且介亭杂文〉序言》，《鲁迅全集》第 6 卷，人民文学出版社 1981 年版，第3 页。

论争（《三闲集》）；30 年代初对国民的政府支持的民族主义文学的斗争，与新月派的论辩（《二心集》）；对“第三种人”、论语派等的诘难（《南腔北调集》《伪自由书》）；对以上海为中心的 30 年代中国半殖民地的商业社会的透视与批判（《花边文学》《伪自由书》《准风月谈》）；对明清思想、文学、学术，以及儒、道各家的重新审视与清理（《且介亭杂文》《且介亭杂文二集》）；对国民党政府的法西斯专政的抗议，对左联内部极“左”倾向的回击（《且介亭杂文末编》及附集》）。①

鲁迅战斗目标是“立人”，这注定了他乃奴性之天敌，他平生最痛恨、最不能容忍的就是各种各样的奴性及其制造者，不管是有形的，无形的，他都有十分的敏感和警觉，并给以毫不留情的致命一击。然而，在有着几千年“吃人”历史的现实社会，为争取“人的价格”而战，由任何一个具体的生命来承担，都是远远不够的，生命毕竟有限；都不能不带有堂吉诃德大战风车的荒谬。以鲁迅的清醒和执着，他一定洞察了这一生存困境，又怎么会停顿下来？他自我告诫：“只有一法，就是‘韧’。”② 各种非人的因素既然无处不在，他的批判也就无处不在；它们无时不有，他的批判也就永无终结。这真是鲁迅无可摆脱的宿命。对此，他倒有清醒的理性自觉：“真的知识者”“他们对于社会永不会满意的，所感受的永远是痛苦，所看到的永远是缺点，他们准备着将来的牺牲。”③ 可以说，批判正是鲁迅与现实世界的唯一联系点，他只能以不断的批判来确证自我的存在。战斗、反抗，正是鲁迅的本质所在；批判、否定，则是鲁迅杂文的生命和灵魂。不战斗，无以有鲁迅；不批判，杂文何为？

---

① 此节有关鲁迅杂文内容的概述，借用自《中国现代文学三十年》（钱理群等著），北京大学出版社 1998 年版。

② 鲁迅：《两地书·十二》，《鲁迅全集》第 11 卷，人民文学出版社 1981 年版，第 46 页。

③ 鲁迅：《集外集拾遗补编·关于知识阶级》，《鲁迅全集》第 8 卷，人民文学出版社 1981 年版，第 191 页。

二 深刻性、逻辑性，烙印着思想家的品格

鲁迅的战斗，是以他的思想作支撑的。博大深邃的思想，带给他战斗的勇气，更赋予他战斗的力度。鲁迅杂文是“匕首”，是“投枪”，寸铁杀人，一刀见血，正是作者成熟的思想淬火加钢锤炼而成。鲁迅是一位伟大的思想家，具有超逸群伦的洞察力和穿透力，每每能从人们司空见惯的生活琐事、日常现象中，洞悉社会、历史的底蕴，发掘人们隐蔽的心理状态。例如，“‘面子’是我们在谈话里常听到的，因为好像一听就懂，所以细想的人大约不很多”，而鲁迅偏偏就细想，而且深想，特作《说“面子”》一篇，揭示出封建等级制度造成的变态的自尊和奴性心理，说穿了中国人要面子的秘密“是‘圆机活法’，善于变化，于是就和‘不要脸’混起来了”。《略论中国人的脸》有同工异曲之妙，鲁迅从中国人自以为“毫无异议”的脸上，发现了国民人格深处奴性的浸渍与野性的欠缺，指出：“野牛成为家牛，野猪成为猪，狼成为狗，野性是消失了，但只是使牧人喜欢，于本身并无好处。”文章如晨钟暮鼓，令人警醒。后期更有大量篇什，囿于形势，从“风月”里谈“风云”，于“花边”内做文章。所言者小，所见者大，入木三分，力透纸背。鲁迅在各个历史时期都有一些论辩杂文，按他自己的话说，这些文章“尤其是用于使麒麟皮下露出马脚”，驳斥敌论，莫不切中要害，一语中的，以一击制敌于死命。20 世纪 20 年代与“现代评论派”交锋，将自命为“青年导师”之流的假面“撕得鲜血淋漓”：“用了公理正义的美名，正人君子的徽号，温良敦厚的假脸，流言公论的武器，吞吐曲折的文字，行私利己”①，充当北洋军阀的辩护士。20 世纪 30 年代批判“民族主义文学”，一针见血揭其真相：不过是“殖民地上的洋大人的宠儿”，在无产阶级勃兴时，同其主子一同作的最后的挣扎，虽只是“上海滩上久已沉沉浮浮的流尸”，

① 鲁迅:《华盖集续编·我还不能“带住”》,《鲁迅全集》第 3 卷，人民文学出版社 1981 年版，第244 页。

却可以尽到“侦探、巡捕、刽子手”不能尽的任务①。与“论语派”论争，鲁迅用“将屠夫的凶残，使大家化为一笑，收场大吉”，便将他们所标榜的“幽默”“闲适”小品文的本质和危害暴露无遗②。纵观鲁迅杂文，对于错综复杂的各种社会文化现象，皆能拨除迷障，洞悉本原，显示出非同一般的深刻性。

鲁迅是一个不用逻辑范畴和概念表达思想的思想家，他的思想多见于杂文，而这些杂文本来就多议论，其中很能见出一位思想家思维的逻辑性，名篇《论“费厄泼赖”应该缓行》就是代表。作者首先表明“凡咬人之狗，我觉得都在可打之列”，进一步指出“叭儿狗尤非打落水里，又从而打之不可”，复从反面论述“不打落水狗”的危害，接着笔锋一转，抨击“费厄”论，最后提出对策。态度鲜明，立论谨严，开阖有致，破立相间，逻辑的严密带来无可驳辩的说服力。鲁迅杂文常常通过揭示事物的内在矛盾而显示出巨大的逻辑力量。《“友邦惊诧”论》在“友邦人士”三个有力的不惊诧和一个奇怪的惊诧的对比中，揭开了他们的“文明”的面纱，最后又引用电报披露的事实真相，直接道破“友邦人士”的天机。有人曾用“这一个学生或者那一个学生”改写为“此生或彼生”，证明文言比白话“省力”。鲁迅即以同一例子，分析其造成的歧义，无须多言，谬论不攻自破。③ 事实胜于雄辩，鲁迅运用逻辑思维发掘事物的内在矛盾，使其本质昭然若揭，让人信服。

三　幽默感、尖刻性，闪烁着讽刺大师的智慧

鲁迅是世界一流的幽默、讽刺大师，这方面的才情在杂文中有突出

① 鲁迅：《二心集·“民族主义文学”的任务和运命》，《鲁迅全集》第4卷，人民文学出版社1981年版，第311页。

② 鲁迅：《南腔北调集·“论语一年”》，《鲁迅全集》第4卷，人民文学出版社1981年版，第567页。

③ 鲁迅：《花边文学·“此生或彼生”》，《鲁迅全集》第5卷，人民文学出版社1981年版，第500页。

表现。即使那些火药味十足的战斗檄文，也极少正襟危坐的严肃、剑拔弩张的紧张，而是悲喜歌哭，释愤抒情，嬉笑怒骂，皆成文章。这既得之于胸怀、智慧、爱憎合成的一种高屋建瓴的气度和应付裕如的从容，更反映出作者杰出的幽默、讽刺才能和技巧。

鲁迅杂文不乏轻松的幽默，作者谦谦君子、敦厚长者之风，依稀可见。但更多的是展现战士本色、锋芒毕露的辛辣的幽默，褫其华衮，示人本相，博取一笑。有人认为《阿 Q 正传》中写捉拿阿 Q 动用机关枪，太远于事实，鲁迅引一则新闻作答。大意是学生请愿，政府闻讯而动，东门上添军队，西门上摆机关枪。鲁迅评说："我以为，即使在《阿 Q 正传》中再给加上混成旅和八尊过山炮，也不至于'言过其实'的罢。"[①]借题发挥，有力地嘲笑了反动派的色厉内荏。监狱人人退避三舍，鲁迅却说它颇像"理想乡"："火灾极少，偷儿不来，土匪也一定不来抢。即使打仗，也决没有以监狱为目标，施行轰炸的傻子；即使革命，有释放囚犯的例，而加以屠戮的是没有的。"[②] 在悖于常理中注入幽默的因子。"他妈的"本是一句脏话，鲁迅却将之与"国花"牡丹相提并论，并援例封之为"国骂"[③]。生拉硬扯，故神其词，当然幽默。《作文秘诀》煞有介事地介绍作文秘诀，骨子里却是揭露它的荒唐以及欲以此登龙之辈的昏庸。表里反差，造成幽默。鲁迅杂文的幽默是丰富多彩的，但大都像这样笑中含刺，刺中含情，并非冷嘲，近乎热讽。

讽刺与幽默相生相连，也多种多样。反语，既能制造幽默，又能用于讽刺，为鲁迅大量采用，文章因而尖锐而冷峭。《春末闲谈》里说："人能说话，已经是祸胎了，而况有时还要做文章"。正话反说，锋芒直刺封建文化专制。《记念刘和珍君》痛悼烈士，出离愤怒，故出反语：

---

① 鲁迅:《华盖集·忽然想到·九》,《鲁迅全集》第 3 卷，人民文学出版社 1981 年版，第 63 页。

② 鲁迅:《且介亭杂文·关于中国的两三件事》,《鲁迅全集》第 6 卷，人民文学出版社 1981 年版，第 12 页。

③ 鲁迅:《坟·论"他妈的"》,《鲁迅全集》第 1 卷，人民文学出版社 1981 年版，第 231 页。

"中国军人的屠戮妇婴的伟绩，八国联军的惩创学生的武功，不幸全被这几缕血痕抹杀了。"鲁迅好用归谬法，欲擒故纵，请君入瓮，使讽刺对象原形毕露。例如，五四时期批判封建复古派，按其"国粹"观引申开去："即使无名肿毒，倘若生在中国人身上，也便'红肿之处，艳若桃花；溃烂之时，美如乳酪'。国粹所在，妙不可言。"① 《牺牲谟》通篇采用此法，又加以夸张，漫画式地勾勒出一位"道德家"的形象：他冠冕堂皇，理直气壮，却连别人衣裳都剥个精光。读者在忍俊不禁中识别了其丑恶本相。鲁迅还善于发挥独特的超常思维，将看似最不相容的人和事联结在一起，达到对"神圣""高雅"的亵渎与奚落。例如，批判国民党政府扶植的"民族主义文学"，是"上海滩上久已沉沉浮浮的流尸"：讽刺"富家儿"的诗文一钱不值，竟说它"还不及大出丧"；将失势的党国元老斥为宫女泄欲剩下的"药渣"；将恬不知耻的卖国贼比作是"准备把一切人都拖进火坑"、不可救药的"老鸨婆"。神圣、庄严的"现代史"更是被直接描写成了哗众取宠、蒙人骗钱的"变戏法"。这种"拉扯牵连"，连鲁迅都说"自己也觉得近乎刻薄"。

四 文化性、历史感，蕴蓄着学问家的功底

鲁迅学贯中西，堪称一代学术大师。他曾专治学术，有经典性文献传世。但乱云飞渡的年代，他不能偏安于书斋，满腹学问融入了杂文创作。许多篇目颇具学术价值，例如《魏晋风度及文章与药及酒之关系》《"硬译"与"文学的阶级性"》，以及大量的序文。但在更多文章中，各种学问、知识是作为材料、论据被"化"掉了。鲁迅杂文锋芒所指，政治、历史、法律、宗教、哲学、道德、科技、教育、文化，乃至经济、军事……几乎无所不包。广博深厚的学养使鲁迅的批判获得了相当的自信和自由，并使他的杂文成了一部特殊的"百科全书"式的作品，具有

① 鲁迅：《热风·随感录·三十九》，《鲁迅全集》第1卷，人民文学出版社1981年版，第318页。

极为显著的文化性。早期杂文，最能看出鲁迅取纳西学的印迹。细腰蜂——蜾蠃针刺小青虫为食的生物现象①、俄同梅契尼珂关于大嚼细胞使人体衰老的学说②、白血球与病菌同归于尽一起被排出的生命现象③……他都一一援引过来，助力于文化批判。后来他更是打通了学科界限，各种材料，为我所用，不拘一格，信手拈来。例如《外国也有》讽刺“阿Q主义”的国民心态：“外国人说中国多臭虫，但西洋也有臭虫；日本人笑中国人好弄文字，但日本人也一样的弄文字。不抵抗的有甘地；禁打外人的有希特拉；狄昆希吸鸦片；陀思妥耶夫斯基赌得发昏。斯惠夫德带枷，马克斯反动。林白大佐的儿子，就给绑匪绑去了。而裹脚和高跟鞋，相差也不见得有多么远。”读这样的文章，没有一定文化修养，不啻是读天书。这当然不是炫文卖学，而是艺术的需要。鲁迅杂文尖锐而不浅露、泼辣而不浮躁，耐读耐品，要因之一就在于其中积淀着深厚的文化内涵。

特别应该注意的是，作为一位学问家，鲁迅的国学功底尤为深厚，他对中国历史有极为透彻的认识，堪称传统文化最大的清算者、终结者。他有自己独特的历史观，他信奉进化论，但又洞察到中国进化情形的特别：“一种是新的来了好久之后而旧的又回复过来，即是反复；一种是新的来了好久之后而旧的并不废去，即是羼杂。”④ 他又说：“历史上都写着中国的灵魂，指示着将来的命运。”⑤ 的确，鲁迅一直关注现实，而他总能在现实中发现似曾相识的历史的面孔，善于给现实的痼疾寻找历史的症结。他在杂文中经常提到秦始皇焚书坑儒，明眼人不难看出这是在影射国民党政府的文化专制。蒋介石、汪精卫口口声声“誓不签订辱国条约”，他就将签订过“二十一条”的袁世凯推到前台来亮相。他还多次谈

① 鲁迅:《坟·春末闲谈》,《鲁迅全集》第1卷，人民文学出版社1981年版，第203页。

② 鲁迅:《华盖集·十四年的“读经”》,《鲁迅全集》第3卷，人民文学出版社1981年版，第127页。

③ 鲁迅:《热风·题记》,《鲁迅全集》第1卷，人民文学出版社1981年版，第291页。

④ 鲁迅:《汉文学史纲要·中国小说的历史变迁》,《鲁迅全集》第9卷，人民文学出版社1981年版，第301页。

⑤ 鲁迅:《华盖集·忽然想到·四》,《鲁迅全集》第3卷，人民文学出版社1981年版，第17页。

到张献忠杀人如麻，显然是痛感于国民党政府的草菅人命。在《略论中国人的脸》《观斗》《“抄靶子”》《我谈堕民》《谈金圣叹》等大量文章里，他都是把现实中的病态人心当作一种“古已有之”的历史经验来体验品味，读之让人感喟。鲁迅杂文由今及古，借古喻今，不仅具有强烈的时代性，又同时具有深邃的历史感，让人不单能获得鲜活的历史知识，更能提高知人论世的眼力。

五　形象性、类型化，别具小说家的匠心

鲁迅杂文是文学精品，它的战斗力、逻辑性、知识性，是与高度的艺术性紧密统一的。鲁迅有意立杂文为文学正宗，强调它的战斗性，又不忽视它“移人情”的艺术感染力，而将杂文当作艺术品来精心创造，从构思到表达，都注意充分的形象化。这样即使抽象的道理、幽微的情绪、复杂的社会现象，经鲁迅生花妙笔点染，无不形象生动，极富美感。《为了忘却的纪念》这样表达自己压抑、愤懑的情绪：“许多青年的血，层层淤积起来，将我埋得不能呼吸”，给人具体、真切的感受。《拿来主义》以三种不同形象来说明对待文化遗产的不同态度，将深刻的道理阐发得通俗易懂。更有什么“人肉的筵宴”“僵尸政治”“人肉酱缸上的金盖”“鬼脸上的雪花膏”，等等，无不以鲜明的形象刺激人的思维。

除了说理达意的形象化，鲁迅在杂文还塑造了不少艺术形象，这就是他所说的“砭痼疾常取类型”。[①] 在这里他分明调动起了一位小说巨匠刻画人物的杰出才能。当然不能说鲁迅在杂文中创造了小说中的典型，杂文毕竟是杂文，有文体的质的规定性，它没有情节，也少环境，所以形象的塑造不能不是静态的、片断的、速写式的。但我们又不能否认，鲁迅杂文中确有小说的因素。在形象塑造上，他就糅进了小说中使用过的“钩灵魂”“画眼睛”的白描手法。例如，写“叭儿狗”：“虽然是狗，又很像猫，折中，公允，调和，平正之状可掬，悠悠然摆出别个无不偏

① 鲁迅：《伪自由书·前记》，《鲁迅全集》第5卷，人民文学出版社1981年版，第4页。

激，唯独自己得了'中庸之道'似的脸来"①；写"丧家犬"：即使无人豢养，饿得精瘦，但还是遇见所有的阔人都驯良，遇见所有的穷人都狂吠②；而写"带头羊"则是："脖子上挂着小铃铎，作为知识分子的徽章，把羊群领入屠场"③。都是抓住特点，线条勾勒，寥寥数笔而形神毕肖，属于典型的白描手法。这些形象都是针对具体的、个别的"这一个"而塑造的，而由于被勾勒出灵魂实质，又有一定的概括性，能涵盖有同样精神特征的"这一类"，从而达到"个"与"类"的统一，形成了形象类型化的特点。诚如鲁迅所言："盖写类型者，于坏处，恰如病理学上的图，假如是疮疽，则这图便是一切某疮某疽的标本。"④ 这些类型还不具备典型的复杂丰富的内涵，却有着类似典型的功效、价值，成为一类人的"标本""共名"。

六　主观性、抒情性，澎湃着诗人的激情

"创作总根于爱。"⑤ 鲁迅内心包容着大恨、大爱，具有诗人所具有的热烈、丰富的情感，这些自然渗透在极富个性化的杂文创作中。正如鲁迅所说，他创作杂文"不过是将我所遇到的，所想到的，所要说的，一任它怎样浅薄，怎样偏激，有时便都用笔写了下来……就如悲喜时节的歌哭一般，那时无非借此来释愤抒情"⑥，因此他的杂文具有浓郁的主观

① 鲁迅：《坟·论"费厄泼赖"应该缓行》，《鲁迅全集》第1卷，人民文学出版社1981年版，第271页。

② 鲁迅：《二心集·"丧家的""资本家的乏走狗"》，《鲁迅全集》第4卷，人民文学出版社1981年版，第246页。

③ 鲁迅：《华盖集续编·一点比喻》，《鲁迅全集》第3卷，人民文学出版社1981年版，第217页。

④ 鲁迅：《伪自由书·前记》，《鲁迅全集》第5卷，人民文学出版社1981年版，第4页。

⑤ 鲁迅：《而已集·小杂感》，《鲁迅全集》第3卷，人民文学出版社1981年版，第532页。

⑥ 鲁迅：《华盖集续编·小引》，《鲁迅全集》第3卷，人民文学出版社1981年版，第183页。

色彩和抒情格调。那些偏于叙事与抒情的，自然不必多说，例如《为“俄国歌剧团”》《记念刘和珍君》《为了忘却的记念》《夜颂》《忆刘半农君》等，皆可作一般散文来读，情感的印迹或脉络相对明显。还有那些驳论文，针锋相对，拍案而起，故而感情显豁。例如《“友邦惊诧”论》放言无惮，慷慨激越，气势大如狂飙，情感炽如烈火。另外，鲁迅杂文几乎无一不用讽刺，而讽刺正来源于对于丑的强烈的愤怒和憎恨。把某类人斥为“叭儿狗”或“丧家犬”，并勾魂摄魄，为其“画像”，使其丑态毕现，作者的敌视、厌恶、轻蔑，尽在其中，其情感强度不弱于直抒胸臆。行文不离讽刺，见缝插针，而且尖锐刻毒，正说明鲁迅乃性情中人，敢恨敢爱，敢怒敢言。

鲁迅磅礴的激情更多时候藏寓于强烈的理性之中，如灼热的岩浆包裹于冰冷的地壳之下，形成一种奇特的“热到发冷的热情”[①]，激情的“火之冰”。杂文本以议论为主体，鲁迅评点历史，指摘时弊，阐发哲理，确实是借杂文来承载理性。然而透过这些议论性的文字，我们分明能触摸到鲁迅那颗真实而痛苦的灵魂，感受到灼人耳面的激情之火。仅看一例：

> 墨写的谎说，决掩不住血写的事实。
>
> 血债必须用同物偿还。拖欠得愈久，就要付更大的利息！
>
> ——《华盖集续编·无花的蔷薇之二》

这是在作判断，发议论，然而读来却觉字字含情、泣血吞泪。鲁迅从来不作四平八稳、不痛不痒之论，他是在用生命来写作，每行文字都燃烧着生命的激情。鲁迅好出偏激之言，原因也在这里。忠实于个体的生命体验，借文字来释放自我生命激情，“乐则大笑，悲则大叫，愤则大

---

① 鲁迅：《且介亭杂文二集·陀思妥夫斯基的事》，《鲁迅全集》第6卷，人民文学出版社1981年版，第412页。

骂”[①]，鲁迅杂文正是他心灵的“歌哭”。这才是鲁迅杂文的真正内核，从根柢上来说它是诗。从中我们不仅能读到“中国大众的灵魂”，而且能读到“鲁迅的灵魂”。鲁迅的所有著作，包括杂文，都在于说明：“一个人要寻找的不是普遍的真理，而是个人的真理。”[②] 在这里，诗与思达成高度默契。而别林斯基说得好：“在诗的作品中，思想是作品的激情。激情是什么？激情就是热烈地沉浸于、热衷于某种思想。”[③] 这简直就是说的鲁迅杂文。自由创造的杂文语言，展现出语言大师的才华。

鲁迅是五四以来成就最大的文学语言大师，对现代语言的贡献至今无人比肩。这也许更多地表现在杂文中。因为相对于小说、散文诗，鲁迅杂文不仅数量多，而且文体自由，能容纳更为丰富多样的表达方式和方法。在杂文中，鲁迅驾驭、创造语言的天才能力，发挥得淋漓尽致。鲁迅铸炼语言，以民众口语为基础，博取古今，兼收中外，融会雅俗，同时又注入自己的艺术个性，根据行文需要，自由驱遣，任意调度。试看下面的例子：

> 先前，也曾有些愿意活在现世而不得的人们，沉默过了，呻吟过了，叹息过了，哭泣过了，哀求过了，但仍然愿意活在现世而不得，因为他们忘却了愤怒。
>
> 勇者愤怒，抽刃向更强者；怯者愤怒，却抽刃向更弱者。不可救药的民族中，一定有许多英雄，专向孩子们瞪眼。这些孱头们！
>
> 孩子们在瞪眼中长大了，又向别的孩子们瞪眼，并且想：他们一生都过在愤怒中。因为愤怒只是如此，所以他们要愤怒一生，——而且还要愤怒二世，三世，四世，以至末世。
>
> ——《华盖集·杂感》

---

① 鲁迅：《华盖集·题记》，《鲁迅全集》第3卷，人民文学出版社1981年版，第4页。

② 转引自林贤治《娜拉：出走或归来》，百花文艺出版社1999年版，第46页。

③ 转引自汪晖《反抗绝望》，河北教育出版社2000年版，第205页。

在这里，口语与文言杂糅交错，长句与短语参差相间，排比与对偶因势穿插，散文与骈文浑然一体，各得其宜，各尽其妙，充分自然地表达着作者的思想情感。鲁迅的杂文可以说把汉语的表意、抒情功能发挥到了极致，与小说等文体一道建立了现代汉语新规范。

鲁迅杂文是病态社会的产物。与社会的不相容，否定的职能，讽刺的大量运用，都使杂文不能不相当程度地偏离“正体”。正如鲁迅内心世界的“离奇和芜杂”①，他的杂文浑身上下都打上了时代的“瘢痕”②。表现在语言上，最大特点就是“好用反语”③。没有谁的文章像鲁迅杂文这样满篇弥漫着反语的寒光怪气。现有语言的常规使用，已不足以完成主体的自我表达，鲁迅就制造词语与语境的悖谬，从中寻觅到“甚得我心”的特有意味，这就是反语。“中国究竟是文明最古的地方，也是素重人道的国度，对于人，是一向非常重视的。至于偶有凌辱诛戮，那是因为这些东西并不是人的缘故。”④“我觉得中国有时是极爱平等的国度。有什么稍稍显得特出，就有人拿了长刀来削平它。”⑤ 读着这样的句子，我们不能不承认，反语是多么适合鲁迅的创作个性。另一大特点是，语意和语调的转折。用鲁迅自己的话说就是“曲曲折折”“吞吞吐吐”。但鲁迅在杂文中经常密集地、一连串地使用虚词，盘环往复，绕来绕去。例如，《说“面子”》中的句子：“上等人大捞一批金珠珍玩，却仿佛也不见得怎么‘丢脸’”；“所以‘要面子’也可以说并不一定是好事情”；“况且这要‘面子’和‘不要脸’实在也可以有很难分辨的时候”。不用肯定的语气，反而更能充分表达作者的感情态度。还有《写在〈坟〉后面》里的几句：“我毫无顾忌地说话的日子，恐怕要未必有了吧。但也偶尔

---

① 鲁迅：《朝花夕拾·小引》，《鲁迅全集》第2卷，人民文学出版社1981年版，第229页。

② 鲁迅：《华盖集·题记》，《鲁迅全集》第3卷，人民文学出版社1981年版，第5页。

③ 鲁迅：《两地书·十二》，《鲁迅全集》第11卷，人民文学出版社1981年版，第47页。

④ 鲁迅：《准风月谈·“抄靶子”》，《鲁迅全集》第5卷，人民文学出版社1981年版，第205页。

⑤ 鲁迅：《且介亭杂文二集·徐懋庸作〈打杂集〉序》，《鲁迅全集》第6卷，人民文学出版社1981年版，第290页。

想，其实倒还是毫无顾忌地说话，对得起这样的青年。但至今也还没有决心这样做”。读之，我们分明感到作者那种“我将开口，同时感到空虚”的苦衷[①]。这种笔法，从根本上说，不是外力使然，不得不尔；而是百感交集，欲说还休。而对复杂矛盾的内心世界，语言似乎显得苍白无力。正因如此，鲁迅又常常打破语法和逻辑规则，故意制造一些违反常规的词语的搭配、组合或重叠。有时“大词小用”：“我常常宣传杨桃的功德，吃的人大抵赞同，这是我这一年中最卓著的成绩。”[②] 有时“庄词谐用”：“防止男女同吸空气就可以用防毒面具，……也就是‘中学为体，西学为用’。”[③] 有时又制造些出格的搭配：“现在听说又要将甘地扛到中国来了。”[④] “即使吞吞吐吐，也还将自己的魂灵枭首通衢，挂出了原想竭力隐瞒的丑态。”[⑤] 还有这样出奇的句子：“革命的被杀于反革命的，反革命的被杀于革命的。不革命的或当作革命的而被杀于反革命的，或当作反革命的而被杀于革命的，或并不当作什么而杀于革命的或反革命的。”[⑥] 这是“戏拟”，以一种戏剧化效果来实现模仿对象的颠覆。鲁迅如一位“语言魔术师”，随心所欲地使用中国语言，为我所用，无拘无忌。

鲁迅杂文内容丰富驳杂，形式绰约多姿，而且不同时期风貌各异，所以每一单篇作品都自有其思想、艺术个性，质量和成就也轩轾有别，这是很正常的现象。本文舍弃了鲁迅杂文的个性差异，而将其作为一个整体，对其思想、艺术进行共时性的、静态的考察。为获得相对周延、全面的认识，本文运用全息理论，选择鲁迅内在素质构成这一视角，将

---

① 鲁迅:《野草·题辞》,《鲁迅全集》第2卷，人民文学出版社1981年版，第205页。

② 鲁迅:《三闲集·在钟楼上》,《鲁迅全集》第4卷，人民文学出版社1981年版，第34页。

③ 鲁迅:《花边文学·奇怪》,《鲁迅全集》第5卷，人民文学出版社1981年版，第542页。

④ 鲁迅:《华盖集续编·马上日记之二》,《鲁迅全集》第3卷，人民文学出版社1981年版，第341页。

⑤ 鲁迅:《华盖集·答KS君》,《鲁迅全集》第3卷，人民文学出版社1981年版，第111页。

⑥ 鲁迅:《而已集·小杂感》,《鲁迅全集》第3卷，人民文学出版社1981年版，第532页。

其分解为七个方面，并各各切入，进行散点透视。正如鲁迅的各种素质是不可割裂的统一体，鲁迅杂文的思想艺术特质的各个方面也是相互联系、密不可分的，二者正好呈全息对应统一的关系。一般说来，批判性、否定性，是鲁迅杂文最为本质的特征，是生命，是灵魂。而深刻性、逻辑性，显示出鲁迅杂文批判的深度和力量；文化性、历史感，显示出批判的广度和厚重。这些更多地映出鲁迅杂文思想内容方面的特征。而无论是讽刺性、形象化，还是主观抒情性，都集中体现了鲁迅杂文批判的艺术，也表明了杂文的边缘性的文体特征。鲁迅杂文的内容——它深刻的思想性、强大的逻辑力量、丰厚的文化内涵——始终是以一定的富有鲁迅个性的艺术形式表现出来的。二者水乳交融，不可分割。鲁迅杂文，正是鲁迅这位文化巨人发挥各种天资和才情创造出来的高度思想性和艺术性相结合的一代雄文，是鲁迅综合素质的全息图。

（原载《江淮论坛》2003 年第 2 期）

鲁迅的巧人文化批判思想及其当下价值

引　言

鲁迅对中国现代化历史最伟大的贡献是他的人学思想，而其探索和建构则主要是在对传统的批判中来进行的。历史转型之初，传统的巨大惯性和惰性注定了“立新”首要的是“破旧”，正如马克思指出的那样：“新思潮的优点恰恰就在于我们不想教条式地预料未来，而只是希望在批判旧世界中发现新世界。”① 对于鲁迅人学思想的研究，我们集中于现代性视角来阐发其内在意蕴、质素及其与西方现代思想的契合，这固然是必要和重要的。但是，从反面来认识鲁迅人学思想，从现代人格的对立面来认识鲁迅“真的人”等概念和命题，也许更契合鲁迅人学思想建构的实际，却多多少少被我们忽略了。这方面的研究不能说没有，但支离破碎，更多是被整合纳入鲁迅传统文化批判这一整体中来进行的，特别是被鲁迅“改造国民性”这样一个向来异常显性的命题压抑和覆盖了。于是，我们更多地止于诸如冷漠、保守、麻木、自欺之类“国民劣根性”的列举。其实在“国民性”这一命题之下鲁迅还提出了不少概念，除熟知的“看客”“叭儿狗”，还有“伪士”“聪明人”“巧

① ［德］马克思：《致 R》（一八四三年九月），《马克思恩格斯全集》第 1 卷，人民出版社 2006 年版，第 416 页。

人”“雅士”“二丑”等，都是对某种文化人格的概括。既为特定的文化人格，则必然有相互联系而系统化的某些特征，这需要我们细致剔括，系统梳理，全面总结，以达到对这一文化人格的整体把握。

张福贵认为：“鲁迅一生矢志于对虚伪道德人格的批判，其批判的不是具体的个人，而是传统文化体系的消极功能以及这一消极功能所造成的道德虚伪”。[①] 精辟地指出了鲁迅对传统文化体系的批判更多集中和落实于“人格”，而“巧人”正是鲁迅所高度概括和矢志批判的那么一种“虚伪道德人格”，他感慨道：“我真觉得不是巧人，在中国是很难存活的。”[②] 可见巧人在鲁迅眼里是超越了阶层、地域、职业等限域的一种“国民性”文化人格，他又称之为“聪明人”“乖角儿”“伶俐人”“二丑”等。小说中时见这种人的身影晃动，如《药》中的夏三爷、《阿Q正传》中的赵秀才、《风波》中的赵七爷……而集中刻画或剖析是在《聪明人和傻子和奴才》《二丑艺术》等作品中，更多的则散见于各个时期的杂文，综合起来看颇富文化意味，有相当高的研究价值。但是，相关专门性研究至今还是空白。本文拟全面、系统地梳理鲁迅对其所进行的文化剖析和批判，阐发其中蕴含的思想内涵，以达到对这一文化人格的整体把握，深化对鲁迅人学思想的认识和理解。

一 戒巧人“善变”而立“信”

巧人善变，赵秀才、赵七爷头上的辫子忽而盘上，忽而放下，如此变来变去，正显出巧人的本色。可以说，凡巧人无一不善变，鲁迅斥之为“‘圆机活法’，善于变化”[③]。

---

① 张福贵：《鲁迅研究的三种范式与当下的价值选择》，《中国社会科学》2013年第11期，第174页。

② 鲁迅：《书信·360423致曹靖华》，《鲁迅全集》第13卷，人民文学出版社1981年版，第362页。

③ 鲁迅：《且界亭杂文·说“面子”》，《鲁迅全集》第6卷，人民文学出版社1981年版，第182页。

这种“善变”的巧人，混迹于社会各界，鲁迅一再予以揭露。对于文人他有这样基本的认识：“我觉得文人的性质，是颇不好的，因为他智识思想，都较为复杂，而且处在可以东倒西歪的地位，所以坚定的人是不多的。”[①] 他批评有些所谓“文学家”“左翼兴盛的时候，以为这是时髦，立刻‘左’倾，待到压迫来了，他受不住，又即刻变化，甚而至于出卖朋友，作为倒过去的见面礼”[②]。大革命时期一些文学青年的变化之快更令人诧异，这在鲁迅看来主要原因在于他们本身里藏着投机的病根：“‘革命’和‘文学’，若断若续，好像两只靠近的船，一只是‘革命’，一只是‘文学’，而作者的每一只脚就站在每一只船上面。当环境较好的时候，作者就在革命这一只船上踏得重一点，分明是革命者，待到革命一被压迫，则在文学的船上踏得重一点，他变了不过是文学家了。”[③] 而在政界巧人似乎更多。鲁迅揭露：“中国的政客，也是今天谈财政，明日谈照像，后天又谈交通，最后又忽然念起佛来了。”[④] 他讽刺一位当红政客：“他的忽而教忠，忽而讲孝，忽而拜忏，忽而上坟，……其毫无特操者，不过用无聊与无耻，以应付环境的变化而已。”[⑤] 无论文学界还是政界，这些巧人无一不“善变”，比起鲁迅小说世界里的赵秀才、赵七爷来，可谓有过之而无不及。究其实质，鲁迅一语道破：“除说是投机之外，实在无可解释。”[⑥] 而其症结所在他也明确做出了诊断：“毫无特操。”那么，什么是“无特操”呢？鲁迅做过这样的解释：“人而没有

---

① 鲁迅：《书信·341210 致萧军、萧红》，《鲁迅全集》第 12 卷，人民文学出版社 1981 年版，第 594 页。

② 鲁迅：《书信·341117 致萧军、萧红》，《鲁迅全集》第 12 卷，人民文学出版社 1981 年版，第 566 页。

③ 鲁迅：《二心集·上海文艺之一瞥》，《鲁迅全集》第 4 卷，人民文学出版社 1981 年版，第 298 页。

④ 鲁迅：《集外集拾遗·今春的两种感想》，《鲁迅全集》第 7 卷，人民文学出版社 1981 年版，第 386 页。

⑤ 鲁迅：《书信·340424 致杨霁云》，《鲁迅全集》第 12 卷，人民文学出版社 1981 年版，第 394 页。

⑥ 鲁迅：《书信·340424 致杨霁云》，《鲁迅全集》第 12 卷，人民文学出版社 1981 年版，第 394 页。

‘坚信’，狐狐疑疑，也许并不是好事情，因为这也就是所谓‘无特操’。”① 无“坚信”，不能执于一念，当然免不了趋利而动，随风摇摆了。

然而，信仰确立在中国何其难也，鲁迅在《吃教》揭示出其奥秘：教可以“吃”，灵魂的东西也就转化成了物欲，他不禁感慨：“‘吃教’这两个字，真是提出了教徒的‘精神’。”② 要说有所“坚信”，一些人只“坚信”实利。鲁迅在这里触及了中国传统文化的一大命门，那就是“实用理性”，李泽厚认为：“这种理性具有极端重视现实实用的特点。即它不在理论上去探求讨论、争辩难以解决的哲学课题，并认为不必要去进行这种纯思辨的抽象。重要的是在现实生活中如何妥善处理它。”在他看来：“它构成儒学甚至中国整个文化心理的一个重要的民族特征。”③ 鲁迅称之为“精神”。因为极端关注现实实用，以此挤兑以致替代了形而上抽象思辨、超越性精神追求，所以终极性价值缺失历来是我们中华文化的一大问题。鲁迅说：“中国人自然有迷信，也有‘信’，但是很少‘坚信’。”④ 症结就在于其“信”根于实用、实利，所以那些思想和主义一个个沦为再实用不过的工具：“要驳互助说时用争存说，驳争存说时用互助说；反对和平论时用阶级争斗说，反对斗争时就主张人类之爱。论敌是唯心论者呢，他的立场是唯物论，待到和唯物论者相辩难，他却又化为唯心论者了。”⑤ 曹禧修指出：“在信仰面前，中国人都是剧场中随风左右的‘二花脸’。”⑥ 所谓的“二花脸”也就是“善变”的巧人。

鲁迅所揭示的“实用理性”这一中国文化传统依然制约着当代中国

---

① 鲁迅：《且界亭杂文·运命》，《鲁迅全集》第 6 卷，人民文学出版社 1981 年版，第 131 页。

② 鲁迅：《准风月谈·吃教》，《鲁迅全集》第 5 卷，人民文学出版社 1981 年版，第 310 页。

③ 李泽厚：《中国古代思想史论》，生活·读书·新知三联书店 2017 年版，第 22—23 页。

④ 鲁迅：《且界亭杂文·运命》，《鲁迅全集》第 6 卷，人民文学出版社 1981 年版，第 131 页。

⑤ 鲁迅：《二心集·非革命的急进革命论者》，《鲁迅全集》第 4 卷，人民文学出版社 1981 年版，第 228 页。

⑥ 曹禧修：《整数与约数：鲁迅的批判修辞法》，《中国现代文学研究丛刊》2020 年第 3 期，第 133 页。

信仰体系的建构。仅以大学生入党为例，有问卷调查显示："不少'95后'大学生都具有强烈的入党渴求，但是他们的入党动机各不相同，其中有不少人把入党看作个人就业与发展的奠基石，功利倾向比较明显。"① 像这样估量了种种实际好处才入党的，不知这算不算也是一种"吃教"？当然，这一问题不仅仅限于大学生，而是我们整个民族的问题，这方面作为人民群众"先锋队"的党员干部也没有得到有效解决，以至于反腐倡廉至今保持高压态势，昭示出中国当代社会信仰体系问题的严峻性和紧迫性，也彰显出鲁迅批判巧人、倡导"坚信"这一思想的当代价值。

二 弃巧人"空谈"而重"行"

孔子说："巧言令色鲜矣仁"，巧人的一大特征就是"巧言"。既为巧人，自然不会安于本分去做事，讨巧的最好办法就是耍嘴皮子，以"言"代"行"。因为光说不做，所以话再巧再漂亮，都是"空谈"。

巧人善"空谈"，这在鲁迅的《聪明人和傻子和奴才》中有着生动表现。面对奴才悲戚戚的诉苦，聪明人开过四次口，无一不是"空谈"：第一次"这实在令人同情"，表达了一个隐匿了主体的抽象化"同情"。因为不是"我同情你"，在语意效果上就切断了从你到我之间情感上的交流互动，也切断了从情感到行动的可能延伸，所以这里的"同情"云云，虽也配以"惨然"的表情，其实是抽空了情感、消解了行动的"空谈"。奴才识趣的话，听到这样假惺惺的空话，应该就此打住，但是奴才毕竟是奴才"总不过是寻人诉苦"，"空谈"阻隔交流的作用没有奏效，聪明人只好打哈哈来敷衍，于是第二次开口吐出的是不成句的"唉唉……"没有实际内容，模模糊糊，说了等于没说，依旧是"空谈"。第三次，聪明人说："我想，你总会好起来……"总算是主体出场了，而且意思明确，反而更加空洞，因为奴才殷切地向他求教"法子"，他却完全回避

① 熊继承：《"微时代"背景下"95后"大学生价值观研究》，《教育与职业》2016年第14期，第29页。

了。这种“祝福”纯属口惠赠予，没有任何实际意义，说得越好听就越空洞，是彻头彻尾讨巧的“空谈”。第四次，傻子被赶走，奴才得到主人夸奖，聪明人闻风赶来凑趣，他果然因了先前赠予的“祝福”而收获了褒奖和钦佩，也就心安理得领受了：“可不是么……”仅仅随声附和，没有任何意见表达，这种“空谈”在一团和气的氛围中再适宜不过了。不难看出，“空谈”是聪明人处世的一大法宝。对这类人雅斯贝斯有过这样的描述：“他振振有辞地表白决心，情绪之激昂掩饰了他的鳗鱼般的油滑。他油滑地避开任何可能给他带来麻烦的决定……他的言辞一无结果，全是空洞的废话。那些同他交往的人只是在浪费时间和精力。”① 这不啻是为鲁迅笔下聪明人做出的精妙注释，但是“空谈之类，是谈不久，也谈不出什么来的”②。鲁迅对聪明人的刻画暗含讽刺，文中的傻子才是他褒扬的对象。傻子与聪明人最大不同就在于“行动”：话不多说，便甩开膀子砸墙开窗。这一褒一贬之间表露出鲁迅的观点：摒弃“空谈”而注重“行动”。

鲁迅曾经宣言：“仰慕往古的，回往古去罢！想出世的，快出世罢！想上天的，快上天罢！灵魂要离开肉体的，赶快离开罢！现在的地上，应该是执着现在，执着地上的人们居住的。”③ 而“执着现在，执着地上”就意味着行动，萨特说得好：“对我来说，除行动外，无所谓现实。”④ 现实主义者鲁迅注定也是一位行动主义者，他所热切呼唤的“精神界之战士”，其主要特点即为“立意在反抗，指归在动作”⑤。而他奉为“中国的脊梁”的人也无外乎“埋头苦干”“拼命硬干”。无论是“傻子”还是“精神界之战士”“中国的脊梁”，这些概念的内涵也许不尽相

---

① ［德］卡尔·雅斯贝斯：《时代的精神状况》，王德峰译，上海译文出版社 2005 年版，第 134 页。

② 鲁迅：《书信·341210 致萧军、萧红》，《鲁迅全集》第 12 卷，人民文学出版社 1981 年版，第 593 页。

③ 鲁迅：《华盖集·杂感》，《鲁迅全集》第 3 卷，人民文学出版社 1981 年版，第 49 页。

④ ［法］让－保罗·萨特：《存在主义是一种人道主义》，周煦良、汤永宽译，上海译文出版社 1988 年版，第 48 页。

⑤ 鲁迅：《坟·摩罗诗力说》，《鲁迅全集》第 1 卷，人民文学出版社 1981 年版，第 66 页。

同，但是都有一个共同的、不可或缺的特征，那就是不尚“空谈”而专注“行动”。

对于现实中“空谈”的巧人，鲁迅一贯给予辛辣讽刺和批判。有些青年作家赶新潮从欧洲贩卖进来时兴的理论和主义，却不见作品产出，遭到鲁迅的批评：“我们能听到某人在提倡某主义……而从未见某主义的一篇作品。”① 像这样没有行动和成果，再好的口号、招牌也只能沦为“空谈”，这最为鲁迅所不齿。相反，青年人积极行动，哪怕是不尽成熟，鲁迅都热情给予鼓励。“革命文学”初兴，许多作家初出茅庐，招来不少“酷评”，鲁迅挺身而出辩护：“只要不完全，有缺陷，就不行。但现在的人，的事，哪里会有十分完全，并无缺陷的呢，为万全之计，就只好毫不动弹，却也就是一个大错。”② 为万全之计而不作为，这正是巧人的巧滑之处，鲁迅在此触及了巧人文化的一个症结。众所周知，鲁迅批孔毫不留情，但是当他将孔子与老子比较时，却赞赏孔子。在他看来，孔、老同是尚柔，“但孔以柔进取，而老却以柔退走。这关键，即在孔子为‘知其不可为而为之’的事无大小，均不放松的实行者，老则是‘无为而无不为’的一事不做，徒作大言的空谈家”③。中国文人“以柔进取”遵奉的是孔子，立下“兼济天下”宏愿，但是一遇波折，特别是皇权专制高压之下，往往就走老子路线“以柔退走”。如此背弃了祖师爷，却美其名曰“独善其身”。这一进一退之间，确有专制高压下的诸多无奈和苦涩，但谁又能否认其中没有几分巧滑呢？于是，鲁迅有这样的断言：“中国人的不敢正视各方面，用瞒和骗，造出奇妙的逃路来，而自以为正路。在这路上，就证明着国民性的怯弱，懒惰，而又巧滑。”④ 这里特别点出

---

① 鲁迅：《集外集·〈奔流〉编校后记》，《鲁迅全集》第7卷，人民文学出版社1981年版，第186页。

② 鲁迅：《二心集·非革命的急进革命论者》，《鲁迅全集》第4卷，人民文学出版社1981年版，第228页。

③ 鲁迅：《且介亭杂文末编·〈出关〉的关》，《鲁迅全集》第6卷，人民文学出版社1981年版，第520—521页。

④ 鲁迅：《坟·论睁了眼看》，《鲁迅全集》第1卷，人民文学出版社1981年版，第240页。

了“巧滑”，我们的巧人文化传统不就是在这“奇妙的逃路”上渐渐滑行而形成的吗？

当代中国不乏响亮的口号、高大的招牌，但是知难而进的精神还很不够，不然怎么会有针对党员干部“不作为”的警示呢？至于道德口号雷响，“人心日下”叹息四起，而扶起一个倒地老人的人却日渐稀少，这“言”与“行”之间的反差，该不是巧人文化在作怪？鲁迅当年面对“人心日下，国将不国”的叹息时尖锐指出：“只是旁观，只是赏玩，只是叹息，也可以叫他‘日下’。”[①] 也就是说“空谈”而不“行动”，一定于事无补。他认为，只有那些“不肯徒托空言的人，叹息一番之后，还要想法子来挽救”[②]，这才有益于世道人心。重温鲁迅的这些肺腑之言，对解决当下中国的一些社会问题不无启发。

三 黜巧人“虚名”而求“实”

巧人善变，必假借于名号，如此则出师有名；巧人空谈，亦必巧立名目，如此则名正言顺。无怪乎鲁迅说：“中国人总只喜欢一个‘名’”[③]，这也算是巧人大国的一大特色。可以说，凡巧人无一不看重“名”。但是巧人善变又好空谈，注定不会以“实”博“名”，而只会将二者关系倒置，重名轻实，欺世盗名。这种无“实”支撑的“名”注定是“虚名”。对此鲁迅坚决给予抨击和批判。他尖锐指出许多人办事“徒有虚名，不求实际”，特别是文学界“所谓名家，大抵徒有其名，实则空洞，其作品且不及无名小卒。”[④] 可以说，黜“虚名”而求“实”，是鲁

① 鲁迅：《坟·我之节烈观》，《鲁迅全集》第 1 卷，人民文学出版社 1981 年版，第 116 页。

② 鲁迅：《坟·我之节烈观》，《鲁迅全集》第 1 卷，人民文学出版社 1981 年版，第 116 页。

③ 鲁迅：《书信·330618 致姚克》，《鲁迅全集》第 12 卷，人民文学出版社 1981 年版，第 392 页。

④ 鲁迅：《书信·340506 致杨霁云》，《鲁迅全集》第 12 卷，人民文学出版社 1981 年版，第 403 页。

迅巧人文化批判的一个重要内容。

巧人文化影响所及，“虚名”泛滥成灾，恰如鲁迅所揭示的：“‘欺世盗名’者有之，盗卖名以欺世者又有之，世事也真是五花八门。”[①] 在这样纷乱情境下，“虚名”泡沫之大令人瞠目结舌：“捣一场小乱子，就是伟人，编一本教科书，就是学者，造几条文坛消息，就是作家。”[②] 这样一来，本来好端端的名目被糟践得变了味，所以鲁迅不禁感慨：“于是比较自爱的人，一听到这些冠冕堂皇的名目就骇怕了，竭力逃避。”[③] 鲁迅当然不止出于“自爱”而“逃避”，更忠于战士职守而对其发起挑战，《这样的战士》一文中的战士身陷于“无物之阵”，这是由五花八门的“好名称”“好花样”四下麇集而成的：“那些头上有各种旗帜，绣出各样好名称：慈善家，学者，文士，长者，青年，雅人，君子……头下有各样外套，绣出各式好花样：学问，道德，国粹，民意，逻辑，公义，东方文明……”旗帜上的“好名称”、外套上“好花样”哪一个不光鲜炫目，让人艳羡垂涎？其实，这一个个都是刻意“绣”上的，金玉其表，招摇于世。而战士毕竟是战士，清醒冷峻，投枪一掷，戳破真相：“然而只有一件外套，其中无物。”无情揭示出“好名称”“好花样”的虚妄。

黜“虚名”必求“实”，鲁迅特别注意在“名”与“实”的对比中张扬实干精神。这在《过客》中有集中表现，过客没有“称呼”：“我不知道我本来叫什么。我一路走，有时人们也随便称呼我，各式各样的，我也记不清楚了，况且相同的称呼也没有听到过第二回。”他只管“走”：“从我还能记得的时候起，我就在这么走。”一路走来，已是唇焦舌敝，衣衫褴褛，步履踉跄，但是他稍事休息，还是跛足拄杖，继续走：“我只得走。我还是走好罢……”“过客”没有“名”，只管“走”。可以说，

---

① 鲁迅：《花边文学·大小骗》，《鲁迅全集》第 4 卷，人民文学出版社 1981 年版，第 445 页。

② 鲁迅：《且界亭杂文二集·逃名》，《鲁迅全集》第 6 卷，人民文学出版社 1981 年版，第 396 页。

③ 鲁迅：《且界亭杂文二集·逃名》，《鲁迅全集》第 6 卷，人民文学出版社 1981 年版，第 396 页。

他的人生价值就在于“走”，在于“实”，而不在于“名”。还有小说《铸剑》中的黑衣人，他不但拒绝命名，声称“义士”这样的称呼会冤枉他，更是把“仗义”“同情”这些冠冕堂皇的“名”押上了审判台：“那些东西，先前曾经干净过，现在却都成了放鬼债的资本。”他不讲“名”，只求“实”：“我只不过要给你报仇！”过客和黑衣人，被公认为是鲁迅的自我形象，他们秉持的黜“虚名”而求“实”的精神和行为准则，正是鲁迅所崇尚和践行的。

崇名取巧在中国有着深厚的社会历史和思想根源。中国自古以来就讲究“名正言顺”，没有一定的名号，就丧失了起码的话语权。而皇权专制政治、等级观念和制度，都有力强化了这一文化传统，强化了“名”对人生成功的决定作用。“名”至则“利”来，正如鲁迅所揭示的那样，本来一个普通儒生，“但一登第，真是‘一举成名天下知’，他可以修史，可以衡文，可以临民，可以治河；到清朝之末，更可以办学校，开煤矿，练新军，造战舰，条陈新政，出洋考察了”[①]。那么，“名”自何来？按说来自于实在之“功”，所谓“功名利禄”本是四位一体不可分，有“功”才有“名”，实际上却不尽然。在专制社会，“名”更多是拜权力赏赐，特别是科举制将其体制化了。所以，鲁迅认为：“名人的流毒，在中国却较为利害，这还是科举的余波。”[②] 想当年唐太宗感叹：“天下英雄，尽入吾彀中”，这再清楚不过表明：任你不世之材，不过是皇家的笼中物。在皇权等级制度下，成“名”未必非得据“实”，也许讨“巧”，博得上层乃至皇帝的欢心，来得更快捷，也更牢靠。这样，崇名趋利的风习使得中国历史上巧人辈出，终至于形成了根深蒂固的巧人文化。

在当今市场经济时代，“名利场”空前拓展了，以名渔利的巧术依然风行，但如今“名”本身已成为商品，进行一定的商业包装和炒作，就会直接带来巨大的经济利益。所以，崇名的巧人文化不仅未除，反有变

① 鲁迅：《且界亭杂文二集·名人与名言》，《鲁迅全集》第6卷，人民文学出版社1981年版，第363页。

② 鲁迅：《且界亭杂文二集·名人与名言》，《鲁迅全集》第6卷，人民文学出版社1981年版，第363页。

本加厉、愈演愈烈之势。当年鲁迅不无痛心地说："这病根至今还没有除，一成名人，便有'满天飞'之概。"[①] 针对的好像是百年后的当代中国。刻意求得的名必定是虚名，必定会挤兑实干，在当代名人"满天飞"的时代，怎样处理"名"与"实"的关系而给自己以合适定位，我们还有必要听听鲁迅的忠告。

结 语

鲁迅创作的出发点及关注焦点是"人"，文化形成的各种类型的人，必然为他所格外注意，所谓"巧人""聪明人"就是其中之一。鲁迅没有在小说中集中刻画，而是在散文和杂文创作中持续不断地加以追踪批判，其中蕴含着的人学思想是相当丰富和深刻的。关于巧人的文化性格，鲁迅揭示出至少三点：一是善变无特操；二是重言轻行动；三是崇名不实际。对此鲁迅都进行了深刻的文化剖析和批判。专制文化是孕育巧人的温床，正如鲁迅在《二丑艺术》中所说："世间只要有权门，一定有恶势力，有恶势力，就一定有二花脸，而且有二花脸艺术。"[②] 而当代商品经济环境，又为巧人提供了新的文化土壤。许纪霖指出："在当代中国人的精神世界里，由于宗教性的终极价值十分匮乏，一旦市场经济激发起人性中的原始欲望，那种没有灵魂的、赤裸裸的物欲主义便迅速弥漫，成为社会的价值主流。"[③] 专制文化遗毒未除，物欲主义又汹涌袭来，惯以"功利"为一切活动轴心的巧人们，会在新时代将"二花脸艺术"花样翻新，百变神出。

祛除巧人文化，鲁迅思想至今仍能给我们深刻启示和教益："立信"乃根本所在，因为巧人的病根正在于鲁迅所揭示的"无特操"。不是吗？

---

① 鲁迅：《且界亭杂文二集·名人与名言》，《鲁迅全集》第 6 卷，人民文学出版社 1981 年版，第 363 页。

② 鲁迅：《准风月谈·二丑艺术》，《鲁迅全集》第 5 卷，人民文学出版社 1981 年版，第 198 页。

③ 许纪霖：《中国，何以文明?》，中信出版社 2014 年版，第 153 页。

信之虚，物欲则乘虚而入，才导致言之虚、名之虚（这正是巧人三大特点的内在逻辑联系）。鲁迅思想的核心是“立人”，其确立之日他也提出了相应的方略：“掊物质而张灵明，任个人而排众数。”① 而所谓“张灵明”也许关键正在于“立信”，对鲁迅巧人文化批判的研究正可以加深我们对鲁迅“立人”思想的认识和理解。“立人”重在“立信”，中国人有了信仰才有可能肃清自身专制文化的遗毒，才有可能抵御住物欲主义的侵袭，与巧人划清界限，走向自由独立而成为一个现代“真的人”。弗洛姆说：“人不能毫无信仰而生活。摆在我们这一代和今后几代人面前的严肃问题是，这种信仰究竟是对领导者、机器、成功的非理性信仰，还是基于对我们自身生产性活动之体验的理性信仰。”② 这里的“非理性信仰”类似于鲁迅的所谓“吃教”，是巧人们所执迷的那种对于功利的“坚信”，而我们所需要的当然是充满生命体验的“理性信仰”，那么，鲁迅的启蒙主义理性作为现代思想史上最有分量的部分，无疑是当代中国“理性信仰”建设的宝贵文化资源。

（原载《华夏文化论坛》2020 年第 2 辑）

---

① 鲁迅：《坟·文化偏至论》，《鲁迅全集》第 1 卷，人民文学出版社 1981 年版，第 46 页。

② ［美］弗洛姆：《为自己的人》，孙依依译，生活·读书·新知三联书店 1988 年版，第 193 页。

二

语言、文体与作家人格精神

语言的偏离

> 在我的后园，可以看见墙外有两株树，一株是枣树，还有一株也是枣树。

这是鲁迅《野草》第一篇《秋夜》中的第一句（或说第一段）。本来两株树都是枣树，却不直接说“墙外有两株枣树”，而是先说“有两株树”，再说“一株是枣树”，这样作用于读者心理，自然暗示了另一株是别的某种树。然而，“还有一株也是枣树”打破了既定的阅读期待。这种表达方式确实古怪而拗口，曾经引起众多的解释和争议。赞赏者认为表达独特，别有深意；否定者则斥之为“堕入恶趣”。不管是褒是贬，都承认这个句子的怪异。而在我看来，作为《野草》第一篇中的第一句，这一句子的怪异却恰恰是一种标志：一种语言的标志、一种艺术个性的标志，也是一种精神世界的标志。按照现代语言学的观点，语言不再仅仅是思想的工具，更被看作是思想和文化的本体。维特根斯坦说：“想象一种语言就叫作想象一种生活形式。”① 人永远是以语言的方式拥有世界的，语言标识着个人与世界的一切关系。海德格尔也断言：语言是存在的家园。有什么样的存在，有什么样的生活方式，就会有什么样的语言。我们知道，《野草》是鲁迅在精神“彷徨”期逼视自我灵魂深处的“自言自语”，具有个体心灵史的义涵。李欧梵一语中的：“《野草》是精英的文

---

① ［英］路德维希·维特根斯坦：《哲学研究》，陈嘉映译，上海世纪出版集团2005年版，第11页。

本，因为它的意义是高于常人的理解之上的。”[①] 既为“自言自语”，本不为“常人的理解”而写，况且鲁迅还明言：“我愿意我的东西躺在小摊上，被愿看的买去，却不愿意受正人君子赏识”[②]。这样说来，《野草》出语奇崛，反乎常俗，是再自然不过的事。鲁迅从来都是卓尔不群的，这在他所痛心的庸众与他所恶心的文人眼里就是怪异的、不正常的。看看他笔下的狂人、疯子、孤独者、过客、黑衣人吧，这些烙印着他生命印迹的形象无一不怪，我们就可以知道鲁迅对自己遗世独立的生存处境有着怎样深刻的体认。同是文人，而鲁迅总是将那些异己者冠以“正人君子”的名号，这意味着他是自我放逐，自求怪异。《野草》中一些看似怪异而不可思议的句子，其实正是鲁迅超凡拔俗之思想与个性的外在表征，也有几分与“正人君子”调侃的成分在内。作为《野草》第一篇的《秋夜》，如果开篇起句一本正经、中规中矩，而不这样怪异让人莫名惊诧，那反而才叫怪异呢。鲁迅正是以一句怪异的句子先声夺人，不仅为一篇《秋夜》，而且为整部《野草》重重地打上一个艺术的更是精神的个性标记，同时也为人们进入《野草》世界设置了一道门槛，他似乎借此在说：懂我，进来；不懂，离开。

《野草》中鲁迅的“自言自语”，因为真诚和彻底而达到哲学的高度，寄寓着作者对生存的追问和探询，表现出现代主义思想主题。对此，美国学者夏济安认为：“无论中国传统经验多么丰富，其中也很难找到这类主题。”[③] 但是他又说：“如果用正规的表现方法来处理这种称为现代经验的恐怖和渴望，鲁迅本来可以把中国诗带进一个新领域。”[④] 夏济安没有认识到，这种种“现代经验”远不是“正规”表现方法所能表达的。也许正是痛感于此，鲁迅才在《题辞》起句中说：“当我沉默着的时候，我

① 李欧梵：《铁屋中的呐喊》，尹慧珉译，河北教育出版社 2001 年版，第 100 页。

② 鲁迅：《华盖集续编 · 厦门通信》，《鲁迅全集》第 3 卷，人民文学出版社 1981 年版，第 370 页。

③ 夏济安：《鲁迅作品的黑暗面》，载乐黛云：《国外鲁迅研究论集》，乐黛云译，北京大学出版社 1981 年版，第 370—371 页。

④ 夏济安：《鲁迅作品的黑暗面》，载乐黛云：《国外鲁迅研究论集》，乐黛云译，北京大学出版社 1981 年版，第 371 页。

觉得充实；我将开口，同时感到空虚。”当“正规”方式已经苍白无力，苦于表达的鲁迅在语言上只能超越规范，走向“偏离”，这其实是他整个人生离经叛道的必然结果。而我们正可以通过《野草》中种种语言的“偏离”，来透视鲁迅的存在。学者徐麟说得好：“我们的理解总是处于语言与存在的往复之中，即我们一方面要通过语言去理解存在，一方面又要通过对存在的理解，而更深刻地理解语言。”①

首先，还是回到《秋夜》中的“两株枣树”，这句话的怪就怪在它没有直截了当，而是叠加式的重复，按照一般语言逻辑判断当然是啰唆累赘。然而正是这样超乎寻常的重复，强化了枣树的存在。进入文本我们知道，枣树面对的是“奇怪而高”的天空，与极具威严、高深莫测的天空相比枣树明显的孤独渺小，这其中自然渗透了鲁迅的寂寞与孤独感。而枣树不畏强势，一直独立地、不依不饶地直刺着“奇怪而高”的天空，这样的描述文中有两次，也是一种重复，它同样起到强化作用，是对枣树战斗姿态的强化。这样的重复，在《野草》中屡见不鲜：《影的告别》中“我不愿意”的反复告白，《复仇》中两个人始终不变的“裸着全身，捏着利刃”，《这样的战士》中机械式重复着“举起了投枪”这一动作……重复是一种语言修辞，同时，“‘重复’，是鲁迅个人心理经验领域中的一个重要的部分。”② 鲁迅对人生荒诞和虚无有着深刻的体认，因此他的一生不过是“反抗绝望”，没有结果，只有行动，而且永无止境，就像西西弗斯面对上帝惩罚而只能重复不断地滚石头，这就是鲁迅所谓的“韧”的战斗，其实就是无休止地、不厌其烦地重复。现实太严酷，敌人太强大，战士唯有通过不屈不挠的抗争才会确定自己的存在价值。枣树面临“奇怪而高”的天空的重压，影子彷徨于无地，复仇的男女被密密层层的人们围观，“举起了投枪”的战士身陷无物之阵……是敌人的绝对强大才激发出他们顽强的意志和坚韧的抗争，而这一切在文本中是通过语言的重复来表现的，这种语言修辞，渗透着鲁迅深刻的生命体验，他

① 徐麟：《鲁迅：在言说与生存的边缘》，山东文艺出版社 1997 年版，第 136 页。

② 张闳：《内部的风景》，广州出版社 2000 年版，第 119 页。

正是以此来确定自我生命的存在的。

其次，《野草》中存在着大量的悖反式的词语：一类是由水火不相容的反义词并置、排列，如“空虚”和“充实”、“沉默”和“开口”、“生”和“死”、“明”和“暗”、“过去”和“未来”、“希望”和“绝望”……还有一些词语，本身由对立悖反的词汇构成，外在形式表层就存在着矛盾冲突，例如“无血的大戮”（《复仇》）、“无怨的恕”（《风筝》）、“好地狱”（《失掉的好地狱》）、“无词的言语”（《颓败线的颤动》）、“无物之阵”（《这样的战士》）……这两类词语都“突破了日常语言的樊篱，违背了逻辑语言的规范，超越了一般语言学能指与所指的关系”①。表面看起来它们违反了生活的逻辑，但实际上却反映出鲁迅心理世界的复杂真实。鲁迅的自我心灵拷问是严酷的彻底的，所谓“抉心自食，欲知本味”，这是一种穷根究底式的追问，势必涉及与生存相关的种种冲突着的两极，形诸文字才会有那么多悖反式的词语。鲁迅就在对立的两极之间同时向着两边尽力撕扯着自己的灵魂，考验着也磨炼着自己的神经张力，这确实是非常痛苦的。然而更痛苦的是，这种灵魂撕扯的永无休止。作为历史“中间物”的鲁迅没有做出非此即彼的选择，他一生只是在苦苦找寻，在两极之间的中间地带彷徨。所以，我们在《野草》中可以看到，种种悖反式的词语从一出现即笼罩全篇，最终也没有获得消解，从而形成回荡充溢全篇的“悖论旋涡”（李欧梵语）。只能说，鲁迅复杂的心理世界已经不能按照既有的“正规”生活逻辑和语言规范去表达了。

最后，《野草》中的虚词运用超乎寻常，最值得注意的是大量的“转折字”。早在20世纪30年代，学者李长之就在《鲁迅批判》中捕捉到了鲁迅用来“扩张人的精神”的特殊句式：“就是那些‘虽然’‘自然’‘然而’‘但是’‘倘若’‘如果’‘却’‘究竟’‘不过’‘譬如’……”的

① 常立霓：《不可言说的言说——鲁迅与残雪的言说比较》，《上海鲁迅研究》2006（春之卷），上海文艺出版社2006年版，第149页。

"转折字"，并指出其原因在于鲁迅"思想过多"[①]。据统计，《野草》有45处使用了"然而"，还有2处使用了"然"，这些都表"转折"之意，另外有23处使用了"但是"、12处使用了"可是"，同样也表示"转折"。一部《野草》篇目不多，而且多为短制，有如此众多的"转折字"确实引人注目。"转折字"连接着前后两个句子，它引出的后句对前句所述意向有着或强或弱的偏离、扭转、质疑甚至否定之意。有学者已经将"然而"或者"'倘若'……'然而'"作为鲁迅话语世界的理想类型加以考察，对其中隐含着的鲁迅的价值意向、思维心理和生存体验进行了深入的阐释，颇有收获。我这里感兴趣的是《野草》中"转折字"连用的奇特语言现象。试看《影的告别》中的例子：

> 我不过一个影，要别你而沉没在黑暗里了。然而黑暗又会吞并我，然而光明又会使我消失。
>
> 然而我不愿彷徨于明暗之间，我不如在黑暗里沉没。
>
> 然而我终于彷徨于明暗之间，我不知道是黄昏还是黎明。我姑且举灰黑的手装作喝干一杯酒，我将在不知道时候的时候独自远行。

以上段落夏济安有过这样的评述："一系列的'然而'使诗句参差不齐而又拗口，使人感觉到不舒服。它既违背了白话也违背了文言的优美原则，但也许正是作者有意为之。"[②] 的确，四个"然而"的连用是超乎常规的，但这并不是鲁迅故意标新立异，而是他复杂生命体验表达的需要。文中影子在光明与黑暗之间进行自我选择，而光明与黑暗都会使它消失泯灭，它无法保全自己，面临严峻的生存危机。那么彷徨于明暗之间吧，这样既不属于光明，又不属于黑暗，依然找不到自己的人生归宿，注定是非常痛苦的。无论怎样选择，影子都逃脱不了死亡的命运。然而

---

① 李长之：《鲁迅批判》，北京出版社2003年版，第132—133页。

② 夏济安：《鲁迅作品的黑暗面》，载乐黛云：《国外鲁迅研究论集》，乐黛云译，北京大学出版社1981年版，第373页。

影子还是要选择，即便是死亡，也要选择自己认可的方式。我们可以看到，影子处境艰危，而生命意志却异常顽强。作品中四个“然而”的连用，管繁弦急，一波三折，有力地传达出影子与生存处境之间的紧张关系。影子，正是有着强烈“历史中间物”意识的鲁迅的自我隐喻，而一个接一个的“然而”，凸显出鲁迅对于现实世界与自我存在的深刻质疑和反思。《影的告别》中“然而”的使用在整部《野草》中达到极致，以此为代表的“转折字”的大量使用，特别是连续使用，折射出鲁迅内心深处自我与存在之间激烈矛盾冲突所形成的心灵旋涡。

作为记录鲁迅的心音的《野草》，语言明显地偏离了“正规”的表达原则和方法，这并非鲁迅刻意玩弄语言技巧，实在是他内心郁结的不择地而流，是他文学天才尽情发挥的艺术结晶。鲁迅说：“我认为目前研究中国的白话文，实在困难。因刚提倡，并无一定规则，造句、用词各随其便。”① 鲁迅忠实于自己的内心，在难以言说的困境中“随”自我表达之“便”，大胆突破了既有的语言规则，在这个意义上，《野草》是现代的、实验性的。无论是语言的重复，还是悖反式的词语，以及“转折词”高频率的使用和连用，看似违背了既有的语言表达原则和方法，却恰恰是鲁迅寻找到的最佳心灵书写话语，从这一角度看，我们应该承认鲁迅通过《野草》为独语式散文文体建立起一种新的语言表达范式。

（收录《2012 年度高丽大学汉字汉文研究所国际学术大会》论文集）

---

① 鲁迅：《书信·201214 致青木正儿》，《鲁迅全集》第 13 卷，人民文学出版社 1981 年版，第 454 页。

老舍的文学语言口语观

作为一代语言艺术大师，老舍的独特贡献在于他从大量的北京口语中提炼出俗白、生动、纯净的文学语言，大大推动了中国现代文学语言的大众化、民族化。老舍对文学创作语言高度重视，在他所有谈创作的文章中，涉及这一问题的有半数以上，其中比较集中的有《言语与风格》《我的“话”》《文艺的工具——言语》《人、物、语言》《语言、人物、戏剧》《语言与生活》《关于文学的语言问题》《怎样写通俗文艺》《我怎样学习语言》《文学语言问题》《关于文学创作中的语言问题》《文学创作和语言》《人物、生活和语言》等篇什。在如此众多的文章中，老舍一再强调论述口语，形成了他独特的口语观。这些观点散见于他 40 多年中的众多文章中，丰富但散漫，很有必要进行细致的梳理和探讨。但长期以来，学界对此重视不够，更多的是摘取片言只语作为资料来欣赏和研究老舍作品中的语言。本文试图弥补这一不足，对老舍的文学语言口语观进行全面、系统的梳理和总结。

一 “我们必须相信白话万能”

老舍始终把文学语言的清楚明白放在第一位。早在 20 世纪 30 年代中期，老舍总结自己的创作时说：“大致地说，我还始终保持着我的‘俗’与‘白’，对于修辞，我总是第一要清楚，而后再谈别的。”① 50 年代，

① 老舍:《我怎样写短篇小说》,《老舍文集》第 15 卷，人民文学出版社 1990 年版，第 197 页。

他仍强调说："我的意见是：要老老实实把话写清楚了，然后再求生动。要少用修辞，非到不可不用的时候再用。"[①] 因此老舍在创作中选择、运用语言，最大限度地接近口语，他响亮地提出，"我愿在纸上写的和口中说的差不多"，"我写小说也就更要求与口语结合，把修辞看成怎样能从最通俗的浅近的词汇去描写，而不是找些漂亮文雅的字来漆饰"。[②] 这成了老舍一生使用语言的自觉追求，"有人批评我，说我的文字缺乏书生气，太俗，太贫，近乎车夫走卒的俗鄙；我一点也不以为耻。"[③] 1956 年 3 月在全国青年文学创作会议上，老舍指出了当时文学语言的弊端："现在我们的口语与作品中的语言还有很大距离，这是不好的。"他鲜明地主张："我们要求怎样写怎样说，书面与口语一致……我们希望将来每个人说的话写下来就是一篇文章，这是我们的应有的理想。"[④] 可见，在老舍看来，文学语言的口语化是一个很高的境界，这是他一生努力追求的目标。他曾说："我写文章总是改了又改，只要写出一句不现成，不响亮，不像口头说的那样，我就换一句更明白、更俗的、务期接近人民口语的话。"[⑤]

老舍运用口语创作也是逐渐走向成熟的。他告诉我们："我一下手便拿出我自幼儿用惯了的北平话。"[⑥] 但直到几年后《小坡的生日》完成，"我才真正明白白话的力量"。"它给我一点信心，就是用平民千字课的一个个字也能写出很好的文章。"[⑦] 从此，老舍便大胆地依赖普普通通的大白话："我自己的笔也逐渐地、日深一日地、去沾那活的、自然的、北平

---

① 老舍：《关于文学的语言问题》，《老舍文集》第 16 卷，人民文学出版社 1991 年版，第 96 页。

② 老舍：《我的"话"》，《老舍文集》第 15 卷，人民文学出版社 1990 年版，第 463 页。

③ 老舍：《我怎样写〈小坡的生日〉》，《老舍文集》第 15 卷，人民文学出版社 1990 年版，第 178 页。

④ 老舍：《关于语言规范化》，《老舍文集》第 16 卷，人民文学出版社 1991 年版，第 409 页。

⑤ 老舍：《关于文学的语言问题》，《老舍文集》第 16 卷，人民文学出版社 1991 年版，第 98 页。

⑥ 老舍：《我的"话"》，《老舍文集》第 15 卷，人民文学出版社 1990 年版，第 461 页。

⑦ 老舍：《我怎样写〈小坡的生日〉》，《老舍文集》第 15 卷，人民文学出版社 1990 年版，第 178 页。

话的血汁……我只觉得这个做法给我不少的欣喜。”① 到了写作《骆驼祥子》的时候，由于好友的帮助，老舍找到了许多他自认为有音无字的北平口语的词汇，更是如鱼得水，将其大量地引入进作品，“我的笔下就丰富了许多，而可以从容调动口语。”② 这时，老舍的语言艺术正走向成熟。20 世纪 50 年代，谈及自己学习语言的经验，老舍说：“我无论写什么，我总希望能充分地信赖大白话。”③ 这实在是他几十年运用语言的心得。老舍还批评了一般人认为白话只能写对话的偏见，明确宣布：“我们必须相信白话万能。”这里的“万能”，指的是小说创作中，白话不仅能写人物的对话，还能描写人物、风景，叙述故事。“白话会一切……我们不给白话打折扣，白话才会对我们负全责。”④

二 “还要考虑到每个字的声音”

口语有一个显著的特性或标志，那就是可读可诵，朗朗上口。老舍在生活、创作中接触了大量口语，对此有明确认识：“大白话是咱们嘴里的活言语。大白话就是口语。活言语必然念起来顺口。”⑤ 老舍认为好作品不仅供人看，而且供人听：“我们必须要求自己，写出来的东西先能教别人听明白，然后更进一步教别人听了挺过瘾，……说到归齐，文章是写给别人看的听的。”⑥ “好文章让人能愿意念，也愿意听。”⑦ “好文章不仅让人愿意念，还要让人念了，觉得口腔是舒服的。”⑧ 因此，老舍给自

---

① 老舍：《我的“话”》，《老舍文集》第 15 卷，人民文学出版社 1990 年版，第 461 页。

② 老舍：《我怎样写〈骆驼祥子〉》，《老舍文集》第 15 卷，人民文学出版社 1990 年版，第208 页。

③ 老舍：《我怎样学习语言》，《老舍文集》第 16 卷，人民文学出版社 1991 年版，第 284 页。

④ 老舍：《怎样写通俗文艺》，《老舍文集》第 16 卷，人民文学出版社 1991 年版，第 272 页。

⑤ 老舍：《怎样写通俗文艺》，《老舍文集》第 16 卷，人民文学出版社 1991 年版，第 272 页。

⑥ 老舍：《和工人同志们谈写作》，《老舍文集》第 16 卷，人民文学出版社 1991 年版，第 6 页。

⑦ 老舍：《关于文学的语言问题》，《老舍文集》第 16 卷，人民文学出版社 1991 年版，第 99 页。

⑧ 老舍：《关于文学的语言问题》，《老舍文集》第 16 卷，人民文学出版社 1991 年版，第 99 页。

己提出要求："我写文章，不仅要考虑每一个字的意义，还要考虑到每个字的声音。"① "我们写东西第一要求能念。我写完了，总是先自己念念看，然后再念给朋友听。文章要完全用口语，是不易做到的，但要努力接近口语化。"② 像老舍这样高度重视作品的"能念"，在现代小说家中恐怕是绝无仅有的，他实际上把这当成了衡量文学语言是否真正口语化的尺度。《骆驼祥子》是老舍最重要的代表作，谈及这部作品，老舍最为得意之处就是："《祥子》可以朗诵。它的言语是活的。"③

作家在创作中怎样使作品的语言充分口语化呢？老舍结合自己的创作经验说："每写完一段，或几段，自己朗诵一遍，是最有用的方法。"④ "我写作中有一个窍门，一个东西写完了，一定要再念再念再念，念给别人听，音念得顺不顺？准确不？别扭不？逻辑性强不？……"⑤ 他认为："纸上的文字只尽了述说的责任，而没顾到文字的声音之美与形象之美。字是用对了，但是也许不大好听；句子造完整了，但是也许太短或太长，念起来不顺嘴……这些缺点是非用耳朵听过，不能发现的。"⑥ 中华人民共和国成立后在一次与工人作者谈创作时，老舍再次强调说："为多修改就须多念自己的文章。这里所说的'念'就是朗诵的意思。文字写在了纸上，我们不容易知道它们的声音好不好，音节好不好，用字现成不现成非出着声念不可。嘴里念，耳朵听，我们会立刻听出文字的毛病来：有的句子太长了，应当改短；有的句子念着绕嘴，必是音节或字眼安排得不对劲，要设法调换修正；有的句子意思好，可是念起来不嘹亮，不干脆，听着不对劲，这必是句子的结构还欠妥当，或者几个字不大现成，

① 老舍：《关于文学的语言问题》，《老舍文集》第16卷，人民文学出版社1991年版，第98页。

② 老舍：《关于文学的语言问题》，《老舍文集》第16卷，人民文学出版社1991年版，第99页。

③ 老舍：《我怎样写〈骆驼祥子〉》，《老舍文集》第15卷，人民文学出版社1990年版，第208页。

④ 老舍：《散文并不"散"》，《老舍文集》第16卷，人民文学出版社1991年版，第266页。

⑤ 老舍：《人物、语言及其它》，《老舍文集》第16卷，人民文学出版社1991年版，第57页。

⑥ 老舍：《散文并不"散"》，《老舍文集》第16卷，人民文学出版社1991年版，第266页。

应当再加工。一个好句子念起来嘴舒服，耳朵舒服，心里也舒服。”① “念给自己是个好办法，可还不如念给别人听。别人的耳朵有时候比咱自己的更可靠……可千万别把自己的文章藏在口袋里，不敢念给朋友听；也别怕朋友们听了提意见。”②

强调文学作品的可朗读性，主张通过念、反复修改而使作品语言充分口语化，老舍不仅为文学语言的口语化确立了一个实实在在的标尺，而且找到了一个切实有效的具体方法。

三 “我们应当爱自己的语言”

老舍不是一般地、抽象地谈论口语的运用，他常常是以小说家的身份在小说、戏剧、曲艺写作领域内强调文学语言口语化。他所谓的“白话万能论”也有特殊的含义。尽管他认为写报告、论文也可以用大白话，但他还是充分意识到不同的文体应该有不同的语言，创作之初，他就明确地谈及这一问题：“小说是用散文写成的，所以应当力求自然。诗中的装饰用在散文里不一定有好结果，因为诗中的文字和思想同是创造的，而散文的责任则在运用现成的言语把意思正确地表达出来。”③ 后来在文章中他又多次表达这类意见：“像说理的文章，往往是要改换一下中国语法。至于一般的话语为什么不按我们自己的习惯说呢？”④ “我们用什么话语，是决定于我们写什么的。比方说，我们今天要写一篇什么报告，我们就须简单的，明确的，清楚的语言，不慌不忙，有条有理地去写……反之，我们要写一篇小说，我们就应该用更活泼，更带情感的语言了。”⑤ 值得注意的是老舍正是从这一角度，对“五四”新文学运动

---

① 老舍：《和工人同志们谈写作》，《老舍文集》第16卷，人民文学出版社1991年版，第6页。

② 老舍：《和工人同志们谈写作》，《老舍文集》第16卷，人民文学出版社1991年版，第6页。

③ 老舍：《言语与风格》，《老舍文集》第15卷，人民文学出版社1990年版，第256页。

④ 老舍：《关于文学的语言问题》，《老舍文集》第16卷，人民文学出版社1991年版，第100页。

⑤ 老舍：《我怎样学习语言》，《老舍文集》第16卷，人民文学出版社1991年版，第282页。

做出了自己独特的评价。他说："我觉得'五四'运动对语言问题上是有偏差的。"① 主要就是语言不够通俗："'五四'运动以后的作品——包括许多有名作家的作品在内——一般工农看不懂、不习惯……"② 当然他不否认："'五四'传统有它好的一面，它吸收了外国的语法，丰富了我国的语法，使语言结构上复杂一些，使说理的文字更精密一些。"③ 但同时他又说："'五四'传统好的一面，在写理论文字时，可以采用。创作还是应该以老百姓的话为主，我们应该重视自己的语言，从人民口头中，学习简练、干净的语言……"④

老舍在谈论口语时，表现出强烈的民族意识。对汉语的认识老舍也有一个过程。早年在英国"因英语中词汇的丰富，文法的复杂，我感到华语的枯窘简陋。……我鄙视我的北平话了"。⑤ 后来他逐渐认识到"华语的惊人的简单也正是它的极大的进步"⑥。从此以后老舍不止一次地谈起汉语的这一特点："我们的语言是世界上最简练的语言，这是我们语言之美。"⑦ "我们的语言在世界上是以简练著称的。简而明，这是我们语言的特色。"⑧ 诸如此类，每次老舍都流露出强烈的民族自豪感，难怪他发自内心地说："我们应该爱自己的语言。"⑨ 谈到作品的民族风格，老舍提

---

① 老舍：《关于文学的语言问题》，《老舍文集》第 16 卷，人民文学出版社 1991 年版，第 105 页。

② 老舍：《关于文学的语言问题》，《老舍文集》第 16 卷，人民文学出版社 1991 年版，第 105 页。

③ 老舍：《关于文学的语言问题》，《老舍文集》第 16 卷，人民文学出版社 1991 年版，第 105 页。

④ 老舍：《关于文学的语言问题》，《老舍文集》第 16 卷，人民文学出版社 1991 年版，第 105 页。

⑤ 老舍：《我的"话"》，《老舍文集》第 15 卷，人民文学出版社 1990 年版，第 460 页。

⑥ 老舍：《我的"话"》，《老舍文集》第 15 卷，人民文学出版社 1990 年版，第 460 页。

⑦ 老舍：《关于语言规范化》，《老舍文集》第 16 卷，人民文学出版社 1991 年版，第 409 页。

⑧ 老舍：《请多注意通俗文艺》，《老舍文集》第 16 卷，人民文学出版社 1991 年版，第 656 页。

⑨ 老舍：《怎样写通俗文艺》，《老舍文集》第 16 卷，人民文学出版社 1991 年版，第 270 页。

出自己的主张："我认为民族风格主要表现在语言上。除了语言，还有什么别的地方可以表现它呢?"① 所以老舍认为，要使作品具有民族风格，必须发挥汉语的特长，而最能体现汉语特长的莫过于大白话、口语。他说："不管我们的作品的思想性如何高深，内容如何丰富，假如我们的语言不通俗不现成，它就不可能成为具有民族风格，为人民所喜爱的作品。"② 他批评一部分作品缺少民族风格，是"因为其中的语言不三不四，没能充分发挥我们的语言之美，于是也就教民族风格受了损失"③。老舍热爱北京话，了解北京话，一生运用北京话，他的作品极具地方特色和民族风格。以上关于语言与民族风格关系的论述，是老舍一生创作经验、心得的总结。

四 "用生活给语言加工"

老舍强调在创作中使用日常口语，他认为："作文章应当用现成的字和词……这是个很重要的问题。"④ "文字越现成越有力量。"⑤ "躲着生活中现成的词汇不用，而另换一套，是劳而无功的。"⑥ 很显然老舍在这里是强调书面语应与口语保持一致，不应在创作中"另换一套"。现成的词汇就是口语，只能从生活中找。老舍多次指出："我们须从生活中学习语言。……没有生活，就没有语言。"⑦ "语言脱离了生活就是死的。语言是

---

① 老舍:《关于文学的语言问题》,《老舍文集》第16卷，人民文学出版社1991年版，第101页。

② 老舍:《语言与生活》,《老舍文集》第16卷，人民文学出版社1991年版，第336页。

③ 老舍:《语言与生活》,《老舍文集》第16卷，人民文学出版社1991年版，第336页。

④ 老舍:《和工人同志们谈写作》,《老舍文集》第16卷，人民文学出版社1991年版，第8页。

⑤ 老舍:《和工人同志们谈写作》,《老舍文集》第16卷，人民文学出版社1991年版，第9页。

⑥ 老舍:《和工人同志们谈写作》,《老舍文集》第16卷，人民文学出版社1991年版，第9页。

⑦ 老舍:《我怎样学习语言》,《老舍文集》第16卷，人民文学出版社1991年版，第286页。

生命和生活的声音。”[①] “用生活给语言加工，一定比用语言给语言加工更有好处。”[②] 在这一问题上，老舍有相当独到深刻的理解，他进一步阐述道：“孤立地去记下来一些名词与语法，语言便是死的，没有多大用处。”[③] “若只是摘取民间的几个惯用的词与字，点缀一下，便是尾巴主义。”[④] 老舍主张：“要学习人民的语言，就须体验人民的生活；人民的生活才是人民语言的字汇词典。”[⑤] “运用语言不单纯地是语言问题。你要描写一个好人就须热爱他，钻到他心里去，和他同感受，同呼吸，然后才能替他说话了。这样写出的语言，才是真实的，生动的。普通的语言在适当的时间、地点、情景中说出来，就能变成文艺性的话了。不要只在语言上打圈子，而忘了与语言血肉相关的东西——生活。”[⑥] 老舍不止一次地以自己的创作实践为例，深入浅出地说明这一道理：“我能描写大杂院，因为我住过大杂院。我能描写洋车夫，因为我有许多朋友是以拉车为生的。我知道他们是怎么活着，所以我会写出他们的语言。”[⑦] “明白了车夫的生活，才能发现车夫的品质，思想，与感情。这可就找到了语言的泉源。……从生活中找语言，语言就有了根；从字面上找语言，语言便成了点缀，不能一针见血地说到根儿上去。”[⑧]

老舍提倡使用“现成的文字”，这并不意味着对口语不加选择的照抄，相反，他特别重视对口语的加工提炼。他明确地说：“口语不是照抄的，而是从生活中提炼出来的。”[⑨] 作品中的语言应该“既是大白话，又

---

① 老舍：《人、物、语言》，《老舍文集》第16卷，人民文学出版社1991年版，第62页。

② 老舍：《人、物、语言》，《老舍文集》第16卷，人民文学出版社1991年版，第63页。

③ 老舍：《勤有功》，《老舍文集》第16卷，人民文学出版社1991年版，第44页。

④ 老舍：《怎样写通俗文艺》，《老舍文集》第16卷，人民文学出版社1991年版，第271页。

⑤ 老舍：《怎样写通俗文艺》，《老舍文集》第16卷，人民文学出版社1991年版，第271页。

⑥ 老舍：《关于文学的语言问题》，《老舍文集》第16卷，人民文学出版社1991年版，第94页。

⑦ 老舍：《我怎样学习语言》，《老舍文集》第16卷，人民文学出版社1991年版，第286页。

⑧ 老舍：《我怎样学习语言》，《老舍文集》第16卷，人民文学出版社1991年版，第287页。

⑨ 老舍：《关于文学的语言问题》，《老舍文集》第16卷，人民文学出版社1991年版，第100页。

不大像日常习用的大白话”[①]。“写在纸上的白话必须加工细制，把我们平常说话的那些毛病去掉。”[②] “白话的本身不都是金子，得由我们把它们炼成金子。我们要控制白话，而不教它们控制了我们。我们不是记录白话，而是精打细算的写出白话文艺。”[③] 老舍认为提炼口语是一种艰苦的劳动：“想了再想，一点也不随便。这是我们必须下的一番功夫。不下这番功夫，而只想大笔一挥就能写出一篇好文章，没有那回事。”[④] 结合自己的创作实践，他强调说：“我的文章写得那样白，那样俗，好像毫不费力。实际上，我不定改了多少遍！有时候一千多字要写两三天。”[⑤] 只有经过这样精心加工，才能使口语“由适当而精彩”，“把白话的真正香味烧出来”。“这样，虽然是大白话，可是不至于老老实实地爬行了。它能一针见血，打动人心。”[⑥]

在现代作家中，没有谁能像老舍那样写文章，用那么大篇幅一而再、再而三地谈论文学语言问题，更没有谁像他那样特别重视口语。老舍的口语观，是在他长期的创作实践中形成的。老舍不是文学理论家、语言学家，他的这些观点也许缺少必要的理论色彩，但其中渗透着作家的深切的创作体验，这对后人的创作也许更有实际指导和借鉴意义吧。

（原载《泰山学院学报》2003 年第 5 期）

① 老舍：《勤有功》，《老舍文集》第 16 卷，人民文学出版社 1991 年版，第 153 页。

② 老舍：《散文并不“散”》，《老舍文集》第 16 卷，人民文学出版社 1991 年版，第 263 页。

③ 老舍：《怎样写通俗文艺》，《老舍文集》第 16 卷，人民文学出版社 1991 年版，第 272 页。

④ 老舍：《和工人同志们谈写作》，《老舍文集》第 16 卷，人民文学出版社 1991 年版，第 10 页。

⑤ 老舍：《关于文学的语言问题》，《老舍文集》第 16 卷，人民文学出版社 1991 年版，第 96 页。

⑥ 老舍：《勤有功》，《老舍文集》第 16 卷，人民文学出版社 1991 年版，第 153 页。

汪曾祺小说语言的诗化

汪曾祺作为中国现代一流小说家，其突出贡献表现在他对小说文体的革新。汪曾祺对小说文体有着高度的自觉，他曾宣言式的表白："我要对'小说'这个概念进行一次冲决。"[①] 他继承了废名、沈从文等前辈小说在题材、主题、叙事模式、写作态度、审美理想等方面的特点的同时，又做出了独特的创造和超越，对因袭已久的小说定式确实已造成了不小的"冲决"。他说："散文诗和小说的分界处只有一道篱笆，并无墙壁……我一直以为短篇小说应该有一点散文诗的成分。"[②] 他的许多小说甚至不像小说了，从文体上看已明显有了散文化和诗化倾向。

小说文体的诗化必然带来小说语言的诗化。汪曾祺在承认自己的小说走向了诗化的同时，明确认为："这种小说的语言也就不能不发生变化。这种语言，可以称之为诗化的小说语言。"[③] 汪曾祺非常重视小说的语言，在20世纪众多的中国小说家中，关于小说语言发表文章最多的，除老舍先生以外，恐怕要数汪曾祺。值得注意的是，他是将小说语言提到本体论的高度来认识的："语言是小说的本体，不是附加的，可有可无

---

① 汪曾祺：《〈桥边小说三篇〉后记》，《汪曾祺文集·文论卷》，江苏文艺出版社1993年版，第68页。

② 汪曾祺：《〈晚饭花集〉自序》，《汪曾祺文集·文论卷》，江苏文艺出版社1993年版，第197—198页。

③ 汪曾祺：《关于小说语言（札记）》，《汪曾祺文集·文论卷》，江苏文艺出版社1993年版，第28页。

的。从这个意义上说，写小说就是写语言。”[①] 这种小说语言观就与老舍先生为代表的流行的工具论语言观明显不同。传统的小说是一种叙事文体，注重“再现”生活，它要求语言合乎语法的逻辑结构，语言所指与能指之间的对应关系非常明确，其负载的信息能够通过读者阅读直接转换成“行动”“场面”，而读者往往得鱼忘筌，得到了关于人物、事件的种种情形而遗忘了传递它们的语言本身。在这里，语言充当的不过是一种工具、媒介。而汪曾祺却认为：“语言本身是艺术，不只是工具。”[②] 所以，“现代小说家所留心的，不止于‘用字’，他们更注意的是语言的神气”[③]。所谓“神气”无非就是超出“用字”的弦外之音和言外之意，也就是一种诗的特质与美感。当小说家把小说当作诗来写，在选词用句上刻意追求韵致和意蕴时，小说的语言也就走向了诗化。汪曾祺明确地说过：“写小说不比写散文诗，语言不必那样精致。但是好的小说里总要有一点散文诗。”[④] 可以说，语言的“神气”“诗化”，正是汪曾祺小说创作的自觉追求。

其一，超越理智，诉诸直觉，以密集的意象扩大审美空间。关于小说语言诗化，汪曾祺有这样明确的界定：“所谓诗化小说的语言，即不同于传统小说的纯散文的语言。这种语言，句与句之间的跨度较大，往往超越了逻辑，超越了合乎一般语法的句式（比如动宾结构）。……‘鸡声茅店月，人迹板桥霜。’‘枯藤老树昏鸦，小桥流水人家，古道西风瘦马。’这种超越理智，诉诸直觉的语言，已经被现代小说广泛应用。”[⑤] 不管其他现代小说对这种诗化小说语言的运用是否广泛，反正在汪曾祺的小说中这种语言是屡见不鲜。请看小说《钓人的孩子》中的段落：

---

① 汪曾祺：《中国文学的语言问题》，《汪曾祺文集·文论卷》，江苏文艺出版社 1993 年版，第 1 页。

② 汪曾祺：《“揉面”》，《汪曾祺文集·文论卷》，江苏文艺出版社 1993 年版，第 8 页。

③ 汪曾祺：《关于小说语言（札记）》，《汪曾祺文集·文论卷》，江苏文艺出版社 1993 年版，第 26 页。

④ 汪曾祺：《“揉面”》，《汪曾祺文集·文论卷》，江苏文艺出版社 1993 年版，第 17 页。

⑤ 汪曾祺：《关于小说语言（札记）》，《汪曾祺文集·文论卷》，江苏文艺出版社 1993 年版，第 29 页。

抗日战争时期，昆明小西门外。

米市，菜市，肉市。柴驮子，炭驮子。马粪。粗细瓷碗，砂锅铁锅。焖鸡米线，烧饵块。金钱片腿，牛干巴。炒菜的油烟，炸辣子的呛人的气味。红黄蓝白黑，酸甜苦辣咸。

这里找不到一个文从理顺的“成句”，有的只是一个个有色有味、可感可触的具体词汇，它们排列组合在一起，排挞而至，连续不断地冲击着读者的直觉。在读者强烈的感受中，一幅纷扰的市场图景，散发着的浓厚市井、乡土气息，再鲜明不过地呈现出来。

《受戒》中写小和尚明海跟着舅舅去县城，描写明海眼中的县城，也是用的这种方法：

县城真热闹：官盐店，税务局，肉铺里挂着成片的猪肉，一个驴子在磨芝麻，满街都是小磨香油的香味，布店，卖茉莉粉、梳头油的什么斋，卖绒花的，卖丝线的，打把式卖膏药的，吹糖人的，耍蛇的……

小和尚年龄小，又是初出茅庐，乍一接触热闹繁杂的县城，不免应接不暇，眼花缭乱。小说将县城街头的景象，一一罗列开来，这样的句子不仅渲染出县城的热闹，更将一个涉世未深的小和尚的幼稚纯真刻写得淋漓尽致，读来饶有诗意。小说《复仇》也并非对一个复仇故事有声有色的讲述，而是由复仇者的意识之流连缀成篇。主人公夜宿禅房，繁复的意象纷至沓来：红的太阳、绿的海洋、浪花的白沫、黄昏的金光、通红的蜻蜓、惨绿的磷火……这惝恍迷离的是梦境，也是心境。《小学校的钟声》写的是“我”漂行于水途，作者没有以“我”的所见所闻为中心来叙述外在事件，而重在展示“我”的心弛神游，意识之流与碧水烟柳，若即若离。忽而湖笼轻雾，忽而梅花疏影。句子之间有着较大的跳跃性，将诸多意象勾连在一起。像这样的例子在汪曾祺小说中还有许多。汪曾祺借鉴了中国古典诗词的语言艺术，对传统小说的纯散文语言造成不小的冲击。在他笔下，一个个富于质感的意象，超越了逻辑语法，单摆浮搁，语断意连，有效地加强了词语、语句之间的张力，扩大了读者的审美空间。随着语句一个个转换和推移，意象似春花绽裂，次第开放，最后生成了蓄满诗情画意的意境，读来确有几分唐人绝句和元小令的神韵。

其二，不以意象取胜，而讲究文字的组合，从“关系”中产生意味。有学者认为：“就叙述语言的结构来说，‘关系’是最重要的，‘意象’则属于第二位的因素。”① 汪曾祺的创作经验与之不谋而合：“语言的美不在一句一句的话，而在话与话之间的关系。”② 他的许多小说，拆开来每一句都是平平常常的话，既没有新奇的词语，也不含感性的意象，但是排列组合在一起却产生一种特别的韵味、意趣，让人玩赏不已。请看下面一段：

> 詹大胖子是个大胖子。很胖，而且很白。是个大白胖子。尤其是夏天，他穿了白夏布的背心，露出胸脯和肚子，浑身的肉一走一哆嗦，就显得更白，更胖。他偶尔喝一点酒，生一点气，脸色就变成粉红的，成了一个粉红脸的大白胖子。

这是小说《詹大胖子》中的段落。詹大胖子是一个小学的斋夫，围绕着他的“胖”，小说反复叙述，一再描写，在同义重复中层层推进，有些近似于啰唆和累赘，然而就是这样枝枝蔓蔓的叙写，透露出一种温和的调侃，让人不禁会心一笑。像詹大胖子体形这么“出格”的人是不是要做出点“出格”的事呢？果然，后来“出格”的事发生了：校长张蕴之与女教员王文蕙“私通”。这没能瞒过詹大胖子的眼睛，他虽心怀不满，却并没有做什么。当有人问及此事，他又矢口否认，他最终也没有

---

① 格非：《小说叙事研究》，清华大学出版社2002年版，第91页。

② 汪曾祺：《中国文学的语言问题》，《汪曾祺文集·文论卷》，江苏文艺出版社1993年版，第6页。

什么“出格”的行为。是怯于张蕴之的权威？还是对王文蕙有好感？抑或是有私心（卖糖不太避着张蕴之了）？小说没有言明，结尾写道：

> 后来，张蕴之死了，王文蕙死了（她一直没有嫁人）。詹大胖子也死了。
>
> 这城里很多人都死了。

单调的重复中让人感受到时间的无情，死亡的严酷。一切曾经有过的生死恩怨、爱恨情仇，这种种生命的激情，连同生活的秘密都将被时光所埋葬，一切发生过的好像从来没有发生过。时光永驶，太平依旧。几句再简单不过的话，排列在一起，却显示出一种逼近生命真实的洞察，传达出一种难以言传的人生况味。

其三，语言在语境中变异和增殖。语言出“神气”，未必要求小说家别出心裁，自铸新词。汪曾祺就说过：“小说家的语言的独特处不在他能用别人不用的词，而在别人也用的词里赋以别人想不到的意蕴（他们不去想，只是抄）。”① 高明的小说家善于创设语境，将看似平常的语言置于特定语境中，使其变异和增殖而别有一番意味。汪曾祺就深得此艺术之三昧，在语言运用上有一套化腐朽为神奇的本领。试看《大淖记事》中的例子。小说有这样一个情节：月夜，巧云不小心溺水，被十一子救上岸抱回家。巧云等他离开，关了门，躺下。走笔至此，作者写道：“月亮真好。”四个字，一句话，普普通通，却耐人寻味。联系上文我们知道，巧云与十一子相爱已久，但是囿于种种原因彼此没有表露心迹，事情好像就要这样暧昧地延宕下去。刚好这时就发生了溺水之事，这是一件不幸的意外事故，却促成了二人关系的突破和转机，巧云佯装昏迷不醒，“软绵绵，热乎乎”的身子紧贴在十一子身上，平时不好有的肌肤之亲这时却自然而然发生了。十一子走后，躺在床上的巧云一定还回味着刚刚过去的一

---

① 汪曾祺：《关于小说语言（札记）》，《汪曾祺文集·文论卷》，江苏文艺出版社 1993 年版，第 24 页。

切。这时的一句“月亮真好”，是写景，又写出了巧云强烈的幸福感，还像是作者（叙述者）为之高兴而发出的由衷感叹，多种滋味尽在其中。

无独有偶，同样的句子在后文再次出现。巧云失身于刘号长，很后悔没有把自己给了十一子。一天她约十一子到淖边。小说写道：

> 十一子到了淖边。巧云踏在一只“鸭撇上”上……把蒿子一点，撑向淖中央的沙洲，对十一子说：“你来！”
>
> 过了一会，十一子泅到了沙洲上。
>
> 他们在沙洲的茅草丛里一直待到月到中天。
>
> 月亮真好啊！

一对恋人终于如愿以偿，巧云心中的阴霾也一扫而光，重新找回幸福感着实不易，生命的释放又多么令人舒畅！此处的一句“月亮真好”包含了巧云的多少感慨。事发生在月光下，情朦胧在月光中，一句“月亮真好”，让人感到两个年轻人的感情像月亮一样纯洁美好。情、景、事交融一体，产生诗的美感。在特定语境下，简短平常的一句话，焕发出神奇的效能。

其四，省略语句，创设“空白”，增加诗意空间。“空白”是各类艺术常见的一种表现手法，中国画就讲究“计白当黑”。汪曾祺深谙此道，将其置于小说创作中很重要的地位，他说：“短篇小说可以说是‘空白艺术’。办法很简单：能不说的话就不说。这样一篇小说的容量就会更大了，传达的信息就更多。以已少少许，胜人多多许。”① “空白”可以看作是一种小说叙事修辞手段，表现在语言层面上，也就是语言的省略，叙述中“留白”，“能不说的话就不说”，给读者留下丰富的想象空间。汪曾祺对他老师沈从文的《边城》多次表示激赏，尤其推崇小说的结尾“这个人也许永远不回来了，也许明天回来。”这句话妙就妙在于它所制造的“空白”，其能指远远大于其所指。像这样在结尾处运用弹性语言，

---

① 汪曾祺：《蒲桥集·自报家门》，作家出版社 1991 年版，第 266 页。

创设“空白”，也为汪曾祺所擅长。《复仇》《异禀》《岁寒三友》《八千岁》《职业》《辜家豆腐店的女儿》等许多小说的结尾与《边城》的结尾皆有异曲同工之妙。《受戒》的结尾更是被评论家叹为“罕见的绝妙奇文”。男女主人公私定终身，满怀激情地飞船划进了芦花荡，接下来顺理成章的应该是大胆而直率的性爱描写，然而作者却转捩笔锋，以对那片芦花荡的描写来收束全篇：

> 芦花才吐新穗。紫灰色的芦穗，发着银光，软软的，滑溜溜的，像一串丝线。有的地方结了蒲棒，通红的，像一枝一枝小蜡烛。青浮萍，紫浮萍。长脚蚊子，水蜘蛛。野菱角开着四瓣的小白花。惊起一只青桩（一种水鸟），擦着芦穗，扑鲁鲁鲁飞远了。

这段文字“绝妙”以至“奇”在何处？有学者分析说，原因就在于它看起来是精工细描，实际上画面中巧妙设置了“未定点”和“意义空白”，这使得前面的场景呈多向度、多层深的意向延展。在“芦花荡子”丰富意蕴的“期待”之中，在“意义空白”的驱使之下，读者去想象，去填补，于是氤氲的诗意逐渐从字里行间弥漫开来。①

当然这样叙述中的“留白”并非仅存在于小说的结尾处，在小说行文中也时有所见。还是在《受戒》中，男女主人公第一次见面，互报了名字，小说是这样写的：

> 小英子把吃剩的半个莲蓬扔给明海，小明子就剥开莲蓬壳，一颗一颗吃起来。
>
> 大伯一桨一桨地划着，只听见船桨拨水的声音：“哗—许！哗—许！”

小英子与小明子一见面就有几分心灵默契，接下来应该是浓墨重彩地

① 参见邓嗣明《弥漫着氛围气的抒情美文》，《文学评论》1992 年第 3 期，第 78 页。

描写二人的心理活动，然而作者对此却不着一字，反而去写大伯的划桨。船桨声声，反衬出男女主人公的静默。而表面的静默无言恰恰意味着内心世界的波澜起伏，热情活泼的小英子竟然也一下子沉默起来，他们内心深处究竟有怎样的心理活动？这是颇能引逗起读者想象的。那“哗—许！哗—许！”的拨水声，也许正应和着这对少男少女心灵的律动呢！

其五，语言富有音韵美、节奏感。朱光潜认为：小说的功用在于叙事说理，而诗则着意于抒情遣兴，“事理可以专从文字的意义上领会，情趣必从文字的声音上体验。”[①] 一般来说，韵律和节奏对诗歌是必需的，而对小说却是可有可无的，因为小说专职在于叙述故事，言辞达意即可。而诗化的小说语言，不仅在意蕴上充满弹性，而且在语调上富有节奏。对此汪曾祺是有高度自觉的，他说：“写小说不比写诗词，不能有那样严的格律，但不能不追求语言的声音美。”[②] 仅从《鸡鸭名家》中摘引几句来欣赏一下：

1. 小鸡娇弱伶仃，小鸭傻气而固执。看它们在竹笼里挨挨挤挤，窜窜跳跳，令人感到生命的欢悦。捉在手里，那点轻微的挣扎搔挠，使人心中怦怦然，胸口痒痒的。

2. 余老五这两天可显得重要极了，尊贵极了，也谨慎极了，还温柔极了。

3. 养鸭是一种游离，一种放逐，一种流浪。

4. 炕房里暗暗的，暖洋洋的，潮濡濡的，笼罩着一种暧昧、缠绵的含情怀春似的异样感觉。

5. 鸭子马上又安静了，文文雅雅，摆摆摇摇，向岸边游来，舒闲整齐有致。

从以上例子可以看出，汪曾祺善用叠音词、排比句，使句子既富整

---

① 朱光潜：《诗论》，生活·读书·新知三联书店 1984 年版，第 112 页。

② 汪曾祺：《“揉面”》，《汪曾祺文集·文论卷》，江苏文艺出版社 1993 年版，第 11 页。

齐美，又有回环美，音节匀称，节奏铿锵，增添了语言的音乐美。

当然，与诗歌讲究韵律不同，小说语言的“声音美”更多是通过句子的长短变化、重复、停顿等手段来完成的。汪曾祺小说语言长短错落，相得益彰，画舫笙歌，骏马收缰，运用之妙，存乎一心。精彩的句子和段落，在他的小说中比比皆是，美不胜收。名篇《受戒》中对赵大娘的叙写、对英子姐妹外貌的刻画以及结尾对芦花荡的描绘，等等，《大淖记事》中开篇的“大淖图”、结尾的“挑担图”以及篇中对巧云外貌的描写，等等，仅就语言的音乐感来讲，堪称典范，脍炙人口，此处不再赘述。下面仅引用不太为人熟知的《求雨》一段，略作赏析。

> 昆明栽秧时节通常是不缺雨的。雨季已经来了，三天两头地下着。停停，下下；下下，停停。空气是潮湿的，洗的衣服当天干不了。草长得很旺盛。各种菌子都出来了。青头菌、牛肝菌、鸡油菌……稻田里的泥土被雨水浸得透透的，每块田都显得很膏腴，很细腻。积蓄着的薄薄的水面上停留着云影。人们戴着斗笠，把新拔下的秧苗插进稀软的泥里……

这段文字，或两字一顿，或三字一停，句子长则十几字，短则三五字，一切信口信腕，自然消停，音韵起伏，节奏跳脱。作者积字成句，积句成章，合而读之，音节见矣，歌而咏之，神气出矣。

汪曾祺小说语言的诗化，表现形式非常丰富，除了以上几种，还有抽象词与具象词的搭配、对多种修辞的追求，等等。需要说明的是，这些表现形式往往是错综在一起的，并不是单一的，只是便于分析，才作以上分门别类。总之，汪曾祺高度重视语言艺术，实践着自己文学语言主张，他像“揉面”一样将语言“反复抟弄”，达到了很高的艺术造诣。在他的一支生花妙笔的点化下，小说语言焕发出诗的风采，从故事的附庸和载体变成了读者的欣赏对象，具有了本体论的意义。

（原载《北方论丛》2008 年第 6 期）

汪曾祺小说的方言美

汪曾祺是一位地域性很强的作家，著名作家曹文轩就认为：“汪曾祺基本上属于一个地域性作家。他把绝大部分篇幅交给了三四十年代江苏高邮地区一方土地。”① 相应地，汪曾祺在写高邮的小说散文中，大量地使用了当地方言。这当然并不难理解，汪曾祺在故乡生活了近二十年，故乡人的说话习惯、语音语调深深铭刻在他的脑海，最能够唤起他对故乡的美好回忆。他热爱故乡，也热爱故乡方言。作为一位作家，汪曾祺对方言的审美作用有着高度的自觉，他在谈论文学创作及语言问题时多次强调作家要关注和学习方言，而且对故乡高邮方言也小有研究，曾经专门撰写过《词曲中的方言与官话》一文，细致考察了高邮籍的宋代词人秦观和明代散曲大家王磐作品中的高邮方言。论文开门见山地说：“我读他们的作品，有一点外乡人不大会有的兴趣，想看看他们的作品里有没有高邮话。”② 这与众不同的兴趣正突出反映出汪曾祺高度的方言意识和浓厚的家乡观念。汪曾祺认为：“一个人最熟悉，理解最深，最能懂得其传神妙处的，还是自己的家乡话。”③ 晚年他借助于乡土记忆的书写一次次成功实现了精神返乡，而最能够将他带回魂牵梦绕故乡的，也许莫

① 曹文轩：《古朴、明净的风俗美学——漫谈汪曾祺的小说》，《北大文学讲堂》，中央编译出版社 2005 年版，第 89 页。

② 汪曾祺：《词曲中的方言与官话》，《汪曾祺全集》第 4 卷，北京师范大学出版社 1998 年版，第 419 页。

③ 汪曾祺：《小说技巧常谈》，《汪曾祺全集》第 3 卷，北京师范大学出版社 1998 年版，第 293 页。

过于那一串串带着泥土气息的乡音方言。汪曾祺在故乡高邮度过了人生最初的岁月，故土的话与故土的水、故土的人、故土的事一道浸润着他的心田，滋养着他的生命，汪曾祺深谙家乡方言的“传神妙处”，在其寄意故乡之作中，高邮方言的适当点缀使他的作品表现出丰富的审美内涵和文学魅力。就让我们透过汪曾祺创作中的高邮方言，走进高邮这座小城丰富多彩的风俗画卷，闻嗅苏北乡村自然清新的泥土芳香，真切触摸其笔下鲜活灵动的生命个体，领路大师非凡独特的语言魅力。

一 方言加强地方色彩

汪曾祺说：“作家最好多懂几种方言。有时为了加强地方色彩，作家不得不刻苦地学习这个地方的话。”① 方言是共同语的地域变体，不少方言词语都具有浓郁的地域色彩。汪曾祺注重从高邮方言中遴选富有地域文化特色的方言词汇进入作品，描绘出一幅幅独具地方色彩的风俗画卷。凡是涉及故乡的食物、草木鱼虫及节日风俗，汪曾祺往往直接以方言的形式呈现，原汁原味地为我们展示高邮小城的风俗民情。

饮食与地域有着微妙的联系，故乡独特的食物更是思乡的蛊惑，它不自觉地唤起人们的“莼鲈之思”。各地特色饮食在共同语中往往没有对应的词语，方言恰好充当了最好的盘碟，托盛着一个个珍馐美馔。说到“担担面”，人们立刻想到麻辣四川；说到“肉夹馍”，黄土高坡浮现在眼前；说到“过桥米线”，云南的旖旎风光引人遐思。同样，高邮的饮食方言词汇引领我们在高邮小城里走街串巷，品尝当地的独特美食：一半馄饨一半面下在一起的“饺面”，由米面蒸成、做成长条的“潮糕”，萝卜丝为馅、入油炸熟的“油端子”，以稻草烘熟的“草炉烧饼”，贴在炉壁以煤炭烤热的“铜炉烧饼”，锅巴磨成碎末的“焦屑”，糯米粉为蒂、豆沙为馅的“年烧饼”，糯米和面、酒香扑鼻的“酒香饼子”，鲜美滚烫的

① 汪曾祺：《小说技巧常谈》，《汪曾祺全集》第3卷，北京师范大学出版社1998年版，第294页。

"汪豆腐"……一个个饮食方言词汇掀开了高邮地域风情的一角，就像小玛德莱娜点心的气息打开了普鲁斯特追忆逝水年华的记忆闸门。且看汪曾祺笔下的"蒲包肉"：

> 蒲包肉似乎是这个县里特有的。用一个三寸来长直径寸半的蒲包，里面衬上豆腐皮，塞满了加了粉子的碎肉，封了口，拦腰用一道麻绳系紧，成一个葫芦形。煮熟以后，倒出来，也是一个带有蒲包印迹的葫芦。切成片，很香。
>
> ——《异秉》

"蒲包肉"是高邮的特色美食，它以蒲草裹衬食材，形似葫芦，小巧精致，惹人喜爱。蒲草包裹烹制出的猪肉，软糯筋道，肥而不腻，咸甜适中，且带着蒲草淡淡的清香。"蒲包肉"的香气透过这一独特的饮食方言词汇扑散开来，洋溢着的是一种浓郁的地域风情。

"跳面"是高邮的家常小吃，汪曾祺进行了这样的描述：

> "跳面"可以切得极细既薄，下锅不浑汤，吃起来有韧劲而又甚柔软。汤料只有虾子、熟猪油、酱油、葱花，但是很鲜。如不加汤，只将面下在作料里，谓之"干拌"，尤美。
>
> ——《吴大和尚和七拳半》

"跳面"对于一般读者来讲是一个陌生的饮食方言词，但是，经过汪曾祺的兴致勃勃的介绍和描述顿时变得活灵活现起来，这浮动着明油葱花的地方小吃让人咋舌称妙，垂涎欲滴。高邮印象瞬间融化在鲜美的面汤里，令人无限神往。

故乡的节日风俗也在一个个方言词汇的传递中如烟花灿烂，喧腾起节日的喜庆与热闹。《故乡的食物·端午的鸭蛋》中涉及许多关于端午风俗的方言词汇。如"做香角子"："香角子"是丝线缠成小粽子状，里头装了香面，一个一个串起来，挂在帐钩上。"放黄烟子"："黄烟子"是一种灌有雄黄的炮仗，点着后不响，只是冒出一股黄烟。点着的黄烟子丢在橱柜下面，可以熏五毒。小孩子点了黄烟子，常用它在板壁上写连着笔画的“虎”字。还有吃“十二红”：“十二红”指十二道红颜色的菜，如炒红苋菜、油爆虾、咸鸭蛋。一个节日，与一个个方言词联系着的竟然有那么多的风俗活动，这充分反映出高邮子民对美好生活的挚爱和依恋。

作为活化石的方言，一些重要的遗迹保存在方言中，即使慢慢消失的物产、风俗也可以在方言中寻觅它昔日的倩影：

> 这地方的店铺大都是“铺闼子门”。
>
> ——《异秉》
>
> 陶家炮仗店的铺闼子门下了一把牛鼻子铁锁，再也打不开了。
>
> ——《岁寒三友》

“铺闼子门”曾经是高邮小城中商家店铺普遍使用的一种门，由一列宽约一尺的厚厚的狭长门板组成，十二块或十六块不等。晚上嵌在门框和门槛的槽子里，白天一块一块卸开，按照门板上“东一”“东二”“东三”“东四”“西一”“西二”“西三”“西四”之类的记号，靠墙依次竖好。如今“铺闼子门”在高邮难以见到了，它在时代的潮流下褪去了艳丽的色彩，在无情的岁月中磨损了坚硬的棱角，却在方言的庇护下光泽如初，完好无损。与这种门相应的，此地旧时还有所谓“小开门”“大开门”之类的春节风俗：

> 我们那里，初一到初五，店铺都不开门。初六打开两扇排门，卖一点市民必需的东西，叫做“小开门”。十六把全部排门卸掉，放一挂鞭，几个炮仗，叫做“大开门”，开始正常营业。年，就这样过去了。
>
> ——《故乡的元宵》

随着“铺闼子门”在现实生活中的消失，“小开门”“大开门”这样的节日风俗也渐渐模糊于历史的远处，但是，因了汪曾祺作品中的方言词，它们作为一种美好的生活方式和文化记忆而完好地保存下来。

在这篇散文中我们还了解到：高邮的元宵节是静静的，没有很多地方兴的“闹元宵”，却有一种风俗很独特，也很让汪曾祺自得：

> 有一个习俗可能是外地所没有的：看围屏。硬木长方框，约三尺高，尺半宽，镶绢，上画工笔演义小说人物故事，灯节前装好，一堂围屏约三十幅，屏后点蜡烛。这实际上是照得透亮的连环画。……围屏看了多少年，但还是年年看。好像不看围屏就不算过节似的。
>
> ——《故乡的元宵》

旧时过年必不可少的“围屏”早已退出了节日文化的历史舞台，被丰富多彩、光怪陆离的电视和网络等现代传媒所取代。但是，那曾经吸引和激动过一辈辈乡民的节日习俗，却在“看围屏”这一方言词中永久地散发着光芒，唤醒远方游子沉睡的记忆。

方言，如同一位胡子花白的老者，絮絮讲述着独特的民俗风情，它们在汪曾祺笔下宛转跳跃，将这座已经封闭褪色的高邮小城重新泼墨涂彩，让我们依稀追溯它昔日的喧嚣与繁闹，“闻嗅到一种辛劳、笃实、轻甜、微苦的生活气息”①。虽然许许多多的风物习俗已渐渐远离现代人而去，成为历史长卷中泛黄褶皱的一页，但永恒不变的方言，传递着古老的民风民俗，承载着怀旧的情结思绪，为我们了解古老高邮的地域风情开启了一扇窗户。

二　方言散发乡土气息

中国虽然有漫长的历史，但是在“超稳定”的社会文化系统中，农

---

① 汪曾祺：《自报家门》，《汪曾祺全集》第 4 卷，北京师范大学出版社 1998 年版，第 285 页。

业文明的总体属性基本上没有发生质的变化，费孝通对传统中国社会属性就有过这样的认定："从基层上看去，中国社会是乡土性的。"[①] 在中国即便是城市，它的乡土性依然是明显的。可以说，乡土既是中国人赖以生存的物质性存在，也是中国人寄托情思的精神性家园。汪曾祺在高邮小城长大，书写乡土记忆是他晚年进行文学创作的主要动力。"离开家乡后的几十年间，汪曾祺经历的家国巨变实在不少，但他都能静观其变，故土文化在一定意义上可以说充当了他的精神原乡。"[②] 可以说，书写乡土记忆成为他晚年回归"精神原乡"的一种方式，而最能够唤起他美好回忆将他带回魂牵梦绕故乡的，也许首先是那一串串带着乡土气的方言村语。在汪曾祺笔下，无论是高邮农村常见的名物景观还是活跃在村民口吻唇舌间的乡间土语，都是以方言的原生形态如实呈现。

在《大淖记事》《受戒》等乡土小说名篇中，方言土语的点缀，增强了作品的乡土色彩，点染出一幅幅真实动人的苏北农村图景：

> 这些人家都不盘灶，烧的是"锅腔子"——黄泥烧成的矮瓮，一面开口烧火。
>
> ——《大淖记事》

"锅腔子"是一种简易的灶具，以黄泥烧制成的矮瓮，上面坐锅，下面开口处用来烧火。"锅腔子"在过去的高邮农村日常生活中十分常见，几乎是每户人家必备的简易炊具。

> 这地方大粮行的"窝积"（长条芦席围成的粮囤），高到三四丈，只支一只单跳，很陡。上高跳要提着气一口气窜上去，中途不能停留。
>
> ——《大淖记事》

---

① 费孝通：《乡土中国》，上海三联书店1985年版，第1页。

② 靳新来、胡斌：《汪曾祺小说中的维扬文化意蕴》，《南通大学学报》（社会科学版）2010年第6期。

“窝积”是长条芦席围成的粮囤，宽约尺许，长可丈余，盘成一圈。“高跳”是伸往高处的跳板。挑夫们需要走过很陡的“高跳”，才能将挑担里的稻子倒入“窝积”。

> 一大清早，天才露白，撑一个浅扁小船，仅容一人，叫做“鸭撇子”，手里一根竹篙，篙头系着一把稻草或破蒲扇，就离开村庄，到茫茫的水里去了。
>
> ——《鸡鸭名家》

“鸭撇子”指放鸭子用的小船，极小，仅能容一人。在高邮农村时常可以看见人们撑着这种小船或放鸭子，或是到沙洲上挑蒌蒿、割茅草、捡野鸭蛋。

> 傍晚牵牛“打汪”，是明子的事。
>
> ——《受戒》

“打汪”是在苏北农村常见的景象，它是防止水牛被蚊子咬的一种办法。将牛卸轭饮水后，牵到一口和好泥水的“汪”里，“由它自己打滚扑腾，弄得全身都是泥浆，这样蚊子就咬不透了”。

这些名物、景观本身就在高邮农村中十分常见，极具乡土气息，用来指代这些名物、景观的方言自然以其得天独厚的优势，为小说营造了一个“暧暧远人村，依依墟里烟”的乡土氛围，洋溢着泥土略带苦涩的芳香，似乎将我们带到那片真实淳朴毫无遮拦的原始大地。而这一切，对所有生活在都市中的人们来说，是一个陌生而遥远的带着泥浆的梦。

此外，活跃在村民口吻唇舌间的方言土语朴实无华，未经过刻意的艺术加工雕琢，甚至让人觉得“土”，觉得“俗”，是为文人雅士们所不屑的语言，但恰到好处的点缀，却能起到点石成金的作用，为作品增添一丝乡土气息。如《岁寒三友》中的王瘦吾、陶虎臣、靳彝甫三人走在街上，一街的熟人都会客气地和他们点头打招呼：

> “早！”
>
> “早！”
>
> “吃过了？”
>
> “偏过了，偏过了！”

“偏”在江淮方言中常用到，表示自己领了对方的邀约之情，在旁边的偏位上先用或已用过茶饭了，是客套话，更是敬辞。在高邮的乡镇农村常会听到熟人之间打招呼时问一句：“吃过了？”对方则客气地回一句：“偏过了，偏过了！”此处用“偏过了”这样的方言土语，不但展现了三人与邻里间融洽温馨的生活画面，更使一丝泥土气息扑面而来，让我们在浓郁的乡土氛围中感受着这三个底层小人物或悲或喜的生活际遇以及福祸相济、甘苦与共的情义。

不妨从名篇《大淖记事》集中撷取几例加以分析：

> 凡是尚未挑担挣钱的孩子，就一人一把竹筢，到处去搂。因此，这些顽童得到一个稍带侮辱性的称呼，叫做“筢草鬼子”。

“筢草鬼子”是高邮农村对调皮孩童的称呼，他们常常一人一把竹筢，到处去搂别人路上撒落下来的芦柴。称之为“鬼子”，可以想见这些孩子四处出没的机灵劲儿，还有灰头土脸的“鬼相”。好一个“筢草鬼子”！农村孩童的形象伴随着芦柴的清香呼之欲出。

> 她们嘴里不忌生冷，男人怎么说话她们怎么说话，她们也用男人骂人的话骂人。打起号子来也是“好大娘个歪歪子咧！”——“歪歪子咧……”

“好大娘个歪歪子咧”是高邮一带村民的劳动号子，时经常吆喝的方言土语。这样的号子声为小说营造了浓郁的乡土氛围。

> 没出门子的姑娘还文雅一点，一做了媳妇就简直是“姜太公在此百无禁忌”，要多野有多野。

“没出门子”即没有出嫁，是高邮农村的方言土语。比说成“没出嫁的姑娘”更贴近乡村的文化背景，符合村民的口头表达习惯。

> 姑娘在家生私孩子；一个媳妇，在丈夫之外，再“靠”一个，不是稀奇事。这里的女人和男人好，还是恼，只有一个标准：情愿。有的姑娘、媳妇相与了一个男人，自然也跟他要钱买花戴，但是有的不但不要他们的钱，反而把钱给他花，叫做“倒贴”。

“私孩子”即私生子。“靠”本意可解释为依靠、信赖，高邮方言中特指女人在外找情人，一个“靠”字显得简练而含蓄。“恼”是生气、烦闷的意思，这里引申为因感情破裂而分手。“相与”是古语词，表示共同一道或交往相处的意思，高邮方言中引申为女方许配给男方。“倒贴”指该收的一方反向该付的一方提供财物，这里特指女人把钱给男人花。这些都是苏北农村的方言土语，有着特别的含义，符合乡村这样的文化背景，使作品洋溢着清新的泥土气息。

三　方言彰显人物个性

胡适说：“方言的文学所以可贵，正因为方言最能表现人的神理。”[①] 方言词语的恰当运用，能够使作品中的人物形象更具形象感、立体感、真实感。汪曾祺在刻画人物时，善于点缀精当、传神、有韵味的方言词语，将人物的性格禀赋、神情性情展现得淋漓尽致，跃然纸上。

比如散文《草巷口》写道香烛店的老板是个“齉鼻子”，他的媳妇则很“刷括”。“齉鼻子”指说话瓮声瓮气，呜噜呜噜的，像感冒鼻子堵塞

---

① 胡适：《〈海上花列传〉序》，《胡适文存》第3集，黄山书社1996年版，第368页。

不通时发出的声音。“刷括”指一个人做事干净利索，动作麻利而干脆。只此两个简单的方言词，夫妻两人鲜明的反差不需赘述，就已经深入人心。《受戒》中的赵大伯是一个“全把式”。“全把式”形容一个人十分能干，对任何事情都很精通。赵大伯除了精通田里劳作，还会罩鱼、洗磨、凿砻、修水车、修船、砌墙、烧砖、箍桶、劈篾、绞麻绳。用“全把式”一词再准确精当不过。

《三姐妹出嫁》里的三姑娘小凤，作者这样一语概括：

> 三姑娘小凤是个镴嘴子，咭咭呱呱。

“镴嘴子”在高邮方言中常用到，指的是一种喙大而硬的鸟，其实它不善鸣叫，哑着的时候居多，但当地人取其外形，将嘴尖舌巧的姑娘称为“镴嘴子”。小说中三姑娘小凤竟然用民谣来打趣两个姐姐，一个嫁给了麻皮匠：“十个麻子九个俏，不是麻子没人要！”一个嫁给了吹鼓手：“姑娘姑娘真不丑，一嫁嫁个吹鼓手。吃冷饭，喝冷酒，坐人家大门口！”言语直白犀利、咄咄逼人，称之为“镴嘴子”一点也不过分。这比直接说“嘴尖舌巧”要有趣活泼得多，因为这一方言词以鸟喻人，形象生动，我们仿佛看见小凤化身成一只叽叽喳喳的小鸟，其活泼可爱、天真直率的个性无须再费笔墨，就已神形毕现。

《受戒》中描写英子姐妹的一段堪称经典，向来为人所津津乐道，这和方言的恰当运用是密不可分的：

> 浑身上下，头是头，脚是脚。头发滑溜溜的，衣服格挣挣的。——这里的风俗，十五六岁的姑娘就都梳上头了。这两个丫头，这一头的好头发！通红的发根，雪白的簪子！

“头是头，脚是脚”，表示一个人的样貌衣着从头到脚无可挑剔，它是高邮人夸赞他人时经常挂在嘴边的一句话。仅此六字，言简意赅，朗朗上口，却胜过多少烦琐浮华的形容词。“格挣挣”不仅形容一个人穿衣服干净、整齐，而且还表示衣服穿出后的效果：挺括，有样子。其词义之丰富生动，在普通话中是很难找出一个词来代替的。更为绝妙的是，“格挣挣”不仅词义上符合人物形象，就连发音也十分贴合。“普通话的平卷舌，高邮方言是不分的，高邮方言用 z、c、s 来代替 zh、ch、sh。”① 所以，“格挣挣”在高邮方言中读成“gezèngzèng”，短促明快的节奏，干脆利落的语气，唯有方言才能传达出它的神韵妙趣。英子姐妹干净整洁、青春健康的形象在这些方言的点缀下活脱脱地显现出来。

再如《大淖记事》，当巧云与十一子的爱情横遭摧折，十一子遭到刘号长等人“搂头盖脸”地殴打时，小说这样描述：

> 小锡匠的硬铮把这些向来是横着膀子走路的家伙惹怒了，“你这样硬！打不死你！”——“打”，七八根棍子风一样、雨一样打在小锡匠的身子。

“硬铮”一词用得极好，在江淮方言区发“ènzèng”的音，形容一个人硬朗、不屈服、铁骨铮铮。“硬实”“坚强”等词虽能达其意，而不能传其神，“硬铮”读来更具有质感。十一子清秀俊朗的外表下却藏着“威武不能屈”的男儿本色！面对恶势力的粗暴，他不屈膝求饶，不苟且存活，以一种执拗的倔强始终捍卫着那份纯粹而温暖的情愫，表现出他对爱情的忠贞。“硬铮”这一方言词，无疑最准确地彰显出了十一子倔强不屈的个性。

言如其人，人如其言，通过人物的语言来刻画人物，是汪曾祺非常擅长的方式。有学者就这样论述说：“在汪曾祺笔下，刻画人物根本不需要用那么多外貌描写、心理描写、细节描写等手段，只要人物一开口说话，其性情、精神立刻会毫发毕现。”② 汪曾祺小说人物的语言中就存在

---

① 赵丽：《浅析江苏省高邮方言》，《现代语文》2011 年第 11 期，第 91 页。

② 杨红莉：《民间生活的审美言说——汪曾祺小说文体论》，北京大学出版社 2008 年版，第 40 页。

着相当多的方言土语，因为是人物情感的自然流露，所以最能表现人物的真性情。

《受戒》中的赵大娘是一位爽快利落的农村妇女。当她得知明海来她家门前玩铜蜻蜓时，小说这样写道：

> 小英的娘知道了，骂明子：
>
> “要死了！儿子！你怎么到我家来玩铜蜻蜓了！”

“要死了”在高邮貌似骂人话，实则表示一种惊异惊叹，是说话人对于对方言行不无夸张的表示。“儿子”是当地对调皮顽童表示亲近的一种称呼，其中交织着又爱又恨的复杂心情。小说中明海为了试验铜蜻蜓是否真能用来偷鸡，便拿赵家养的母鸡做了实验。赵大娘生性爽快干脆，当她知道明子的调皮之举，骂明子“要死了!”，这就十分符合她的性格。随后的一声“儿子!”又不禁流露出对明子的宽容与疼爱。短短的一句话，既彰显了人物鲜明的个性，又让读者体会到人物的微妙心理，此种神韵妙趣，非人物口中自然流露的方言不能为。

四　方言展现语言魅力

汪曾祺在多种语言资源中汲取营养，欧化语言、古代文言、日常口语在他的创作中都占有一定的比重。但纵观汪曾祺的整个创作，除了《复仇》《小学校的钟声》《绿猫》《礼拜天的早晨》等少数几篇早期作品中欧化语言比较明显外，后来的创作完全摆脱了欧化语言的束缚，而极力从民间生活中寻求活的语言资源。从古代文言那里汪曾祺主要是汲取“文气”，“文言写作对‘文气’的讲求被汪曾祺移入了白话写作中，且了无痕迹”①。所以在汪曾祺作品的语言中，吸纳了大量日常口语的现代

---

① 李陀：《汪曾祺与现代汉语写作》，转引自王晓明主编《二十世纪中国文学史论》（修订版）下卷，东方出版中心 2003 年版，第 371 页。

白话居于主导地位，这些日常口语中就包括大量的方言，这是我们不可忽视的汪氏语言的重要特色。方言来自民间，它朴素自然，带着生活的体温，如熨帖过的衣服，舒适合体；它趣味盎然，带着民间的智慧，如山涧的溪流，活泼欢快。方言，无疑成为汪曾祺重要的语言资源之一。

汪曾祺“力求使自己的语言接近生活语言”[①]，“趋向于简洁平常”[②]。在这一点上，方言的适当点缀，有利于打破书面语言统一、沉闷、呆板的模式，使其语言更显亲切朴实、简洁准确，充满强烈的生活气息。试析几例：

> 高邮的“刮刮老叫”的古迹是文游台，这是苏东坡、秦少游等名士文人雅集之地，我们小时候春游远足，总是上文游台。
>
> ——《他乡寄意》

“刮刮老叫”是赞叹语，表示非常好，棒极了的意思。普通话中也有“刮刮叫”的说法，但高邮方言中加入一个“老”字，夸赞的程度明显更胜一筹。如果换成一般的词语，这句话也可以说成：高邮的十分著名的古迹是文游台。这是很一般很规矩的表述，远不如“刮刮老叫”这样的乡音给人带来一种语言的亲切和新颖之感。

> 脚炉里粗糠太实了，空气不够，火力渐微，就要用“拨火板”沿炉边挖两下，把粗糠拨松，火就旺了。
>
> ——《冬天》

“挖”在《现代汉语词典》中解释为：用工具或手从物体的表面向内里用力，取出其一部分或其中包藏的东西。高邮方言中“挖”读去声，

---

① 汪曾祺：《关于小说语言（札记）》，《汪曾祺全集》第4卷，北京师范大学出版社1998年版，第8页。

② 汪曾祺：《关于小说语言（札记）》，《汪曾祺全集》第4卷，北京师范大学出版社1998年版，第8页。

除了以上的含义，还表示用工具将聚拢在一块儿的事物翻转拨动，使其分散。此处取其后意。“铲”“拨”均有类似的意思，但都不如“挖”字准确。“铲”是用锹或铲撮取或清除，而根据上下文，粗糠仍旧保留在炉中，只是将它们拨松。用“拨”字，力道又嫌不足，粗糠在脚炉里聚拢起来，难免要费些力气才能拨得动。高邮方言中“挖”兼具了这几层意思，又代替了标准语的烦琐表述，可谓简洁而准确。

> 侉奶奶就按底样把旧布、袼褙剪好，“做”一“做”（粗缝几针），然后就坐在门口小板凳上纳。扎一锥子，纳一针，“哧啦——哧啦”。有时把锥子插在头发里“光”一“光”。
>
> ——《故里杂记·榆树》

“做”一“做”是粗缝几针的意思，“光”一“光”即来回摩擦几下。锥子是纳鞋底的必备工具，尽管锥子快而锋利，具有很强的穿透性，但纳鞋底时，锥子常会干涩，需将其在头发里来回摩擦几下，以此借发中油光进行润泽，否则锥针会因拖泥带水而锥不动。“做”一“做”、“光”一“光”，都是活跃在当地老百姓口中最朴素本真的方言，汪曾祺将其吸入自己的创作，使其语言如絮叨家常般质朴亲切，洋溢出一份暖意浓浓的生活气息。

> 他打牌时，总有人爱在他后面看歪头胡。谁家约他打牌，就说“想送两个钱给你。”
>
> ——《受戒》

“歪头胡”即指看别人打牌，此处用方言十分贴近平民百姓的说话习惯。“想送两个钱给你”是高邮民间约别人打牌时常说的一句玩笑话，是牌友之间的互相打趣，又带有一种挑逗、诱使的意味，极富生活情趣。

汪曾祺追求语言的生活化，“用普普通通的，大家都能说的话”[①]，更注重“在平平常常的、人人都能说的，好似平淡的语言里边能够写出味儿”[②]。为此，他十分推崇鲁迅《高老夫子》里的一个词：“酱在一起”，这是绍兴话，他认为用“混在一起”“跟他们同流合污”，或用北京话说，“跟他们一块儿掺和”，都没那么准确，表现不出那个“味儿”。方言来自丰富多彩的民间，其中很有些意味深长的话。鲁迅从绍兴方言中寻得“酱在一起”这样有“味儿”的语言，汪曾祺也深谙高邮方言的神韵妙趣，他择取富有表现力的方言点缀文中，常有画龙点睛之妙，使其平铺直叙的语言显得摇曳多姿，趣味横生。试看以下两例：

> 有些人烫了澡（他们不怕烫，不烫不过瘾），还得擦背、捏脚、修脚，这叫“全大套”。还要叫小伙计去叫一碗虾子猪油葱花面来，三扒两口吃掉。然后咕咚咕咚喝一壶浓茶，脑袋一歪，酣然睡去。
>
> ——《草巷口》

“三扒两口”形容一个人吃东西时既猛又快。但要比“快速地”“迅猛地”更具形象感，画面感，而且它不是因为饿极而猛而快，更多的是对美食的沉溺，是一种痛快淋漓的吃，是一种生活的享受。从“三扒两口”这一方言词中我们感受到一种生命的酣畅与自在。

> 陈五奶奶就守着小孙子过，日子很折皱。
>
> ——《故里三陈·陈泥鳅》

“折皱”在《现代汉语词典》中解释为“皱纹”，而在高邮方言中，这个词表示很困难、很不顺利的意思。读者碰到这个词时可能并不了解

---

① 汪曾祺：《文学语言杂谈》，《汪曾祺全集》第 4 卷，北京师范大学出版社 1998 年版，第 226 页。

② 汪曾祺：《文学语言杂谈》，《汪曾祺全集》第 4 卷，北京师范大学出版社 1998 年版，第 227 页。

它的方言含义，但这并不妨碍对句子的理解，因为“折皱”这个词很能激发读者的想象力。“折皱”即皱纹，何来皱纹？烦恼催人老，脸颊的皱纹是艰难岁月的一面镜子，映照出生活的皱纹。这不禁让人联想到生活的帘幕上折起凹凸不平的皱痕，如坑坑洼洼的小路，磕磕绊绊，跌跌撞撞，这一路走来，其艰辛之状可想而知。如此艰难困苦的生活怎能不令人蹙眉叹息？由脸部的皱纹联想到生活的艰难，“折皱”的意思可谓不破自解。这样形象生动、意味深长、极富表现力的方言词语自然为汪曾祺的语言添色不少，使其简洁朴实的语言不至流于淡然寡味，而显得新鲜活泼、富有“神气”。

方言虽然生动活泼，但也有生涩冷僻的弊病。用得好，可以增强文本的表现力；用得不好，难免如绊脚的石块，磕磕绊绊。方言在汪曾祺的语言流中，不但没有造成阻碍，反而与文言成分、日常口语水乳交融，不留痕迹。不妨撷取散文《端午的鸭蛋》中的一段稍作分析：

> 高邮咸蛋的特点是质细而油多。蛋白柔嫩，不似别处的发干、发粉，入口如嚼石灰。油多尤为别处所不及。鸭蛋的吃法，如袁子才所说，带壳切开，是一种，那是席间待客的办法。平常食用，一般都是敲破“空头”用筷子挖着吃。筷子头一扎下去，吱——红油就冒出来了。

作者将高邮鸭蛋的特点及吃法娓娓道来，其中文言成分、方言成分和日常口语水乳交融，自然而然。“质细而油多”“油多尤为别处所不及”是以文言入白话，明白晓畅，言简意赅；“空头”是以方言入白话，它指鸭蛋的蛋白和蛋壳顶部的一个小空间。鸭蛋一头大，一头小，大头这一端有空气，煮熟后会留下一层空隙，称为“空头”。这样的方言词语意思明确，读者根据常识即可理解，丝毫不影响行文的通畅。汪曾祺以柔笔一支将文言晦涩拗口、方言生涩冷僻的棱角一一抚平，使其完美融化于浅白通俗的语言中，轻灵婉转，毫无阻隔。这就使作者对高邮鸭蛋的介绍既充满文人的雅气而不觉空灵，又充满家常的气息而不流于庸俗。

结 语

汪曾祺离乡四十余年，故乡方言以其亘古不变的声音，呼唤着远方漂泊的游子。亲切淳朴的乡音将他带回故乡浑朴的大地、灵秀的小河、翠绿的田野、朦胧的月色、摇曳的云影……他以一支生花妙笔，采撷着方言这朵恣意绽放的鲜活花朵，开掘着层层花瓣中蕴藏的无限美感。方言，如同夜空镶嵌的繁星点点，随意点缀于汪曾祺自然朴实的语言中，不但没有黯淡，反而因背景的浩瀚广阔而愈加璀璨夺目；方言，如同水中磨洗过的白石子，自然铺洒于汪曾祺涓涓细流般的叙述里，不但没有侵蚀，反而因流水的清洗冲刷而愈加干净圆润。因为方言的美，我们徜徉在高邮小城丰富多彩的风俗画卷；因为方言的美，我们闻嗅着苏北乡村古朴敦厚的泥土气息；因为方言的美，我们触碰到市井百姓鲜活灵动的生命存在；因为方言的美，我们领略了汪氏作品非凡独特的语言魅力。

方言，是一颗颗散落在民间的珠子，汪曾祺则怀着一颗赤子之心一边捡拾，一边拂去它沾染的尘埃，以清水浸染，使之在阳光的照耀下晶莹剔透，流光溢彩。

［原载《渤海大学学报》（哲学社会科学版）2012 年第 6 期］

诗化小说与小说诗化

中国现代小说文体由鲁迅先生创立，以后主要经由文学研究会和创造社作家们继承发扬光大，以两类主要类型的小说，确立了现代小说的文体规范。一类是写实小说，一类是抒情小说。前者重客观写实，人物、情节、环境构成这类文体的基本要素；后者重主观抒情，以情感、情绪为中心和线索，连接起一些生活片断。这之后的小说文体，或向革命现实主义归依，或向西方现代派借鉴，或向民间文学、通俗文学靠拢，或向传统文化和文学汲取营养，小说文体有很大的变化发展。但从整体上看，大致都是脱胎于写实和抒情两大文体，不过对其中的一些成分有所发挥而对另一些成分有所损抑而已。写实与抒情两大类小说文体呈矛盾互补关系。前者贴近外部现实，时代感、社会性强烈；后者面对内心自我，情感的浓度和强度突出。前者以理性为基因，通过深广的社会画面，启发人的理性思考；后者以情感为内核，通过丰富的内心世界，引发人的情感共鸣。前者往往过于黏着现实而提炼不足，艺术上失之粗疏；后者注重艺术上的精雕细琢，但又往往缺少鲜明的时代性。中国现代小说文体就是在它们相互制约、相互补充的动态运动中不断完善、成熟和发展的。

在抒情小说中明显地存在两种风格迥异的小说，一类是直抒胸臆的，一类是讲究情调、意境的。陈平原在论及现代小说时对此曾有明确的区分：“这里所说的‘主观抒情’，不同于上一节提到的作家的长篇独白或人物的直抒胸臆，而是指作家在构思中，突出故事情节以外的‘情调’，

'风韵'或'意境'。"[①] 我们把这种具有"情调""风韵""意境"等诗的品格的小说姑且称之为诗化小说。现代文学中，诗化小说的存在是一种事实。许多作家明确表示了对小说诗化的审美理想的追求。废名承认他的作品"实是用绝句的方法写的"[②]。沈从文更是明确地指出，他是"用抒情的笔调写创作"对素材"作综合处理，是不是能产生点散文诗的效果"[③]。而且他相信，这样的写法，会成为"现代中国小说的一格"，会给现代小说创造"一个的型式"[④]。孙犁早年就认识到，"兼小说与诗歌为一体，实便于情感的抒发尽致"[⑤]。汪曾祺也说他年轻时"曾想打破小说、散文和诗的界限"[⑥]。可见，诗化小说是许多作家的自觉追求。诗的灵光在现代小说30年的长河里一直泛动。鲁迅的小说确实多有狂人的呐喊，但也有《故乡》的《社戏》中传唱出来的诗情画意，以及《在酒楼上》飘散出来的《伤逝》情怀。这些"不是小说"的小说，正开启了中国现代诗化小说之先河。废名则几乎是穷其一生苦心孤诣，将小说当诗写。"早期以至更炉火纯青时期写小说却像蒸馏诗意，一清如水。"[⑦] 在他笔下，《桃园里》的《浣衣母》讲述的《竹林的故事》多么令人心醉神驰；青青《河上柳》连同斜倚在《桥》上的窈窕的《阿妹》又引得多少人频频回盼。从乡土题材提炼出田园小说的诗意，起始于废名，大成于沈从文。无论是《长河》岸、《边城》中的山山水水，还是《萧萧》《三三》的悲苦命运，都曾经打动过、又正在打动着多少人的心。在沈从文流连于湘西边地的同时，同他一样以"乡下人"自居的师陀，则从故乡豫东平原的《果园城》里，奉献出一首首朴素而纯情的乡土抒情诗，吹奏起一章章柔和而凄凉的人生行吟曲。萧红则自觉师承鲁迅，从回忆的魔匣中放出形形色色的有血有肉而又充满诗情画意的精灵。《生死场》，

---

① 陈平原：《中国小说的叙述模式的转变》，上海文艺出版社1998年版，第137—138页。
② 冯文炳：《冯文炳选集》，人民出版社1985年版，第397页。
③ 沈从文：《沈从文文集》，花城出版社1984年版，第126页。
④ 沈从文：《沈从文文集》，花城出版社1984年版，第126页。
⑤ 孙犁：《孙犁文集》，人民出版社1983年版，第214页。
⑥ 舒非：《汪曾祺侧写》，《文艺报》1988年第5期。
⑦ 卞之琳：《冯文炳选集·序》，人民文学出版社1985年版，第9页。

特别是《呼兰河传》，淋漓尽致地表现出了萧红作为小说家的诗的别才。综观20世纪30年代，比起第一个十年，诗化小说创作观念更自觉，理论建设也更丰富，成绩也更引人注目。除上述沈从文、师陀等人的作品以外，郁达夫的《迟桂花》、老舍的《月牙儿》、萧乾的《梦之谷》，等等，也是不可多得的诗化小说之精品。到了20世纪40年代，诗化小说在孙犁那里，获得了更多的新的光亮、色彩和韵味。孙犁这位白洋淀和滹沱河最出色的歌者，以清丽晶莹、诗情隽永的笔致，写出了风云变幻之际、战火硝烟之中坚毅而美丽的精魂。《荷花淀》《芦花荡》《嘱咐》《吴召儿》《山地回忆》都已成为脍炙人口的名篇。这一时期，有一位小说家不应被忽视，那就是得沈从文亲传的汪曾祺。他的《复仇》《戴车匠》《鸡鸭名家》不能说成熟，却不能不说风格鲜明、诗意浓郁。创作伊始，他就自觉把小说当诗来写。正是他和孙犁等人的努力，诗化小说这条清流才得以蔓延至当代小说的大河，又直接影响、催动了新时期诗化小说的复出。

在现代抒情小说中，直抒胸臆的抒情固然有一种淋漓的酣畅之美，然而却往往流于直露、浮泛，缺少生活的底蕴和回味的余韵。倒是诗化小说，重视小说语言的表现力，重视情与境结合构筑意境，使得主观抒情含蓄蕴藉，带有一种特殊的诗味，经得起人们品味。而且作品包蕴着丰富的传统文化的内涵，厚重博大并富有鲜明的民族特色。可以说，诗化小说代表着抒情小说创作的实绩，是抒情小说类的主体部分，很大程度上是它支撑着抒情小说与写实小说分庭抗礼。在某种意义上可以说，是写实小说与诗化小说相互竞争、相互补充，并推动小说文体发展的。写实小说家有鲁迅、茅盾、老舍等大师，而诗化小说家中的沈从文、萧红、孙犁，与他们相比较，也毫不逊色。写实小说中，我们可以列出一系列皇皇巨著名篇；诗化小说内，我们也可以摆出一连串的精品美文。诗化小说当然不能涵盖或等于抒情小说，我们当然不能以偏概全，但诗化小说在抒情小说中占主体地位，却是谁也不能不承认的事实。把它摆在与写实小说并驾齐驱的位置上，有助于我们充分认识它在小说文体发展史上的地位和价值。不仅如此，随着时光流逝，大浪淘沙，许多写实小说日益暴露出了观念化、图解式的弊端，而诗化小说愈来愈显露出其迷人的艺术魅力，让人有常读常新之感。它的重主观、重语言的追求，它的散文化、诗化的倾向，它的深厚的文化底蕴和鲜明的民族特色，都似乎正暗暗契合和代表着整个小说文体发展的某种趋势，给小说的发展展现了一片开阔而美好的前景。应该承认，诗化小说经受住了历史的考验和筛选，它给当代文学、当代小说带来的滋养更丰富，诗化小说更富有当代性。

诗化小说在现代小说发展史上的地位是非常重要的，它的意义和价值至少有以下几个方面。

首先，诗化有助于拓展小说反映生活的广度和深度。如前所述，诗化小说结构往往呈散文化，这使得叙述者摆脱了外在客观事物的因果限制，而获得了诗一般的自由，其结构如手风琴的风箱，可以随着演奏者情感起伏伸展或收缩。也正是这种放射型、风箱式的结构，为诗化小说更宽广地反映生活提供了方便，在一种情绪的统摄下，可以联系不同的时间、空间的生活片断，“观古今于须臾，抚四海于一瞬”。而诗化小说对诗的象征技巧的借鉴，也使得它比起传统小说来显得更为含蓄隽永。而且这种象征的运用，都往往是用来创造意境的，正如有的学者所说：“象征暗示方法是意境与生俱来的孪生兄弟和亲密伴侣。”[①] 这些都使得小说具有了诗才具有的“韵外之致”“味外之旨”“象外之象，景外之景”，从而获得了“不著一字，尽得风流”的审美效应。总之，散文化结构拓展了小说的覆盖面，而象征手法、意境的创造，则扩充了小说的容量，二者结合，构筑起纵横交叉的诗化小说的艺术殿堂。

其次，诗化加强了小说的美感，强化了小说的审美品性。中国现代文学发展的30年，是一段非常特殊的时期。无论是启蒙，还是救亡，都过多地担负了它本职以外的种种社会任务。这当然有其充分的时代合理性，但却因此付出了不少代价，那就是作品审美品格的降低，甚至是丧失。在小说领域，我们可以举出一大批这样的作品，它们也许曾影响一

① 方锡德：《中国现代小说与文学传统》，北京大学出版社1992年版，第137页。

时，但随着时间的推移，都因为艺术性不足而逐渐沉落下去。倒是那些诗化小说，虽然也曾一度遭到冷遇，但却经受住了历史的考验，因它本身所具有的艺术魅力而日益受到人们的青睐。诗化小说家们并不是远离社会、躲在象牙塔里进行艺术的苦心雕饰，只是比起大多数作家，他们更尊重艺术创造的规律，从自己的创作个性、创作实际出发，而不是从时代、现实的各种问题、任务出发，去进行艺术创作。在他们那里，艺术形式的追求、文体的创造更自觉。废名、沈从文、师陀、孙犁都因为文体上独特的创制，而受到人们的称道。可以说他们是中国现代小说审美品格的自觉捍卫者，缺少了他们，现代小说艺术性会大大逊色，艺术成就会大大降低。美感的实质、内核是情，正如美国现代美学家帕克指出："一种感觉要想是美的，只是不受实用目的束缚是不够的，它必须用更大的感情背景联系起来。"① 而诗正是感情的凝聚和浓缩，在各种文类中，诗是最富感情的，因此也是最富美感的。很多时候，诗就是美，就是艺术的代名词。所以，当小说融合了诗时，也就强化了内在的情感，它的美感也就相应地增加了。更不要说，它还吸收了很多诗的艺术手法，使作品的美感更加突出。纵观现代小说 30 年，诗化小说以鲜明的美感、突出的艺术成就而赢得举足轻重的地位，这也是它的根本贡献之所在。

最后，诗化小说有力地推动了小说观念的转变。不管怎么说，在审美文化范畴中，小说确实作为最基本的几大类文体之一而存在着，它应该具有区别于其他文类的质的规定性。但小说观念并非固定不变，它又是民族的、历史的。我国的小说观念与西方就有很大差别，而无论中西方，古典的与现代的又大相径庭。就中国现代小说来讲，所受影响最直接最深远的，是来自西方的以客观再现为特征的现实主义的艺术形态，这其中苏俄的革命现实主义小说又起着一些特殊的作用。这种影响与中国自宋元以来在小说中得到长足发展的现实主义艺术传统密楔榫合，无形中就使得现实主义对于小说文体的各种要求在人们的头脑中长期以来形成一种不可逾越的最高规范和准则。以至于长期以来只要一讲到小说，

① ［美］H. 帕克：《美学原理》，张今译，广西师范大学出版社 2001 年版，第 50 页。

我们就会本能地想到“典型环境中的典型人物”，“典型人物”几乎成了小说的代名词。甚至于有一本颇有些影响的《中国现代小说史》，就是按照“小说家的任务是在自己的作品里塑造新的典型人物”这一基本原则，来梳理现代小说本身内在发展轨迹的。[①] 在这种小说观念的统治下，废名、沈从文、师陀、萧红等人所追求的小说的散文化、诗化，都成了不伦不类的东西。不能说这些作品 30 年间一直受到冷遇，它们也往往因为充足的美感和鲜明的个性而一度受人青睐，更有一些独具慧眼的批评家为之呐喊助威。例如沈从文小说曾风靡一时，萧红的小说也备受鲁迅、茅盾的奖掖。但不管怎么说，人们即使在欣赏这些小说的时候，心里也免不了嘀咕：这些作品似乎不像小说。当年鲁迅扶植鼓励萧红的《生死场》时，就曾指出作品“越轨的笔致”。恐怕这也是指人们所共有的印象吧。萧红的创作是顶着文坛上的一些议论而进行的，她曾响亮地做出这样的宣言：“有一种小说学，小说有一定的写法，一定要具备几种东西，一定要写得像巴尔扎克或契诃夫的作品那样。我不相信这一套，有各式各样的作者，有各式各样的小说。”[②] 正是有萧红这样的小说文体的自觉而勇敢的探险者，才使得那些“越轨的笔致”那些“不像小说”的小说，在中国现代小说发展中立住了脚跟，争得了席位。人们头脑中固有的小说观念，也在这些小说的有力冲击下，发生着悄悄而深刻的变化。中国现代诗化小说对小说文体的变革、小说观念的创新，具有十分重大的意义。

诗化小说在探索中发展，在发展中探索，在这一过程中也出现了一些失误，存在着一些缺憾和不足，无论是创作实践上还是在理论建设上都有很多问题需要解决。比如小说的诗化和散文化，有一个合适的“度”，如果把握不好，就等于取消了小说文体的规定性，小说就会被“化”掉，这不应该是小说诗化、散文化的坦途、正道。在这方面，废名的作品给了我们一些教训。他的《桥》中的一些章节，由于彻底的散文

---

① 田仲济、孙昌熙：《中国现代小说史・后记》，山东文艺出版社 1985 年版，第 438 页。

② 聂绀弩：《萧红选集・序》，人民文学出版社 1981 年版，第 4 页。

化、诗化，所以被周作人选入《中国新文学大系·散文一集》。周作人谈到这样选编的理由时说："废名所作的本来是小说，但是我看这可以当作小品散文读，不，不但是可以，或者这样更觉得有意味亦未可知。"[①] 师陀的一些小说也存在着这种被"化"掉的偏差，与散文在文体上没有质的区别，以至于也被别人当作散文收入集子。的确，诗化小说中也有很多"不似"小说的文体特征，但这种"不似"不在于成为"不是"，这种"不似"当中还有"是"。也就是说"不似"小说的诗或散文的文体特征再多、再突出，而作为肯定因素的小说文体的基本特征还是存在的，而且起着决定作用。这种文体的基本特征就是故事。佛斯特对此有如下论述："故事是小说的基本面，没有故事就没有小说。这是所有小说的最高因素。"[②] 如果小说完全取消了故事，排除了叙事，而使得抒情写景的内容无限制地扩大膨胀，就取消了小说与散文、散文诗的界限。与此相联系的是，诗化小说有时过分强化诗的文体特征，文字语言上过于人工、过于生硬。例如废名的一些小说，有时对古典诗词熔炼不够，有"浓得化不开"之嫌，使人读后茫然不解其意。有时语言链条省略过多，像诗一样思绪飘忽、跳跃，使读者疲于追踪捕捉。这样，作品中的诗意往往因为语言障碍的干扰而不能有效地传达出来。

诗化小说创作中还存在着一个值得探讨的问题，那就是人物形象的塑造。如前所述，诗化小说的一个重要的文体特征就是人物的诗化，作品中的人物都无一例外地表现出一种性格的凝定性、单纯性。这些人物的创造，正如佛斯特所说，是取一种最单纯的形式，按照一个简单的意念或特性被创造出来的，因而属于'扁平'人物。我们固然不能以一种小说观去规范和要求各种各样的小说。要求诗化小说去创造"典型人物"，将之作为成功与否的标志，当然是偏狭的、不妥的。但是，诗化小说是不是就与人物形象的立体化根本绝缘？是不是小说获得了诗情和画意，就要牺牲人物的立体感？艺术上一定的得，必须以一定的失为代价？

---

① 胡适：《中国新文学大系·散文一集·导言》，良友图书公司 1935 年版，第 98 页。

② ［英］佛斯特：《小说面面观》，苏炳文译，花城出版社 1981 年版，第 36 页。

无论从诗化小说的理论建设还是具体创作实践来看，这都是一个很有意思也很有意义的问题。这一问题的解决，首先需要我们从作家创作的深层意识、思想方式方面去寻找症结。依笔者之见，像废名、沈从文、孙犁这些诗化小说的代表作家，更多地受传统文化的影响。传统的“天人合一”的思维方式，“物我统一”的“和谐”的审美理想，对他们的创作起着极大的影响。在他们那里，人事更多的是用来与景物相结合去构筑意境的，正如沈从文在小说《断虹》中所做的那样：“把人缩小到极不重要的一点上，听其全部消失于自然中。”① 追求的是一种宋元山水画的效果。过多地写丑，过多地去描写人物性格的多面性、复杂性，就会打破这种“和谐”的美，更遑论深入到人物内心世界去描写深层的裂变、纠葛了。这大概是诗化小说不能贡献富有立体感人物形象的深层原因吧。倒是在萧红那里，我们看到了她与这种传统思维和审美观的相左，她骨子里充溢着一种似乎与生俱来的包含着许多人生无奈的悲剧感，人生的各种丑恶在她笔下纷纷曝光。萧红没来得及给我们提供真正富有典型性的性格，但是萧红的创作给我们深刻的启示，使我们有信心得到这一结论：诗化小说未必不能展现人生的假、恶、丑，也未必不能奉献出典型性的人物形象。看来，诗化小说创作主体意识的改造，是解决问题的关键。当然与此相关的一些创作方法等方面的问题，还有待人们去探讨。

［原载《内蒙古社会科学》（汉文版）2003 年第 2 期］

---

① 沈从文：《沈从文选集》第 3 卷，花城出版社 1984 年版，第 78 页。

20世纪诗化小说的审美特征

关于小说，瓦尔特·德里认为：它是一种“没有自然的或确实固定的存在”的实体①。这说明小说具有包容其他文体的广泛性与自由性。诗化小说指的就是小说有机、合理地吸收和消融了诗的某些文体特征而产生的一种新文体。小说本是一种专以叙事的文体，但早在中国新文学开创之初，在现实主义的写实类小说渐成主流的同时，具有浪漫主义色彩的抒情小说也慢慢发展起来了。而在抒情小说中明显地存在两种风格迥异的小说，一类是直抒胸臆的，一类是讲究情调、意境的。陈平原在论及现代小说时对此曾有明确的区分：“这里所说的‘主观抒情’不同于上一节提到的作家的长篇独白或人物的直抒胸臆，而是指作家在构思中，突出故事情节以外的‘情调’‘风韵’或‘意境’。”② 这种具有“情调”“风韵”“意境”等诗的品格的小说也就是我们所说的诗化小说。在现代抒情小说中，直抒胸臆的抒情固然有一种淋漓的酣畅之美，然而却往往流于直露、浮泛，缺少生活的底蕴和回味的余韵。倒是诗化小说，重视小说语言的表现力，重视情与境结合构筑意境，使得主观抒情含蓄蕴藉，带有一种特殊的诗味，经得起人们品味。可以说，诗化小说代表着抒情小说创作的实绩，是抒情小说类的主体部分，很大程度上是它支撑着抒情小说与写实小说分庭抗礼。在某种意义上，是写实小说与诗化小说相互竞争、相互补充，推动小说文体走向成熟的。但是到20世纪50年代后

---

① ［美］华莱士·马丁：《当代叙事学》，伍晓明译，北京大学出版社1990年版，第41页。

② 陈平原：《中国小说的叙述模式的转变》，上海人民出版社1988年版，第137—138页。

期，在表现重大题材、描写英雄主义等“左”倾文艺思潮的猛烈冲击下，诗化小说的发展遭到遏制，一度陷入危机，几乎在文坛上销声匿迹。新时期以来，改革开放的深入和思想禁区的突破，使新时期小说寻求新的表现手段、艺术形式成为可能，而对社会历史的反思导致的现代意识的觉醒则形成小说文体更新的内在动力。作家的目光逐渐由小说外的社会转到了小说本身，关注起小说文体的建构。在这种形势下，诗化小说重新崛起。如果说新时期伊始，诗化小说创作还处于文坛边缘的话，那么，到了 20 世纪 80 年代中期以后则渐成风潮，蔚为大观。一大批有影响的小说家都纷纷表示出对小说诗化的向往和追求。诗化小说的重主观、重语言的追求，它的多文体交叉而生成的丰富的美感，它的深厚的文化底蕴和鲜明的民族特色，它与西方现代小说文体变革的诸多契合，似乎更符合艺术创造和艺术欣赏的规律，更多地代表了整个小说文体发展的趋势，给小说的创作展现一片开阔而美好的前景。可以说，诗化小说更具有当代性。

诗化小说随着新文学革命而产生，不断发展和成熟，贯穿整个现当代文学，诗的灵光在现代小说百年的历史长河里一直泛动。诗化小说的开拓者当推鲁迅，他以巨大的创造力在小说文体方面进行了积极的探索和尝试。他的《故乡》被称作“东方伟大的抒情诗”，他的《社戏》《伤逝》也极富有诗情画意。这些“不是小说”的小说，正开启了中国现代诗化小说之先河。废名则几乎是穷其一生苦心孤诣，将小说当诗写。他承认自己的作品“实是用绝句的方法写的”。① 有人赞赏他“早期以至更炉火纯青时期写小说却像蒸馏诗意，一清如水”②。《竹林的故事》《菱荡》《桥》等小说着意于发掘乡村翁媪男女的情感美、道德美，表现自然山水的古朴美、意境美，追求语言文字的质朴、凝练和隽永，有力地丰富了诗化小说的表现技巧，奠定了诗化小说的基本模式。从乡土题材提炼出田园诗意，起始于废名，大成于沈从文。沈从文明确指出，他是“用抒情笔调写创作”，对素材“作综合处理，是不是能产生点散文诗的

---

① 废名：《废名小说选》，人民文学出版社 1957 年版，第 397 页。

② 卞之琳：《冯文炳选集》，人民文学出版社 1985 年版，第 9 页。

效果”。[①] 而且他相信，这样的写法，会成为“现代中国小说的一格”，会给现代小说创造“一个型式”[②]。他用故事抒情作诗，创作出大量具有特殊韵味的湘西小说，例如《边城》《萧萧》《三三》等小说，为小说散文化、诗化，拓出了一个清新明媚的分支。在沈从文流连于湘西边地的同时，同他一样以“乡下人”自居的师陀，则从故乡豫东平原的《果园城》里，奉献出一首首朴素而纯情的乡土抒情诗，吹奏起一章章柔和而凄凉的人生行吟曲。萧红则自觉师承鲁迅，从回忆的魔匣中放出形形色色的有血有肉而又充满诗情画意的精灵，她的《生死场》“叙事和写景，胜于人物描写”，以别致的笔调引人注目。《呼兰河传》更淋漓尽致地表现出了萧红作为小说家的诗的别才，被称作“一篇叙事诗、一幅多彩的风土画、一串凄婉的歌谣”。[③] 萧红依凭一支生花妙笔，牵引小说艺术轻疾柔美地翱翔于散文和诗的天地。综观 20 世纪 30 年代，比起第一个 10 年，诗化小说创作观念更自觉，理论建设也更丰富，成绩也更显著。除上述沈从文等人的作品以外，郁达夫的《迟桂花》、老舍的《月牙儿》、萧乾的《梦之谷》，等等，也是不可多得的诗化小说之精品。到了 20 世纪 40 年代，诗化小说在孙犁那里，获得了更多的新的光亮、色彩和韵味。孙犁早年就认识到“兼小说与诗歌为一体，实便于情感的抒发尽致”。[④] “这位白洋淀和滹沱河最出色的歌者，以清丽晶莹、诗情隽永的笔致，写出了风云变幻之际、战火硝烟之中坚毅而美丽的精魂。《白洋淀纪事》中的许多篇章早已成为脍炙人口的名篇，将诗化小说的发展推向一个崭新的阶段。这一时期，有一位小说家不应被忽视，那就是得沈从文亲传的汪曾祺。创作伊始，他就自觉把小说当诗来写，他说是“想打破小说、散文和诗的界限”。[⑤] 他的《复仇》《戴车匠》《鸡鸭名家》也许不能说有多么成熟，却不能不说风格鲜明、诗意浓郁。正是他和孙犁等人

---

① 沈从文：《沈从文文集》第 11 卷，花城出版社 1984 年版，第 80 页。

② 沈从文：《沈从文文集》第 12 卷，花城出版社 1984 年版，第 126 页。

③ 茅盾：《呼兰河传 · 序》，人民文学出版社 1983 年版，第 2 页。

④ 孙犁：《孙犁文论集》，人民文学出版社 1983 年版，第 214 页。

⑤ 舒非：《汪曾祺侧写》，《文艺报》1998 年第 5 期。

的努力，诗化小说这条清流才得以蔓延至当代小说的大河，又直接影响并催动了新时期诗化小说的复出。经过十几年的沉寂，新时期以后重新崛起的诗化小说，以其独具的风貌和特质与其他小说流派并峙于当代文坛。孙犁和汪曾祺仍一如既往地精心营构着诗化小说：孙犁有“芸斋系列”问世，汪曾祺则以《受戒》《大淖记事》走向成熟。更有一大批风头正健的作家表现出对小说诗化的钟情和追求。先是王蒙主张小说要成为一种“比较自由、不受约束、相当解放的文体”，他的《春之声》等作品从外界的“象”转到内在的“心”的描写，而且处处烙印着作者或作品人物的主观情感，这正好与以抒情为己任的诗获得了沟通。张承志明确表达了自己的小说创作追求：“叙述语言连同整篇小说的发想、结构，应该是一个美的叙述。小说应当是一首音乐，小说应当是一幅画，小说应当是一首诗，而且全部感受、目的、结构、音乐和图画，全部诗都要依仗语言的叙述来表达和表现，所以小说首先应当是一篇真正美文。”他的代表作《黑骏马》将一首同名的草原古歌切开，作为小说每一章的镶边，从构思开始就有意把小说与音乐糅为一体。诗的音乐性，是它成功的主要筹码。何立伟自列文学谱系，自觉地引废名、沈从文以为师。他说：“我一直就想尝试着写一种‘绝句’式的短篇小说，不特于精短方面做文章，且更需在有限里追索无限。”① 他的《白色鸟》等小说颇有废名的神韵。而我们从女作家迟子建的作品中分明能领略到当年萧红的风格。另外，王安忆、铁凝、张炜、贾平凹、史铁生、池莉、方方、林希、杨争光、林白等一批作家，都自觉从诗和散文中汲取营养，进行小说形式的探索。他们将意境、氛围、韵味、情调、意绪、感觉等这些诗的臣民纷纷引进小说领地，使小说在故事以外又增添了新的意义层面，具有了诗的特质，人们熟悉已久的“叙事”大大改换了模样，以至于作家叶兆言感叹说：小说作为一种独立文体已不存在。

席勒曾把小说家称为诗人的异父母兄弟，这形象而深刻地说明了小说与诗的密切关系。诗，作为一种审美素质，是每篇小说所必备的；作

① 何立伟：《关于〈白色鸟〉》，《小说选刊》1985 年第 6 期，第 37 页。

为一种文体特征，却并不是每篇小说都具有的。而诗化小说作为小说与诗相结合产生的宁馨儿，在文体上除了保持了小说最基本的规范以外，又呈现出一般小说所没有的诗的审美特征。

其一，叙事内容的诗化。小说本来以叙述故事、刻画人物为中心，而诗化小说却以意境的创造为中心，人物、事件、环境不过是用来渲染一定的情绪氛围，于其中寄托作者特定的心绪。这样人、情、景相互交融，构成诗的意境。由此它也与一般抒情小说区别开来。鲁迅的《故乡》不是以人物活动和故事性情节来贯穿全篇，而是以叙述者回乡的见闻与回忆为主体，其中渗透着叙述者对世事人生的深深感喟，主观感情色彩浓厚。但是这种种人生感慨，大多不是依靠直抒胸臆的方式而是依靠意境的营造来传递的。对故乡苍凉景象的描绘和对童年美好生活的回忆，是构织作品意境的主要手段。废名说他写《菱荡》“真有唐人绝句的特点”。作品以描摹山水风光为主，点缀以人物活动，天人合一，情景交融，本身就构成一个笼罩全篇的意境。篇内又意境迭出。比如写陶家村的林多树密，说行人“走路是在树林里走了一圈，有时听得斧头斫树响，一直听到不再响了还是一无所见”。寥寥数笔，让人感受到“空山不见人，但闻人语响”的深。再比如写菱荡深处，峰回路转，好不容易豁然开朗，水也唧唧有声，然而“偏头，或者看见一人钓鱼，钓鱼的只看他那一根线”。大有“孤舟蓑笠翁，独钓寒江雪”的孤峭。全篇意境居要，尺幅小而意味深。孙犁的《碑》先后5次写滹沱河，每次都渗透进人物的感情，情与景交融互渗，层层加深。首次写河，点出老金对敌人的仇恨。复次写河，恶劣的河况中包含着老金对战士们深切的担忧。第三次写河，寒气逼人的情景强化了老金失去战士的内心痛楚。第四次写河，破冰而出的激流里灌注的是老金对烈士们的深切怀念。最后绵绵长流的河水这一意象已升华为老金对烈士们无尽的思念之情的象征物。如此“景中全是情，情具象而为景”，是典型的意境。汪曾祺的《大淖记事》用大量笔墨来描述大淖的地理环境、锡匠如何打锡器、挑夫如何卖力气等事象、场景。《受戒》写少男少女的青春萌动，作者在叙事过程中穿插了许多场面的描摹。当地出家的风俗、七月间的盂兰会的盛况、和尚的娶亲和吃酒，等等，特别是结尾处写小和尚明子与小英子划船回家，竟然划进了密密的芦花荡里去了。这些洋洋洒洒、精钩细画的笔致中饱含了作者的情感，字里行间透出浓郁的情趣神韵，将淳朴自然的乡风熏染得极浓，使作品具有水墨画一样空灵洗练、诗意氤氲的境界。

其二，结构的非情节化。在诗化小说中，由于诗的渗透，抒情性主导功能的存在，极大地改变了叙事成分在作品中的地位和比重，有效地淡化了小说的戏剧性和情节性，使事件丧失或部分丧失了其“情节意义”。在这些作品中，作者都没有赋予主人公一个要即刻实现的意图，一个要立即做出决定或采取行动的迫切问题。由于失去了目标和原动力这个链条的一环，也是最重要的一环，就使得后面的环节难以存在了。在作品中，事件的过程也许仍然完整，并不曾被“诗”化解掉，但过程的时间骨架被极其具体的缺乏时间规定性的情境替代了，而且多半是极其细碎的生活情境。废名小说《桥》的结构就是一个很好的例证。朱光潜对此有很好的论述：“《桥》里充满的是诗境，是画境，是禅趣，每境自成一趣，可以离开前后所写境界而独立，它容易使人感觉到‘章与章之间无显然的联络贯串’。全书是一种风景画簿，翻开一页又一页……”另外他的《菱荡》《河上柳》《桃园》，沈从文的《雨后》《船上岸上》《边城》等作品，大都采用特定的人物和特定的视角联络组接画幅，打断了情节的连续性发展和延伸。《生死场》写了季节的更换、年代的轮回，但时间的自然流转却没有提供为情节发展所需的因果关系，因而，那里的生活只是一个个各自相对独立的场景之间的空间组合：第一章主要写二里半找羊；第二章写金枝与成业的恋爱；第三章写王婆卖马……如果说过程还存在的话，那它客观上也是被作者有意打碎了。你必须进行一种“对照阅读”，在你的头脑中把这些被作者打碎了的散落在各处的片断连缀起来，庶几可以找到这种过程（如金枝的生活过程）。如果说在《生死场》中，你还能找到一点模糊的时间线索的话，那么，在《呼兰河传》中这种寻找必然会使你失望、一无所得。它完全是采用信马游岗的巡礼式抒写方法来为整个小城的人情风俗作传的，而不是为哪一个人作传。全书没有一个贯穿始终的人物，有的仅是一幅幅有色彩、有声调的世俗画和风俗态。诗化小说结构上的非情节化，一般被称为散文化。所谓的小说的散文化，都是就小说的结构而言的。从这一个角度来讲，诗化小说又可以称为散文化小说。因为小说诗化，诗的渗透、融合，往往会冲击结构的严密性，促使章法松动，导致小说的散文化。可见，散文化是诗化的结果，根由于诗化。而且在诗化小说中，结构的开放之中仍然有紧凑感，放任之中仍然有内在的统一感。这种结构的统一感来自于弥漫整个作品的诗意。这使得作品不致成为一些随机片断的随意堆砌。

其三，语言的诗化。现代语言学使我们认识到语言绝不单纯是供人驱使的工具，更是人类生存的基础。对文学作品来说，语言不仅仅具有形式上的意义，它的某种审美的有序构成本身就是一种特定内容的揭示。一般小说中，语言所履行的更多的是媒介的功能，它在将“行动”“场面”等推向前台的同时而失去了自我。而诗化小说中，语言却具有明显的本体地位，语言的风格构成小说风格的基础。从鲁迅、废名始，诗化小说作家都无一例外地对小说语言高度重视。汪曾祺就说过，语言是“小说的本体，不是外部的，不只是形式，是技巧”。[①] 从这个意义上，他宣称“写小说就是写语言”。[②] 诗化小说，我们从其语言中就能感受到诗的韵味。语言的诗化，正是诗化小说突出的文体特征。其主要表现有以下几点：一是语言能指和所指的关系模糊。语言的所指不明，往往超越符号本身的所指，隐含在话语“群”所组成的“关系”中。例如，沈从文《边城》的结尾：“这个人也许永远不回来了，也许‘明天’回来!”它并没有指示出明确的事实或判断，但却将我们带入了一种抒情境界——一种人生的渺茫和孤独，一种交织着憧憬与绝望、幸福与忧伤的淡淡的哀愁。二是句法上能突破一般的语法规则，在变异中传达出诗意。且看萧红《呼兰河传》中被茅盾称赞过的一段文字：“呼兰河这小城里边，以前住着我的祖父，现在埋着我的祖父。我生的时候，我的祖父已经六十岁了。我长到四五岁，祖父快七十了，我还没长到二十岁，祖父

---

① 汪曾祺:《蒲桥集》，作家出版社 1991 年版，第 347 页。

② 汪曾祺:《汪曾祺文集·文论卷》，江苏文艺出版社 1993 年版，第 1 页。

就七八十岁了。祖父一过了八十，祖父就死了。”按照正常的语法规则来看，这一段的句子单调而又重复、啰唆，有许多“废话”。然而正是这些复沓的絮语，传达出了作者内心那温馨的记忆和悲凉的感受。三是对修辞的追求。例如鲁迅《伤逝》中的句子：“依然是这样的破屋，这样的破屋，这样的板床，这样的半枯的槐树和老紫藤。”排比的句式相组合，不但渲染着复杂万端的情绪，而且形成一种流动的抒情语链，造成音乐的旋律。汪曾祺的《受戒》是这样写小英子姐妹的：“两个女儿，长得跟她娘像一个模子里托出来的。眼睛长得尤其像，白眼珠鸭蛋青，黑眼球棋子黑，定睛时如清水，闪动时像星星。浑身上下，头是头，脚是脚。头发滑滴滴的，衣服格挣挣的。”比喻、对偶、对比、衬托等多种修辞手法的运用，展示出可爱少女的神韵和风采。何立伟的《白色鸟》中有这样的句子：“逶迤了两行深深浅浅、歪歪趔趔的足印，酒盅似的，盈满了阳光，盈满了从堤上逸过来的野花的芳香。还格格格格盈满清脆如葡萄的笑声。远处一叶白帆正慢慢慢慢地吻过来。”这段文字运用了比喻、拟人、通感等修辞手法，极富形式美和表现力，笼罩着一层浓浓的诗意。修辞是人们灵活进行语言活动的结果。对文学文体的语言运作而言，修辞大大加强了文学语言表达的美感势能。适当的修辞，在小说中是用得着的。但相比之下，诗却极修辞之能事，大量的修辞就像是专为诗而创造的。在这一点上，诗和小说是有明显区别的。老舍在谈到这一问题时就说：“文字之美不是小说的唯一责任。专在修辞上讨好，有时误了正事。”[①] 他还说：“比喻在诗中是很重要的。但在散文中用得多便失去了叙述的力量和自然。”[②] 至于装饰的比喻，在小说中是可以免去的。这是对诗和一般小说而言的，而诗化小说中，诗的因素的融入，使得文字语言上的修辞大大加强了，这可算是诗化小说在语言方面的重要审美特征。

（原载《洛阳大学学报》2003 年第 3 期）

① 老舍：《老舍论创作》，上海文艺出版社 1986 年版，第 95 页。

② 老舍：《老舍论创作》，上海文艺出版社 1986 年版，第 96 页。

孙犁小说的诗性特质

作为小说家，孙犁在二十世纪中国文学的发展中从来不曾统领潮流，煊赫一时，他总是保持着自己一贯的审美追求，进行扎实的艺术耕耘，成为文坛上“一面永不褪色的艺术旗帜”。他的小说以其清新、淡雅、隽永的风格经受住了时间的考验，一直显示着独特的艺术魅力，赢得一代又一代读者的喜爱。孙犁小说为什么会有那样绵远的艺术魅力？从文体上看，这来源于它所具有的独特的诗化品格。孙犁曾说，他喜欢欧洲文学名著，看中是它们“诗一样的调子，和对美的追求”①。这其实也是他小说创作的审美追求。他说：“看到真善美的极致，我写了些作品。看到邪恶的极致，我不愿意写。这些东西，我体验很深，可以说是镂心刻骨的。可是我不愿意去写这些东西。”② 可见孙犁是有意地回避生活中的丑恶，以诗性的眼光去发现生活中“真善美的极致”，赋予小说以诗的美感。他的小说是小说，又有“诗一样的调子”，因为具有鲜明的诗化品格而独树一帜。孙犁小说的这种审美品格在早期创作中就已确立和成熟，本文即以他早期的一系列短篇小说为例，通过其诗化品格的解析，来探讨一下孙犁小说的艺术魅力。

一　青年女性：“美的极致”的化身

小说是以塑造人物为中心的。小说中的人物形象集中反映一个作家

① 孙犁：《勤学苦练》，《孙犁文集》第4卷，百花文艺出版社1982年版，第289页。

② 孙犁：《文学和生活的路》，《孙犁文集》第4卷，百花文艺出版社1982年版，第393页。

的审美追求，决定着作品的基本的审美品格。正是在塑造人物方面，孙犁的小说表现出很强的诗化品格。

一般来说，人性是善恶兼备、美丑交织的，生活总是充满着矛盾和斗争，小说家往往通过立体多面的人物性格来反映丰富、复杂的社会人生。孙犁对社会生活中丑恶的东西并非视而不见，但是由于特殊的人生态度和审美情趣，他不喜欢表现生活中丑恶的、悲观的一面，而喜欢写人生美好的、欢乐的东西。由此他发现了农村青年女性。他说："我喜欢写欢乐的东西。我以为女人比男人更乐观，而人生的悲欢离合，总是与她们相关，所以常常以崇拜的心情写到她们。"[①] 所以我们看到，在孙犁的小说世界里，大量的农村青年妇女构成一个独特的人物系列画廊。主要有《走出以后》里的王振中、《老胡的事》里的小梅、《丈夫》里的媳妇、《芦花荡》里的两个女孩、《荷花淀》与《嘱咐》里的水生嫂、《钟》里的慧秀、《"藏"》里的浅花、《纪念》里的小鸭、《光荣》里的秀梅、《正月》里的多儿、《蒿儿梁》里的女主任、《吴召儿》里的吴召儿、《山地回忆》里的妞儿……对这些青年妇女，孙犁不是穷形尽相、面面俱到地刻画描写，而是重在发掘她们的灵魂美、人情美。在这里孙犁其实是把这些年轻女性看作了"美的极致"的化身。他在农村长期生活和工作，有意地接近和观察一些女孩子，认为："女孩子们的心中，埋藏着人类原始的多种美德。"[②] 而在严酷的战争年代，这些美德在女孩子身上表现得更是淋漓尽致，他一再声言：农村青年女性"在抗日战争年代，所表现的识大体、乐观主义以及献身精神，使我衷心佩服到五体投地的程度。"[③] 孙犁是抱着近乎崇拜的心情来刻画农村青年妇女的，她们美好的精神、情操感染和吸引着他，成为他关注和描写的焦点，而严酷的战争却淡化为一种背景，战争中的血与火以及邪恶的东西更是被刻意回避了。名篇

① 孙犁：《孙犁文集·自序》，《孙犁文集》第 1 卷，百花文艺出版社 1982 年版，第 4 页。

② 孙犁：《谈铁凝的〈哦，香雪〉》，《孙犁散文（中）》，中国广播电视出版社 1995 年版，第 316 页。

③ 孙犁：《关于〈荷花淀〉的写作》，《孙犁文集》第 4 卷，百花文艺出版社 1982 年版，第 612 页。

《荷花淀》写及战争，仅三言两语，一笔带过，主要篇幅用于写话别、寻夫、遇敌、相会等场景，从中表现女主人公水生嫂的美好心灵和情感：既对丈夫一往情深，温柔体贴，又以民族大义为重，坚毅刚强。《吴召儿》以反“扫荡”为背景，写部队在山上与敌人周旋，本是很残酷的战斗却写得趣味盎然，以至于战士们觉得：“我们过得很有趣，差不多忘记了反‘扫荡’。”小说就是在许多富有生活情趣的场景里集中表现了少女吴召儿乐观的精神、活泼的天性和临危不惧的勇气。《白洋淀边一次小斗争》写的是一个美丽红衣少女藏在苇垛里被日本鬼子发现，按照正常的生活逻辑，少女在劫难逃。然而在孙犁的叙述下，少女却化解了一次次似乎不可避免的危险，最终逃脱了敌人的魔掌。孙犁避开了对灾难的描写，战斗也被轻描淡写得像游戏一样，充当了一种背景，将少女的机智、从容、坚贞、勇敢反衬得异乎寻常。就这样，孙犁笔下的这些妇女形象，都是经过了作者诗性眼光的观照而从生活中提纯出来的。作者只是把这些人物当作了抒发自我情感的载体，而不是借她们来展示广阔复杂的社会人生。她们性格无一例外都是凝定的、单纯的，是典型的所谓“扁平人物”，因为内里包蕴着作者的丰厚情感和美好理想而显得富有诗意，可以称之为诗化的人物。

孙犁对人物的描写，运用的也是诗化的手法。他对人物从来不是穷形尽相的精雕细刻，而是抓住与自己心灵相契合的一瞬间，印象式地捕捉住最能表现人物精神气质的那一部分，反复描写，突出强化。例如小说《吴召儿》对女孩吴召儿的刻画，仅就她的“笑”反复地描写，至于人物肖像神情其他的特点则一概省略。小说中“我”第一次见吴召儿，这个女孩就红着脸笑，给“我”留下深刻印象。后来吴召儿充当部队的向导，“我”先是不知道，之所以能认出来，就是因为她的回头一笑。行军中吴召儿在山上爬得很快，一马当先，每走一截就坐在石头上等我们，还是“望着我们笑”。她的笑在“我”看来“像是在乱石山中，突然开出一朵红花，浮起一片彩云来”。两个奇妙的比喻将少女的笑描摹成了一首诗。最后，吴召儿主动迎敌，为了伪装翻过红棉袄时，依然是笑着。就这样，孙犁善于抓住人物思想性格最主要、最特殊的部分，“强调它，突出它，更多地提出它，用重笔调写它，使它鲜明起来。凸现出来，发射光亮，照人眼目”①。通过对吴召儿的笑的重笔调描摹，这一人物调皮、活泼、开朗、乐观的精神风貌跃然纸上，活灵活现。

二 意境：叙事内容的诗化

孙犁创作以抒情为本职，不仅使得小说人物形象别具一格，也使得意境创造在他的小说中占有相当突出的地位。

意境是中国古典诗词特有的审美范畴，关于意境清代王国维有这样的界定：“境非独谓景物也。喜怒哀乐，亦人心中之一境界。故能写真景物、真感情者，谓之有境界；否则谓之无境界。”有情有景，情景结合，才能构成意境。孙犁抒情绝少像五四时期郁达夫那样直抒胸臆，而是以间接传达的方式，将情感充分客观化，融感情于景物和人物描写之中，移情入景，物我交融，因而他的小说生成了一个又一个别有韵致的意境。

小说与诗毕竟是两种不同文体，在营造意境方面二者是有差别的：诗是抒情文体，在一首诗中，意境是统一的、自足的；而小说是叙事文体，人事过程的展现必须以场面的递进为背景，小说的意境是通过场面来显示的。叶圣陶先生曾明确指出：“意境不仅指一种深善的情旨，同时还要配合一个活生生的场面，使那情旨化为可以感觉的。”② 孙犁的许多小说往往就是由几个场景连缀而成，而意境就是在一定的场景中刻意创造的。我们说意境在孙犁的小说中占有相当突出的地位，是因为它们不是作为点缀而存在的，而是与情感抒发、人物塑造水乳交融在一起的。《荷花淀》开篇的意境创造脍炙人口，女主人公的美好心灵在如诗如画的意境中被展示得淋漓尽致。洁白的地面、洁白的云彩、银白的淀水，还有透明的薄雾、新鲜的荷叶荷花香，这些由形、色、光、味构成的氛围，

① 吕剑：《孙犁会见记》，刘金镛、房福贤编：《孙犁研究专集》，江苏人民出版社 1983 年版，第 10—11 页。

② 叶圣陶：《读〈虹〉》，《叶圣陶论创作》，上海文艺出版社 1982 年版，第 544 页。

有力渲染出水生嫂的美好品格——纯洁的心地、博大的胸怀、对亲人无限的柔情。作者对人物的赞美之情不着一字，却深厚浓郁，流溢于作品字里行间。这样，主观情思借客观物象得以飞驰而客观物象则在主观情思的熏染中焕发神采，这就形成了诗的意境美。小说《“藏”》写女主人公浅花探得了丈夫夜间外出不是搞男女关系，而是参加抗日活动，一时间愉快、羞愧、好奇、爱怜等复杂情绪交织于心头。对此作者没有直接描摹，而是以景物的描写来进行表现：

> 她一个人坐在井台上，风渐渐小了，天空渐渐清朗，星星很稀，那几颗大的星星却很亮。她探进井里，井虽然深，但可以看见那像油一样发光，像黑绸子一样颤抖的泉水，一颗大星直照进去，在水井里闪动，使人觉到水里也不可怕，那里边另有一个小天地。

在这里情与景达到了水乳交融的境地。浅花内心的疑云消散，心幕也同天幕一样渐渐豁朗起来，但是随后而起的愧疚又使她的内心不能平复，井里“像黑绸子一样颤抖的泉水”正是她这种情绪的真实写照。这里是在写景，有是在写情，写人，情景相融，情景相生，构成诗一般的意境，含蓄蕴藉，耐人寻味。

有学者说：“抒情写意客观化的对象可以是自然环境，场景氛围，也可以是人物形象。”① 孙犁小说中有不少是采用第一人称“我”来叙述的。小说中的“我”便充当了孙犁抒情的对象。这里的“我”往往兼具抒情主、客体的双重身份：对于作者来说，他是抒情客体；对于小说中其他人物和景物来说，他又是抒情主体。他虽然蕴含着作者的情意，但又不是作者情意的简单传声筒，在小说中他必然要受制于周围的社会环境、自然环境。因此这种间接的抒情与环境描写相协调相糅合，也能够形成意境。小说《吴召儿》写“我”随部队驻扎在村庄办民校，一天点名提问，让学员读书，点到的正是女孩吴召儿：

---

① 方锡德：《中国现代小说与文学传统》，北京大学出版社 1992 年版，第 229 页。

> 她端正地立起来，两手捧着书，低头下去。我正要催她，她就念开了，书念的非常熟快动听。就是她这认真的念书的态度和声音，不知怎样一下就印进了我的记忆。下课回来，走过那条小河，我听到了只有在阜平才能听见的那紧张激动的水流的声响，听到在这山草裏白柿叶霜红的山地，还没有飞走的一只黄鹂的叫唤。

吴召儿是孙犁笔下最具光彩的青年女性之一，作者对她的描写也是怀有近乎崇拜的感情。但是这种深情厚谊的表达却借助“我”对吴召儿的印象而充分客观化了。而这种主观的印象又通过客观物象的描写得到极富诗意的表现。“水流的声响”“黄鹂的叫唤”——而且都是难得一听的，这写的是“我”在路上所听到的，谁又能否认这是作家对吴召儿由衷的赞美呢？这样，作家强烈的情感经由“我”的印象最终客观化为优美的景物描写，情景交融，境界全出。小说女主人公第一次出场就在这样如诗如画的意境中被描摹得光彩照人，令人难忘。

三　情节淡化：散文化的结构艺术

由于诗的渗透，抒情性主导功能的存在，孙犁的小说在结构方式上走向了散文化。所谓散文化是就小说的结构而言的。因为叙事内容的诗化，诗对小说的渗透，冲击了小说结构的严密性，导致小说情节淡化，结构似散文一样随意和灵活。可见所谓小说散文化，本是诗化的结果，根由于诗化。

小说的传统结构方式一般是以事件的进展做骨架，叙述有始有终的故事情节。美国小说理论家利昂·塞米利安认为，“所谓情节，是精心结构起来的具有严密因果关系的故事”①。可是，孙犁的小说叙事内容的诗化极大地改变了故事情节在作品中的比重和地位，有效淡化了事件与事

① ［美］利昂·塞米利安：《现代小说美学》，宋协立译，陕西人民出版社 1987 年版，第 87 页。

件之间直接的、明显的因果关系，突破了那种由开端、发展而推向高潮，然后解决收束的情节结构模式，使得事件丧失或部分丧失了其“情节意义”。《走出以后》写十七岁的王振中摆脱封建顽固的婆家参加革命，《荷花淀》写的是夫妻话别、寻夫遇敌，《嘱咐》写水生回乡探亲，妻子送丈夫归队，《吴召儿》写少女吴召儿做向导带领部队反“扫荡”。这些小说都讲述了一个故事，应该说事件的过程基本上还是完整的，结局或有描写，或有交代。但是，作者都没有赋予主人公一个要即刻实现的意图，一个要立即做出决定或采取行动的迫切问题，作者更没有围绕这些意图或问题设置一种矛盾冲突。《荷花淀》中水生报名参军，妻子虽然恋恋不舍，但是从内心还是敬佩和赞赏他的，没加任何阻拦。《嘱咐》里水生探亲回家，一路平安，未遇敌情。这是入伍八年第一次回家，却在第二天一早匆忙归队，妻子不仅没有任何怨言，反而撑冰床相送。《吴召儿》中的吴召儿充当部队的向导，尽管“我”一开始反对，但后来相处很好。本来写战争，敌我双方构成矛盾冲突，但是小说对此完全是虚写。整篇小说没有一个矛盾的双方构成事件的主导冲突，推动情节发展。《走出以后》倒是存在着王振中与婆家的激烈冲突，但是小说并没有将其设为情节主线。小说中王振中在“我”的举荐下顺利出走，只是后来婆家人醒悟后才找“我”要人，却自始至终都没有与王振中面对面交锋。

孙犁的小说都不存在一个能够推动情节进展的矛盾原点，也不存在一个需要克服困难才能达到的既定目标。由于失去了目标和原动力这个链条的一环，也是最重要的一环，就使得后面的环节难以存在了，整篇小说没有一个完整的由因果关系构成的情节链条。故事的有头有尾、起承开合，情节的连续性、完整性，不是孙犁小说创作所刻意追求的。作品中事件的过程也许仍然完整，但是过程的时间骨架被极其具体的缺乏时间规定性的情境、场面替代了。情感的抒发和意境的营造，才是作者所着意追求的。可以说，孙犁的小说基本上可以看作是一个个生活片段或场景的连缀和组合。《荷花淀》已不必说了，姊妹篇《嘱咐》也明显地可以划分为“回家”“相见”“夜谈”“归队”四个生活片段，它们彼此前后不构成情节上的起承转合的关系，而只是实际生活的自然流程片段。

《吴召儿》更是以“民校”“向导”“神仙山”“姑家”“截击”作为几章的标题，基本上是以空间性的地点、场景来命名的。即便是不读作品，从前后几章的标题也可以看出作者关注的不是事件时间上的连贯、情节上的完整。

孙犁小说追求诗意诗境，淡化了小说的情节要素，冲击了结构的严整性，表现出明显的非情节化和随意性。但是这种结构的开放之中仍然有紧凑感，放任之中仍然有内在的统一感，这得益于整部小说弥漫着的诗意。正是内在于小说深层的诗情诗境，将缺少时间规定性的生活片段连缀贯穿起来，使得孙犁小说呈现出散文化、开放性，显现出形散而神聚之美。

四　语言诗化：比喻、空白和韵律

语言不仅仅具有形式上的意义，它的某种审美的有序构成本身就是一种特定内容的揭示。一般小说中，语言所履行的更多的是媒介的功能，它在将“行动”“场面”等推向前台的同时而失去了自我。而诗化小说中，语言却具有明显的本体地位，语言的风格构成小说风格的基础。孙犁是非常重视语言创造的，他曾说：“从事写作的人，应当像追求真理一样去追求语言，应该把语言大量贮积起来，应当把你的语言放在纸上，放在你的心里，用纸的砧，心的锤来锤炼它们。”① 孙犁像写诗一样写小说，也像写诗一样锤炼语言，他的小说语言富有诗的特质、诗的美感。

巧设比喻，是孙犁小说语言诗性美的突出表现。比喻作为一种语言修辞，在诗创作中可以说是必不可少的，而在小说中并不多用。对此作家老舍有这样的认识：“比喻在诗中是很重要的。但在散文中用得多便失去了叙述的力量和自然。”“至于装饰的比喻，在小说中是可以免去的。”② 在语言运用上，一般小说的确不像诗那样好用比喻修辞。但是孙犁小说

---

① 孙犁：《文艺学习》，《孙犁文集》第 4 卷，百花文艺出版社 1982 年版，第 57 页。

② 老舍：《言语与风格》，《老舍论创作》，上海文艺出版社 1982 年版，第 95—96 页。

却有不少新鲜、生动的比喻，由此与诗走在了一起。最有名的就是《荷花淀》写水生嫂月下编席，连用两个比喻：“她像坐在一片洁白的雪地上，也像坐在一片洁白的云彩上。”无论地上的“雪”，还是天上的“云彩”，都是洁白、纯美的物象，以它们作喻词设比喻，本来普通的劳动场景一下就被描摹得如诗如画。像这样精美的比喻在这篇小说中还有一些，例如将“水”喻为“水银”，将“小船”喻为“梭鱼”，将众多的“大荷叶”喻为“铜墙铁壁”，将“荷花箭”喻为“哨兵”，而女人们划船飞快，则比喻为“织布穿梭”“缝衣穿针”，等等。比喻，一般小说中也会偶尔运用，但是像《荷花淀》这样在不长的篇幅内频繁地运用，却不能不说是小说语言的一大特色，这些比喻都极大地增强了语言的形象感，扩大了语言的意象密度。而小说中的意象正是诗意生发的基因，它与诗歌是异质同构的。意象的大量出现，自然就为孙犁小说带来诗意的葱茏。

围绕一个描写对象，以比喻为手段多方网罗物象，扩大语言的意象密度，增强语言的诗意，这可以说是“繁笔”。而“简笔”在孙犁那里同样也富有诗意。所谓“简笔”即是俭省的“白描”。孙犁精于此道，善于捕捉富有表现力的生活细节，寥寥数语，稍加勾勒，便传达出丰富的意味。例如，《荷花淀》里水生嫂听说丈夫要随队出征：

> 女人的手指震动了一下，想是叫苇眉子划破了手，她把一个手子放在嘴里吮了一下。

水生嫂手指的震动分明是内心的震动：是依恋丈夫？还是担心丈夫？还是因为想见独身持家的艰辛？或者这些心绪兼而有之？对此作者不着一字，留下空白，让读者根据主人公的动作细节去想象。至于水生嫂将手指放在嘴里的一“吮”，分明是克制心理的震动，掩饰复杂的情绪，为的是不影响丈夫的出征。普通劳动妇女温柔、贤淑、识大体、顾大局等美好品质仅用一个不起眼的动作细节便表达得生动传神。《嘱咐》里写水生参军八年第一次回家探亲，与妻子相见的场景是这样的：

他在门口遇见了自己的女人。她正在那里悄悄地关闭那外面的梢门。水生热情地叫了一声：

“你！”

女人一怔，睁开大眼睛，咧开嘴笑了笑，转过身子去抽抽搭搭地哭了。

分别八年，彼此日思夜想，见面应该有千言万语，然而百感交集无从说起，水生见到妻子脱口而出：“你！”仅此一字，戛然而止，至于其中蕴含着的千般情、万端绪，留给了读者去体味。而水生嫂一系列的动作反应，特别是一“笑”，一“哭”，短短一瞬间情感如此的跳跃性波动，更是耐人寻味。像这样传神的“白描”，语言以少胜多，以简驭繁，富有言外之意、弦外之音，引逗读者的想象，取得了诗的审美效应。

富有音韵美和节奏感，是孙犁小说语言诗化的又一个重要特征。朱光潜认为：小说的功用在于叙事说理，而诗则着意于抒情遣兴，“事理可以专从文字的意义上领会，情趣必从文字的声音上体验”①。由于诗的渗透，孙犁小说语言的音乐性大大增强，语言的内在节奏提高到一个重要的地位。读孙犁小说，我们不仅能够从字面上把握作品的内容、意义，更能够从与之相一致的语音节奏中，领略到字面意义以外的情趣和诗意。小说《“藏”》开篇对浅花风风火火的性格的描述，其精彩传神得益于语言简洁明快的节奏。这已经为人们所津津乐道，此处不再赘述。我们看以下小说《光荣》对男主人公原生的经历的描写：

从这开始，这个十五岁的年轻人，就在平原上夜晚行军，黎明作战，在阜平大黑山下沙石滩上艰苦练兵，在盂平听那滹沱河清冷的急促的号叫，在五台雪夜的山林放哨，在黄昏的塞外，迎着晚风唱歌了。

① 朱光潜：《诗论》，生活·读书·新知三联书店1984年版，第112页。

这里作者采用诗赋的铺陈手法，运用排比句式，笔酣墨饱，一泻而下，构成一种电影蒙太奇式的跳转的节奏，不仅生动再现了原生转战南北的军旅生活，而且将其描摹得极富意趣。还是这篇小说，结尾写秀梅的影子深深印在了原生心里，这样写道："现在这个影子突然在原生心里鲜明起来，扩张起来，顽强粘住，不能放下了。"

本来一句话就完全可以表达清楚，作者却分成了四句，句式简短，连贯组合，似乎秀梅的影子就伴随着这样快捷的节奏一次比一次强有力地烙印在原生心里。作者这样避简就繁，刻意为之，追求的不是语言表达的精确，而是字面意思以外的味道，是以语言内在的节奏，传达出诗的韵味。

［原载《南通大学学报》（社会科学版）2006 年第 4 期］

汪曾祺小说中的维扬文化意蕴

汪曾祺的文学成就主要集中于小说创作，他的小说具有很强的地域性。汪曾祺在家乡高邮生活了19年才外出求学、谋生。步入社会，萍踪不定，四海为家，然而维扬水乡始终未曾走出他的心府，特别是在晚年，思乡之情尤烈，在与日俱增的乡恋中他创作了一篇篇描写故乡的小说。汪曾祺以故乡高邮为背景的小说有40余篇，几乎占其小说创作总量的一半，且质量上乘，最能代表其小说创作成就。著名作家曹文轩认为："汪曾祺基本上属于一个地域性作家。他把绝大部分篇幅交给了三四十年代江苏高邮地区一方土地。"① 所以面对汪曾祺这样一位"地域性作家"，要对他的小说作品有一个深入的理解，进行地域文化方面的研究是必不可少的。

地域文化对文学创作的影响是十分深刻的。梁启超论及南北文学风格时指出："燕赵多慷慨悲歌之士，吴楚多放诞纤丽之文，自古然矣。自唐以前，于诗于文于赋，皆南北各为家数。长城饮马，河梁携手，北人之气概也；江南草长，洞庭始波，南人之情怀也。散文之长江大河一泻千里者，北人为优；骈文之镂云刻月善移我情者，南人为优。"② 近代以来，中国发生了"五千年未有之大变革"，传统文化显现出整体性意义危机，已不足以支持走向现代化的中国人精神世界。此时地域文化作为整

① 曹文轩：《古朴、明净的风俗美学：漫谈汪曾祺的小说》，转引自温儒敏主编《北大文学讲堂》，中央编译出版社2005年版，第89页。

② 梁启超：《中国地理大论》，《饮冰室合集》第4册，中华书局1989年版，第112页。

体文化的内部要素，反而显得格外的活跃。正如心理学家荣格所指出的那样，不管发生了怎样的变化，“我们的想象、知觉和思维都被一些先天的普遍存在的形式因素所影响”。[①] 在近现代中国发生急遽变革的过程中，地域文化作为母文化原型发挥着潜在的巨大作用，为心灵激荡的中国人提供了应对外来文化和创造新文化的心理机制。汪曾祺在故乡高邮度过了人生最初的岁月，故土的水、故土的人、故土的事浸润着他的心田，滋养着他的生命，也奠基了他的文化人格。而离开家乡后的几十年间，汪曾祺经历的家国巨变实在不少，但他都能静观其变，故土文化在一定意义上可以说充当了他的精神原乡。

汪曾祺家乡高邮，处于维扬文化区域，隶属于吴文化圈。吴文化源于史载之“太伯奔吴”，由这位政治失意的周王后裔开始，吴地政权在两千多年的政治角逐中屡屡受挫，这种长期形成的政治弱势使得吴人文化心态“遂产生疏离、逃避政治的倾向”。由于自处于政治边缘，儒家礼教的影响相对较弱，所以吴文化保持着较多的自然人性论，更少一些对人性的束缚。一方面吴人偏重于世俗，追逐生活的安逸与悠然自得，在世俗的世界里享受着生活的欢愉。另一方面促成吴人从“尚武”到“尚文”的转化，表现出成熟的诗性文化精神，文人创作呈现超政治功利的审美特征。汪曾祺把他小说的绝大部分篇幅交给了三四十年代维扬水乡这一方土地，我们在汪曾祺的小说中能读出浓郁的维扬文化意蕴。

二

维扬地域为典型的苏北水乡，这里西临阔大的高邮湖，京杭大运河贯穿南北，众多湖滩分布东西，数百条河流交错有致。汪曾祺从小就与“水”结下了不解之缘，他曾说：“我的家乡是一个水乡，我是在水边长

① ［瑞士］荣格：《心理学与文学》，冯川、苏克译，生活·读书·新知三联书店 1987 年版，第 96 页。

大的，耳目之所接，无非是水。水影响了我的性格，也影响了我的作品的风格。”① “水”构成了汪曾祺小说自然景色中最主要的特点。水是随物赋形、包容万物的，暗示着一种无拘无束极其自然的生命状态，这一点与汪曾祺的追求诗性的审美情趣非常合拍。因此，他的小说中到处可见流动的水，水已经成为他许多小说的背景，甚至成为整篇小说不可或缺的内容。《小学校的钟声》用较大篇幅描绘了水乡的生活片断：“堤岸上白白的，特别干净，风吹起鞭炮纸。”写到了船上、岸上的人道别时的一举一动、一言一行，处处充满了水乡的情趣。还有《鸡鸭名家》中的大淖：“大淖是一片大水，由此可至东北各乡及下河诸县。水边有人家处亦称大淖。这是个很动人的地方，风景人物皆有佳胜处。”小说《看水》则直接以“水”为题，描述了主人公小吕一夜在果园“看水”的经过，写得妙趣横生。在汪曾祺的意识里，水总是与“干净”“动人”“温静”“生气勃勃”这些词分不开的。在汪曾祺的小说里，自然环境总是充满了阴柔、清澈的水性。但凡写到水，他总是不惜笔墨、不吝溢美之词。

小说《受戒》是以水为景的最为典型的代表。作品向我们展示了一个惬意美满、令人神往的世外桃源——美丽富饶的水乡农村。这里有高大的桑树、翠绿的田野、碧透的河水、淳朴的村民、欢快的笑语……小小的庵赵庄是一个氤氲着泱泱水汽、充满着诗情画意的水乡世界。而小英子的家就像一个小岛，三面临水、独门独户，那里有树有花、有猪有牛、有鸡有鸭，“瓜豆蔬菜，四时不缺”。这是一幅优美纯朴的人文自然生态图，这是一个人与自然和谐共存的理想境界。主人公明海是在穿过县城来到一条河边的一只小船上和小英子初次相识的：

> “明子！我叫小英子！我们是邻居。我家挨着荸荠庵。——给你！”
>
> 小英子把吃剩的半个莲蓬扔给明海，小明子就剥开莲蓬壳，一

① 汪曾祺：《我的家乡》，《汪曾祺全集》第5卷，北京师范大学出版社1998年版，第185页。

颗一颗吃起来。

大伯一桨一桨地划着，只听见船桨拨水的声音：

“哗——许！哗——许！”

清澈的河水，使水乡处处流动着阴柔和自然之美；清晰的拨水声，敲击着水乡人灵魂深处的灵性。明海和小英子在水上相识，又在水上相会，最后是在水中的芦苇荡里结合在一起。小说在优美的维扬地域风情中渲染了人物品性的美好。

也许在汪曾祺的灵魂里早已植入了深深的水性，使得他几乎认定有水之处定是清澈自然，注定不会肮脏与暗淡；有水之处便有健康和谐，注定远离喧嚣与纷争。汪曾祺擅长创造美的环境，让他心目中美好的人物形象始终活跃在自然美与人性美高度和谐的环境里，进而使他所写的人物和故事达到物我化一的至美境界，这一境界洋溢着浓郁的维扬水乡情调。

二

不仅是自然风物，在人文景观的描写中，汪曾祺小说也处处透露着深厚的维扬文化意蕴。《受戒》对“荸荠庵”进行了这样的刻画：

荸荠庵的地势很好，在一片高地上。这一带就数这片地高，当初建庵的人很会选地方。门前是一条河。门外是一片很大的打谷场。三面都是高大的柳树。山门里是一个穿堂。迎门供着弥勒佛。不知是哪一位名士撰写了一副对联：

大肚能容容天下难容之事

开颜一笑笑世间可笑之人

弥勒佛背后，是韦驮。过穿堂，是一个不小的天井，种着两棵白果树。天井两边各有三间厢房。走过天井，便是大殿，供着三世佛。佛像连龛才四尺来高。大殿东边是方丈，西边是库房。大殿东侧，有一个小小的六角门，白门绿字，刻着一副对联：

一花一世界

三藐三菩提

进门有一个狭长的天井，几块假山石，几盆花，有三间小房。

在这里，小说从地理环境到格局陈设对“荸荠庵”作了非常细致的描绘，这不单单是为作品人物活动提供背景，更是寄寓着作者的创作意趣，显示着一定的文化内涵。庙宇本为念经读佛、修身养性的清净之地，一般建于山林深处，远离世俗之地。而“荸荠庵”却建于水边，门外即是打谷场，不避人间烟火，这就为“荸荠庵”和尚们世俗化的生活方式作了很好的注脚。而两副对联的内容也与小说要表现的内容相一致，显现出维扬文化归趋世俗、崇尚自由的精神特质。

还有《岁寒三友》中的酒楼，小说中靳彝甫、王瘦吾、陶虎臣三个好友在此相聚买醉，汪曾祺是这样描写的：

这天是腊月三十。这样的时候，是不会有人上酒馆喝酒的。如意楼空荡荡的，就只有这三个人。

外面正下着大雪。

按照中国人的习俗，腊月三十为大年，是阖家团圆的日子，人人都要居家欢庆，然而，在这样特别的时刻三人却将家弃之不顾，相约来到了“如意楼”，将他们维系在一起的是危难之中结成的真情厚谊。一个酒楼只有三个人，的确不免“空荡荡”，但是酒楼中充溢着的是美好人情、真挚友情，窗外纷纷扬扬的大雪正反衬出楼内情感的纯真和温暖。酒楼，这一非常时刻的特定场景，于是成为一个富有暗示意味的空间，蕴含着作家与人物对“情”和“义”的认同。这种对人性、人情的尊重超越了政治和意识形态等功利性层面，直接指向人的生命形式和生存形态，显然受到维扬文化超功利诗性精神的影响。

三

维扬文化精神在汪曾祺刻意描绘的风俗中也得到充分的显现。汪曾祺对故乡苏北水乡的风土人情烂熟于心，以生花妙笔为读者展现了一个清新淡泊、意蕴高远、韵味无穷的水乡泽国风俗世界。但是这些风俗描写，绝非停滞于风物志、风情志的叙述，而是积淀了深刻的维扬文化内涵。

吴文化崇尚世俗，而维扬水乡自古以来物产富足、经济繁荣，以至于在最为繁盛的唐代，“豪奢侈靡、厚于滋味”竟一时蔚然成风，饮食风俗别具特色，汪曾祺在多部小说中都有对吃食的详细描绘。小说《异秉》中作者为我们详尽地描写了“熏烧”这一吃食，“熏烧”重要是牛肉、蒲包肉和猪头肉，而蒲包肉却是这个县里所独有的。它是“用一个三寸来长直径寸半的蒲包，里面衬上豆腐皮，塞满了加了粉子的碎肉，封了口，拦腰用一道麻绳系紧，成一个葫芦形。煮熟以后，倒出来，也是一个带有蒲包印迹的葫芦”。《茶干》中重点介绍了主人公连万顺自己特制的一种豆腐干，也就是茶干。它制作特别，是佐茶的妙品，嚼起来很有咬劲，越嚼越香。但是当地的酱菜却也是别具特色，有萝卜头、十香菜、酱红根、糖醋蒜等样式，最好吃的是甜酱甘露和麒麟菜。甘露，在当地叫作“螺螺菜”，极细嫩。麒麟菜是海菜，分很多叉，样子有点像画上的麒麟的角，半透明，嚼起来脆脆的。这些酱菜看起来真是美味可口，让人忍不住想品尝一番。从小说《八千岁》中，我们了解了当地有“吃晚茶”的习惯，每天下午五点钟吃一点点心，缓解一下疲累的神经。有“客人”时，照例也要早上请上茶馆，一般都是点一笼“杂花色”，陪客的照例也只能吃三只，其余的都是客人吃，这就是当地的待客食俗。

维扬水乡人们的服饰也自有其特色。《鸡鸭名家》中，当地的职业装就是清一色短棉袄系青布鱼裙。“依水而住，靠水吃水的人，卖鱼的，贩卖菱藕、芡实、芦柴、茭草的，都有这样一条裙子”，一看到这种装束，就知道是干什么行业的。《岁寒三友》中，陆陈行的人的服装也是与众不同，“不论什么时候，长衫里面的小褂的袖子总翻出很长的一截。料子也是老实商人所不用的。夏天是格子纺，冬天是法兰绒。脚底下是黑丝袜，方口的黑纹皮面的硬底便鞋”。

而《故里三陈·陈四》更是一篇风俗小说，尽管题目是“陈四”，主人公陈四的故事却十分简单，写他挨打，大病，卖灯，三百多字而已。全篇却花了大部分笔墨描写迎神赛会的各种热闹场面，沿街的店铺燃香烛、挂宫灯，也有沿街摆摊卖水果和各种小吃的。迎神赛会开始的时候，先是放鞭炮，后边是拜香还愿的，舞龙、舞狮、跑旱船、跑小车、站高肩、踩高跷，等等。在汪曾祺笔下，世俗生活平淡但不平庸，而是充满一种生的乐趣。这是一种深得世俗生活之乐趣的心态，与扬州这块自古疏离政治而又经济繁华的土地关系密切。汪曾祺小说中还置入了一些当地的民歌俗谣，大大增添了民俗风情的艺术效果。汪曾祺说过：“风俗是一个民族集体创作的抒情诗。”① 风俗蕴含着浓厚的历史沉淀和文化传统精神，它是一个民族最根深蒂固的存在形式，是人们情感宣泄和欲望扩张的寄托方式，汪曾祺以真挚的热情去挖掘故乡风俗别具特质的美感和精神底蕴，小说中弥漫着浓郁的维扬文化，增加了人物的生命气息。

四

诗性的维扬文化少功利性，多自由精神，维扬人表现出一种不拘礼节的人性自由，这为汪曾祺所迷恋，也是他所渴望的一种人生理想。这在小说《受戒》和《大淖记事》中得到了充分的展示。

《受戒》用散文化的笔致讲述了小和尚明海与乡村姑娘小英子美丽的初恋。小说里的人都是任情开放的，和尚也不例外，寺庙住持不叫方丈而叫“当家的”，和尚可以唱情歌，可以娶妻生子，可以找情人，可以杀

① 汪曾祺：《谈谈风俗画》，《汪曾祺全集》第3卷，北京师范大学出版社1998年版，第355页。

猪喝酒，可以打牌赌钱，“这个庵里无所谓清规，连这两个字也没人提起”。和尚不受清规的约束，无异于凡夫俗子。在和尚们的生活中我们感觉不到神秘幽玄的气氛，看不到枯寂虔诚的膜拜，更没有道貌岸然的清规戒律，在这里佛门净地与世俗红尘并没有不可逾越的鸿沟，而是充满了人间的情趣和生机，当和尚不过是谋一个“管饭”的地方，只是一种普通的职业罢了。小说展现在读者面前的是十分率性任情、自由放达的生存状态，一个温情浓郁的人性世界。

《大淖记事》中的大淖人的生活也是如此，“他们的生活，他们的风俗，他们的是非标准、伦理道德观念和街里的穿长衣念过‘子曰’的人完全不同”。他们只是任着自己的性情在过日子。生活在大淖的女人们不依赖于男人，非常独立和自信，她们跟男人们一样干活，一样挣钱，没有惯常的女性的扭捏和羞涩，走相、坐相也像男人：走起来一阵风，坐下来两条腿叉得很开。她们也像男人一样赤脚穿草鞋，嘴里也不忌生冷，男人怎么说话她们怎么说话，她们也用男人骂人的话骂人。至于婚嫁方面，她们更有自己独特的选择：

> 这里人家的婚嫁极少明媒正娶，花轿吹鼓手是挣不着他们的钱的。媳妇，多是自己跑来的；姑娘，一般是自己找人。他们在男女关系上是比较随便的。姑娘在家生私孩子；一个媳妇，在丈夫之外，再“靠”一个，不是稀奇事。这里的女人和男人好，还是恼，只有一个标准：情愿。有的姑娘、媳妇相与了一个男人，自然也跟他要钱买花戴，但是有的不但不要他们的钱，反而把钱给他花，叫作“倒贴”。

大淖的女人活得可谓随心随性，她们选择自己的终身大事只有一个标准，那就是“情愿”，而不是道德礼数或者物质聘礼。自然的人性在大淖得到充分的展现，传统的伦理和偏见在这里被冲淡。这里隐含了作者自己的价值判断，即对念过“子曰”的城里人的道德伦理观的不以为然，对大淖人鲜活生动的生存方式的赞赏，他追求的是人性的充分舒展，赞赏的都是一些自然的人、本色的人。汪曾祺以诗意的审美眼光去发现和挖掘人性美，实现了对现实世界的诗意化超越，从中我们可以看出他受到维扬文化中崇尚自然人性的诗意精神的深刻影响。

［原载《南通大学学报》（社会科学版）2010 年第 6 期］

汪曾祺小说中的江淮民歌

民歌是人类历史上产生最早的语言艺术之一，它记录着劳动人民的种种生存记忆，与普通民众的道德、思想、社会观念有着密切联系。阿兰·鲍尔德认为："真正的民谣是一种口头现象，是保存在不依靠文字的民众口舌之间的一种叙事歌。"① 民歌是千百年来人类文化的深层积淀，反映了劳动人民的生存状态和思想情感，口口相传，代代相诵，与山河同在，与日月共辉，不被历史风雨湮没，就像一条亘古流动的河流，激荡着蓬勃的生命力，滋养着后世的文学创作。民间文学专家段宝林曾指出："伟大作家需要民间文学的哺育，这是一个重要的艺术规律，中国如此，外国亦然。"② 民间文学与作家文学，一个由民众集体创作，一个是作家的个性化书写，它们分属于两个不同的文学范畴，但二者既是对立的又是统一的，互相汲取和影响，保持着密切的联系。"饥者歌其食，劳者歌其事"，民歌是劳动人民在生产生活中喜怒哀乐的本真表达，自有一种朴素而自然的独特魅力。古今中外，凡成就卓著的作家几乎无一不受到民歌的影响，他们用民歌的自然率真、丰富的想象、新奇的比喻等文化因子来为自己的文学创作充注新鲜灵动的活力。

在中国现当代文学史上，汪曾祺是最富有民间情怀的作家之一，他

① ［英］阿兰·鲍尔德：《民谣》，高丙中译，昆仑出版社 1993 年版，第 14 页。

② 段宝林：《中国民间文学概要》，北京大学出版社 1982 年版，第 2 页。

对自己有过这样的认识："我的气质，大概是一个通俗抒情诗人。"① 既如此，那么对汪曾祺来说，走向民间，亲近民歌，是再自然不过的事了。他年过花甲仍记得幼稚园时的儿歌《小羊儿乖乖》《拉锯》以及小学的校歌。在昆明教书时，一边读《庄子》，一边欣赏窗外："这个孩子挖几锄头就要停一停，唱一句歌。他的歌有音无字，只有一句，不知何意，但是很好听。"② 无论何时何地，汪曾祺都能以闲适惬意的心情去倾听民歌，享受民歌带给他的快乐。1950 年至 1958 年，汪曾祺一直作文艺编辑，先是在北京市文联，后又调往中国民间文艺研究会，编过《北京文艺》《说说唱唱》《民间文学》，接触到了大量的民间文学。这时期他徜徉于民间文学的海洋里，对于民间文学特别是民歌的热情空前高涨。回忆起当时的情景，三十年后他依然相当动情："我对于民间文学是很有感情的。民间故事丰富的想象力和农民式的幽默，民歌比喻的新鲜和韵律的精巧使我惊奇不置。"③ "文化大革命"后他重返文坛，发表的第一篇作品不是小说，不是散文，也不是戏剧，而是一篇题为《"花儿"的格律——兼论新诗向民歌学习的一些问题》的民歌研究论文，他怀着"对于民歌和诗歌创作的热情"，深入分析和探讨了民歌"花儿"的格律问题，并在文末呼吁"加强对于诗和民歌的格律的研究。"④ 他对民间文学的热爱可以说不减当年，而且经过多年的沉潜积淀，对民歌分明是颇有研究了。后来因为投身于文学创作，对民间文学他再没有这样专力研究，但仍然一如既往地关注和热爱，陆续发表了《读民歌札记》《我和民间文学》《童歌小议》等文。

汪曾祺曾深知民间文学是一个海洋、一个宝库，他不仅喜爱和研读，还极力提倡作家要好好学习和借鉴，他认为"小说需要向民间文学学习

① 汪曾祺：《晚翠文谈 · 自序》，《汪曾祺全集》第 4 卷，北京师范大学出版社 1998 年版，第 49 页。

② 陆建华：《汪曾祺传》，江苏文艺出版社 1997 年版，第 90 页。

③ 汪曾祺：《自报家门》，《汪曾祺全集》第 4 卷，北京师范大学出版社 1998 年版，第 289 页。

④ 汪曾祺：《"花儿"的格律——兼论新诗向民歌学习的一些问题》，《汪曾祺全集》第 3 卷，北京师范大学出版社 1998 年版，第 147 页。

的地方很多”，作家应该“涵泳其中，从群众那里吸取甘美的诗的乳汁，取得美感经验，接受民族的审美教育”①。他说自己小说语言的成功，得益于读过的上万篇民间文学作品。在民间文学中，汪曾祺对民歌更加喜爱，他曾经言之凿凿地说：“不读民歌，是不能成为一个好作家的。”② 他主要从语言、结构、叙述方式方面学习和借鉴民歌，将其化用于小说创作中，取精用宏而了无痕迹，按他的说法是“水进了血里。”同时，他还巧妙地将一首首民歌俗谣穿插运用在小说文本之间。这样的小说有《受戒》《露水》《螺蛳姑娘》《樟柳神》等26篇，数量占其全部小说的近五分之一。这些民歌地域分布广泛，主要有江淮、西南、西北、东北，从题材上看有儿歌、劳动歌、生活歌、情歌、历史传说歌，从体裁上看有小调、山歌、通俗歌曲、学堂乐歌。其中运用最多的当数流传于故乡的江淮民歌。汪曾祺年少即步入社会，萍踪不定，四海为家，然而维扬水乡始终未曾走出他的心府，特别是在晚年，思乡之情尤烈，在与日俱增的乡恋中他创作了一篇篇描写故乡的小说。在这些小说中，汪曾祺带着对于故乡的深深眷念之情，恰到好处地引用了不少家乡民歌。它们绝非充当一种点缀或帮衬，而是与故事情节相融合，成为小说的有机部分，承担着一定的叙事功能，为小说增添了别样风采，显示出独特的艺术魅力。

一 渲染环境氛围

汪曾祺的小说素以“散文化”著称，他认为：“有一些散文化的小说所写的常常只是一种意境。”③ 在小说中创造意境，一直为他所推崇。他

① 汪曾祺：《我和民间文学》，《汪曾祺全集》第3卷，北京师范大学出版社1998年版，第427页。

② 汪曾祺：《中国文学的语言问题》，《汪曾祺全集》第4卷，北京师范大学出版社1998年版，第220页。

③ 汪曾祺：《小说的散文化》，《汪曾祺全集》第3卷，北京师范大学出版社1998年版，第81页。

对废名那种以唐人绝句来写小说的做法心领神会，借着对青年作家何立伟的评论而加以阐发："晚唐绝句的特点，说穿了，就是重感觉，重意境……立伟的小说不重故事，有些篇简直无故事可言，他追求的是一种诗的境界，一种淡雅的，有些朦胧的可以意会的气氛……我也是喜欢晚唐绝句的。"[①] 何止是喜欢，在实际创作中他可以说是着力于意境的营造，追求一种诗的境界。汪曾祺的小说大多创造了诗的意境，其方式方法当然是丰富多样的，其中有的篇什就巧妙地利用了民歌，收到很好的艺术效果。

小说《王四海的黄昏》就是汪曾祺以民歌营造意境、渲染氛围的典范。小说讲述的是江湖艺人王四海，为了一个名叫貂蝉的客栈老板娘脱了他的武术班子，离了他的老本行，留在了异地小城。作品开篇即浓墨重彩地描写小城热闹嘈杂的市井景观，并通过一首民歌为男主人公王四海出场造足了气氛。小城的承志桥边，一个卖梨膏糖的汉子在小手风琴的伴奏下高声唱道：

太阳出来一点（呐）红，
秦琼卖马下山（的）东。
秦琼卖了他的黄骠（的）马啊，
五湖四海就访（啦）宾（的）朋！
呜哩呜哩哇，
呜哩呜哩哇……

歌中颂扬的秦琼是隋唐的英雄人物，他为了义气而卖掉了他视若性命的坐骑黄骠马，因此赢得了江湖名声和人缘。这首民谣的内容与小说情节相呼应：秦琼和王四海同为山东好汉，一个为义一个为情，都放弃了自己极为珍爱的东西。民歌的第一句"太阳出来一点（呐）红"，用初

① 汪曾祺：《从哀愁到沉郁》，《汪曾祺全集》第3卷，北京师范大学出版社1998年版，第459页。

升的红太阳渲染英雄人物秦琼粗犷豪迈的气息，同时又与小说的标题“王四海的黄昏”两相映衬，冲撞出一股悲壮的氛围。“秦琼卖了他的黄骠（的）马啊”这句歌词也暗示了小说文本中王四海为情抛家舍业的决绝选择。人们常叹息自古英雄多为美人折腰，但没有美人相配的英雄也很难被称作是英雄，所以这句歌词同时也强化了王四海“舍”的豪情与勇气。秦琼为义卖马获得了朋友的敬重，王四海为情舍业也得到了大家的认可。人生有限，情义无价，天地悠悠，自古亦然。民歌将古代民间故事与小说主人公命运结合起来，为一出市井情事涂上了一层传奇色彩，也激荡出一种历史的沧桑感。

这篇小说中还有一个民谣，客栈老板娘貂蝉春夏天喜欢坐在一张旧躺椅上嗑瓜子儿，有时轻轻哼着：

> 一把扇子七寸长，
> 一个人扇风二人凉……

貂蝉是远近出名的美人，但是婚姻却不美满，守着一个卧病不起的丈夫，形单影只，郁郁寡欢。汪曾祺对这一人物的描写，采用的是类似于国画大写意的笔法，轻轻点染，着墨不多，重在传神，而人物的具体面目却不免有些隐约迷离，仿佛笼着一层轻纱或晨霭，这正与人物性格相符合。但在一片朦胧缥缈中，貂蝉哼唱的这短短的两句小调却很细致幽微地表现出了她的心理：一把扇子给两个人扇风，这本是一个普通的生活场景，但从她的嘴里唱出就有了一种艳羡的感情，她希望得到男女之间那种平淡又真挚的脉脉温情，表现出她在抑郁中对美好感情的向往。男人是绝对哼不出这种歌词的，这首小调充满着女性特有的细腻与柔情，自有一股醉人的魅力，与前面的民歌“秦琼卖马”相呼应，一阴一阳，互相冲撞，又相得益彰，为小说全篇奠定了一种豪迈而又抑郁的基调，其妙处和作用非其他方法不能替代。男女主人公真挚而又凄苦的爱情故事笼罩在这豪迈而又抑郁的情绪氛围下，就像一条潺湲的小河幽幽地流淌前行。

二 参与情节序列的铺垫、拓展和映衬

汪曾祺的"散文化"小说重意境，轻故事，以至于情节淡化，结构随便。但是，这绝不意味着他的小说不要情节，不讲结构。汪曾祺力倡小说结构"随便"，但他又说是"苦心经营的随便"①；他非常欣赏章太炎论汪中的骈文"起止自在，无首尾呼应之式"，但同时又强调"小说的情节和细节，是要有呼应的。"可见，小说"散文化"其实是汪曾祺苦心经营的结果，他对小说的情节结构还是非常讲究的，只不过摒弃了传统小说那种在情节的因果链条上环环相扣而显示出的巧合，更加顺应生活的样式来构思安排，使小说呈现如日常生活的自然形态。他非常重视小说情节结构的技巧，曾经专门著文谈论此类问题。他说："埋伏和照应是要惨淡经营的，但也不能过分地刻意求之。埋伏处要能轻轻一笔，若不经意。照应处要顺理成章，水到渠成。"② 用民歌作伏笔，是汪曾祺对民歌的又一种活用和妙用。

小说《王四海的黄昏》中那一首卖梨膏糖汉子所唱的民歌，的确为男主人公王四海的出场造足了气氛，也与后文女主人公貂蝉哼唱的小曲儿相冲撞，为小说全篇奠定了基调。但是，细细地品读全篇我们会发现，这首民歌还巧妙地为小说情节发展埋下了伏笔。就在卖梨膏糖汉子"呜哩呜哩哇"的歌声中，王四海和他的艺班子来到了这座小城，住进了"五湖居"客栈。人叫"四海"，客栈叫"五湖"。难怪有人跟唱"五湖四海就访（啦）宾（的）朋"的卖梨膏糖的开玩笑说，是他把王四海给唱来的。来客寄居于客栈，原本是正常的事。让人们感兴趣的是，"五湖居"客栈的老板娘名叫貂蝉，不但长得俊俏而且比丈夫小很多，是店里的一块活招牌，平时就很招人议论。现在，这壮男与靓女走在了一起，

① 汪曾祺：《思想·语言·结构》，《汪曾祺全集》第6卷，北京师范大学出版社1998年版，第80页。

② 汪曾祺：《小说技巧常谈》，《汪曾祺全集》第3卷，北京师范大学出版社1998年版，第296页。

该不会发生一些风流韵事？小说中人们的议论“五湖四海，这倒真应了典了”，实在是话中有话，惹人遐想，也为王四海与女店主后来关系的发展埋下了伏笔，小说故事就在这样一首民歌与人们的议论所构成的谐趣中展开了。关于王四海与貂蝉情感的萌发与发展，小说不着一字，但总有些细枝末节可以捕捉，时时处处与前面的伏笔相照应。王四海打武卖艺，张贴了很多海报，还拿了名片到处拜客并送红帖。他给女店主送请帖的描写，小说只用一句：“至于他给女店主送去几份请帖，自不待说。”这看似无意的一笔带过的描写，将王四海和貂蝉之间很多的申请、接触、对话都省略了，这种故意的留白给读者创设了更广阔的想象空间。王四海精彩的武术表演结束后，一个油嘴滑舌的男人趁机调侃貂蝉：“这倒真是一位吕布！”貂蝉只是白了他一眼，没有说话。貂蝉被人言语轻薄了却没有发作，唯一的解释就是这个男人说中了她的心事，她对王四海已暗生情愫。两个月快过去了，大家观看王家班的武术表演兴头快过去了，王四海的大哥与六弟都劝说他在表演走下坡路前离开这里，让他不要为了个女人栽跟头，王四海始终不表态。被逼得不得不说的时候，他却要求再等半个月再说。后来由于表演失误，王家班不得不走时，王四海坚定地说他不走。这两处劝王四海离开的情节中都没有提到貂蝉的名字，可是她却无处不在，王四海的沉默而坚定的态度表明他对她是有真感情的。因为有了这些似有若无的照应，所以当小说结尾处写道：五湖居的掌柜病死了，“王四海就和貂蝉名正言顺地在一起过了”。读者看后丝毫不觉得突兀。汪曾祺说：“有埋伏，有呼应，这样才能使各段之间互相沟通，成为一体。”① 以一首民歌巧做埋伏，草蛇灰线，伏脉全篇，使小说情节前呼后应，浑然一体。轻轻一笔，看似若不经意，实则别具匠心。

小说《侯银匠》以民歌开篇，也同样参与了小说叙事，但作用与上一篇《王四海的黄昏》大不相同。这首民歌是这样的：

---

① 汪曾祺：《小说技巧常谈》，《汪曾祺全集》第 3 卷，北京师范大学出版社 1998 年版，第 296 页。

白果子树，开白花，
南面来了小亲家。
亲家亲家你请坐，
你家女儿不成个货。
叫你家女儿开开门，
指着大门骂门神。
叫你家女儿扫扫地，
拿着笤帚舞把戏。
……

这是一首典型的江淮民歌，描绘的场景是公婆当着亲家的面，数落她嫁过来的女儿泼辣刁蛮又不会做家务。这种现象既被编成民歌，就说明这样的女孩在当地并不少见。这其实反映了江淮一带的风土人情：许多家庭对女儿都格外的宠爱，因此也容易养成姑娘刁蛮任性与好吃懒做的脾性。而当地出门交游很重面子和名声，如果出嫁的女儿在婆家表现不周顺，父母是要被笑话的，所以这首民歌包含了江淮地区独特的人情世故。小说开篇就写了这么一个民歌，自然而然地让人联想这篇小说是不是要写一个关于婆媳矛盾的故事，其实读完整篇小说，我们就知道恰恰相反，这是一个巧媳妇的故事。小说名为《侯银匠》，其实主人公是侯银匠的独生女儿侯菊，她从小丧母，但是懂事能干，很早就撑起了全部家务，街坊四邻赞不绝口。也是因为这口碑，侯菊在爹的“千挑选万挑选”下十六岁就定了亲。在置办妆奁时侯菊别出心裁，向爹要了一顶家中废弃的旧花轿，然后自己动手，点石成金，把它改装成全城最鲜亮的花轿。侯菊嫁到陆家后，就靠出租这顶花轿每个月都有进项。这样经济上的独立，使她不仅在夫妻关系中争取了主动，也与娘家富足和陪嫁丰厚的大嫂子、二嫂子平起平坐。侯菊凭借自己的贤惠和勤劳在婆家操持家务，让全家老少都很满意。就说吃饭吧，陆家人多，众口难调，但是侯菊一天三顿全包了，而且“竟能在一口锅里煮出三样饭，一个盘子里炒出不同味道的菜”。这样不久就赢得了公婆的喜欢和信赖，十七岁便成了陆家的当家媳妇。这个简单的故事情节与开头民歌中所描绘的“指着大门骂门神”“拿着笤帚舞把戏”的情节形成鲜明对比。小说开篇的民歌不像上一篇《王四海的黄昏》中的那样，嵌入到小说情节中，埋下伏笔，设置悬念。但是，它不仅巧妙地点明了小说的题材，而且与小说中陆家大嫂子、二嫂子好吃懒做等情节遥相呼应，暗示出这种又泼又懒的媳妇的普遍性。这篇小说仅有两千余字，篇幅十分有限，情节只是粗线条地叙述勾勒而没有充分展开，但是以一首民歌先声夺人，笼罩全篇，可以说是对小说情节的一种很好的补充和拓展，又处处与主人公侯菊性格形成鲜明对比和映衬，加深了读者对小说情节的感悟。

三　为人物形象增添色彩

汪曾祺在大量阅读民歌的基础上总结说：“民歌，在本质上是抒情的。”① 是的，在漫漫的历史长河中，民歌是劳动人民抒发感情的最好手段，是发自民众心底的呼声，是张扬人类自由天性的抒情诗，它没有丝毫的虚伪做作，最为本真和坦诚，从而最能透露歌唱者的个性和心理。所以，作家往往在调动多种方法刻画人物的同时，也不忘记通过民歌来为人物形象增添色彩。言为心声，歌以咏志，作品中人物的一咏一唱确实很能反映他的心理活动和个性特点。

民歌中的情歌因为承载了人类情感中最为炽烈的爱情，所以最能表现人物的真性情。利用情歌来表现歌者的个性心理，历来为作家所广泛采用。汪曾祺在小说创作中使用情歌虽然不少，但用情歌来丰富人物形象的情况却不是很多见，比较成功的是《受戒》中小英子薅草时在一片浓绿里唱的：

栀子哎开花哎六瓣头哎……

① 汪曾祺：《读民歌札记》，《汪曾祺全集》第 3 卷，北京师范大学出版社 1998 年版，第 113 页。

姐家哎门前哎一道桥哎……

小说描绘的是明海和小英子恋爱故事，小英子是个活泼好动又个性开朗的女孩子，相比之下明海就显得有点木讷，他们二人虽互有好感，但从未捅破那层纸。小英子唱的这首民谣实际上预示着他们二人关系的突破。栀子花虽然很美，但很多人不喜欢它太过浓郁的香味，小英子家门前的这一株栀子花，花的颜色是雪白的，白色是纯洁的象征，而味道又“香得冲鼻子”，过于浓烈的香味给人一种热情奔放的野性，人们喜欢用花来形容女人，而栀子花不正是小英子这个纯洁又热情的少女的真实写照吗？“栀子哎开花哎六瓣头哎……”这句歌谣表明那是一朵尽情绽放的栀子花，它张扬着勃勃生命力，暗示着活泼少女的萌动着的情愫。小英子以少女的真纯深爱着明海，但是囿于传统习俗她不好意思向他挑明，而希望木讷的情人能够主动些。“姐家哎门前哎一道桥哎……”是鼓动也是期望，“一道桥”既表明了自己家的位置，也隐喻她与明海之间最后的心理防线。英子盼望能够主动跨过桥来找寻自己，更盼望这位有些木讷的情人能够早日开窍，冲破那道心理防线，这与小英子本人对明海的情感暗示正契合。这两句民谣很隐晦却又很细腻地揭示了小英子的潜在心理，她通过情歌对心上人明海进行大胆的暗示与挑逗。这里的民谣从情节上说是以少胜多，在人物塑造上又有画龙点睛的作用。言为心声，袅袅歌声中，一个大胆而又含蓄追求自己爱情幸福的水乡少女的形象跃然纸上。

对歌是我国很古老的传统，在小说中运用对歌，不但会塑造鲜明的人物形象，而且也会强化人物之间的关系。《三姊妹出嫁》中秦老吉的三个闺女都名花有主了：大凤许给了一个脸上有麻子的皮匠；二凤许给了吹鼓手大福子；小凤许给了卖糖的吴颐福。姐妹仨从小没娘，相依为命，感情很好，两个姐姐很宠爱小妹妹，不让她做重活。小凤是个镴嘴子，她取笑大姐姐：“十个麻子九个俏，不是麻子没人要！”嘲笑她的未婚夫是个麻子。又对二姐姐说：“姑娘姑娘真不丑，一嫁嫁个吹鼓手。吃冷饭，喝冷酒，坐在人家大门口！”意思是说二姐夫的工作不体面，白吃白喝别人的。这些都是高邮民谣，其实是很伤人的，但由小妹妹对姐姐说出就带着撒娇的意味，也间接反映了她在家中受宠的情况。姐妹仨拌拌嘴开开玩笑经常是小妹妹先起头，她言语的直白与犀利也表明这是个淘气、鬼机灵又天真无邪的姑娘。当然，大姐、二姐也不是好欺负的人，她们一起用民谣反唇相讥："敲锣卖糖，各干各行!"意思是说小凤的未婚夫跟她们的未婚夫干的是相当的事，如果她们的未婚夫干的是不体面的行当的话，那小凤的未婚夫岂不是和他们一样。对歌对反应能力和思辨能力要求很高，大姐、二姐以其人之道还治其人之身，巧妙地回敬了小妹妹，但并非咄咄逼人，针锋相对，而是辩白的成分居多，言语中带着包容，吵架中也看出二位姐姐对小妹的溺爱。三姊妹都是普通劳动者，而她们要嫁的丈夫也是普通劳动者，没有高低贵贱之分，她们通过用互相戏谑的方式表现了对劳动者和劳动的亲近感。姐妹之间多半是以"吵架"的方式来增进彼此感情的，这篇小说中的三姐妹正是这样，用对歌的办法增进了彼此之间的感情。民谣的运用增加了这篇小说的谐谑性与幽默色彩，凸显了地域特色，塑造了个性鲜明的人物形象。

民歌是中华文化的重要组成部分，华夏大地幅员辽阔，各民族在这片土地上创造了丰富的民歌。中国民歌因地域的不同呈现出风格的差异，具有鲜明的地域性。一般说来，山区地带的比较高亢嘹亮，草原地区的则缠绵悠长，而平原地区的大都婉转流利。汪曾祺由于个人的文化志趣和生活经历对各地的民歌都有所了解，然而他更熟悉和热爱的还是家乡的民歌。汪曾祺自幼浸染于维扬文化的氛围，疏离政治，沉溺世俗，始终用一种温和、亲切的态度去亲近民间，钟情于故乡的民间文学。其中，流传于故乡一带的江淮民歌充溢着江淮儿女真挚纯朴的生命激情，散发着泥土与水汽的芬芳，历经风云变幻、沧海桑田，在时代的演进中闪烁着迷人的光彩，深深地吸引着汪曾祺。江淮地区河湖众多，气候温润，物产丰富，自古就有"鱼米之乡"的美称，再加上江南人的气质，使得当地民歌具有了独特的灵性。例如，同样是情歌，"信天游""花儿"产在贫瘠闭塞的西北黄土高原，曲调在高亢激越中充溢着一种悲怆凄楚之情感，一如野地的山丹丹那样泼辣奔放；而江淮地区则流行一些小调，情感含蓄细腻，曲调柔媚婉转，一如水乡的栀子花那样清香素雅，像《王四海的黄昏》中貂蝉哼的小调、《受戒》中小英子唱的村歌莫不如此。这些民歌清新婉约，正与汪曾祺自己的个人气质和性情相契合，在少年时就深深地植根于他的心底，晚年他带着对故乡的美好回忆进行小说创作，这一首首歌谣与故乡的风土人情一起自然地融合于文本之中，参与小说的整体建构，发挥着铺垫、营造、渲染、蕴含等功能，为小说真实地反映社会生活和表达民间立场，深刻地表现民族精神和地域特色做出了贡献，使得汪曾祺的小说呈现出一种独特的艺术魅力。

[原载《南通大学学报》（社会科学版）2013 年第 1 期]

汪曾祺的水情结与小说文体创新

汪曾祺小说皆为短制，且数量不多，却奠定了作者中国现代一流小说家的地位，从艺术上来说这主要得益于他在小说文体上的创新。汪曾祺对小说文体有着高度的自觉，他曾宣言式地表白："我要对'小说'这个概念进行一次冲决。"[①] 从语言、结构等小说文体的基本要素来一一审视，我们不难发现他的小说对因袭已久的小说定式确实已造成了不小的"冲决"，颇具散文化和诗化的特征。这正是汪曾祺在小说文体创造方面的自觉追求，他说："我年轻时曾想打破小说、散文和诗的界限。"[②] 他还说："散文诗和小说的分界处只有一道篱笆，并无墙壁……我一直以为短篇小说应该有一点散文诗的成分。"[③] 有人将他的小说称之为"散文化的小说"，他表示认同，并且说："传统的，严格意义的小说有一点像山，而散文化的小说则像水。"[④] 这不是一般的比喻，了解汪曾祺就会知道：水，其实是他孜孜以求的小说文体品格，对于自己心仪激赏的小说，他每每誉之为"流水"。西班牙的阿索林是汪曾祺一生所膜拜的小说家，他这样评价道："我很喜欢阿索林，他的小说像是覆盖阴影的小溪，安安静

---

① 汪曾祺：《〈桥边小说三篇〉后记》，《汪曾祺全集》第 3 卷，北京师范大学出版社 1998 年版，第 461 页。

② 汪曾祺：《〈汪曾祺短篇小说选〉自序》，《汪曾祺全集》第 3 卷，北京师范大学出版社 1998 年版，第 165 页。

③ 汪曾祺：《〈晚饭花集〉自序》，《汪曾祺全集》第 3 卷，北京师范大学出版社 1998 年版，第 326 页。

④ 汪曾祺：《〈桥边小说三篇〉后记》，《汪曾祺全集》第 3 卷，北京师范大学出版社 1998 年版，第 461 页。

静的，同时又是活泼的，流动的。”[①] 他称赞乃师沈从文的《长河》写得像“流水一样”，而废名的《竹林的故事》在他看来“是一篇富有诗意的生活的‘流水’”[②]。汪曾祺的小说清新雅致，也像他所赞赏的这些作家的作品那样，颇具“流水”的韵致和品格。

一 “流动的水，是语言最好的形象”

语言是构成小说文体的重要基础，汪曾祺非常重视小说的语言，他是将小说语言提到本体论的高度来认识的：“语言是小说的本体，不是附加的，可有可无的。从这个意义上说，写小说就是写语言。”[③] 那么，怎样才算是臻于化境的语言呢？汪曾祺认为：“流动的水，是语言最好的形象。”[④] 所谓“流动的水”，大致是指语言俗白纯净而富有韵味，用他自己的话说那就是“要在平平常常的、人人都能说的，好似平淡的语言里边能够写出味儿”[⑤]。水是无色无嗅的，汪曾祺小说语言主要来源于日常生活，运用的是平平常常、普普通通的口语，没有华丽辞藻的堆砌，也绝少修辞手法的夸饰，去掉了一切浮华繁杂，就像水一样天然、纯净、不含杂质。这样的句子一个个单独拆开来看，实在很平常，但是合在一起，后句推前句，一句句向前推移，一层层荡漾开去，形成一道道“语言流”，那么就会神气全出，韵味十足。汪曾祺特别强调小说语言的“神气”，他说：“现代小说家所留心的，不止于‘用字’，他们更注意的是语

① 汪曾祺：《自报家门》，《汪曾祺全集》第 4 卷，北京师范大学出版社 1998 年版，第 288 页。

② 汪曾祺：《小说的散文化》，《汪曾祺全集》第 4 卷，北京师范大学出版社 1998 年版，第 78 页。

③ 汪曾祺：《中国文学的语言问题》，《汪曾祺全集》第 4 卷，北京师范大学出版社 1998 年版，第 217 页。

④ 汪曾祺：《中国文学的语言问题》，《汪曾祺全集》第 4 卷，北京师范大学出版社 1998 年版，第 223 页。

⑤ 汪曾祺：《文学语言杂谈》，《汪曾祺全集》第 4 卷，北京师范大学出版社 1998 年版，第 226 页。

言的神气。”[①] 所谓“神气”，无非就是语言超出“用字”的言外之意和弦外之音。具体来说，一方面是指语言的文化内涵，能暗示整体意义，能激发读者的想象，另一方面指语言的形式、韵律之美，富有诗意蕴涵，能引逗读者含玩、回味。不妨撷取《岁寒三友》中的一段稍作分析：

> 这天天气特别好。万里无云，一天皓月。阴城的正中，立起一个四丈多高的架子。有人早早地吃了晚饭，就扛了板凳来等着了。各种卖小吃的都来了。卖牛肉高粱酒的，卖回卤豆腐干的，卖五香花生米的、芝麻灌香糖的，卖豆腐脑的，卖煮荸荠的，还有卖河鲜——卖紫皮鲜菱角和新剥鸡头米的……到处是“气死风”的四角玻璃灯，到处是白蒙蒙的热气、香喷喷的茴香八角气味。人们寻亲访友，说短道长，来来往往，亲亲热热。阴城的草地被踏倒了。人们的鞋底也叫秋草的浓汁磨得滑溜溜的。

这里写的是市民赶来观赏焰火的场景，作者主要是运用日常口语，进行简单的叙述和精省的白描，其中涉及七八种小吃，仅止于名字的列举，前面不加修饰词，这样的语言不能不说是平常而浅白的。但是一连八个动词“卖”，与这些名词构成一个个短峭的“的”字短语，纵向排列，一贯而下，如溪水出涧，轻灵流转。居主体的散句中间杂以偶句、成语和叠音词，长短错落，相得益彰。整个段落音韵起伏，节奏跳脱，这就不仅通过字面意义还借助内在的韵律节奏，将小城热闹欢快的气氛非常传神地表现出来。日常生活里普通人的欢乐，经汪曾祺的点染一下子焕发出浓浓诗意，在读者面前呈现出一幅民间大众狂欢图。汪曾祺手中好像有一根神奇的魔杖，本来像水一样平常质朴的语言，经他点化便串联成一股股“语言流”，流出生活，流出神韵，流出诗意。

将平常语写得神气十足，尽显现代汉语之美，这方面汪曾祺应该超

---

① 汪曾祺：《关于小说的语言（札记）》，《汪曾祺全集》第 4 卷，北京师范大学出版社 1998 年版，第 13 页。

越了前辈小说大家：老舍小说语言俗白，更多是依靠人物对话和情态描写传达出一种“京味”，小说的总体的叙述还是相当欧化的。赵树理小说语言的确大众化，但是几乎摒弃了对文言词句的化用融合，因此难免少了一些韵味节奏。汪曾祺在语言上师法沈从文，但比起乃师他的小说语言更加圆熟、洗练、畅达，其造诣和成就直追鲁迅。如果说鲁迅小说的语言如一条雄浑的大河，汹涌着生命的激情，那么汪曾祺小说的语言就像一条潺潺小溪，跳跃着生命的浪花。

二 “以文气代结构”

汪曾祺认为：“语言的美不在一句一句的话，而在话与话之间的关系。”[①] 而正是借助于“话与话之间的关系”而形成的语言韵律节奏，他往往为整篇小说奠定下一种语言基调，由此达成小说的叙事结构。所以，“语言基调”在小说谋篇布局中有着举足轻重的作用，是结构全篇的起点和基础，为汪曾祺特别重视和反复强调，他说：“写作品好比写字，你不能一句一句去写，而是要通篇想想，找到这篇作品的语言基调。”[②] “你得在语言上找到作品的基调……开头是定调子，要特别慎重地对待你写的第一句话。”[③] 他以自己创作小说《徙》为例说明：他颇费心机地改定了这篇小说的第一句话，确定了全篇语言基调，于是“下面写就比较顺畅了”。这表明，汪曾祺是在找到一种语言的内在节奏，然后按照这种节奏韵律来推进情节和结构全篇的。《徙》的开头是这样写的：

许多歌消失了。

---

① 汪曾祺：《中国文学的语言问题》，《汪曾祺全集》第 4 卷，北京师范大学出版社 1998 年版，第 222 页。

② 汪曾祺：《文学创作随谈》，《汪曾祺全集》第 3 卷，北京师范大学出版社 1998 年版，第 231—232 页。

③ 汪曾祺：《文学创作随谈》，《汪曾祺全集》第 3 卷，北京师范大学出版社 1998 年版，第 231 页。

> 许多歌的词、曲的作者没有人知道。
>
> 有些歌只有极少数的人唱，别人不知道。比如一些学校的校歌。
>
> 县立第五小学历年毕业了不少学生。他们多数已经是过六十的人了。他们之中不少人还记得母校的校歌，有人能够一字不差地唱出来。

开篇首句相当简短，却一下子奠定了小说伤感的语言基调，然后逐渐滑向一个比一个长的句子，这样如丝如缕、如泣如诉，自然生成一种绵长的伤感。随着由歌声激发的回忆，这种感怀伤世的情怀在长歌短叹中氤氲开来，而校歌的作者高北溟也顺理成章地登场亮相。其后，作为小说主人公高北溟的生存境遇和命运变迁，也在这种伤感的语言基调中逐步展开。换句话说，小说的叙事进程并非亦步亦趋地按照故事和情节来推衍，而是追随一种语言基调自然地起伏和流转。由此可见，所谓“语言基调”在汪曾祺小说那里不仅是谋思成篇的生长点，也是贯穿并统摄全篇的叙事韵律。正因为如此，汪曾祺主张“以文气代结构”，他说：“我欣赏中国的一个说法，叫做‘文气’，我觉得这是比结构更精微，更内在的一个概念。”①

汪曾祺认为小说结构的精义是“随便”，而苏东坡所说的“行云流水”真正达到了这种境界。汪曾祺小说结构也呈现出流水一般的自然随便，它是按照生活的多维流动来建构的：一般先描写自然环境、地理风貌，而后自然而然引出人物，由人物又到其职业、生活情趣，再到具体人物的细节，中间碰到相关的掌故、逸闻、风俗都可能会绕进去写几笔，就如同一道活泼轻快的流水，所经之处，凡有什么汊港弯曲，总得灌注潆洄一番；有什么细石水草，也要披拂抚弄一下。虽如此低回不已，一唱三叹，依然气韵流通、流转自如。不妨以小说代表作《受戒》再加以说明。作品开篇先介绍荸荠庵，引出明海家乡“当和尚”的风俗。在叙

① 汪曾祺：《文学创作随谈》，《汪曾祺全集》第 3 卷，北京师范大学出版社 1998 年版，第 313 页。

述明海出家原委、过程和描绘受戒场面时，又插入了县城的市井风习、荸荠庵的位置和格局、和尚们的日常起居和生活喜好，还有英子家作为水乡人家独特的地理风貌和生活方式，等等。这些插入成分又旁枝斜出，生发出其他生活细节。比如介绍庵中的生活，就顺势叙述了几个和尚的情态，特别是三师父仁渡，年轻而精明，他身怀“飞铙”绝技，擅长“花焰口”，高唱风情小调，还常常惹些风流之事，这些妙趣横生的细节都一一插入文中。这样的写法“近似随笔”，“结构尤其随便，想到什么写什么，想怎么写就怎样写”①。正如一条流动的水，不拘一格，随物赋形，浑然天成。汪曾祺自己也说：“《受戒》写水虽不多，但充满了水的感觉。”②

传统小说采用以情节为主干的结构模式，小说的故事在情节的因果链条上各居其所、环环相扣，指向情节的高潮，在一个闭锁性的系统中显示出某种程度的巧合。这样，混沌和散乱的原生态生活被提纯和规范化了，由此生成的情节总免不了几分人为做作的痕迹。而汪曾祺的小说“以文气代结构”，形成了流水一般的小说结构，初无定质，舒放自如，没有起承转合，没有高潮悬念，逼近生活的原生态。给人的感觉作者是在谈生活，而不是在编故事；读者也不是在读小说，而是随作者在生活的水流中漫游。

三 “水影响了我的性格，也影响了我的作品的风格”

汪曾祺说：“水不但于不自觉中成了我的一些小说的背景，并且影响了我的小说的风格。”③ 汪曾祺致力于小说文体创新，在语言和结构两方

---

① 汪曾祺：《〈桥边小说三篇〉后记》，《汪曾祺全集》第3卷，北京师范大学出版社1998年版，第461页。

② 汪曾祺：《自报家门》，《汪曾祺全集》第4卷，北京师范大学出版社1998年版，第281页。

③ 汪曾祺：《自报家门》，《汪曾祺全集》第4卷，北京师范大学出版社1998年版，第281页。

面谈论最多，用力最勤。而无论是语言还是结构，他都以“流水”作为最高范式来追摹，由此形成的独特小说文体不妨称为“流水体”。汪曾祺这样推崇“流水”，不是偶然的，这来源于他内心深处的水情结。所谓情结是指潜藏在个人心理活动中的一种强烈而神秘的意欲冲动，荣格认为：“情结多半是个人的，但它们可能部分地来自于人类的集体经验”① 汪曾祺在现当代作家中属于受传统文化影响很深的那一类，他的水情结主要来自于中国文化中水崇拜传统的影响。水，是生命的源泉，人类的生存和发展有赖于水，文明的起源与兴衰无不与水有关，中西方都存在水崇拜文化，而在中国尤其突出，“由于中国上下几千年一直处于农耕经济社会，农业对于水的过分倚重，又使得中国人对水的崇拜有增无减，而且愈演愈烈。”② 与西方由“水”达到一种超验原则所不同的是，中国哲人由“水”找到的是对生命实在的基本理解，正如美国学者艾兰所说：“当孔子惊叹‘水哉，水哉’的时候，他没有敦促他的弟子去冥想全能上帝（Almighty）的无边伟力，而是去沉思独特地展现在他眼前的生命源泉。”③ 汪曾祺崇尚水，而且他一再强调是“流水”“流动的水”，说到底，他崇尚的是一种蓬勃盎然的生命力。汪曾祺极力鼓吹“文气论”，他多次引用韩愈的观点：“气，水也；言，浮物也；水大则物之浮者大小毕浮。气之于言犹是也，气盛则言之短长与声之高下者皆宜。”这里的“气”即是一种内在的生命情感之气，作家只有自身具有旺盛的生命力，精神处于活跃的状态中，这样写出来的语言才是生动的、传神的、富有韵味的。而这样的“文气”贯注于作品之中取代了结构，也就完成了一种现代小说的叙事转换。一般小说通常被看作是围绕情节和人物创造的文本，由此传达出一定象征性或寓言性的社会意义。但汪曾祺追求文气代结构，以个人的生命情怀和精神品位统摄全篇，使小说散发着浓郁的文人气息，这样就将小说由一种承载社会宏大主题的文体形式，转化为

① ［瑞士］荣格：《荣格文集》，冯川译，改革出版社 2007 年版，第 283 页。

② 向柏松：《中国水崇拜》，上海三联书店 1999 年版，第 2 页。

③ ［美］艾兰：《水之道与德之端——中国早期哲学思想的本喻》，张海晏译，商务印书馆 2010 年版，第 41 页。

一种个人生命体验的审美表达方式。

汪曾祺崇尚水更与他个人从小的生活经验密切相关。汪曾祺的家乡高邮属于典型的江南水乡，京杭大运河贯穿南北，高邮湖位于西部，数百条河流交错有致，境内面积近一半为水域。在这里出生长大的汪曾祺从小就被水包围着滋养着，他说："我的家乡是一个水乡，我是在水边长大的，耳目之所接，无非是水。"① 汪曾祺是枕着运河的柔波、饮着高邮湖的清水长大成人的，水对于他来说不再是一种追怀的景致，而是一种文化源流滋养着他的精神性格。对此，学者费振钟有比较深刻的省察，他认为："汪曾祺意识到的'水'，已不仅仅作为与人的存在方式相对应的形态，被'鉴戒'，被'评价'，而是作为对人的姿态性的'规范'，从而具有更为普遍的、客观的精神文化价值。"② 水，孕育了他的生命，也润泽了他的心灵，其后步入社会，萍踪不定，浓浓的思乡之情于是化为一种水情结积淀于心底。晚年那些描写故乡的小说"篇篇都是水"③，其实是作家内心水情结的外化和升华。可以说，没有心底水情结的驱动，就不会有汪曾祺那些氤氲着泱泱水气的高邮风情小说。对此汪曾祺也有深刻的体认，他说："水影响了我的性格，也影响了我的作品的风格。"④ 生命和性格似水，化为充沛的"文气"，流淌于小说文本之中，随物赋形，不断转化、提升，可以为组织文章之线，为氛围之脉，为人物之神，为语言之韵。这样的小说，正是汪曾祺所称道的"富有诗意的生活的'流水'"⑤。

（原载《中国现代文学研究丛刊》2012 年第 2 期）

---

① 汪曾祺：《我的家乡》，《汪曾祺全集》第 5 卷，北京师范大学出版社 1998 年版，第 185 页。

② 费振钟：《江南士风与江苏文学》，湖南教育出版社 1995 年版，第 199 页。

③ 汪曾祺：《回乡杂咏》，《汪曾祺全集》第 8 卷，北京师范大学出版社 1998 年版，第 16 页。

④ 汪曾祺：《我的家乡》，《汪曾祺全集》第 5 卷，北京师范大学出版社 1998 年版，第 185 页。

⑤ 汪曾祺：《作为抒情诗的散文化小说》，《汪曾祺全集》第 8 卷，北京师范大学出版社 1998 年版，第 78 页。

汪曾祺的水情结与小说创作

引　言

水，是生命的源泉，人类的生存和发展有赖于水，人类文明的起源与兴衰无不与水相关，中西方文化都存在着“水崇拜”现象，而中国尤为突出，有学者指出：“由于中国上下几千年一直处于农耕经济社会，农业对于水的过分倚重，又使得中国人对水的崇拜有增无减，而且愈演愈烈。”① 而中国文学的发源及演化也得益于水文化的涵育，《诗经》中仅“国风”中描绘水滨泽畔生活的诗作就有四十余篇，而以水起兴的篇目更不在少数。水文化长河激流扬波，绵延至现代而不绝，不少作家的创作都与水结下不解之缘。废名的《菱荡》《河上柳》《桥》等小说中主人公的命运与水交融在一起；孙犁的小说创作多以冀中平原的白洋淀水乡为背景，作品如水一般质朴明净；沈从文更是把自己生命与文学智慧归功于水，他说：“水和我的生命不可分，教育不可分，作品倾向不可分。”② 在这类作家当中，汪曾祺无疑是极为突出和重要的一位，他的小说与水有着千丝万缕、密不可分的联系，这可以说来源于作家内心深处的一种水情结。“情结是存在于个人无意识中的情感、思想、知觉和记忆的一个

---

① 向柏松：《中国水崇拜》，生活·读书·新知三联书店 1999 年版，第 2 页。

② 沈从文：《一个传奇的本事》，《沈从文全集》第 12 卷，北岳文艺出版社 2002 年版，第 218 页。

有组织的群体或群集。……情结的核像一种磁铁把各种经验都吸引到它那里。情结可以变得很有力量，甚至可以像一个单独的人格那样动作。”① 水情结对汪曾祺小说创作的影响是巨大而深刻的，与中国“水崇拜”文化传统有着深层和隐秘的联系，凝聚了作家个人从小的生活经验。对此汪曾祺也有自觉，他说：“水影响了我的性格，也影响了我的作品的风格。”② 可以说，水情结对于汪曾祺独特文化人格、精神世界、审美意趣等方面都有着深刻的影响，决定了其小说创作的艺术追求、个性风貌，非常值得研究和探讨。

一 风景：在水一方

“我写的是美，是健康的人性。”③ 这是汪曾祺对自己得意之作《受戒》的解说，其实也是他整个小说创作最突出的题旨，基于此他相应地给小说创置了一个美好的环境背景，大量书写风景。而内心深处的水情结使得汪曾祺认定有水才会有美，有健康，有和谐……所以他说：“我的小说以水为背景，是非常自然的事。”④ 水，首先是作为一种风景在汪曾祺小说中展现的，往往在文本中占很大比重，以至于《大淖记事》因此而遭到非议，有人指责小说前三节一味描绘风土人情，第四节才开始写人，比例有失重之嫌。其实，风景的发现正表明汪曾祺审美主体意识的觉醒。日本学者柄谷行人认为：“风景是和孤独的内心状态紧密联系在一起的。……换言之，只有在对周围外部的东西没有关心的‘内在的人’（innerman）那里，风景才能得以发现。风景乃是被无视外

---

① ［美］弗农·J. 诺尔贝、［美］卡尔文·S. 霍尔：《心理学家及其概念指南》，李廷揆译，商务印书馆1998年版，第107页。

② 汪曾祺：《我的家乡》，《汪曾祺全集》第5卷，北京师范大学出版社1998年版，第185页。

③ 汪曾祺：《关于〈受戒〉》，《汪曾祺全集》第6卷，北京师范大学出版社1998年版，第339页。

④ 汪曾祺：《〈菰蒲深处〉自序》，《汪曾祺全集》第5卷，北京师范大学出版社1998年版，第313页。

部的人发现的。"[1] 当时"伤痕""反思"等文学思潮风起云涌，汪曾祺却没有闻风而动，亦步亦趋，而是遵从自我专注于爱和美的表现，由此发现了风景。这种创作来自作家内心深处，是一种"无视外部"而耽于美学趣味的书写。而对于有着深厚水情结的汪曾祺来说，这样一种"和孤独的内心状态紧密联系在一起"的风景书写，深情妙笔之处时有水波泛起，也就不足为奇了。

汪曾祺小说展现了一个清澈开阔、生机勃勃的水乡风景世界，动人的地方总少不了水："大淖是一片大水，由此可至东北各乡及下河诸县。水边有人家处亦称大淖。这是个很动人的地方，风景人物皆有佳胜处。"（《鸡鸭名家》）有水的地方总是充满生机："淖中央有一条狭长的沙洲。沙洲上长满芳草和芦荻。春初水暖，沙洲上冒出很多很多紫红色的芦芽和灰绿色的蒌蒿，很快就是一片翠绿了。夏天，芳草芦荻都吐出雪白的丝穗，在微风中不住地点头。"（《大淖记事》）水边人家的生活幸福祥和，就说《受戒》里的小英子家吧，三面临水"像一个小岛"，这里花草杂陈，树木相间，瓜豆蔬菜，四季不缺，鸡鸭成群，牛不生灾；一家四口各安其事，率性而为，怡然自得，而又和睦相处，其乐融融。就这样，风景与人事相得益彰，活脱脱构成一幅诱人的"农家乐"画卷。类似的风景书写在这篇小说中比比皆是，以至于在曹文轩看来："整篇《受戒》都是风俗画。"[2]

集纳式的风景书写使得汪曾祺小说有些另类，但是人物毕竟还是居于文本中心，保证了小说文体不至于发生变异。法国学者居伊·德波认为："景观不是影像的聚集，而是以影像为中介的人们之间的社会关系。"[3] 汪曾祺小说的风景书写，往往是与人物刻画交融在一起的。最引人入胜的那些爱情故事，水在小说中作为一种风景将爱情映衬得异常美

---

① ［日］柄谷行人：《日本现代文学的起源》，赵京华译，生活·读书·新知三联书店 2017 年版，第 19 页。

② 曹文轩：《水洗的文字：读汪曾祺》，《读书是一种宗教》，安徽教育出版社 2011 年版，第 52 页。

③ ［法］居伊·德波：《景观社会》，王昭风译，南京大学出版社 2006 年版，第 3 页。

丽。《小学校的钟声》中的“我”漂行于水途，邂逅一位长有两酒窝的女教师。在“我”眼中，女教师纯洁美好，像早晨静静流淌的运河水那样清鲜而甜净。一个少年的爱恋便在水边自然萌生了，而水渲染出这份朦胧情感的圣洁。《受戒》中明海和小英子在水上相识，一见面小英子就把剩下的半个莲蓬扔给明海来吃，二人的距离一下拉近了，这时小说特别写到船桨拨水的声音：“哗——许！哗——许！”这柔柔水声，正应和着这对男女的心灵律动呢。而此后两人情感发展一直伴随着潋滟水波：水田里，小英子的一串美丽的脚印搞乱了明海的心；在城乡间往返的船上，他们的感情随着泛起的水花而激荡；最终一叶小舟载着他们划进芦花荡，水草丰美之处成了他们爱情的伊甸园。《大淖记事》写的是巧云与十一子的爱情故事，其中最美的场景是这对恋人的沙洲幽会，纯真的爱情在水气月光之中得到升华：

> 十一子到了淖边。巧云踏在一只“鸭撇子”（放鸭子用的小船，极小，仅容一人。这是一只公船，平常就拴在淖边。大淖人谁都可以撑着它到沙洲上挑蒌蒿，割茅草，拣野鸭蛋）上，把篙子一点，撑向淖中央的沙洲，对十一子说：“你来！”
>
> 过了一会，十一子泅水到了沙洲上。
>
> 他们在沙洲的茅草丛里一直待到月到中天。
>
> 月亮真好啊！

大淖长河，水滨泽畔，四季轮回，生命常青，美好的情感、健康的人性如水长流，生生不息。爱情故事总是与水相生相伴，美丽的风景、美丽的故事、美丽的情感，都少不了泱泱水气、柔柔水声，于是乎有“关关雎鸠，在河之洲”，有“所谓伊人，在水一方”……这种书写模式经《诗经》固定下来，早已成一种“原型”，由此生成的文脉代代相传，绵延不断，南朝以后逐渐在江南获得发扬光大。北宋秦观专擅“艳情”之词，即是对这一文脉的赓续和发扬，清代词论家冯煦即指出他的词

“悄乎得小雅之遗”[①]，延续的是《诗经》之余韵。那首《鹊桥仙》写牛郎织女七夕会，留下了“柔情似水”的千古名句，而汪曾祺的《大淖记事》描绘巧云与十一子在沙洲上幽会，因了云影水光的渲染而显得如诗如画、如梦似幻。这横跨近千年的神似和重叠不是偶然巧合，而是一支江南文脉的深沉绵延，对此胡河清指出：“高邮是江南水乡，所以把水的温软多情作为作品的底色，已成为一种文学上的传统。”[②] 这种文脉传统，无疑属于荣格心理学中的“集体无意识”“原型”范畴：“它不是从个人那里发展而来，而是通过继承和遗传而来，是由原型这种先存的形式构成的。原型只有通过后天的途径才有可能为意识所知，它赋予一定的精神内容以明确的形式。”[③] 以水写爱情这种“明确的形式”正来源于一种“原型”，汪曾祺感应心底水情结的召唤，以富有个性化的书写而激活了这一“原型”，同时也是对它的再发现和突破，他对“在水一方”爱情的书写既是个性化的，又是集体的、民族的；他表达了自我，又超越了自我而成为荣格所推崇的“更高意义上的人即‘集体的人’，是一个负荷并造就人类集体无意识精神生活的人”[④]。从这一角度来看，汪曾祺在20世纪80年代复出于文坛，之所以未湮没于时流而独树一帜，是因为他的精神执着于一种“原型”、一种“传统”，是因为他的小说传达了“集体无意识精神生活”而契合民族文化和审美心理，从而赢得了广泛读者，具有了恒久的艺术价值。

二 人物：柔情似水

水情结使得汪曾祺小说常常以水为背景，更赋予小说人物以浓郁的

---

① （清）冯煦：《宋六十一家词选例言》，转引自胡河清《汪曾祺论》，《胡河清文集》（上），安徽教育出版社2014年版，第55页。

② 胡河清：《汪曾祺论》，《胡河清文集》（上），安徽教育出版社2014年版，第56页。

③ ［瑞士］荣格：《集体无意识的概念》，载《荣格文集》，冯川译，改革出版社1997年版，第54页。

④ ［瑞士］荣格：《心理学与文学》，载《荣格文集》，冯川译，改革出版社1997年版，第247页。

“水气”，正如他自己所说：“记忆中的人和事多带点泱泱的水气，人的性格亦多平静如水，流动如水，明澈如水。”[①] 正因为人物具有“水气”，所以有些篇什“即使没有写到水，也有水的感觉”[②]。

中西方关于水的理解和感悟有所不同，西方由水达到一种超验观念，而中国哲人由水找到的是对生命实在的基本理解，正如美国学者艾兰所说：“当孔子惊叹‘水哉，水哉’的时候，他没有敦促他的弟子去冥想全能上帝（Almighty）的无边伟力，而是去沉思独特地展现在他眼前的生命源泉。”[③] 汪曾祺崇尚水，而且一再强调是“流水”“流动的水”，说到底，他崇尚的是一种蓬勃盎然的生命力。汪曾祺笔下的水乡人在潺潺流水的滋润和洗礼下，几乎没有受到教条的规约和异己力量的扭曲，而是任意挥洒着生命活力，从而具有了深刻的“水气”。他们那丰沛的生命活力，犹如流淌于民间大地上的河水一样恣肆随性而又连绵不息，兼容并包而又生机盎然。水果小贩叶三搜罗到最好的水果，总是首先给画家季匋民送去，不是为了挣钱而是为了爱他的画（《鉴赏家》）；流浪艺人王四海本来周游四方，却为了心爱的女人脱班改行在小城留了下来（《王四海的黄昏》）；骡马贩子宋侉子挣到钱就都一股脑花在妓女身上，快花完了便跨上踢雪乌骓骏马扬长而去（《八千岁》）；水手陈泥鳅专门救人捞尸，水性超绝却有随时被淹死的心理准备，所以有钱不是喝酒赌博就是散财济贫，既不置产业也不娶老婆（《故里三陈·陈泥鳅》）；菜农薛大娘“偷”汉子，面对闲言碎语不但没有收敛，反而理直气壮地宣称“快活”原则（《薛大娘》）……水乡的男男女女不以教条为忤，不为物质所拘，而是遵从自己的内心吁求，将生命本能轻松释放出来。这样的生命状态是多么合乎“水性”：自在、自然而又蕴含着自由的精神。

---

① 汪曾祺：《〈菰蒲深处〉自序》，《汪曾祺全集》第 5 卷，北京师范大学出版社 1998 年版，第 313 页。

② 汪曾祺：《我的家乡》，《汪曾祺全集》第 5 卷，北京师范大学出版社 1998 年版，第 185 页。

③ ［美］艾兰：《水之道与德之端——中国早期哲学思想的本喻》，张海晏译，商务印书馆 2010 年版，第 41 页。

与崇尚野性蛮力这一脉现代文化思潮相异的是，汪曾祺表现的生命状态多趋于平静、柔美。他自己就说："水有时是汹涌澎湃的，但我们那里的水平常总是柔软的，平和的，静静地流着。"① 正所谓一方水土养一方人，汪曾祺笔下的水乡人往往有着顺天知命、恬静自足的特点。就说是追求异性吧，无论是王四海、宋侉子，还是薛大娘，都是顺应本心，率性而为，没有惊天动地的爱恨情仇。更有不少乡民随遇而安、淡泊笃定：从早到晚纳鞋底的侉奶奶、日复一日收字纸的老白、年复一年劳作的戴车匠……他们在凡俗生活中透露出的那份从容淡定与柔顺坚韧，恰恰显示出生命的真谛。对此，有学者作了这样的总结："在汪曾祺笔下，生命的意义首先表现在自然的流淌之中，表现在对生活和生命的随顺中，表现在对人性的顺从中。"② 在平平淡淡的生活长河中顺其自然地流淌，内里却涌动着生命的活力，这里的"水性"呈现出一种静水深流所特有的美。

汪曾祺眼里的家乡水是"柔软"的，汪曾祺笔下的家乡人则往往有着一腔似水柔情，即使男性也缺少应有的阳刚之美，而多少带些阴柔之气。《受戒》中的明海、《大淖记事》中的十一子在恋爱交往中始终是被动，多少有些懵懂不解风情（巧云就怪十一子："你是个呆子"），他们给人的印象更多的是温和、柔顺、纯真。当然，汪曾祺笔下最具阴柔之美而又最富光彩诗意的人物，还是那一个个少女形象，主要有小英子（《受戒》）、巧云（《大淖记事》）、高雪（《徙》）、崔兰（《水蛇腰》）、刘小红（《熟藕》）、王小玉（《百蝶图》）等。对她们汪曾祺是怀着满腔柔情来刻画的，这来源于他的一种少女崇拜心理，他曾经说："与其拜佛，不如膜拜少女！"③ 这其实是他心底水情结的反映。法国学者巴什拉认为："由朴实的想象和由诗意的想象赋予水的几乎总是女

① 汪曾祺：《自报家门》，《汪曾祺全集》第4卷，北京师范大学出版社1998年版，第281页。

② 杨红莉：《民间生活的审美言说：汪曾祺小说文体论》，北京大学出版社2008年版，第244页。

③ 汪曾祺：《川行杂诗·媚态观音》，《汪曾祺全集》第8卷，北京师范大学出版社1998年版，第51页。

性特征。”[①] 在文化人类学里，水属于阴性物质，具有女性的原型象征意义。而少女无疑是最富女性特征的，汪曾祺崇拜少女，便将水至纯至柔的阴性之美赋予她们身上，作家曹文轩就说：“那些女孩儿——如小英子、巧云，都是些柔情的女孩儿。”[②] 请看《大淖记事》对巧云的肖像描写：

> 巧云十五岁，长成了一朵花。身材、脸盘都像妈。瓜子脸，一边有个很深的酒窝。眉毛黑如鸦翅，长入鬓角。眼角有点吊，是一双凤眼。睫毛很长，因此显得眼睛经常眯晞着；忽然回头，睁得大大的，带点吃惊而专注的神情，好像听到远处有人叫她似的。

以上描写显然不再是传统写实性的肖像刻画，借此表征某种性格，而是一种主观性很强的美化，刻意制作一个“美的极致”的标本。所以，胡河清有言：“‘巧云’者也，就是汪曾祺梦中的织女。”[③] 这入梦而来的仙女，当然是一种理想化的女性，她不染人间烟尘，娇媚柔弱，多情善感，说是“柔情的女孩儿”，还不如说是“柔情的化身”。要将这种“美的极致”表现出来，对于深具水情结的汪曾祺来说，除了借助于水意象还会是什么呢？单就巧云这一形象来说，沙洲茅草丛中献身于十一子，无疑是她满怀柔情的淋漓释放，直如月光泻地，清水流转。而月也好，水也罢，皆属阴性，至柔至纯，所以古诗云“月光如水水如天”。如此说来，写月也是写水，这一场景分明是对秦观名句“柔情似水”绝妙演绎，是汪曾祺水情结驱动下的自我心灵抒发，而情结“具有超个体的‘集体’性质，它是种族的共同的心灵的遗留物。它不是个体在后天经验中获得的，而是本能遗传的。它不为个人所觉察、所意识，然而却处处制约着

---

① ［法］加斯东·巴什拉：《水与梦——论物质的想象》，顾嘉琛译，岳麓书社 2005 年版，第 15 页。

② 曹文轩：《水洗的文字：读汪曾祺》，《读书是一种宗教》，安徽教育出版社 2011 年版，第 66 页。

③ 胡河清：《汪曾祺论》，《胡河清文集》（上），安徽教育出版社 2014 年版，第 56 页。

个人的精神、心灵和行为方式”①。所以，这里没有所谓的模仿、借鉴，不是在明确参照、依傍下进行的创作，而是在水情结的制约下对一种集体记忆的暗暗契合，是对一种绵长文脉的无意识传承和发扬，这一场景之所以充满迷人艺术魅力，原因就在于此。巧云这一形象作为“柔情的化身”而被充分艺术美化和幻化，汪曾祺笔下的少女形象莫不如此，她们依水而生，契合着水的品性，充盈着水的灵气，纯净得透明，美丽得脱俗，静如处子，动若脱兔，在文本之间随情流转，灵光弥散。她们与其说是一种性格，不如说是一种美的象征、一种情感的标本，反映了汪曾祺独特的艺术观和审美观。曹文轩说得好：“汪未将这份柔情仅仅用在女孩儿的身上。柔情含在他的整个处世态度之中，含在作品的一切关系之中。”② 汪曾祺崇拜水，崇拜少女，少女所表现出来的似水柔情是他心目中“美的极致”，也是他的审视整个世界的基本态度。

三 文体：行云流水

汪曾祺小说中风景水波潋滟，人物则洋溢着“水性”，二者相得益彰，共同表现“美”和“爱”。汪曾祺认为：“景物、环境，都得服从于人物，景物、环境都得具有人物的色彩，不能脱节，不能游离。”③所以，汪曾祺虽然爱写风景，却不是为写景而写景，而是将其有机纳入小说叙事肌理之中，与人物水乳交融，浑然一体。重要的是“在这种底蕴深厚的背景与人物关系的基础上，汪曾祺发展出自己独特的叙述方式”④。

这种叙述方式的独特性，用汪曾祺自己的话说就是“贴着人物写”，

---

① 程金城：《原型批判与重释》，陕西师范大学版社 2019 年版，第 59 页。

② 曹文轩：《水洗的文字：读汪曾祺》，《读书是一种宗教》，安徽教育出版社 2011 年版，第 66 页。

③ 汪曾祺：《两栖杂述》，《汪曾祺全集》第 3 卷，北京师范大学出版社 1998 年版，第 199 页。

④ 丁帆：《中国乡土小说史》，北京大学出版社 2007 年版，第 300 页。

也就是“不能离开人物，单写作者自己的感受”①，而小说中的人物不过是些小人物、凡俗之辈，他们的生活注定没有什么大波大澜。汪曾祺贴近人物，尊重实际，只能采用平铺直叙的叙述方式，他说：“平铺直叙是现代小说的一个重要特点。不搞突出，不搞强调，不搞波澜起伏，只是平平常常地，如实地，如数地把生活写出来。”② 所以，汪曾祺基本上是按照生活原生态的多维流动来叙事的。小说《受戒》就颇具代表性，作者开篇即介绍荸荠庵，引出主人公明海，交代其出家原委、过程，一直写到他入门受戒、与小英子的情感发展，以此构成故事主干，贯通全篇。这中间又插入“当和尚”的地方风习、县城的市井人情、荸荠庵的位置和格局、众和尚的日常起居和性格喜好，还有英子家作为水乡居民而具有的独特地理风貌和生活方式，等等。而这些穿插成分又旁枝斜出，牵扯出其他生活细节。比如介绍庵中生活，就顺势描写了几个和尚的情态，特别是年轻的三师父仁渡，英俊潇洒，以“飞铙”“花焰口”等绝技赢得不少姑娘的芳心，时常惹些风流韵事，这些妙趣横生的细节都一一插入文中。这样，写景与写人相结合，而叙述方式“近似随笔”③，由此形成的小说结构则呈现出“行云流水”般的“随便”：“结构尤其随便，想到什么写什么，想怎么写就怎样写。”④ 恰似一瀑流动的水而不拘一格，随物赋形，舒放自如，浑然天成，难怪汪曾祺说：“《受戒》写水虽不多，但充满了水的感觉。”⑤ 个中奥妙，主要就在于小说整体结构具有水的风范和品格。

汪曾祺小说的叙述方式当然不是单一的，但终不脱平铺直叙之底色，

---

① 汪曾祺：《“揉面”》，《汪曾祺全集》第 3 卷，北京师范大学出版社 1998 年版，第 193 页。

② 汪曾祺：《野人的执着》，《汪曾祺全集》第 5 卷，北京师范大学出版社 1998 年版，第 209 页。

③ 汪曾祺：《〈桥边小说三篇〉后记》，《汪曾祺全集》第 3 卷，北京师范大学出版社 1998 年版，第 461 页。

④ 汪曾祺：《思想 · 语言 · 结构》，《汪曾祺全集》第 6 卷，北京师范大学出版社 1998 年版，第 80 页。

⑤ 汪曾祺：《自报家门》，《汪曾祺全集》第 4 卷，北京师范大学出版社 1998 年版，第 281 页。

结构也颇“随便”，小说却充满诗情画意，这很大程度上归功于小说的语言。在汪曾祺那里，语言不再单纯是形式、艺术，还具有本体论意义：“我以为语言具有内容性。语言是小说的本体，不是外部的，不只是形式，是技巧。”① 于是他放言：“写小说就是写语言。”② 他追求的是水的境界：“流动的水，是语言最好的形象。”③ 大致是指语言俗白平常而又富有神韵，也就是汪曾祺所说的“要在平平常常的、人人都能说的，好似平淡的语言里边能够写出味儿”④。他的小说总是以普通口语为主体和质地，弃辞藻，少夸饰，恰似水的无色无嗅，看似平常，但是一经有机串联组合，一句句铺衍开来，一层层荡漾开去，形成一道道“语言流”，渐渐就有了“味儿”。试看小说《岁寒三友》写景片段：

> 这天天气特别好。万里无云，一天皓月。阴城的正中，立起一个四丈多高的架子。有人早早地吃了晚饭，就扛了板凳来等着了。各种卖小吃的都来了。卖牛肉高粱酒的，卖回卤豆腐干的，卖五香花生米的、芝麻灌香糖的，卖豆腐脑的，卖煮荸荠的，还有卖河鲜——卖紫皮鲜菱角和新剥鸡头米的……到处是“气死风”的四角玻璃灯，到处是白蒙蒙的热气、香喷喷的茴香八角气味。人们寻亲访友，说短道长，来来往往，亲亲热热。阴城的草地被踏倒了。人们的鞋底也叫秋草的浓汁磨得滑溜溜的。

这里写的是市民赶路赏焰火的场景，大量运用的是日常口语、简单叙述、精省白描。其中小吃写到了七八种，仅列举名称，一无修饰，浅

---

① 汪曾祺：《自报家门》，《汪曾祺全集》第 4 卷，北京师范大学出版社 1998 年版，第 292 页。

② 汪曾祺：《中国文学的语言问题》，《汪曾祺全集》第 4 卷，北京师范大学出版社 1998 年版，第 217 页。

③ 汪曾祺：《中国文学的语言问题》，《汪曾祺全集》第 4 卷，北京师范大学出版社 1998 年版，第 223 页。

④ 汪曾祺：《文学语言杂谈》，《汪曾祺全集》第 4 卷，北京师范大学出版社 1998 年版，第 226 页。

白平常。但是连用八个动词“卖”，与之组合成一个个短峭“的”字短语，前呼后拥，一贯而下。整个段落以散句为主，中间杂以成语、偶句和叠音词，长短不一，错落有致，于是乎节奏跳脱，音韵起伏，本身就蕴含着一种与民众生命活力同构的动感韵律，将小城热闹欢快的气氛表现得逸趣横生、异常传神，一幅民间大众狂欢图卷在读者面前铺展开来。这里的语言是艺术，但谁又能说不具备一定的“内容性”呢？

饶有意味的是汪曾祺写语言也讲求“贴着人物写”：“作者的心要和人物贴近，富同情，共哀乐。什么时候作者的笔贴不住人物，就会虚假……即作者的叙述语言也须和人物相协调。”① 从叙述方式到语言表达，汪曾祺都是以作品人物为本位，叙述者不是高高在上，随心所欲地塑造人物，更不会将人物看作思想观念的传声筒，而是把话语权交还给人物，让人物在“说话”中自我亮相，而叙述语言也尽可能与之相协调，这也就是巴赫金所谓的“用他人的规矩来规范自己的世界”②。如此“规范”之下，叙述者退场隐身，这不仅恢复了小说人物的主体性，也是对读者的尊重。对此，汪曾祺是有充分自觉的：“现代读者是自由的，他不愿听人驱使，他要用自己的眼睛看生活，你只要扼要地跟他谈一个人，一件事，不要过多的描写。作者最好客观一点，尽量闪在一边，让人物自己去行动，让读者自己接近人物。”③ 由此汪曾祺与 20 世纪 80 年代主流的“伤痕”“反思”小说家们拉开了距离。就说当时最具代表性和影响力的王蒙吧，在汪曾祺看来，其小说创作更多是“不贴着人物写”④。王蒙以表现政治生活为主，总是不失时机地离开人物，表达思想观点，赋予作品以政治意义。小说《杂色》中的那匹老马竟然为作者代言：“我只需要

---

① 汪曾祺：《自报家门》，《汪曾祺全集》第 4 卷，北京师范大学出版社 1998 年版，第 287 页。

② ［俄］巴赫金：《长篇小说的话语》，载《小说理论》，白春仁、晓河译，河北教育出版社 1998 年版，第 67 页。

③ 汪曾祺：《说短》，《汪曾祺全集》第 3 卷，北京师范大学出版社 1998 年版，第 224 页。

④ 汪曾祺：《小说创作随谈》，《汪曾祺全集》第 3 卷，北京师范大学出版社 1998 年版，第 311 页。

一次，一次机会，让我拿出最大的力量跑一次吧。”① 这种“老骥伏枥，志在千里”的抒怀，应和了主流意识形态所期望的“向前看”：为革命事业而继续奋斗。叙述者以革命者和主人翁的姿态帮助意识形态国家机器进行新的运作，作者也由此实现作品的政治命意。这样，读者的反应就被纳入到文本之中，构成隐蔽的叙事对象，小说隐含着一种“对话机制”。说是“对话”，其实作者是居高临下地宣讲和鼓动。而在汪曾祺小说中，这种“对话机制”是不存在的，叙述者是“隐身”的，于是乎像王蒙小说之类的“伤痕”“反思”文学所蕴含的政治意义、社会意义被“抽空”了。而汪曾祺小说的意义就在于没有“意义”，有的只是情绪、意趣和氛围，堪称汪曾祺所赞赏的“无意义诗”②。卡尔维诺说：“文学上的一切虚构，写出来比讲出来更容易让人记住。”③ “意义”依靠“讲”，需要灌输给读者；而“诗”只能写，端赖读者去想象，去品味。汪曾祺小说“意义”被“抽空”，正具备了卡尔维诺所珍视的“轻”品格，有力反拨了长期以来中国文学的超负荷之“重”，悄然改写了新时期文学的叙事逻辑。

卡尔维诺心目中“轻”的形象是“风和云”④，这在汪曾祺那里该是“行云流水”吧，苏东坡的这一行文风格为他倍加推崇：“文章写到这样，真是到了‘随便’的境界。”⑤ 他还说：“传统的，严格意义的小说有一点像山，而散文化的小说则像水。”⑥ 山为重，水为轻。汪曾祺着意打破传统进行小说文体创新，有充分的理论自觉而高度认同于“水”的品性，在叙述、结构和语言等方面都以“流水”作为范式而心追手摹，而对于自己心仪激赏的小说，他也每每誉之为“流水”。西班牙作家阿索林并非

① 王蒙：《杂色》，《王蒙文存·布礼》，人民文学出版社 2003 年版，第 221 页。

② 汪曾祺：《无意义诗》，《彩云聚散》，北京十月文艺出版社 2012 年版，第 271 页。

③ ［意］卡尔维诺：《卡尔维诺文集·美国讲稿》，萧天佑译，译林出版社 2003 年版，第 332 页。

④ ［意］卡尔维诺：《卡尔维诺文集·美国讲稿》，萧天佑译，译林出版社 2003 年版，第 319 页。

⑤ 汪曾祺：《思想·语言·结构》，《汪曾祺全集》第 6 卷，北京师范大学出版社 1998 年版，第 80 页。

⑥ 汪曾祺：《作为抒情诗的散文化小说》，《汪曾祺全集》第 8 卷，北京师范大学出版社 1998 年版，第 78 页。

一位小说大家，却为他一生钟爱和膜拜，原因在于“他的小说像是覆盖阴影的小溪，安安静静的，同时又是活泼的，流动的”[①]。他盛赞乃师沈从文的长篇小说《长河》写得像“流水一样”，更是将废名的《竹林的故事》直接看作“是一篇富有诗意的生活的‘流水’”[②]。这样看来，“流水”也应该是他自己孜孜以求的小说文体风格吧，他的独特小说文体似可命名为“流水体”。至于其成因，说到底还是得自于作家内心深处的“水情结”，汪曾祺自己就说：“水不但于不自觉中成了我的一些小说的背景，并且也影响了我的小说的风格。”[③]

四 人格：智者乐水

汪曾祺小说充满水气，独具一格，是由他独特的人格决定的。汪曾祺很赞同布封的名言“风格即人”，并且进一步解释说：“作品的形式是作者人格的外化。”[④] 对此汪曾祺有着高度的理论自觉，他在《小说的散文化》一文中有这样的论述：

> 散文化小说的作者大都是抒情诗人。散文化小说是抒情诗，不是史诗。散文化小说的美是阴柔之美，不是阳刚之美。是喜剧的美，不是悲剧的美。散文化小说是清澈的矿泉，不是苦药。它的作用是滋润，不是治疗。

汪曾祺对“散文化小说”没有进行理论界定，而主要是描述其文

---

① 汪曾祺：《自报家门》，《汪曾祺全集》第4卷，北京师范大学出版社1998年版，第288页。

② 汪曾祺：《小说的散文化》，《汪曾祺全集》第4卷，北京师范大学出版社1998年版，第78页。

③ 汪曾祺：《自报家门》，《汪曾祺全集》第4卷，北京师范大学出版社1998年版，第281页。

④ 汪曾祺：《人之相知之难也》，《汪曾祺全集》第5卷，北京师范大学出版社1998年版，第71页。

体特征，但不难看出他对于创作主体有着足够重视：他劈头即点明“散文化小说的作者大都是抒情诗人”，意味着这些文体特征得自于作家主体，这里虽未使用“人格”“风格”之类的字眼，却明显是在二者之间画上了等号。循此理不难推出：汪曾祺创制出“流水体”小说，是因为他具有与之相应的文化人格。小说既然富有“阴柔之美”，那么作家人格当属“阴柔”型吧，恰如该文所称：“这一类小说的作者大都是性情温和的人”，汪曾祺举例说：作为“孤独、悲愤的斗士”的鲁迅“同时又极富柔情”，才写出了《故乡》《社戏》这种散文化小说。这可视为汪曾祺的夫子自道，他本人其实就是这类“极富柔情”“性情温和的人”。这种人格当然是由诸多因素铸成的，笔者在此无意全面探讨，只是强调：郁结于汪曾祺心底的水情结有着不可忽视的特殊作用。

汪曾祺的故乡高邮属于江南水乡，大运河南北贯穿，高邮湖位于西部，数百条河流纵横交织，全境近一半面积为水域。生于斯长于斯的汪曾祺从小就被水包围着，他说：“我的家乡是一个水乡，我是在水边长大的，耳目之所接，无非是水。”① 水，孕育了他的生命，也滋润了他的心灵，其后他踏入尘世，萍踪不定，每每回忆起家乡，回忆起儿时，总是少不了水。故乡水在汪曾祺心目中充满柔情：“水有时是汹涌澎湃的，但我们那里的水平常总是柔软的，平和的，静静地流着。”② 其实，这不过是汪曾祺有意无意的美化，因为饱含浓浓乡情，回望人生来路总免不了如梦似幻，会有意无意地滤掉些沉重和苦涩。而一旦回到现实，同样是家乡水，追叙起来却是另外一副模样。20 世纪 80 年代初，汪曾祺有一次回乡探亲，临近家乡路遇一个六十多岁的无赖拦车向乘客讨钱，让他作呕，在这种情绪下他写下散文《故乡水》，文中的故乡水竟然了无诗意，全是带给乡民的灾祸，他自述一次大水灾“死了几万人。离我家不远的

① 汪曾祺：《我的家乡》，《汪曾祺全集》第 5 卷，北京师范大学出版社 1998 年版，第 185 页。

② 汪曾祺：《自报家门》，《汪曾祺全集》第 4 卷，北京师范大学出版社 1998 年版，第 281 页。

泰山庙就捞起了一万具尸体"[①]。所以，故乡水本来有两副面孔，但是更多时候汪曾祺是避实就虚，展现其柔美的一面。这种主观性很强的回忆，不再是一种乡情追怀，更是在与水的依存关系中认同了水对自己精神人格的滋养。对此，学者费振钟有这样的认识："汪曾祺意识到的'水'，已不仅仅作为与人的存在方式相对应的形态，被'鉴戒'，被'评价'，而是作为对人的姿态性的'规范'，从而具有更为普遍的、客观的精神文化价值。"[②] 正是在这点，我们想到了"智者乐水"这一古语。故乡水在汪曾祺心目中极富柔性，正如老子所言："天下莫柔弱于水。"无怪乎这里出生的秦少游，会将词写得那样柔媚婉约。同样，水文化的滋养也造就了汪曾祺的不无阴柔的个性气质。值得注意的是汪曾祺领受水的精神启悟，达到对于"精神文化价值"的认同，并非像乃师沈从文那样惯于独自临水遐思，而总是联系着对家庭和亲人的回忆，充满着世俗温情。汪曾祺出生于一个书香门第，父亲平易随和，淡泊宁静，无意于功名利禄，而嗜好琴棋书画、花鸟鱼虫。这显然迥异于一介腐儒"仁者"。俗话说："仁者乐山。"而这样的父亲哪里有一点儿壁立千仞、森然肃重的山之模样呢，他那么随性悠然，该是被水包围和濡染而深得"智者乐水"之三昧的江南文士吧。对他，汪曾祺没有敬畏，有的只是敬爱、亲昵，"没大没小"厮混一起，竟然谈恋爱写情书都与他头碰头商量，终至于"多年父子成兄弟"。汪曾祺对父亲极为认同，该是在与之相处的点点滴滴中领悟了江南水文化精神，逐渐成为像他一样传承江南传统文脉的"智者"的吧。除了父亲，家庭和家族中的女性对汪曾祺也有着不小影响，汪曾祺幼年丧母，却没有因此而缺失母爱，反而得到更多女性的关怀：两位继母对他疼爱有加，视如己出，还有二伯母、干妈、女佣人"大莲姐姐"等都给予他别样的关心呵护。有那样一位如水随性的父亲，又这样在众多女性环绕中成长，汪曾祺自然也就濡染了更多阴柔之气，

① 汪曾祺：《故乡水》，《汪曾祺全集》第 3 卷，北京师范大学出版社 1998 年版，第 404 页。

② 费振钟：《江南士风与江苏文学》，湖南教育出版社 1995 年版，第 199 页。

内心充溢了更多的柔情更多的爱。带着这样一份柔情回忆家乡，故乡水当然会被略去凶险的一面，而像亲人一样“总是柔软的，平和的”。就这样，在汪曾祺心目中，故乡水与亲人水乳交融不可分，拥有一个共同的形象：“爱”与“美”。

敏感于“爱”与“美”的人，有诗人、艺术家的潜质，却不免单纯柔弱，会付出比常人更大代价来应付现实的磨难和挑战。有研究者论及汪曾祺说：“19 岁离开家乡前的他一直都生活在那个近似天堂的高邮小城中，心灵因此变得纯洁明净，根本不知道世界上还有大风大浪，这必然养成了他善良文弱、安分守己的天性，也使他完全无力应付社会的黑暗和历史的悲剧。”① 应付社会磨难，对于文弱书生汪曾祺来说，更多是时时眷顾故乡，精神寻根，当然是“在水一方”。除了故乡水还能是什么呢？柔柔清波充盈着爱，泛动着美，帮助他度过社会劫难，抚平精神创伤。小说《看水》写的是水见证了少年小吕的精神成长，汪曾祺说：“《看水》那篇东西里的小孩实际上就是我。”② 这篇小说其实是作者右派运动之后的精神疗伤，他所依靠的是水；《受戒》追记的是“四十三年前的一个梦”，芦花荡乃人生温柔之乡，小说是汪曾祺“文化大革命”中尴尬处境解脱后的自我精神抚慰，所依靠的还是水……水情结潜藏于心底，每每在主人困窘无助时外化并升华为一篇篇名作佳构，而在曹文轩看来：“柔情是一种最高贵也最高雅的情感。”③ 难怪这些小说是那么恬静、温婉和雅致了。就这样，汪曾祺通过回忆和想象抹去人生的浮流和蹉跎，进入到由文字营造出的一方精神家园，在安宁和谐的水世界中安妥下自己的灵魂。面对种种社会劫难，汪曾祺不是硬碰硬去抗争，而是在顺应中以柔情淡化矛盾，消解冲突，走向安宁与和谐，具有水的风范，显示出“智者”的本色。

“文如其人”，鲁迅在金刚怒目的一面“同时又极富柔情”，才写出了

---

① 卢军：《汪曾祺小说创作论》，中国社会科学出版社 2007 年版，第 177 页。

② 汪曾祺：《作为抒情诗的散文化小说》，《汪曾祺全集》第 8 卷，北京师范大学出版社 1998 年版，第 71 页。

③ 曹文轩：《水洗的文字：读汪曾祺》，《读书是一种宗教》，安徽教育出版社 2011 年版，第 67 页。

《故乡》《社戏》这种散文化小说，而汪曾祺可以说整个处世态度中都充满柔情，人格使然，顺乎本性，他年轻即致力于小说散文化的文体变革，他宣称："我要对'小说'这个概念进行一次冲决。"① 靠什么呢？创作才华自不必说，主要靠的还是禀赋人格，其中那份由水情结升华出来的柔情，柔中有刚，绵绵不绝，不断"冲决"因袭已久的小说定式。"诗缘情"，专擅叙事的小说因感情丰盈而走诗化、散文化，这种小说文体探索在汪曾祺晚年终于大功告成，实现了其艺术夙愿"我年轻时曾想打破小说、散文和诗的界限。"②《受戒》《大淖记事》《岁寒三友》等名篇已然成为经典而载入文学史册。"智者乐水"，这些独具审美品格的"流水体"散文化小说，由汪曾祺这种深具水情结而"极富柔情""性情温和的人"创制出来，这再好不过地诠释了"文如其人"的文学理念。

结　语

汪曾祺是一位经传统水文化濡染的"智者"，"极富柔情"的人格成就了那么一种极具审美性的散文化小说，这是他在20世纪80年代文坛一经复出即获普遍瞩目的原因之一。另外一个原因在于，汪曾祺小说重续了被历史之潮冲断已久的"京派"文学传统，正如丁帆指出的那样："它标志着一种美学风范的回归，也就是从废名、沈从文开始的'田园诗风'乡土情结的'还魂'。"③ 孙郁也说："从废名到汪曾祺，有一个精神的承传。"④ 关于这种"魂"、这种"精神"，人们可能有不尽相同的理解和界定，但其根底与中国"水崇拜"文化传统有着深刻的联系，这是不可否认的。而且，由此在作家内心积淀而成的水情结，对他们的小说创作起

① 汪曾祺：《〈桥边小说三篇〉后记》，《汪曾祺全集》第3卷，北京师范大学出版社1998年版，第461页。

② 汪曾祺：《〈汪曾祺短篇小说选〉自序》，《汪曾祺全集》第3卷，北京师范大学出版社1998年版，第165页。

③ 丁帆：《中国乡土小说史》，北京大学出版社2007年版，第297页。

④ 孙郁：《混血的时代》，工人出版社2008年版，第80页。

到潜在而制导性的作用，于是专注于“爱”与“美”，钟爱少女形象，文体散文化——汪曾祺与废、沈两位先辈有着高度一致。

汪曾祺师承废、沈二人，又以江南文脉相对接而有所超越。具体说来，他们一个亲禅，一个近道，小说中的水世界或有“桃花源”的隐逸色彩，或有非正统的山俗野趣，而汪曾祺以儒生自命，又得江南俗文化之熏染，小说展现出的水世界少了些许田园风、传奇性，多了一分生活现象的凡俗性、平淡性，更具民间大地的情味。就这样，在20世纪80年代初，政治生活还占据文学创作的绝对主导地位，汪曾祺使得日常生活浮出了文学的地表。而且水情结升华而成的从来都是一种高贵的柔情，汪曾祺怀着这种情愫重返文坛，又有力地冲击和中和了当时“潮流内”的热烈的、急切的、感伤的情感，改写了文学的叙事逻辑、话语系统。另外，比起废、沈两位前辈，汪曾祺对于内心的水情结的体认更自觉，感应其召唤而进行小说文体变革也更自觉，并且大获成功。凡此种种，都改变了“新时期”文坛格局。对此，丁帆给予了文学史意味的评价：“汪曾祺小说的复现是对‘新时期’小说创作的多元化趋势的第一次认同……真正让新时期小说进入一个全新的阶段，并直接影响了‘寻根小说’以及‘先锋小说’的创作。在此意义上，汪曾祺扮演了一个‘先驱者’‘引路人’的角色。”① 如果从创作主体来看，谁又能否认汪曾祺的水情结在其间起着不可或缺的深刻作用呢？特别是与“寻根小说”的关系，有研究表明：“‘回忆’‘风情习俗’和‘传统文化’成为汪曾祺与‘寻根小说’的契合点，所以，我们说‘寻根小说’与汪曾祺之间，存在着很深的艺术血缘关系。”② 还能说什么呢？这其中的“传统文化”不可不包含“水崇拜”文化传统，这不正是我们民族重要的一支文化根脉吗？在现当代文学发展中，汪曾祺起着承先启后的独特而重要的作用。

[原载《南通大学学报》（社会科学版）2021 年第 4 期]

---

① 丁帆：《中国乡土小说史》，北京大学出版社 2007 年版，第 296 页。

② 丁帆：《中国乡土小说史》，北京大学出版社 2007 年版，第 302 页。

汪曾祺的文化人格与维扬水乡文化

汪曾祺是现当代文学史上一位风格独特的作家，这在20世纪80年代的新时期文坛表现得尤其突出，当众多作家一味地在政治层面展示“伤痕”，反思历史的时候，汪曾祺却流连醉心于乡村的风土人情，悲悯市井小人物的悲欢离合，呼唤健康自然的人情人性，为当时文坛展现出另一种风格和情趣。“吐纳英华，莫非性情”，汪曾祺能够这样卓然不群、独树一帜，是由他独特的文化人格决定的。对此他本人也有认识，他说：“我的作品不是悲剧。我的作品缺乏崇高的、悲壮的美……这是一个作家的气质所决定的，不能勉强。”① 这里所说的“气质”，严格来说其实是一种文化人格。人格是一个心理学术语，根据心理学的观点：人格有时和个性同义，有时人格的外延要比个性更广，不仅包括心理方面的特质，而且还包括身体方面的特质。“文化人格”则在心理学的基础上又具有伦理学和审美学内涵，后者既包含人的气质、性格，又包含人的伦理观念、精神境界、哲学美学理想，它直接决定着一个作家的文学创作风格和艺术追求。

一位作家的文化人格，是由先天气质、童年经验、传统精神、域外文化、师恩传承等多方面因素综合造就的，汪曾祺也不例外。值得注意的是，在汪曾祺的文化人格形成中，故土文化发挥着非常重要和独特的作用。他在故乡高邮生活了19年才外出求学、谋生，故土的水、故土的

---

① 汪曾祺：《〈汪曾祺自选集〉自序》，《汪曾祺全集》第4卷，北京师范大学出版社1998年版，第95页。

人、故土的事浸润着少年汪曾祺的心田。少年经验会直接影响到作家的人格建构，从而在更深的层面上影响到作家创作行为的方方面面，这已成为创作心理学的一个共识。故土文化对汪曾祺创作的影响是深刻和巨大的。在汪曾祺看来，小说就是“回忆”。就其实际创作来看，汪曾祺在“回忆”中最多流连眷顾的是故乡高邮，以此为背景的小说有 40 多篇，几乎占其小说创作总量的一半，大多质量上乘，其中《受戒》《大淖记事》最能代表其小说创作成就。同时，汪曾祺还写了不少记述故乡风物人事的散文小品。其文如此浸淫于故土，正说明其人受故土文化熏染陶冶之深。胡河清就曾经断言：“论到汪曾祺的创作，也不可不知他是江苏高邮人。”① 高邮为扬州的重镇，地处江淮平原南端，可以说隶属于江淮文化分支维扬文化区域。这里西临阔大的高邮湖，京杭大运河贯穿南北，众多湖滩分布东西，数百条河流交错有致，为典型的苏北水乡。汪曾祺人生最初的 19 年在故乡高邮度过，维扬水乡文化滋养着他的生命，也奠基了他的文化人格。

历史上高邮曾产生过一类“失败的大人物”。秦王子婴就出生于这里，他是秦朝三位君主中最有理性的一个，不幸被霸王项羽一刀砍了以谢天下。还有张士诚、吴三桂，都曾经在中国政治舞台上名噪一时，奈何功败名裂，为天下笑。历史舞台上你方唱罢来我登场，纵然辉煌一时也不过是些匆匆过客。汪曾祺大概早就看透了历史的滑稽，所以在离开家乡后的几十年间，他经历的家国巨变实在不少，但一直是疏离政治，静观世变，这不能不说家乡文化起着决定作用。无心政治，自然将目光转向世俗，追逐生活的安逸与悠然自得，在世俗的世界里享受着生活的欢愉。而维扬水乡自古以来物产富足、经济繁荣，以至于在最为繁盛的唐代，“豪奢侈靡、厚于滋味”竟一时蔚然成风。汪曾祺酷爱美食，对美食津津乐道，实在是其来有自，可以说是对维扬饮食文化传统的传承与发扬。在汪曾祺笔下，吃不仅是人的一种生理需求，更是一种文化，一种境界，他能在制作与咀嚼食物的过程中体味出活着的乐趣。他写故乡

---

① 胡河清：《汪曾祺论》，《灵地的缅想》，学林出版社 1994 年版，第 53 页。

的鸭蛋，充满了闲适、悠然自得的文化心理："我的家乡高邮，出鸭……高邮咸鸭蛋的特点是质细而油多。蛋白柔嫩，不似别处的发干、发粉，入口如嚼石灰。油多尤为别处所不及。鸭蛋的吃法，如袁才子所说，带壳切开，是一种，那是席间待客的办法。平常食用，一般都是敲破'空头'用筷子挖出吃。筷子头一扎下去，吱——红油都冒了出来了。"（《故乡的食物》）小说《异秉》细致地描绘了王二的熏烧绝活："熏烧除回卤豆腐干之外，主要是牛肉、蒲包肉和猪头肉……这种牛肉是五香加盐煮好，外面染了通红的红曲，一大块一大块地堆在那里。买多少，现切，放在送过来的盘子里，抓一把青蒜，浇一勺辣椒糊。蒲包肉似乎是这个县里特有的。用一个三寸来长直径寸半的蒲包，里面衬上豆腐皮，塞满了加了粉子的碎肉，封了口，拦腰用一道麻绳系紧，成一个葫芦形。"最为普通的咸菜竟也能写得饶有兴致："咸菜可以算是一种中国文化……各地的咸菜各有特点，互不雷同。北京的水疙瘩、天津的津冬菜、保定的春不老。'保定有三宝，铁球、面酱、春不老。'我吃过苏州的春不老，是用带缨子的很小的萝卜腌制的，腌成后寸把长的小缨子还是碧绿的，极嫩，微甜，好吃，名字也起得好……中国咸菜多矣，此不能备载。如果有人写一本《咸菜谱》，将是一本非常有意思的书。"（《咸菜与文化》）汪曾祺谈吃，总让人有种身临其境的感觉，即使是最为平常不过的食物，汪曾祺也能极尽其灵性与诱惑。从汪曾祺的作品中我们不难感受到，吃已经成为一种人生的乐趣，是一种惬意、自由、洒脱的精神诠释，源自于汪曾祺对世俗社会的倾情关注。因为融于世俗，汪曾祺也关注占世俗生活绝大多数的普通人，他笔下人物多是匠人、药铺、布店的先生、走街串巷的小商人、手艺人、民间艺人等普通人。他也爱描绘地方的风景，爱介绍地方风俗民情。小说《故乡三陈·陈四》尽管题目是"陈四"，却花了大部分笔墨描写迎神赛会的各种热闹场面，沿街的店铺燃香烛、挂宫灯，也有沿街摆摊卖水果和各种小吃的。迎神赛会开始的时候，先是放鞭炮，后边是拜香还愿的，舞龙、舞狮、跑旱船、跑小车、站高肩、踩高跷，等等。在汪曾祺笔下，世俗生活平淡但不平庸，而是充满一种生的乐趣。这是一种深得世俗生活之乐趣的心态，与扬州这块自古疏离政治而又经济繁华的土地关系密切。

汪曾祺的家乡是典型的苏北水乡，他从小就与“水”结下了不解之缘，运河的堤坝是汪曾祺童年的乐园，他曾说：“我的家乡是一个水乡，我是在水边长大的，耳目之所接，无非是水。水影响了我的性格，也影响了我作品的风格。”① 随物赋形是水的特质，在圆为圆，在方为方，不畏羁绊，潇潇洒洒，水的这种特质赋予了伴水而居的人们一份面对世事的洒脱。读汪曾祺的作品，总能感受到一种随心任性、自然洒脱的性格气质。他文笔自由散漫，不事雕琢，大略如行云流水，舒放自如，信手点染，姿态横生。汪曾祺自己也曾多次表露过故乡的水对他的性格、作品等各个方面的重要影响：“法国安妮·居里安女士打算翻译我的小说……她谈了对我的小说的印象，谈得很聪明。有一点是别的评论家没有提过，我自己从来没有意识到的。她说我很多小说里都有水，《大淖记事》是这样。《受戒》写水虽不多，但充满了水的感觉。”②《受戒》用散文化的笔致讲述了小和尚明海与乡村姑娘小英子美丽的初恋。小说里的人都是任情开放的，和尚也不例外，他们经常打牌，吃肉不瞒人，“这个庵里无所谓清规，连这两个字也没人提起”。在和尚们的生活中我们感觉不到神秘幽玄的气氛，看不到枯寂虔诚的膜拜，更没有道貌岸然的清规戒律，在这里佛门净地与世俗红尘并没有不可逾越的鸿沟，而是充满了人间的情趣和生机，当和尚不过是谋一个“管饭”的地方，只是一种普通的职业罢了。小说展现在读者面前的是令人钦羡的无拘无束的生存状态，一个温情浓郁的人性世界。汪曾祺笔下的大淖也一样，“他们的生活，他们的风俗，他们的是非标准、伦理道德观念和街里的穿长衣念过‘子曰’的人完全不同”。他们只是任着自己的性情在过日子，这里的女人“像男人一样地挣钱，走相、坐相也像男人。走起来一阵风，坐下来两条腿叉得很开。她们像男人一样赤脚穿草鞋（脚指甲却用凤仙花染红）。她们嘴里不忌生冷，男人怎么说话她们怎么说话，她们也用男人骂

① 汪曾祺：《我的家乡》，《汪曾祺全集》第4卷，北京师范大学出版社1998年版，第312页。

② 汪曾祺：《自报家门》，《汪曾祺全集》第4卷，北京师范大学出版社1998年版，第289页。

人的话骂人。打起号子来也是‘好大娘个歪歪子咧!’——‘歪歪子咧……’”这里隐含了作者自己的价值判断，即对念过“子曰”的城里人的道德伦理观的不以为然，对大淖人鲜活生动的生存方式的赞赏，他追求的是人性的充分舒展，赞赏的都是一些自然的人、本色的人。

苏北高邮的水也有自己的特点，不同于黄河的咆哮、长江的汹涌，只是在小桥人家、袅袅炊烟间静静地淌着，“水有时是汹涌澎湃的，但我们那里的水平常总是柔软的，平和的，静静地流着”[①]。这里的水更具有水之为水特有的柔性，“水主阴，其状婉转温柔，老子亦说‘天下莫柔弱于水’。作为孕育生命的摇篮，水与女性获得了同一性”[②]。无怪乎这里出生的秦少游，会将词写得那样柔媚婉约。同样，维扬水乡文化的滋养也造就了汪曾祺的不无阴柔的个性气质。汪曾祺出生在一个文化气息浓厚、宽松和谐的家庭中，父亲对他影响很大。从汪曾祺的描述来看，他的父亲平易随和，淡泊宁静，对功名利禄不感兴趣，而是沉湎于琴棋书画、花鸟鱼虫之中，可以说是典型的道家文化人格。而道家认为，完美人格则应该具有水的特性，所谓“上善若水”是也。可以说无论是从家乡水的浸染，还是经由父亲的影响，少年汪曾祺都深得道家文化、水文化的阴柔之气。而就家庭来讲，特别要注意的是汪曾祺幼年丧母，但是这并未使孩提时的汪曾祺感到母爱的匮乏，反而让他得到更多女性的关爱：两位继母对他疼爱有加，待他像亲生儿子一样，还有二伯母、干妈等都给予汪曾祺以别样的关怀和呵护。在爱的滋润下长大的汪曾祺，自然也就了水一般的柔情。带着这样的如水柔情走出家乡，走向社会，汪曾祺虽也经历了20世纪中国一浪紧似一浪的战乱和劫难，饱尝了人生的酸甜苦辣，但是总能够保持一颗赤子之心，在喧嚣浮华的尘世中发现爱与美。故乡先贤秦少游好作艳情之词，汪曾祺则倾心于青年男女之间的爱情故事的书写，特别善于塑造纯情少女形象，小说《受戒》《大淖记事》最富代表性。这两篇小说中的女主人

---

① 汪曾祺：《自报家门》，《汪曾祺全集》第4卷，北京师范大学出版社1998年版，第290页。

② 胡斌、靳新来：《中国现代诗化小说与阿玛尼原型》，《西南民族大学学报》（人文社会科学版）2007年第6期。

公生活原型，都曾经给童年的汪曾祺留下美好难忘的印象，以至于步入老年他仍无法忘怀，带着一种“无端地觉得很美”的、“向往”的心情来追忆童年记忆中的旧梦[①]。汪曾祺就这样以理想的眼光看待人生，删繁就简，刻意略去对复杂社会背景的描写，回避或淡化生活中丑恶的东西，将理想人性强化和凸显出来，人物形象因此被熔铸成透明的、美丽的晶体。“写得很美，很健康，很有诗意”[②]，是汪曾祺小说创作的自觉追求，他笔下的众多人物作为美好情怀的寄托、健康人性的象征、旧梦旧情的载体，显得晶莹剔透，诗意盎然。在《受戒》《大淖记事》之类的小说中，像小英子、巧云这样的人物，简直就是一个个小天使、小精灵，她们静如处子，动若脱兔，在文本之间随情流转，灵光弥散。有这样一个个神全气足的人物活跃于文本之中，其作品于是乎通体扑散着诗的流光溢彩。汪曾祺喜欢写女性，也善于写女性，作品里透着一股女性的阴柔气，这也是很多作家惯用“阴柔”一词来评价汪曾祺的重要原因之一。

维扬水乡风景秀丽，民风淳朴，在爱环绕中长大的汪曾祺，性格善良柔和。有研究者这样论述道：“19 岁离开家乡前的他一直都生活在那个近似天堂的高邮小城中，心灵因此变得纯洁明净，根本不知道世界上还有大风大浪，这必然养成了他善良文弱、安分守己的天性，也使他完全无力应付社会的黑暗和历史的悲剧。”[③] 善良本分的汪曾祺应付社会问题自有自己的方法，那就是淡化矛盾，消解冲突，走向平静与和谐。汪曾祺明确说过：“我所追求的不是深刻，而是和谐。”[④] 对汪曾祺来说，“和谐”不仅是他的美学追求，更是一种文化人格追求，是一种生活态度和人生方式。和谐既是人与自然的相融相洽，也是人与人之间的平等互爱。《受戒》中小英子的家三面临水“像一个小岛”，这里花草杂陈，树木相

① 参见汪曾祺《〈大淖记事〉是怎样写出来的》，《汪曾祺全集》第 3 卷，北京师范大学出版社 1998 年版，第 221 页。

② 汪曾祺：《关于〈受戒〉》，《汪曾祺全集》第 6 卷，北京师范大学出版社 1998 年版，第 340 页。

③ 卢军：《汪曾祺小说创作论》，社会科学文献出版社 2007 年版，第 177 页。

④ 汪曾祺：《〈汪曾祺自选集〉自序》，《汪曾祺全集》第 4 卷，北京师范大学出版社 1998 年版，第 96 页。

间，瓜豆蔬菜，四季不缺，风光优美俨然陶渊明笔下的世外桃源，小英子一家四口，男耕女织，和睦相处，其乐融融。小说通过荸荠庵的小和尚明海与乡村姑娘小英子的纯情初恋，将宗教生活与生机盎然的世俗生活联系起来，寺庙内外弥漫着人间的烟火气，尘世与佛门不仅没有半点冲突，反而是如此的亲密融洽。作者笔下的大淖也是一片古朴敦厚的乡土，那里的人们有着乡土特有的质朴和真诚，那里做生意的小贩“很和气”，那里的锡匠“很讲义气，他们扶持疾病，互通有无，从不抢生意。若是合伙做活，工钱也分得很公道”。和谐的人情美在汪曾祺的作品中屡见不鲜，折射出的是作者对真挚纯朴的人际关系的追求与向往。在汪曾祺的作品中我们看不到苍凉，也看不到剧烈的波动，他总能将矛盾进行温和的消解。小说《大淖记事》中，刘号长强行破了巧云的身，汪曾祺却将事情写得极为平淡，“就在这一天夜里，另外一个人，拨开了巧云家的门”。巧云爹知道后，拿着刘号长留下的十块钱，“只是长长地叹了口气”。邻居们知道了，姑娘媳妇并未多议论，只骂了一句：“这个该死的。”巧云自己也“没有淌眼泪，更没有想到跳到淖里淹死”，又回到了原来的生活中去。十一子去找刘号长，被打成重伤，矛盾被推向高潮，锡匠们也并没以暴还暴采取极端的方式来反抗，只是通过游行和“顶香请愿”的古老风俗伸张正义，最终刘号长只是被驱逐出大淖而已，矛盾被温和消解。汪曾祺着意表现爱与美，即使触及美与丑、善与恶的冲突，他也会悄悄地化解掉，反映了他平淡和谐的人生态度和价值追求。

俗话说：一方水土养一方人，从某种程度上说，正是独特的维扬文化造就了汪曾祺独特的文化人格。维扬这片土地长期的政治弱势的积淀，形成了汪曾祺疏离政治而追寻世俗乐趣的文化心理。故乡的湖光水色、家庭温情的呵护，陶冶了汪曾祺的性情，他善良平和、自然随性，刻意回避社会矛盾而尽力发掘生活中的爱与美，追求人生与艺术的和谐之美。这种独特的文化人格自然而然地贯注于他的文学创作，使得汪曾祺的作品独树一帜，至今艺术魅力不减，熠熠生辉。

（原载《泰山学院学报》2010 年第 5 期）

三

多元文化下的中国现当代文学

文学批评在大众传媒中的身份确认

谈到文学批评与大众传媒的关系，我们难免又会看到文学批评的一脸尴尬相。曾几何时，二者联袂结缘，如胶似漆。20 世纪，从“五四”起，一直到 80 年代，文学批评闹出的大大小小的动静，何曾离开过报纸、杂志的鼎力相助？二者一唱一和，相得益彰，度过了一个相当长的“蜜月期”。然而到了 90 年代，情况大变，大众传媒搭乘电视、网络的快车，呼啸而去，只撇下文学批评在原地独自徘徊。中国已渐渐进入电子化信息化时代，失去话语优势的文学批评再也难以赢得大众媒体的芳心。当下文学批评如何找到自我位置？它与变化了的大众传媒能否重修于好？文学批评要生存和发展，不能不面对这些问题。

有人从技术决定论出发，以信息媒介的不同将文化的发展分成三个阶段：口头文化、印刷文化和电子传媒文化。按照这种划分，我们现在正处于印刷文化向电子传媒文化过渡的阶段。印刷文化的核心要素是文字，而电子传媒文化占主导地位的却是“影像”。丹尼尔·贝尔就说过：“当代文化正在变为一种视觉文化，而不是一种印刷文化，这是千真万确的。”① 这种不可逆转的变化，决定了以文字为材料、以书籍和报刊为载体的传统的文学批评势必要经历一种现代“身份”的转换。如今电视、网络作为大众文化的新的载体，几乎覆盖了传统的文学阅读空间。文学批评如果还在原地打转转，就注定逃脱不了自言自语的尴尬。走出自我

① ［美］丹尼尔·贝尔：《资本主义文化矛盾》，赵一凡等译，生活·读书·新知三联书店 1989 年版，第156 页。

封闭的圈子，主动介入新型的大众传媒，已成为文学批评无可回避的选择。为此，文学批评应该自觉吸纳新的思想和观点，从批评的立场、姿态，到批评的阈限、范畴，还有批评的方式、方法，都要进行一次全面的自我调整。

其一，确立多元文化之一种的身份，以平等对话的方式参与到现代文化的建设当中。总的看来，20 世纪 80 年代中后期，批评家们选择的是精英主义的文化价值立场，很多时候都有意无意地片面强化乃至膨胀了自我主体意识，他们仅仅将纯文学纳入批评视野却对通俗文学视而不见，明显地厚此薄彼。结果导致文学批评的画地为牢和故步自封，其批评话语呈现出强烈的独白性特征，既无法有效地抵达到作家那里，也无法合理地延伸到读者层面。这样批评家充当了自己所生产的话语的消费者，而文学批评也基本上成为一种自产自销的批评话语。20 世纪 90 年代以后，文学和文化的分野业已形成，一个多元文化并存的局面已逐渐形成，有人以主流文化、精英文化和大众文化三足鼎立加以概括。① 姑且不论此种说法是否准确，但多元文化并存的局面的确立，已是有目共睹的事实。那么，面对这样的文化格局，文学批评应该采取怎样的学术立场呢？真正的、有价值的文学批评选择的永远人文主义的立场，即使在目前颇为落寞的处境下也不例外。在这一前提下，文学批评应该应时而动，主动与大众传媒修好。当然这并不意味着动摇或放弃原有的人文主义立场，而是要警惕像以往那样将这种立场夸张化、戏剧化、神话化多元化的社会和文化格局，必然会排斥过去那种文学对文化生活的垄断和专制，排斥其他任何这一现象的发生和发展。文学批评对此应该有清醒的自觉，要力戒自我主体意识膨胀，不要谋求对大众社会的话语垄断权，不要再试图充当时代精神的引领者。文学批评的确仍然应该一如既往地坚持批判的立场，坚持以价值追寻和人文关怀为本位，但要合理地消解那种激进而短暂的社会批判、政治批判的热情和泛审美主义的眼光。它不应该再居高临下地对社会指指点点，而应该自觉从半空中降落在地上，更多

① 参见周宪《中国当代审美文化研究》，北京大学出版社 1997 年版，第 17 页。

地关注人间烟火，以一个同路人和朋友的社会角色，有机地融入现代文化建设之中。当前文学批评要做的工作主要是通过对大众文化产品的研读、评判，以中介者的身份调节大众文化的生产者、产品、消费者三方面的关系。同时以人文精神激活大众文化中的良性因子，为大众文化生活提供一种建设性的参照。当然，在这一过程中，文学批评必须注意与以商业为目的、动机的媒体化倾向保持自觉的距离，这样文学批评既坚持了自我，又找到了与社会期待相统一的结合点，便能够有效地介入大众传媒占据的公共空间。

其二，扬弃本质主义的思维方式，在社会文化建设的实践中开拓文学批评的视域。过去文学批评是以最主要的"纯文学"文体——小说和诗歌等为对象，现在文学批评既已参与社会文化建设，转向了文化，就不应该为文体所局限，而应该关注一切具有文学性的文本和话语现象（当然也包括各种文体）。雅各布逊早在 1919 年就指出，诗学研究的应是文学性，而不是文学作品。这一主张是切中要害的。然而现今中国的文学理论热衷于构建"普遍规律"和逻辑体系，明显地体现出一种非语境化的、脱离实践的本质主义的思维：它不是在特定的语境中提出并讨论文学问题，而是先验地假定了问题的答案；它讲求自身理论体系的完满和纯粹，具有很强的封闭性和排斥性，在当今文化日益世俗化时代阻隔了文学批评与现代大众传媒的接轨。我们看到，各种文学理论书热衷于总结文学的所谓"一般规律""本质特点"。在创作论方面，它们认定创作活动必然经过的几个固定的"阶段""环节"或"过程"。事实上作家的创作是最个性化的活动，不同个性、不同创作风格的作家创作的方式、过程是不一样的，千姿百态，丰富多彩，根本不会理会什么固定的"过程""环节""阶段"。在作品论方面，它们从种种角度、以种种方法划分出文学的种类以及各个种类的特征，好像小说诗歌散文戏剧等文体都具有超历史超民族的普遍本质似的，这实在是一种严重的机械化教条化倾向。建立在这样理论基础之上的文学批评好似生活在象牙塔、温室里，一走进外面的大千世界，面对纷繁的文化、文学现象，就难免感到无能为力。文学批评要摆脱这种"失语"状态，必须转变本质主义与普遍主义的思维方式，摆脱非历史的、非语境化的批评实践，从具体问题的实际出发，而不是从先验的文学理论出发，去积极应对现实中的各种文化问题，去寻找自己恰当的、没有先决限制的本真反应。文学批评应当自觉地参与社会文化价值问题的讨论，并将这种讨论与自己的学术研究有机地结合起来。当下的文学批评，尤其应当积极关注新出现的与大众日常生活密切相关的各种文化实践和文化形式，把我们的学术活动看作是社会实践的一部分，而不是对社会实践的被动的描述，把我们发出的独特的声音由书房、教室扩展到公共空间。文学批评这样对外呈开放的、包容的姿态，必定有更多的机会找到与大众传媒共同关注的话题。例如，对于广告文案，过去的文学理论从逻辑上认定了它的商业性本质而将其排斥在文学研究和批评之外，而现在广告在社会生活中起着越来越重要的作用，如果仅仅因为它不合乎自己的理论规范而弃之不顾，文学批评实际上是自动放弃了展示自我、参与社会文化建设的一大块领地。事实上，广告文案是与文学相关的。如果我们不从理论教条出发，而从文化现象的实际出发，我们应该承认这一点而将它纳入文学批评的视野。这样通过广告文案这种商业社会的活跃一族，文学批评能够很自然很容易地在大众传媒中赢得一席之地。

其三，文学批评要从原有的理想化的方法中突围，走向文化批判。在当今文学泛化的时代，文学批评面对的更可能是不纯的文化形态，其中有文学的，更多的是非文学的。在这种情况下，文学批评要想有所作为，就必须进行方法上的更新。选择文化批评的方法，越来越成为学界的共识。所谓文化批评的方法就是从文化的角度去审视文学，把文学看作是话语文化的一种，不仅仅局限于文本意义层面上的解读，而进入诸如文本的产生、文本意义的生成、文本作用于人们无意识领域之类问题的考察。在这里，文学批评已不满足于对文学创作或者文学鉴赏提供以资参照、借鉴的资源，而是从事一种对于文化状况进行社会反思和文化背景探究的工作，这样的工作看似与文学本身远了一些，却可以使得文学批评真正地融入社会。例如，许多现当代文学作品改编成电影、电视，由语言文本到影像文本，发生了怎样的“变异”——哪些地方强调了？

哪些地方压抑了？哪些地方改写了？其中有些是影视艺术技术层面上的问题，而有些却是与国家意识形态、西方文化影响、社会文化心理等存在着复杂微妙的关系。很显然，这为批评家们提供了极好的文化批评的素材。我们还应注意到，在这种文化批评中，不可避免地会包含社会批评、政治批评、心理批评、审美批评等多方面的内容，这是很自然的现象。因为文化批评致力的目标不是理论本身的完美性、严谨性，而是对对象的有效性、使用性，所以它在理论方法上具有很大的兼容性。文化批评不是一种严密组织的批评派别，也没有一种专门的批评方法，因此它不是主要创造自己的方法，而是寻求适合于自己的方法。今天，文学批评能够从中受惠的文化研究范围已不止于哲学宗教、历史、心理学，等等，而又大大扩展了：人类学、考古学、生态学、原始文化以及各种媒介文化的研究成果，都有可能成为文学批评理论和方法论上的重要资源。弗里德里克·詹姆逊进行资本主义晚期文化研究，就将马克思主义、结构主义、现象学和分析哲学打通，取得了令人瞩目的成就。他的成功的批评实践足以昭示文化批评的强大生命力和广阔前景。可以看出，由于文化批评的方法更具综合性、包容性和实践性，在一定意义上说，它是多学科化和泛学科化的，这使得文学批评不仅进入了一个空前开阔的活动空间，而且更贴近人们的日常生活经验和生活常识，这势必大大增加了与大众媒体结合的概率。

（原载《枣庄师范专科学校学报》2003 年第 5 期）

全球化语境中的雅俗文学

全球化已成为当今世界不可回避、不可逆转趋势，正日益强烈地影响着我国社会的方方面面。所谓全球化，指的是特定历史条件下的历史范畴，是一个涵盖经济、政治、文化的多维度复合型概念，在本质上是一种互动、合作、交流的过程和趋势。随着经济全球化的到来，文化、文学的全球化问题已现实地摆在我们面前。有学者就断言："文化地全球化在很大程度上是由经济全球化所驱动的"，"文化全球化在目前已成为一个带普遍性的现象"。[①] 文学在这样一个新的总体语境中，正在发生着悄然的、深刻的蜕变。文化的全球化固然不可能是文化的"西方化"，但赛伊德的"东方主义"所描述的世界文化格局中的不平等现象的确是存在的，西方文化作为强势文化对中国文化有很大的影响。人们已注意到文学的世界性与民族性的矛盾这一问题，其实这同时存在着文学的纯与俗之间的冲突问题。因为当今西方文化的后现代主义思潮、文化和文学的大众化、平面化、消费性、娱乐性，近几年来对中国文学冲击很大。这造成了20世纪90年代以来文学与流行文化的进一步合流，直接导致的结果就是通俗文学迅猛膨胀，纯文学急剧萎缩。重新面对和审视文学雅与俗的关系问题，成为当下文学研究和批评的一个重要课题。

纯文学和俗文学，是相对而言的，对它们的区别和界定也有各种各样的阐释。一般说来，所谓纯文学指的是那些内容上拥有一定"终极关

---

① 王宁、薛晓源：《全球化与后殖民地批评》，中央编译出版社1998年版，第252页。

怀”和“精神价值”的意蕴、形式上具备一定的实验和创新素质、从而能鲜明体现作家思想和艺术个性的文学作品。而通俗文学指的是那些以娱乐性和趣味性为本位、消解了精神深度而比较平面化和模式化的文学作品。曾几何时，纯文学以它对社会、人生问题的严肃思考而成为大众精神生活的一个重要部分。从20世纪80年代以后，这种状况逐渐改变，如今通俗文学压倒纯文学，而居于文学的主流地位，这完全是改革开放以后全球化浪潮冲击的必然结果。

在资本扩张、媒体革命等构成的全球化语境中，视觉文化已逐渐占据了文化霸权的地位，有人从技术决定论出发，以信息媒介的不同将文化的发展分成三个阶段：口头文化、印刷文化和电子传媒文化。按照这种划分，我们现在正处于印刷文化向电子传媒文化过渡的阶段。印刷文化的核心要素是文字，而电子传媒时代占主导地位的却是“影像”。丹尼尔·贝尔就说过：“当代文化正在变为一种视觉文化，而不是一种印刷文化，这是千真万确的。”① 如今电视、网络作为大众文化的新的载体，几乎覆盖了传统的文学阅读空间。有人在谈到电视在当今文化中的作用和地位时，是这样说的：“凡是没有进入电视的真实世界、凡是没有成为电视所指涉的认同原则、凡是没有经由电视处理的现象与人事，在当代文化的主流趋势里都成为边缘，电视是‘绝对卓越’的权力关系的科技器物。”② 在视觉文化的这种文化霸权阴影的笼罩下，以语言文字诉诸人们的认知、想象和思考的文学，因不具备直接可视性而遭到冷落。一向敏感的文学迅速做出自我调整和转换，越来越多地与影、视、网结盟，一些作家按照流行文化的游戏规则来进行文学创作，例如在选材上以隐私、黑幕、警匪、三角恋为主，追求情节的离奇曲折、线索的复杂纠缠、人物形象的可观赏性，等等，至于环境的描写、气氛的烘托、人物内心的开掘等，则被缩减到最低限度。在这里，作家的创作不是依照自己内在

① ［美］丹尼尔·贝尔：《资本主义文化矛盾》，赵一凡等译，生活·读书·新知三联书店1989年版，第156页。

② 参见［英］汤林森《文化帝国主义》，冯建三译，上海人民出版社1999年版，第116页。

的生命激情来进行，而是为外部的社会、文学时尚所左右。这样一来，文学势必会丧失掉许多“纯”的素质而获得大量“俗”的品格；而在整个文学版图中，纯文学的领地越来越多地被春风得意的通俗文学所侵占和掠夺。在全球化时代，图快乐、重消遣、尚休闲的享乐主义时尚，与商品社会盛行的消费主义互为表里，正改变着读者的文学欣赏习惯和审美趣味。社会的世俗化，使得日常生活和社会制度都与宗教或准宗教的神圣价值和神圣礼仪相脱钩，其合法性来自世俗的意识形态与法律规范，而不是宗教伦理。在这种情况下，纯文学对价值、意义等形而上的追问和探询，难以获得大众的共鸣和响应。人们已缺少对一个个文字符号细嚼慢咽的兴致，也无暇进行深入细致的心灵内省和思想反刍。而那些直接指向大众生活的当下利益、表达大众现实需求的通俗文学，尽管没有体现任何具有实质深度的价值持久性和精神永恒性，然而，它却以亦真亦幻的形式，消解大众对世界和自身的现实处境的真实感受，抚慰大众对幸福生活的具体渴望，实现大众生活的现实梦想。通俗文学就这样自然而然赢得人们的青睐。

面对全球化所带来的这种文学发展的新态势和文学格局的新变化，我们应该怎样看待和处理雅俗文学的关系呢？

首先，要更新观念，给当代通俗文学重新定位从人文精神层面给予积极引导。在全球化这样一个价值多元的时代，我们应该以开放、包容的心态去看待雅俗文学。从本质上讲，通俗文学并非是纯文的对立面和消解物，而只是后者的一种补充。所谓高雅和通俗，不能被看作是一种充分的价值判断。文学的雅和俗，就其文化品位来说确实是不等值，但就其文化趣味来说却是等值的，没有轩轾之别，大众的趣味和文化人的趣味具有同样的价值，都应该获得社会的认可和尊重。通俗文学是全球化时代的必然产物，它肯定了现世的感性欲望并使之从准宗教化的意识形态与政治教条中解脱出来，从而有效地消解了传统的价值观念、文化立场与文化消费习惯，推动了文化的多元化、民主化进程。它满足了人们对感官刺激与精神抚慰的需求，宣泄了人们的情绪，调适了人们的心理，有利于从整体上提升国民的文化素质。通俗文学的积极因素有理由使我们认同它的存在，它与纯文学应该互补互促，共进共荣。通俗文学现在存在的问题在于，它常常因为过度商品化而失落文学应有的本质属性。一些作家为了实际的商业利益，一味迎合大众的审美趣味，自觉放弃自己的文化立场和创作个性，粗制滥造出一些格调不高、艺术低下的作品，甚至是一些文学垃圾。而它们又往往借助影视、媒介的炒作制造“看点”“卖点”，抢占文学市场。例如流行一时的所谓“隐私文学”“妓女文学”，就是此类作品。对这样的作品我们应该做出及时的回应，揭示出它们的实质和产生的社会文化根源，引导读者以理性的态度进行分析、批判。通俗文学固然不能要求有多高的精神境界，但是既然作为文学，就应该具备一定的文化内涵、美学意蕴，在给人们以趣味性、娱乐性的同时，还能带给人们思想的启迪、精神的提升和美感的回味。而优秀的通俗文学不仅能满足读者一时的审美需求，而且还具有纯文学那种超越时代的恒久的艺术价值。无论是外国的《基督山伯爵》《飘》，还是中国古代的《三国演义》《水浒传》，以及当今金庸、梁羽生的武侠小说，莫不如此。我们应该给通俗文学注入更多的人文精神，引导它积极、健康地发展，不至于在全球化浪潮的冲击下随波逐流，迷失自我。

其次，纯文学要调整自己的视角和立场，在坚守自我前提下，积极寻求走向市场、走向读者的途径。在当今全球化时代，纯文学确实受到流行文化的挤压不断滑向边缘，也面临视觉文化的挑战，但是这绝不意味着纯文学的生命力已经丧失，写作的意义已不复存在。纯文学所具有的丰厚的文化底蕴、高远的精神境界、悲天悯人的情怀、丰富的想象力、对复杂人生人性的深刻的理解以及多姿多彩的形式创造，是流行文化和一般通俗文学所无法比拟和取替的。无论社会是怎样的喧嚣浮躁，总有一些作家忠诚于自我内心的召唤，执着于对历史人生的真诚思考和对艺术的热烈追求，他们在流行文化所包围着的纯文学孤岛上，张扬起人文精神的大旗，给这片灰色的世俗世界和人们黯淡的心灵增加了一点亮色。不论什么时候，我们都需要纯文学来滋养我们的灵魂，来传承我们的文化。纯文学确实需要固守住自我，但这并不意味着将自我封闭在象牙塔内孤芳自赏；它看似曲高和寡，但并非不食人间烟火，其实它正是因为与大众的生活息息相关、血肉相连才获得了蓬勃的生命力。文学再雅、再纯，也必须获得读者、社会的认可，它的价值最终才能得到实现。在当今开放的时代，纯文学不应该故步自封，而应该调整自己的视角，改变自己高高在上的目光，增强大众意识，积极地开拓走向社会、走进读者的途径。应该说这种开拓的空间还是相当广阔的，比如说，当下纯文学固然受到以现代媒介支撑的流行文化的挤兑，但另一方面它又完全可以变被动为主动，利用现代媒介的便利走向市场，实现自我。当代先锋派作家余华、苏童的小说就因为改编成了电影而扩大了影响，产生了很好的社会效益。当然，纯文学像这样与现代媒质、流行文化联袂结盟，绝不是无原则的牺牲自我个性来进行的，而是在不失品格的前提下，积极寻求双方结合的生长点。并且要力争在这一基础上，充分发挥自己纯文学的优长，以高品位的文化内涵和审美情趣，给包括通俗文学在内的大众文化以积极的影响和提升。

最后，要重建文学精神。如上所述，俗文学并非纯文学的对立物，但也不过是它的补充。中外文学历史早已证明，真正能代表一个民族文学成就的是那些纯文学作品。虽然总体上来说，雅俗文学的影响和作用是相互的，但更多的时候，纯文学构建起来的语言、文体等方面的规范，往往制约着俗文学的创作。这样看来，对一个民族的文学发展来说，纯文学的建设尤为重要。鉴于当下文学的生存困境，要谋求纯文学的发展，重建文学精神势在必行。全球化的确带来了文学生存的危机，但同时又为文学提供了新的写作资源。中国文学能否与时俱进，关键在于创作主体能否拥有相当的精神和理性高度，去审视和把握纷繁多变的社会和人生。而在当今中国，物质的需求压倒了人性追求的向度，人们逐渐开始“放逐诸神”。作家信仰缺失，理想迷乱，心态浮躁，已成为文坛突出的问题。这一切都表明中国文化正经历着新的蜕变和整合，而这正肇始于全球化的风起云涌。全球化必然引发各民族文化的进一步融合，文学作为文化中的敏感分子，理应在民族文化重塑过程中，吸纳各种文化的精华，建立起新世纪、新时代的文学精神。这种文学精神应该表现为作家与时代同步思考的人文关怀，以建设现代化人格为本位，勇敢地直面人生困境，不断地进行人生意义的探索和追问，在物欲横流的时代，保持住自我心灵的完整，充分明晰自己的道义和神圣使命。这是纯文学安身立命的依据，也是俗文学生存发展的根本所在。雅俗文学互相竞争，互相促进，一定会在全球化时代重铸起新的文学精神，再创中华民族文学的新辉煌。

（原载《赣南师范学院学报》2003 年第 4 期）

海外钱锺书文学研究的维度与启示

作为中国现代一位学识精邃、才智卓异、著作弘博的卓然大家，钱锺书身上聚合着文化学术、社会政治、人文历史等多方面的内涵，呈现为一个蕴含丰富的文化体系，一个凝缩着宏远视景的精神符号，一个昭示着多向阐释可能的生命现象。正缘于钱锺书本身是如此宏富而精彩的存在，关于他的阐释和论述也必然存在多层次多维度的可能空间。而在几十年间海内外庞大的“钱学”成果中，将研究的可能性开阔地拓展，以新颖的观点开辟新的思考维度，大胆移入各种研究观点、学术思潮来充实对于钱锺书的理解，这方面无可否认，海外学者的研究具有历史性的意义。从海外的中国现代文学研究整体状况来看，海外学者依据其西方学说的“近取”优势，在研究中以开阔多维的视角、新颖丰富的理论资源、动态活跃的话语方式，不断突破研究中固有的型构和视域，制造热烈的学术焦点和吊诡的思考路径，在迷离而驳杂的文化语境中开出生机。所以，面对钱锺书这个“迷宫”般精邃深卓的文化存在，更加需要多维度的思考探勘、观点介入，海外学者的研究在这一领域可以说获得了足够伸展的空间，也确实不断推出蕴有张力的思想观点和学术理论，在一次次思潮冲击中，为我们提供丰富的启示，同时也为整个研究方向和思想格局开辟了维度。

审美批评：文学史观和文学谱系的营构

作为中国现代文学史上卓尔不群的一位大家，钱锺书的文学声名最初是被海外学者所发掘肯定的。长期以来在国内，钱锺书除了偶尔因其讽刺艺术为人提及以外，他的文学成就基本上未获重视，首先将钱锺书从被冷落的角落里发掘出来，并盛誉之为经典作家的，正是美籍学者夏志清。夏志清在1961年出版的《中国现代小说史》中列专章论述了钱锺书的文学创作。夏志清的文学批评首先关注的是作品的文学价值，他认为"文学史家的首要任务是发掘、品评杰作"。并且强调"我所用的批评标准，全以作品的文学价值为原则"[①]。从对钱锺书文学创作之分析来看，夏志清的批评眼光细致而犀利，他认为"钱锺书是非常优秀的文体家，——在他的喜剧场面里经常出现精彩警句和双关语，他对细节的交代，毫不含糊；对意象的经营，更见匠心。钱锺书尤其是个编造明喻的能手，——他也善用象征事物"。他还深入分析了钱锺书在心理描写上的才能，肯定他具有"优秀小说家有胆去正视全面的感情冲突，透过看似烦琐的心理甚至生理去分析这种感情冲突"[②] 的才能。同时他还推崇钱锺书的《围城》"有统一的结构和更丰富的喜剧性"，因而其讽刺艺术比中国古典小说更为优胜，夏志清对于《围城》在讽刺艺术上的分析全面而透辟，他既赞赏《围城》中对当时中国风情的有趣写照，与喜剧气氛和悲剧意识结合的风格，更探讨了《围城》中对人生处境的哲理阐释，认为《围城》实际是一部"探讨人的孤立和彼此间的无法沟通的小说"。因而其中蕴含着的现代悲剧精神，超越了《儒林外史》等一般讽刺小说的范畴。

从这些评论可见，夏志清的确拥有丰赡敏慧的文学感知力，他对文学本身美学质素和修辞精髓深有感悟，他对文学价值的品评视野广阔而富有层次，在他以英美新批评的方法对钱锺书写作的艺术特征细加分析之时，也很注重开掘文本中的哲理蕴涵和人生洞察，整体地把握文本意蕴和作家质素。在文本细读和审美判断的基础上，夏志清敏锐地把握了钱锺书的博学和才气贯注于写作中而形成的智性的讽刺风格，在他看来

① 夏志清：《中国现代小说史》，香港中文大学出版社2001年版，第391页。

② 夏志清：《中国现代小说史》，香港中文大学出版社2001年版，第386页。

罕见的博学和敏悟，使得钱锺书能以一种超越眼光去看待“当代中国文学界和学术界水准之低落”，从而以半开玩笑、半怀敌意的笔调对喧嚣尘俗表示一种贵族气骨的轻蔑，脱离出了一般廉价的激情泛滥，“在自己的文章中为反浮夸、疾虚妄的理智与精确明晰的风格作以身作则的辩护”①。因而，夏志清将钱锺书的讽刺艺术与现代中国文学中的讽刺作品，做通盘的比较，在他看来现代中国文学的讽刺作品，通常是对社会罪恶的一种抗议方式，钱锺书最独特之处就在于“他对人类行为抱有一种心理研究的态度”，在他的作品中展示人类普遍的精神困境。他不仅洞察愚妄的世俗百态，能识破愚人的伪装，且也将作家本身看作是社会文化堕落的一个重要成分，能透过高度的智慧和素养去把这些众生相刻画出来。于是钱锺书的创作具有“忧世伤生”的人生关怀和社会讽刺，“并非去揶揄知识分子及作家，而是要表现陷于绝境的普通人，徒劳于找寻解脱或依附的永恒戏剧”②。这是现代精神的一种特征，一种悲剧性的特征。夏志清细析了“围城”意象，其中所包含的人与人相互疏远、隔膜、缺乏沟通、精神虚无的人生处境，正透射出现代人在迷茫中寻找精神依附，而所找到的新归宿，其实不过是一种旧束缚而已。于是，夏志清指出“《围城》是一部探讨人的孤立和彼此间的无法沟通的小说”，这样《围城》就脱离了一般的社会讽刺小说范畴，而成为一部哲理内蕴堪与西方现代主义文学相较的优秀杰作。

正如夏志清自己所声明的那样“对优美作品的发现与批评，永远是我的首要工作”③，他始终将审美品评放置在其文学批评的首位，他努力汲取西方文学经验和文化意识，在英美新批评细读理论的启发和世界文学正典的熏染之下，凝塑自己的“超越”眼光和独异的文学史观。夏志清对文学性和审美性的重视和发掘，似乎只是纯粹关乎文学本体的一个问题，但在当时的历史语境中，这个问题本身却标志着对革命化的文学

---

① 夏志清：《中国现代小说史》，香港中文大学出版社2001年版，第376页。

② 夏志清：《中国现代小说史》，香港中文大学出版社2001年版，第377页。

③ 季进：《对优美作品的发现和批评，永远是我的首要工作——夏志清先生访谈录》，《当代作家评论》2005年第4期。

史观的重大质疑。夏志清高扬文学本体价值，依据文学标准和审美价值对中国现代文学作品评和估量，本身就意味着文学史观的一次重要更新。夏志清从自己的文学史观出发，对中国现代文学的品质提出大胆质疑，认为一般的现代中国文学显得平庸，并且断言这种平庸是“由于现代中国作家太迷信于理想、太关心于人类福利”，也就是说作家们怀着“感时忧国”的焦迫心情，将自己的视点胶着在现实社会问题上，孜孜以求以文学为工具革新社会、疗救民生，而真正优秀的作家须得具备自由的想象力和对人类一般处境的洞察，正如劳伦斯所说的“勿为人类但为圣灵写作”。由是，与现代中国的一般作家相对，夏志清着意标举沈从文、张爱玲、钱锺书等三两位特殊例外的作家，赞赏他们有足够的天分和想象力，能够无视“时代精神”的要求，在写作的道路上自辟蹊径。这种创造的天分不仅表现在文学的技巧、文体的经营和构思的微妙，更在于这些作家所具有的超越性的眼光，即能够在现实状况中发现人类普遍的境遇，表达对人生根本性问题的思考。

夏志清关于中国现代文学的叙述和评估，似乎纯粹依据的是文学价值本身，然而在他的审美批评背后，存在着一整套系统的文学史观。从这套文学史观出发，他将“五四”—“左翼”这一现代文学的主流作为潜在的颠覆对象，将以“感时忧国”精神为支柱的现实主义作为批判焦点，他在文学史叙述中大力标举沈从文、张爱玲、钱锺书等当时遭埋没的作家，在他看来这几位精心选取的作家所体现的审美品质和道德向度代表着一种文学典范，在现代中国充满着说教和滥情的文学浪潮之中，他们构成了一条遗落的散失的线索。夏志清正是意图拾起这条线索向现代中国文学主潮挑战，以消解“五四”以来文学和时代思潮中弥漫的革命化潮流，也就是他所谓的那种误入歧途的文学潮流。于是，钱锺书的文学价值就有了不一样的意义，夏志清对他的总体评价亦多出人意料的惊世之语，他说《围城》“比任何一部中国古典讽刺小说优秀”，“是中国近代文学中最有趣和最用心经营的小说，可能亦是最伟大的一部”①。

① 夏志清：《中国现代小说史》，香港中文大学出版社2001年版，第380页。

倘若了解夏志清整体的文学史观，就会明白这样的评论绝不仅是关于审美价值的一般评估，在其审美批评中融合着复杂的道德政治判断，看似纯粹的“纯文学”观点之下潜伏着微妙的价值取向，在“审美化”的衡量标尺中掺杂了相当一部分意识形态内容。

如果说夏志清试图发掘出几位被埋没的具有典范意义的作家，从他们身上寻找出某种美学质素，试图组织成潜在的线索来挑战“五四”—“左翼”的文学主潮，那么其后李欧梵、王德威等几位海外学者继续了这套论述方式，并且将之有意识地深化和细化了。尤其是王德威，他努力探勘中国现代文学中幽晦不明的谱系，寻索被压抑的美学品质和文化线索，以期重新辨识中国现代文学内在的复杂性。于是他从钱锺书的创作中发现了一种“笑谑”倾向，王德威认为笑谑和闹剧“需要读者对其美学传统与距离作更灵活的运用，它能有效打破大多数作者和读者独尊写实主义‘重现’人生的迷思”[①]。依循着这条线索，王德威检视了从老舍以来的现代中国文学的笑谑传统，并且从这一方向来理解钱锺书小说中敏锐的幽默和戏谑，认为这种尝试以不同方式来处理原本也可以赚人热泪的题材，冲破了现代中国“涕泪飘零”的小说基调，揶揄挑逗读者的立场以及政府的检查尺度，进而透露了美学和意识形态上的动机。

从夏志清到王德威，可以看到一种贯通的批评理路，通过对“作品的文学价值”的审美批评，表达自己独特的文学观念和美学志趣；借由文学谱系的梳理和自成体系的文学史叙述，消解当时居于主流地位的革命化的文学史观，以自身意识的新颖洞见和强烈偏向来重新诠释现代中国文学。面对钱锺书的创作，他们在审美意蕴的探察、审美形式的细析、美学感受的敏锐把握和深入发掘等方面，每每都有出色的发挥，然而其文学标准源出于西方化的文化视景和“冷战”式的社会政治意识，所以同时又难以避免历史迷误和审美偏见，导致对钱锺书的定位偏差、阐释过度和认知失当。

---

① ［美］王德威：《被压抑的现代性——晚清小说新论》，宋伟杰译，北京大学出版社 2005 年版，第 210 页。

整体研究：创作生命和精神本体的统一

西方的中国现代文学研究自20世纪60年代以后，出现了一系列以作家为重点的专论，对中国现代文学中众多作家的生平、经历、思想、创作等做了扎实深入的研究。这时期一批西方学者立足于作家本体，集中兴趣思路和研究力量去原原本本地发掘作家的生命形态，扎扎实实地进入作家的创作世界，孜孜地追索作家的精神脉络和人生轨迹，从而在完整的历史环境中还原活生生的作家生命本体。与现今文学研究中的“理论热”方兴未艾，异彩纷呈、众声喧哗的“狂欢化”的气氛相比，那个时代的研究方法虽然略显单调，许多立论也处于草创阶段不甚成熟，但研究者似乎更专注于作家本体，更愿意投入心力去体验、感受作家的生命气质，在精神层面与作家们存在着更深刻的精神交流和感应，一些学者往往与他们倾心的作家之间建立起了不可更替的特殊精神联络，成为跨越时空的知交，其在精神气质、生命理念、情感体验方面的互动和感应所达到的深度为人所感佩，这种“生命与生命”之间的真诚交通和深刻契合展示了一种超越纯粹学术的境界，相较之下当前虽然研究方法和理论视角层出不穷，却也不免令人有“作家本体缺失”之感。

被夏志清誉为“第一鸿儒”的钱锺书，其文学创作和学术文章内容浩博、精湛深致，作为渊博睿智的典范，向来的研究者多在小范围中掘进探讨，而将钱锺书的文学创作与学术著述视为一个整体，试图完整地加以探察、描述和评析的，美国学者胡志德堪称为首个。1977年在博士论文《传统的革新：钱钟书与中国现代文学》中，胡志德将钱锺书的文学创作和学术著述放置在中国文学和传统文化的深远背景中加以认识，讨论了传统观念转型过程中钱锺书小说的现代意义。而1982年出版的《钱钟书》一书，作为中西文字中专门研究钱锺书学术与创作成就的第一部专著，显示了胡志德以开阔视野拓展钱锺书研究，全面涉入钱锺书成就的各个领域加以系统评估的整体研究态度。胡志德意图将文学创作与理论学术领域中的钱锺书统合起来，将以往被分隔在不同研究领域中的钱锺书还原出来，从整体上来分析、评价钱锺书的独特存在。

胡志德相当关心钱锺书思想发展、创作演进的过程，他追踪钱锺书文学创作的轨迹，对于钱锺书的创作从早期随笔到较为成熟的短篇小说直至长篇《围城》，他将所有这些内容全都纳入批评视野，从中勾画出钱锺书的创作个性演进的痕迹。在评论钱锺书初期写作的随笔时，胡志德将之放在中国现代白话散文演进的广阔背景中，从文体变革的角度考察这些随笔中最佳体现出的现代中国“巴洛克风格”。他认为钱锺书与鲁迅、废名等现代中国的散文变革者一样，面对繁复难解的古典语言，以及尚未成熟的白话，他们不得不写出更为繁复难解和自我意识浓厚的散文，甚至超过了此前的文言，因为他们体会到，如果不触及传统语言最拿手的奇异处，就不可能完成真正的散文变革。钱锺书在随笔集《写在人生边上》中所体现出来的反讽、论辩的多变体式，“既注意到了传统形式，又留心将这些形式成分嬗变为白话文体，显示出把丰富的含蓄传统留传给现代中文的意旨。”① 这种形式试验最终导致了《围城》中流畅自如、表达有力的白话文体。在评论钱锺书的短篇小说时，胡志德将钱锺书的短篇创作置于其全部创作的过程中考察，从叙事成熟的角度来评价这些短篇的意义，在他看来，钱锺书的短篇介于其散文创作和长篇《围城》之间，体现了叙述方式逐渐成熟的演进历程，在《上帝的梦》中钱锺书显然还不适应小说写作，其混合叙述未能达到和谐，不能成功地协调描写、对话和主题。在《灵感》中，钱锺书放纵他的幽默感，导致文体表达方式后退和产生一种来得太轻易的幽默的缺陷。而在《猫》和《纪念》两文中，钱锺书“对于小说创作的各种要素有了更高程度的驾驭，在叙事手法的协调方面取得真正的进步”②。总的来看，钱锺书短篇创作的意义就在于这时期他虽然没有全面掌握叙事技巧，但成功地使他的讽刺散文的某些结构因素服从小说的意图，使他的叙事技巧走向成熟。因此，随后在《围城》中主题、叙述和对话达到水乳交融的境地，体现了

① ［美］胡志德：《钱钟书》，张晨等译，中国广播电视出版社 1990 年版，第 52 页。
② ［美］胡志德：《钱钟书》，张晨等译，中国广播电视出版社 1990 年版，第 38 页。

一种冷静而成熟的叙述方式。不同于通常对《围城》结构散漫的批评，胡志德用“功能序列”的概念详细分析了《围城》的情节结构，他将这部小说划分为五个“功能序列”，其中体现了一种整体的对称美。他分析了《围城》结构上的关键在于，钱锺书运用视角把叙述的意识中心集中在方鸿渐的思考上又与之脱离，从而恰能填补远距离的冷漠讽刺和接近悲剧主体人物这主客观之间的裂缝。《围城》的不同凡响之处正在于它有能力跨越主观与客观之间的这一差距，使得包罗万象和冷酷无情的讽刺与对悲剧人物真切的怜悯相均衡，让读者既同情方鸿渐这一失去应付现实能力的中产阶级形象，又清楚看到他的性格缺陷和尴尬处境。胡志德认为《围城》是这样一部著作，通过它，可以最透辟地捕获钱锺书的许多方面，既具备尖锐的戏谑感，又包含着对人类普遍生存状况的深刻悲剧意识。而他对钱锺书全部创作所进行的概括评析，则相当清晰地说明了钱锺书的文体特征和叙述方式成熟演进的过程，从整体角度说明《围城》在叙述、文体、主题各方面所取得的成就在中国现代文学史中所具有的地位。

胡志德意图全面探索钱锺书渊深博大的学术思想世界，他以缜密的分析和思考深入其中，对《谈艺录》这样内涵广博、风格繁杂的文论进行详细的评析。他不仅着眼于钱锺书文论的观念、理论和评价的具体内容，而且更注意到其中思想和表达的方式及阐释过程本身的特点。即书中那种仿佛玄学家的奇思异想，“初看起来，好像是把各个论题上跳来跳去的评论，随意搜集在一起。但通过仔细释读，却显示出对传统文学中一些关键观念的一贯不懈的关注”①。在赞赏钱锺书对这种诗话式文体自如运用的同时，胡志德也批评了他掉书袋的炫博倾向和过于博杂的内容造成的枝蔓，他意识到钱锺书这种创作式批评与其散文文体的相似，同时他更侧重探讨钱锺书的学术思想与创作间的联系。在关于《谈艺录》中文评的批评时，胡志德特别关注了钱锺书对“理趣”的论说，钱锺书打破学问和灵感不兼容的观念，着重分析诗歌中留给读者去填补的迂曲意象所传达的诗意的“理趣”。这种避开感情的直溢，通过形的寓意，营

---

① ［美］胡志德：《钱钟书》，张晨等译，中国广播电视出版社1990年版，第60页。

造更富于哲学意味的诗性品格，无疑正符合钱锺书文学创作中冷静反讽而智趣洋溢的理性风格。

统观胡志德的研究，他擅长于在深入细读的基础上缜密分析文学创作和批评的复杂内涵，将博杂的内容精到地解析，准确把握住其中精奥的特质。他以整体研究的方式，力图概括钱锺书的学术和创作的全貌，对其中相互勾连的元素进行的辨察，精确地呈现了钱锺书冷静客观的学者气质与智性反讽的创作特征之间的共性，完整而富孕辨别力地勾勒了钱锺书的精神本体。这种整体研究中包蕴的学术抱负与钱锺书的意义和价值正相符合，正是在统观概括全部精神创造与精密深察具体文本思路的过程中把握钱锺书的精神内蕴，实现了在中西文化交通的长河中对钱锺书的准确定位。

反浪漫主义：现代性观念的透视和反思

钱锺书以其冷静客观的反讽态度、超然睿智的观照方式、幽默间离的叙述风格而在现代中国文学史上独树一帜，然而是将这些看作个人的孤立品质，还是纳入中国文学的现代特征中来考察，美国学者耿德华对这个问题进行了独到深入的辨析。耿德华在著作《被冷落的缪斯——中国沦陷区文学史（1937—1945）》中选择了抗战时期沦陷区文学这个长期鲜人关注的领域进行研究。耿德华注意到这一阶段的中国文学并非孤立存在的，它从各个方面与中国传统、与中国“五四”以来的新文学潮流都密切地联系着，他着力于对沦陷区大量文艺作品进行发掘，用文学批评的方法评估他们的文学价值，并“把这一特定历史时期的文学纳入中国现代文学史和文学批评的主流中去”①。因而耿德华在著作中不在已经被充分论述过的主要文学趋势和事件上着墨过多，也不想重复一些众所周知的、常见的已被介绍过的作家传记的细节，而主要以广义上的文学

① ［美］耿德华：《被冷落的缪斯——中国沦陷区文学史（1937—1945）》，张泉译，新星出版社2006年版，第2页。

流派为线索，通过评介重要作家作品，对当时的文学现象作整体研究。他认为界定沦陷区文学作品的价值，其依据不是作品生产的外部因素，而是文本本身，他进而转向文学作品进行具体的价值考察。

耿德华以浪漫主义、传统主义和反浪漫主义几个概念来从艺术上划分沦陷区文学，他认为唐弢、柯灵以及苏青、师陀、李健吾等人的作品体现了“五四浪漫主义的没落”；于伶、姚克、阿英等的历史剧，以及周作人、文载道等一批散文家的创作则标志了“传统的复兴”；而钱锺书和张爱玲、杨绛、吴兴华等人则被归入“反浪漫主义”的标题之下。耿德华的这种划分方法，显然突破了以往的文学史主流叙述，而努力寻找新的叙述线索，重新将不同的作家作品加以归纳，通过富有深意的线索来构架这一时期的文学概貌，在宏观的视野中将表面纷繁互异的文学给予清晰的定位。从“五四”以来的新文学潮流中来看，耿德华概括的反浪漫主义现象突破了以现实主义作为新文学主流的一般观点，在他看来，五四新文学“从形式上看，有时是现实主义，但实际上，它已注入了作家们的浪漫主义观念，表现在他们的理想以及放荡不羁的行为中。他们高度关注自我、讴歌自我，他们产生了一种新的自信心，坚决主张个人的解放与感情的满足是改造中国社会的前提”①。当作家们以热烈的激情叙述革命和爱情，乐观的理想化情绪广泛弥漫之际，新文学中也充满了感伤、暴露、青春多血质的冲动、宣泄性的标语口号、缺乏自制的破坏性力量。而沦陷区的文学现实可以看作是一个反驳，顿挫的现实促使作家们转向反省的同时，艺术上自制的要求也随着美学理念的深化而加强起来，于是具有独特文学气质的作家这时以各自不同的方式为排斥浪漫主义的作风和价值观念做出了贡献。

在耿德华看来，沦陷区文学不容忽视的成就，就是发展了20世纪30年代以来中国文学中蕴含的种种可能的倾向，显示了他们对中国古老文学形式的欣赏能力，并且有意于拯救某些固有的理想和价值观念，同时

---

① ［美］耿德华：《被冷落的缪斯——中国沦陷区文学史（1937—1945）》，张泉译，新星出版社2006年版，第66页。

浪漫主义所憧憬的社会目标和积极肯定的自我理想遭受到强烈的质疑，反浪漫主义作家从对自我观念的反思开始，他们怀疑个人需求和社会正义最终是否会实现，他们笔下的人物缺乏英雄气概和理想爱情，正是在个人抱负失败的境遇下人性弱点得到了真实的表现，进而充满弊病的社会和低潮弥漫的人生得以在现实态度面前展示真相。正如耿德华指出的反浪漫主义作家们“在他们的作品里，没有任何理想化的概念，也没有英雄人物、革命或爱情。取而代之的是幻想的破灭，是骗局的揭穿，是与现实的妥协。高潮让位于低潮。唯情让位于克制、嘲讽和怀疑，机智代替了标语口号。不像他们之前那些完全站在浪漫主义范围之外的作家，他们断言，不存在任何社会目标，也没有包治百病的灵丹妙药”①。

从反浪漫主义这个独特定位出发，耿德华深入分析了钱锺书作品的内涵。他认为钱锺书的小说《上帝的梦》作为一篇模仿《创世记》的讽刺作品，的确说明了它与钱锺书其他重要作品间的特殊关系，它通过寓言的方式暗示“连理想都是虚荣的产物，上帝也无法控制他自己的创造物”②。由对上帝的嘲讽，拆解了一种对仁慈、理性的秩序的乐观信仰，从而显示了钱锺书的自然观中非理想化的特点。由此，钱锺书的非理想化的观念深深渗透在他的小说世界之中。在短篇《猫》里面，他以处世不恭的方式挖苦了上流文坛的名人，在《纪念》里钱锺书以心理的写实主义刻画了年轻女性曼倩的形象，深入挖掘了这个人物身上体现的人类虚荣心的盲目和复杂，并由她的情感经历粉碎了爱情和婚姻的理想色彩。而在长篇《围城》里面，钱锺书塑造了这样一种境遇，自然和社会都是排斥的力量，无情排斥小说中的人物，使他们失去雄心壮志，动摇他们不稳固的地位。方鸿渐就是一直试图找寻庇护所，却不断遭受排斥，被推向无可奈何的毁灭。以方鸿渐黯淡的生活为线索，钱锺书广泛地刻画了一系列虚荣、委琐、狡黠的人物，笼罩着这些人们的是标志 20 世纪进

---

① ［美］耿德华：《被冷落的缪斯——中国沦陷区文学史（1937—1945）》，张泉译，新星出版社 2006 年版，第 199 页。

② ［美］耿德华：《被冷落的缪斯——中国沦陷区文学史（1937—1945）》，张泉译，新星出版社 2006 年版，第 280 页。

步的文明物象——轮船、火车、飞机和城市，但这些文明进步的标志并不表示人类境遇的改善，却使主人公处境不断恶化，增加人物内心的孤立和紧张。

耿德华注意到钱锺书这种对现代文明和进步信念所持的怀疑和悲观态度，是对五四新文学中主流的浪漫乐观情绪的反叛，而其中透露出来的悲观意识，则渗透了现代人对于生存状况的复杂感受，这恰与"一战"后英国的幻灭文学精神相通。"对两者来说，都有战争介入其间，出于他们的经历，他们各自都抛弃而不是肯定或继承以前数十年的成果。"两者之间的差别在于，英国的反浪漫主义作家幻想破灭，而中国反浪漫主义作家们则不具有幻想。因而他们可以冷静超越地观照现实，以没有改造和非理想化的形式来表现生活形象，反讽地观察而不是发掘作品中人物的情感。很显然这种反浪漫主义倾向越过了对于现实一般的批判和不满，而能够超越当前社会和政治现象，来透现自我幻念的虚妄和社会理想的虚弱，揭示了宏大的个人抱负和社会目标原本建立在轻率的乐观幻念之上，因而必然遭受否定，随之任何社会目标和解决办法也显出其空洞的基础。

从海外中国现代文学研究的进程来看，耿德华概括的反浪漫主义综合了海外学者的多重思考，他明显接受了李欧梵关于五四新文学的浪漫品质的判断，李欧梵在《中国现代作家浪漫的一代》中从作家与时代的关系着手，分析了五四新文学作家浪漫情感演化的历史过程，指出他们的浪漫情感正是与时代相纠葛的结果，根本上是源自他们对一种理想的个人、对现代国家、民族与社会的想象与追寻，因而其中体现了中国新文学的现代特质。而先前夏志清批评中国新文学家以"感时忧国"为怀，执着于现实的社会愿望，缺乏超越性的视野和关怀。显然，耿德华继承了他们对中国新文学的总体判断，进而在沦陷区的特殊境况中发掘不同于新文学主流的另一种文学倾向，他以自身对现代性的多重体验和思考，从缺乏统一纲领的作家身上归纳共同的特征，在"反浪漫主义"的构架中概括他们的艺术特色和思想倾向，指出他们对历史的乐观想象的虚幻感受和对现代文明的怀疑态度中所包含的现代品质。无疑，耿德华的研究拓展了人们对现代文学的理解，在理论层面深入地分析了钱锺书作品中的现代意义，精到地阐释了钱锺书作品独特的哲理内涵和文化态度。然而，他过于肯定“反浪漫主义”的虚无意识和悲观感受，似乎延续了夏志清等海外学者对五四新文学的偏见，未能充分估量他所说的“浪漫主义”在现代中国的积极意义。而他所概括的“反浪漫主义”在现代中国究竟是一种酝酿成形的流派，还是个别作家自发的创作倾向，这仍然是值得进一步思考的。

面对钱锺书这样一个现代中国卓尔不群的生命体，西方学者从各自的角度进行的探掘，开拓出了丰富变幻的维度，在不同的历史空间和文化背景之中，展现了文化阐释、精神探索和历史想象的多重可能性。海外学者们或以审美批评的方式，彰扬钱锺书文学创作被埋没的审美特质，消解革命现实主义的审美定式，提出新的文学史叙述模式和文学价值观；或以整体批评的视野，关注作为完整生命个体的钱锺书，在学术人生相连互通的层面上，系统阐释个体生命中包含的意义；或以现代性观念的角度，将钱锺书的创作纳入现代文学普遍运行趋势中来考察，揭示其“反浪漫主义”的精神实质和现代意识，拓展了对现代性和现代文学的理解。海外学者的研究深植在西方文化土壤中，通过富有个性的探索，形成发散的开阔维度，把钱锺书研究不断推进到新的境地，从而展现出现代中国文学斑斓变幻而深邃奥妙的图景。

（原载《文学评论》2010 年第 5 期）

音律:诗与音乐相通

诗与音乐，表面上看似乎存在着很大距离。其实它们只是使用的媒介和手段不同而已，从根本上说，它们是一致的，都是抒情的艺术。黑格尔早就意识到了二者的深层联系，他说:“抒情诗求助于音乐，以便深入到情感和心灵里。”① 而人的心灵的律动、情感的流变是富有节奏和韵律的，因此著名美学家朱光潜认为，在形式上“诗与乐的基本的类似点在它们都用声音”②。基于这种认识，他给诗下了一个这样的定义:“诗是具有音律的纯文学。”③ 甚至有人声称“诗是直接打动情感的，不应假道于理智，它应该像音乐一样，全以声音感人，意义是无关紧要的成分”④。这当然是一种比较极端的说法，但却道出了诗与音乐的一个共同点，那就是音律。其实诗与音乐有着久远的渊源，在起源时它们与舞蹈原本是三位一体的混合艺术，后来在发展中不断分化，但古典诗词还是具有相当严格的音律规则的，只是到了“五四”以后，白话新诗取代旧诗词而成为诗的基本形式，诗在音韵上发生了历史性的变化。新诗发展至今还不足一百年，在音乐美的建设方面我们还有许多问题需要思考。本文试从诗与音乐相通的一些音律关系方面做一点探索，在此求证于读者。

---

① ［德］黑格尔:《美学》第3卷，朱光潜译，商务印书馆1991年版，第223页。

② 朱光潜:《诗论》，安徽教育版社1997年版，第109页。

③ 朱光潜:《诗论》，安徽教育版社1997年版，第98页。

④ 朱光潜:《诗论》，安徽教育版社1997年版，第109页。

一 音律的节奏性

节奏是自然界的客观存在，是人类心灵与之感应的律动。大地之间，月亮盈亏，寒来暑往，山峦起伏，江河蜿蜒，马腾虎啸，鸡鸣鹤唳，各有各的节奏。对人来说，心脏跳动，血液环流，腾空跨越，拉弓划船，都富有节奏。艺术返照自然，感应心灵，于是节奏成为“一切艺术的灵魂”[①]。对此利普斯是这样说的：“节奏是各种艺术的一个普遍要素，形体的大小和错杂，颜色的深浅浓淡相调和，都是节奏。”[②] 至于诗，郭沫若认为：“节奏之于诗，是它的外形，也是它的生命。”[③] 我国诗歌中的节奏，经历了一个由简单到复杂的漫长的历史时期，最早的《诗经》多为四言体诗歌，如“伐木丁丁，鸟鸣嘤嘤”；汉代则变为五言，如“孔雀东南飞，五里一徘徊”；唐代则发展成七言，如“无边落木萧萧下，不尽长江滚滚来”；至宋代，随音乐的发展而出现的宋词，其内在的节奏则更显得错落有致和富于音乐性。如“多情自古伤离别/更那堪/冷落清秋节/今宵酒醒何处/杨柳岸/晓风残月”。五四运动以后，新诗基本上取代了旧诗与词。节奏上一开始便是挣脱束缚、要求解放，胡适主张“作诗如作文”，郭沫若崇尚“绝端的自主，绝端的自由”，这样一来，新诗确实多了份明白或气势，却失落了不少诗的韵律和韵味。于是闻一多提倡“新格律诗”，追求“限制的整饬美”。到了艾青时期，诗的节奏已更加放任自由了。艾青的《大堰河——我的保姆》，诗的节奏是随情感的流动而顿挫的。二十世纪五六十年代的郭小川、贺敬之使诗歌的节奏趋于规范化：他们继承了古典诗歌的传统手法，同时主要学习了民歌以及一些现代诗人们的创作方法。

1976 年以后，时代节奏的急骤变化和诗人们逐渐开掘内在的“自

① 朱光潜：《诗论》，安徽教育版社 1997 年版，第 110 页。

② ［德］利普斯：《论移情作用》，北京大学哲学系美学教研室：《西方美学家论美与美感》，商务印书馆 1980 年版，第 271 页。

③ 郭沫若：《论节奏》，《郭沫若全集》第 15 卷，人民文学出版社 1990 年版，第 353 页。

我”，使诗更趋于抒情性，诗中的情感也变得更加复杂细腻。这些抒情诗的节奏，已不像以往那样直观外露，那样容易为人察觉得到，它往往和诗的形象、色彩、声音融为一体，我们看舒婷的《水乡》：“这是水乡小镇/我走来/轻轻的/带着丝一样飘浮的呼吸/带着湿润的影子。”这种抒情的手法，更使人感到亲切，它会直接走进你的心灵。诗中的“轻轻”“丝”“呼吸”“影子”已使诗的内在节奏变得轻盈、圆润和自如，使诗情具有了音乐的旋律感。正是新时期以后诗人们诗歌内在节奏的变化造成的诗情旋律，成为当今抒情诗趋向音乐状态的重要原因。

抒情诗与音乐的节奏，在二者内在的旋律流动中有着相同的美学原则。利普斯认为，音乐中节奏上宏纤急缓的变化，“听者所感觉的心力和所用的心的活动也随之变化……高而缓的节奏容易引起欢欣鼓舞的心情，低而急的节奏容易引起抑郁的凄惨的心情”①。由此我们可以知道不同速度的节奏，对于表达不同的情绪，是有着重要作用的。

乐曲旋律的节奏速度是以每分钟多少拍体现的。

冼星海《黄河大合唱》中的《黄河船夫曲》节奏急促有力，表现了船夫们在急流险滩中奋力同风浪搏斗的情景。

再看同一合唱中的《黄水谣》。乐曲的速度明显放慢、富于抒情性的节奏又表现出人们对黄河赞美的情感。

在抒情诗中，一般地说，表达激昂的情绪，诗情中节奏的速度往往稍快，所选择与使用的形象、色彩等是鲜明有力的。如郭沫若《凤凰涅槃》中的一段：

> 听潮——涨了！
> 听潮——涨了！
> 死了的——光明——更生了！

① ［德］利普斯：《论移情作用》，北京大学哲学系美学教研室：《西方美学家论美与美感》，商务印书馆1980年版，第271页。

诗的节奏是顿促有力的，选择的形象是瑰丽的，每分钟约读 120 字。(虽然这方面会因人而异，但大体如此，下例同）表达沉郁或哀伤情绪的，诗的节奏往往放慢，诗中呈示的形象常是灰暗的。如舒婷的《暴风过去之后》中的一段：

在——渤海湾
铅云——低垂着——挽联的——地方
有我——七十二名——兄弟
在——春天——每年——必经的——路上
波涛——和残冬——合谋
阻断了——七十二个人的——呼吸

这类诗，每分钟约读 90 字。

表达欢快情绪的，诗节奏轻而快，诗中的形象显得新鲜活泼，如徐志摩的《雪花的快乐》：

假如——我是——一朵——雪花，
翩翩的——在——半空里——潇洒，
我一定——认清——我的方向——
飞扬，——飞扬，——飞扬，——
这地面上——有——我的方向

这类诗，每分钟约读 190 字。

从以上例子中我们不难看出，无论在抒情诗还是音乐中，不同的节奏对表达各种情绪是起着很大作用的，虽然这一切并不是绝对的。

另外，诗行的排列格式对于诗的节奏与诗情的表达是有一定影响的。如马雅可夫斯基常用的“阶梯式”适于表达高亢昂奋的情绪；十四行体诗歌适于表达缠绵委婉的情思；徐志摩采用诗行断韵手法为的是使诗情婉转流动……这一切也是值得我们研究和借鉴的。

二 音律的内在连贯性

抒情诗既是时间艺术，又是空间艺术，因而它不像作为时间艺术的音乐那样必须在乐句与乐句之间遵守比较严格的连接关系，它可以把许许多多表面看来毫不相关的意象串联在诗中。但是，尽管诗中的意象与意象之间表面上看来是无关的，而实际它们却应是为诗情所有机地联系在一起的。现当代有不少诗人，由于过多地把注意力集中到选择意象、推敲字句或各种技巧上，有意或无意地忽略了诗情内在的连贯性，结果往往失去了诗的整体美。例如李金发的诗，孤立看，意象的确丰富，而且有艺术深度，但句与句并不拢，组合不起来。因而有人说他的诗“分开来看句句可懂，合拢来看则莫名其妙”。如“从海岸到峥岩/多么寂寞我的影/从黄昏到夜阑/多么骄傲我的心/北斗旋转着/勺取大地的琼浆”，读者很难找出这些形象之间的内在联系而辨清意旨，读后犹如看了一个零散的梦。由于在这类诗中找不到那条合于生活发展趋向，主观判断的“串儿”，就使诗歌不能形成有机的整体。这大概是造成目前许多诗晦涩朦胧的重要原因之一。

刘勰在《文心雕龙·比兴篇》中的诗歌观点是值得我们今人注意的。他说:“物虽胡越，合则肝胆，拟容取心，断辞必敢。攒杂咏歌，如川之涣。”事实上也说明了我们在这里所要阐述的问题。脍炙人口的元代马致远的《天净沙·秋思》，“枯藤老树昏鸦，小桥流水人家，古道西风瘦马”，就是把好多个不同意象并列在一起，看上去毫无关联，其实都有内在的连贯性。它是从一个流落天涯的“断肠人”眼中看到的，这些景象都统一地染上了“断肠人”的感情色彩，从各个方面集中表达了一种凄凉孤寂的情感，因而具有强大的内在凝聚力，读来虽“攒杂咏歌”，却“如川之涣”。

现代纷纭复杂的生活，丰富多彩的艺术欣赏要求，使诗人有了多种多样的抒情角度。许多诗人在这方面是做出巨大努力的，如陈东东的《在黑暗中》:

我听到有谁在黑暗里苏醒/我看到梦想河源者/逆行于大水/在黑暗里，一杖火把扩展纽象/一个人为一种精神殉葬/那变形的女儿亨透了白蜡/降临于纸和孤身的烈火/她新生的肉翅护卫着诱惑/她裂碎玻璃的第七重音乐/向年轻的返回者/打开了最后的核心之门。

诗中试图通过密集的意象组合，给诗情造成一种类似音乐中“织体结构”的效果，从而使诗歌具有多层次的空间感。

虽然诗歌意象与意象之间是需要跳跃的，但它应当是在“必然性”中合理地跳跃，作为抒情诗歌，这诗情的流动或许是单旋律的，或许是通过各种艺术手法造成具有交响性的织体旋律，都应当在有机的总体中向前发展，并且意象与意象之间也应是有机地进行组合了的。

三 音律的风格一致性

音乐中，对乐曲风格一致性的要求是讲究的。如陕北民歌风、内蒙古草原民歌风和新疆民歌风，这些乐曲，由于调性、节奏、旋律等的不同，决定了乐曲旋律需按各自的风格向前发展。

这种风格的一致性，在抒情诗中的表现也是明显的。一般地说，每一首抒情诗同样要求语言风格、节奏、情境等方面都包含在一个富于立体感的统一体中。

读艾青的《冰雹》：

混进暴风雨里/躲在乌云后面/像漫天的蝗虫/带着厮杀的叫喊/和闪电一起/和雷声一起/突然地来了/突然地去了/它所留下的/是灾难的记忆

再读蔡其矫的《夜》：

湖上雨后的夜晚温柔而神秘/低空静悬着黑色的天鹅绒/水面灯

火照射的薄雾宛如梦幻/湿漉漉的空气/沉默的水/寂寞那么深/黑暗好像在无声无息中缓慢地沉重

不难看出，由于各自风格的一致，使律动的节奏和意境分别形成不同的整体美。

而戴望舒的《雨巷》则显得十分玄妙动人：

撑着油纸伞，独自/彷徨在悠长，悠长/又寂寥的雨巷/我希望逢着/一个丁香一样的/结着愁怨的姑娘……

不但诗情绵长宛转，而且诗中的音韵不像一般诗歌只注重押脚韵，它是把“彷徨”“悠长”“雨巷”“希望”“丁香”“姑娘”这些和谐响亮的音韵珠串在仅有几句的诗中，仿佛以 6136 为主干音形成的稳定的小调式乐曲，从而造成谐和的音响和迷人的情境。

四 音律的富于变化性

研究音乐领域音律的丰富变化性，对抒情诗来说，是一件更为重要的工作。恩格斯对审美心理的特点有过一段非常精辟的论述：“对同一神经的持续的刺激或者同一刺激的延续，会使任何神经系统疲劳，所以在正常的情况下，应使神经的刺激有间断和变换。”[①] 人们都有这样的体验，在欣赏音乐作品时，如果同一节奏、同一旋律出现的持续时间过长，就会引起单调或厌烦的心理反应（现代心理学表明，对同一内容的反复出现，通常人的审美心理只持续 12 秒钟左右）。因此，在音乐创作中人们往往利用节奏、音响和旋律上的变化，或者是运用各种转调的手法造成乐曲色彩上明显的变化，使全曲一直洋溢着诱人的生机。究其原因，大概是由人的审美心理机制决定的。

① ［德］恩格斯：《反杜林论》，中共中央人民出版社 1971 年版，第 117 页。

我们从一些抒情乐曲中，就可见出这种音律的变化性。其旋律流动大体是这样的：奔突的——激越的——活泼的——抒情的——歌唱性的——奔突的……

这种规律性的美学特点在歌德谈到舞蹈时也得到了承认：舞蹈的“大音阶和小音阶交替变化，就令人感到很愉快，如果老是用大音阶或小音阶就马上令人厌倦了”①。

然而，尽管如此，音乐律动丰富的变化性还是很难找到一个定律，但是，这种变化性给欣赏者心理带来的愉悦或满足，则是无可怀疑的。

当今不少抒情诗，往往一韵到底几十行，段与段之间缺少变化，或即使变化也是缺乏系统组织的。造成诗情只在高音或低音流动。虽然这些诗在语言、意象等许多方面都颇具功力，但还是难以感染读者。

在诸多的抒情诗篇中，我们是可以感受到诗情旋律的变化性的。

诗人王小妮的《不反驳的人》，我们可在较短的诗行里见到诗情旋律的变化：

> 我坐着/太阳眼下一座白瓷壶。/久坐不动/成为全身平静的人有人突然吼叫/吼声缩小我。/跳荡/老板的五官全部锋利/我注视世界掀起的时候/那仓皇的一瞬。……吼叫是晶亮的刈刀。/可草原/早就坐的着荒废。/我们已经不是青草。/呼吸着枯枝败叶/我们学会了手持茶壶不反驳。

一开始，诗情在低音区沉缓地流动，接着用“有人突然吼叫”“跳荡”，使诗情转向高音区，继而又回复到沉缓的诗情中，最后利用类似音乐中强声法的效果把诗情推向高潮，读起来具有起伏跌宕之感。而徐志摩的《再别康桥》则是在沉郁缓慢的节奏中，觉出内在的变化，使我们仿佛听到了舒曼的《梦幻曲》的旋律。

这里我们还要谈到，在音乐旋律的变化中，还有一个重要的手法，

---

① ［德］歌德：《歌德谈话录》，朱光潜译，人民文学出版社 1984 年版，第 183 页。

就是利用调式的转换。

所谓调式的转换，就是由一种调式转到另一种调式上。音乐中调式虽繁，但大体可分出两类：一种是小调式（以 6136 为主干音）；一种是大调式（以 1351 为主干音）。一般地说，小调式适于表现灰暗的色彩和哀婉的情绪；大调式适于表现明亮辉煌的色彩和昂扬的情绪（当然这都不是绝对的）。因而这种“转调”手法的运用，往往会给人的心理上造成“山重水复疑无路，柳暗花明又一村”的感觉。

在一些抒情诗中，往往利用意境等方面的转换，使诗歌也生发出类似这种“调式转换”的效果。例如熊召政《小湾》中的两段：

> 醉心于林音和谐的霓云/也一度找不到自己的位置/冷峻的岩石/挤压出禾田、梯地/清冽的泉水/流出些忧郁、辛酸/但绿丛中的小湾/还是美丽的/弯弯的小石桥/有不避人的翠鸟站立/胭脂似的石蒜花/长在青色的瓦檐/而属于它的每一丝绿色/篱笆的、岩壁的、田垅的/都闪烁着春的光点

前一段中的“冷峻”“挤压”“忧郁”“辛酸”给人带来压抑和伤感；而后一段的“绿丛”“翠鸟”“胭脂似的石蒜花等”，又勾出一幅明丽的春荫图，给人以兴奋并眼前为之一亮。这种转换当然与色彩美学相关，但用音乐的语言来说，是“把小调式转为了大调式”。

音乐中还有一种常用的曲式值得我们注意，既“回旋曲式”。所谓“回旋”，是说乐曲中的主旋律复合出现，起着串联全曲的作用。它的大体结构是这样：［A + B + A + C + A……A］A 代表主部，B、C 分别代表第一、二插部，例如歌剧《卡门》序曲等。

一般说来，这种曲式适于表现比较热烈的大场面，或者说适于给较长的乐曲造成总体感。在一些描写大场面的抒情诗中，常常也采用这种“回旋式”的手法。例如大家熟知的李瑛的长诗《一月的哀思》，全诗都用“车队像一条河/缓缓地流在深冬的风里……”作为诗的主旋律，它使诗情一直在充满哀伤和缅怀的气氛中回荡低回，形象地表现了一九七六

年一月长安街上，人们向总理灵车告别的情景。

总之，音律中丰富的变化性对诗情的抒发是具有美学意义的，李渔在《闲寄偶寄·变调第二》中说："变则新，不变则腐；变则活，不变则板。"说的就是这个道理。

最后我们要强调的是，无论音律怎样富于变化，都须在诗或音乐的整体感中进行。这也正如利普斯所说："事物如果要引起快感，必定要引起完整的移情反应，因为神经系统构造需要这种完整。完整（unity）是美的要素也就因为这个道理。"①

虽然诗与乐是两门可以各自独立的艺术，但"诗这个高度精神化的混合艺术，它的发展使得实体形象已被流动地带入了音乐的感觉和旋律之中"。因此，当代抒情诗人不能再固守以往意义上的诗的营垒，而是需要启开一扇扇大窗，研究与借鉴诸如音乐、美术、舞蹈等艺术领域中的美学规律，从而建立全方位的诗美的空间。诗美的发展使诗与音乐不可抗拒地进一步融合了，它们的结合将为我们开拓诗美的全新视界。

（原载《艺术广角》2003 年第 6 期）

---

① ［德］利普斯：《论移情作用》，北京大学哲学系美学教研室：《西方美学家论美与美感》，商务印书馆 1980 年版，第 272 页。

零落成泥碾作尘

读巴金的《家》，最让我难忘的不是觉新，也不是觉慧，而是鸣凤、梅芬、瑞珏这三位惨死在封建魔爪下的年轻女性。掩卷阖目，我仿佛看见她们一个个满面悲戚地向我走来，我仿佛听见她们一声声长长的叹息和哀鸣。当年，一位20多岁的青年人，怀着怎样的同情和悲愤，将这些卑微的生命细细地描摹下来。如今，作者已是风烛残年的老人，而他笔下的这三位女性依然栩栩如生，她们的一颦一笑都牵动着人们的情怀，她们悲苦的命运更让人们唏嘘不已。

鸣凤是一位美丽纯洁的少女，她年方16，但在高公馆已做了7年多的丫头。她幼年丧母，被父亲卖到了高家。从此，孤苦伶仃，当牛做马，挣扎在社会的最底层，"听命令，做事情，流眼泪，吃打骂"，是她生活里的"重要事情"。在茫茫的人世黑暗中，她只能相信：世间的一切都是由一个万能的无所不知的神明安排好的，面对人生的不幸，自己唯有逆来顺受而已。钱梅芬倒是生在富贵人家，但日子却不比鸣凤好过。本来她与表哥觉新青梅竹马，情投意合，他们两家也有意亲上加亲，然而二人母亲因一次牌桌上的龃龉，以命相不合为由，轻易地拆散了他们的好姻缘。梅芬另嫁他人，不料丈夫夭亡，撇下她年轻居孀，婆家又恶气相待，她只好陪母亲"过那尼姑庵式的生活"。她仍然念念不忘觉新，整日自怨自艾，以泪洗面。像鸣凤一样，她也一再感叹"这都是我命中注定了的"。相比之下，命运似乎对李瑞珏格外垂青，她生在官宦人家，从小生活优裕，识书知礼，能诗善画，成年后阴差阳错嫁了位好丈夫，又为高家添了位男丁，坐稳了长孙长媳的位置。她体贴丈夫，疼爱孩子，尊敬长者，善待仆人，是一位典型的贤妻良母。

不同的年龄、不同的人生经历和境遇，形成了她们三人各不相同的性格和人生追求。鸣凤正值花季，天真纯洁，对生活充满了幻想。无论是昨天的记忆，还是今天的处境，都充满了苦难和不幸，唯有明天的梦想使她得到暂时的超脱。她梦想过“精美的玩具，华丽的衣服，美味的饮食和温暖的被窝”，更重要的是，她朦胧中爱上了三少爷觉慧，盼望着有朝一日“他会把她从这种生活里拯救出来”。尽管她常常感叹这不过是一场梦罢了，但对她来说这是黑暗世界的唯一的一丝光亮，是支撑她生存的唯一希望。如果说鸣凤生活在明天的梦想中，那么梅芬则完全生活在昨天的回忆里，她梦想破灭，心如死灰，心头无法消除的伤痕使她多愁善感，郁郁寡欢，“看见花落要流泪，看见月缺也会伤心”，皱纹过早地爬上了她的额头，病魔也悄悄地缠上了她的身体。她痛感人生无趣、生不如死，唯一能够给她带来安慰的就是回忆往昔与觉新在一起的时光。她一再感叹“我哪里还有明天呢？我只有昨天”“我现在差不多是靠着回忆生活了”。与鸣凤、梅芬不同，瑞珏正生活在当下的幸福之中，一个女人在那个时代应该拥有的人生幸福，瑞珏似乎都拥有了。对她来说，明天不过是今天的自然延伸，她无须像鸣凤那样通过对明天的企望来填补今天的虚空；昨天不过是今天的铺垫，她也不必像梅芬那样从昨天的回忆中打捞温暖和慰藉生活善待她，她也善待生活，她相夫教子，尊长爱幼，温良恭俭，豁达敦厚，表现出一位贤妻良母的本色。

鸣凤、梅芬、瑞珏尽管身份、处境、性格各异，但同为女性，都表现出中国传统女性的美德。心地善良、忠于爱情、安分守己、隐忍柔顺，是她们共同的特点。鸣凤是位花季少女，她将一颗少女纯洁的心，无私地奉献给了觉慧，她把他看成“天上的月亮”，常常在心里暗暗呼唤他的名字，她说自己为了他“天大的苦也可以忍下去”。厄运临头，她不敢惊动觉慧，只是悄悄地向他道别。觉慧浑然不知内情，鸣凤也不怨他，反而更加爱他。她一心想着觉慧，实在离不开他，又意识到自己不应该妨碍他，连累他。最后跳湖赴死，她还用极其温柔的声音叫着心爱的人的名字。梅芬心头伤痕累累，明明母亲对她不幸的婚姻负有一定的责任，但她从未抱怨过她，反而总念叨着自己拖累了她，每当伤心至极，她免不了痛哭，但总是躲在房里，或倒在床上蒙上头，唯恐惊扰母亲和他人。她也从没有抱怨过觉新，仍一如既往地爱着他，见到他便感到无限安慰。她没有因自己的失意而对瑞珏有丝毫的嫉妒和忌恨，反而真诚地对她表示羡慕和喜爱。当瑞珏敞开胸怀接纳了她，她向瑞珏表示了由衷的感谢。瑞珏也像梅芬一样深深地爱着觉新。因为觉新爱梅花，她也爱上了梅花。为觉新采梅、插梅、画梅，是她生活中的重要部分。当得知丈夫是因为怀念梅芬而喜欢梅花，她不仅没有怪他们，反而非常同情梅芬的遭遇，并且陷入了深深的自责。她主动找梅芬谈心，竟然泪流满面地表示"我真想走开，让你们幸福地过日子"。她真诚地同情她，关心她，劝慰她，两人执手而谈，相拥而泣，最后竟结成了姐妹。后来为避"血光之灾"，瑞珏要到城外居住，她虽心不情愿，但也口无怨言，反而百般安慰自责的丈夫。住在阴暗潮湿的城外，她人前强作欢颜，人后暗自垂泪。

可以说，这三位女性身上散发着中国传统美德的熠熠光辉。有人曾指责她们软弱、麻木、缺少反抗精神，甚至于说她们是奴性的体现者。我认为这对她们是不公平的。我们不应该对她们提出超越时代的过高要求，要知道在封建制度下，妇女被束缚在家庭中，不可能在社会上获得经济上的独立，精神上也很难挣脱封建礼教的禁锢，因此她们总摆脱不了人身依附地位。《家》中的这三位女子，没有什么非分之想，无非就是要求嫁给自己所爱的人，与他厮守一生，平安生活。这在现代文明社会看来是再基本不过的了，而在那个时代却像梦幻一样一个个破灭了。鸣凤爱上觉慧，不过是多情少女的真情的自然流露，但他们之间横亘着一道无形的封建等级制度和观念的高墙，这使鸣凤意识到他们不可能走在一起，所以她的实际愿望不过是在高公馆里做觉慧的丫头，天天见到他就知足了。然而就是这样低微的要求，对她来讲也是不可能的。高老太爷一声令下，要她给一个年龄上可以做她爷爷的老头子做小，她不从，便只有死路一条。有谁真正将她当作一个人看待，了解她的意愿，尊重她的意愿？一朵含苞欲待放的花未及绽开，便被狂风暴雨彻底摧折了。

一个少女内心深处无数美好的梦想，还未来得及向世人诉说一二，便随着它们的主人一道永远沉入了湖底。梅芬与觉新倒是门当户对，然而她同样没有选择自己生活的权利和自由。父母之命，轻易地断送了她的幸福。又是父母之命，使她远嫁他乡，结果遇人不淑，年轻守寡。梅芬过早地告别了青春和欢乐，整日与泪水、失眠、咳嗽、痰和血相伴，最后在悒郁中，咯血而死。生前她满腹愁怨无处诉说，死后嘴唇微张，似乎还要想向世人、向苍天讲述什么。正像梅芬自己说的那样，她就像深秋的一片黄叶，一天天走向了枯萎和飘零。瑞珏恰似一朵当季盛开的鲜花，但却被一场突如其来的刀霜剑雨无情地毁灭掉了。荒唐的“血光之灾”，活人要为死人让道，有孕在身的瑞珏在最需要人照顾的时候，不得不离开亲人偏居城外，结果接生不力，难产而死。按封建禁忌，觉新不得进“月房”，于是一道木板门充当了他们夫妻二人的生死界碑，瑞珏任是死命地一声声呼唤丈夫，却至死也未能与近在咫尺的觉新见上一面。

鸣凤、梅芬、瑞珏都是美丽善良的弱女子，她们真诚地奉献爱，也强烈地渴望爱，从情理上也毫无疑问地应该获得爱，拥有爱。然而她们却无一例外地被蹂躏，被摧残，被戕害，在青春妙龄时节便一个个香消玉殒，零落成泥碾作尘。是谁将她们的低微的要求化为了泡影？是谁扼杀了这些年轻美好的生命？巴金借觉新之口满怀悲愤地告诉我们：“是整个制度，是整个礼教，整个迷信。”读着《家》，读着这三位弱女子的悲剧命运，我忍不住在心底里高喊：过去的那个社会、那个制度，实在太不人道、太不公平、太可诅咒了！连巴金这位在我看来现代最善良、最纯洁、最柔弱的作家，都忍不住要说，他的内心“充满恶毒的诅咒”。

是应该恶毒地诅咒那个罪该万死的社会和制度。然而我们想过没有，就是这种最无耻、最下流、最没有人性的社会制度，在中国历史上竟然绵延公行达几千年之久。什么父母之命、媒妁之言，什么“血光之灾”，什么拿奴仆当私有财产任意买卖、转让、赠送，在今天看来是多么的荒唐啊，然而在中国相当漫长的一段历史时期内，这些无一不合乎礼教，无一不是合理的、正当的。高老太爷并非胡作非为的恶棍，他赠送一个小丫头给好友，乃是小事一桩，完全合乎当时的“礼”；鸣凤死了，他必须再换一个，否则言而无信，那才是失“礼”。于是婉儿顶替鸣凤，充当了高老太爷的赠品。自始至终高老太爷未尝越“礼”一步。他死后，灵堂在府，高家上下对他仍以活着的最高长辈礼遇，口口声声说老太爷的利益超过一切，产妇、孩子都要为他让道。高家作为当地的名门望族，实在是躬奉“礼”的模范。至于父母之命主宰儿女的终身人事，这是千年不变的规矩，儿女不从，才是大逆不道。母亲也绝非有意加害自己的亲生女儿，梅芬死了，人们也许可以责备她母亲的糊涂和轻率，但绝不会从“礼”上找出她的任何过错。鸣凤、梅芬、瑞珏就这样一个个被“礼”正大光明地、理直气壮地送上了生命的祭坛。可怜的是她们每人都像温驯的羔羊任人宰割，至死也没有抱怨过什么，更谈不上什么怀疑和反抗。其实她们在内心深处也是完全认同于这些“礼”的，封建礼教在吞噬掉她们之前已彻底阉割了她们的灵魂。巴金说鸣凤是“顺受的，毫不抱怨，毫不诉苦。像大海一样，它接受了一切，吞下了一切，可是它连一点吼声也没有”。梅芬、瑞珏又何尝不是如。要知道，在高公馆一年的时间内就有这样三位无辜的女性丧生，那么在中国几千年里该出现了多少这样痛苦的冤魂？《家》中的新女性琴，眼前就幻现出一条很长、很长的路，“这条路是几千年前就修好了的。地上浸泡了那些女子的血泪，她们被人拿镣铐锁住，赶上这条路来，让她们跪在那里，用她们的血泪灌溉土地，让野兽们撕裂、吞食她们的身体……从遥远的几千年前到现在，这条路上，不知断送了多少女子的青春，不知浸泡了多少女子的血泪。”鲁迅先生更是将几千年的旧中国称作“人肉的筵宴”。他说：“大小无数的人肉的筵宴，即从有文明以来一直排到现在，人们就在这会场中吃人，被吃，以凶人的愚妄的欢呼，将悲惨的弱者的呼号遮掩，更不消说女人和小儿。”[①] 这绝不是什么危言耸听，而是对中国历史透彻的认识和真实的揭露。巴金《家》中的三位女性的命运、遭际，不就是对这番话最好的注解和诠释吗？

让巴金感到“不能忍受”的那个社会制度已成为过去，但当初与之

---

① 鲁迅：《灯下漫笔》，《鲁迅全集》第 1 卷，人民文学出版社 1981 年版，第 217 页。

共生、共存的文化传统、思想观念有些却顽强地活了下来，在今天改头换面，公行天下。在我们周围，在太平、文明的旗号下，每天都上演着践踏人的尊严、蔑视人的个性的各种悲剧和闹剧，每天我们都会耳闻目睹许多“害己害人的昏迷和强暴”①。人类至今已有几千年的文明的积累，今天我们这个时代比起历史上的任何阶段来确实已是大大进步了，但相对于人类自我完善的最终目标（在我看来，这其实是永无止境的），不过是“万里长征走完了第一步”。在这之前，总会有一些“使人不成其为人”② 的现象存在。巴金最热爱的哲人之一卢梭说得好：“人生而自由，但无时不在枷锁中。”当初吃掉鸣凤们的清规戒条，在今天看来是多么荒唐透顶啊，而在几千年漫长的时间内人人都视为天经地义。今天我们一本正经所奉守的金科玉律，若干年之后又有多少不会被后人视为荒唐的、不可思议的呢？当初高老太爷、冯乐山及他们的祖先都是社会敬重的正人君子，现在看来他们一个个都是多么的野蛮和凶残。今天我们这些自我感觉良好的现代文明人，多少年之后在人们的心目中难保不会是高老太爷们的形象。晋人王羲之早在一千多年前就曾发出浩叹：“后之视今亦犹今之视昔，悲夫!”我真为现代文明人的种种“害己害人的昏迷和强暴”感到悲哀和羞愧。当年巴金满怀强烈的爱和恨，通过对鸣凤、梅芬、瑞珏三位女性悲剧命运的描写，代那许多做了不必要牺牲的年轻女人叫出了一声：“冤枉!”向一个垂死的制度叫出了“I accuse（我控诉）!”如今，巴金已经垂垂老矣，鸣凤、梅芬、瑞珏连同她们无数的姐妹早已无声无息地湮没在历史的尘烟之中，然而她们这样的悲剧至今还没有根除。我痛恨人间一切非人道的制度、道德和现象，不管是过去的、现在的，还是将来的，对它们我像巴金一样内心“充满了恶毒的诅咒”。读巴金的《家》，读鸣凤、梅芬、瑞珏这些我的同胞姐妹的人生不幸，我只有仿用鲁迅先生当年诅咒反对白话者的一番话，才能排遣积郁在我心中的悲愤：

---

① 鲁迅：《我之节烈观》，《鲁迅全集》第1卷，人民文学出版社1981年版，第125页。

② ［德］马克思：《摘自“德法年鉴”的书信》，《马克思恩格斯全集》第1卷，人民出版社1980年版，第441页。

我总要上下四方寻求，得到一种最黑，最黑，最黑的咒文，先来诅咒一切反对人，妨害人者。即使人死了真有灵魂，因这最黑的心，应该坠入地狱，也将不改悔，总要先来诅咒一切反对人，妨害人者。①

（原载《济宁师范专科学校学报》2003 年第 2 期）

---

① 参见鲁迅《二十四孝图》，《鲁迅全集》第 2 卷，第 251 页。原文是：“我总要上下四方寻求，得到一种最黑，最黑，最黑的咒文，先来诅咒一切反对白话，妨害白话者。即使人死了真有灵魂，因这最恶的心，应该堕入地狱，也将决不改悔，总要先来诅咒一切反对白话，妨害白话者。”

袁霓小说论

由于众所周知的原因，华文教育、华文文化在印度尼西亚所处生存环境是相当艰难的。即便如此，印尼的华文文学还是倔强地发展了起来，涌现了一批卓有成就的华文作家，印尼华文作家协会会长袁霓就是其中的一位旗帜性人物。早在20世纪70年代初她就开始发表作品，诗歌、散文和小说创作皆有不俗表现。著有短篇小说集《花梦》、散文与诗合集《袁霓文集》、诗集《男人是一幅画》、诗合集《三人行》。由于个人和社会的诸多因素，袁霓不是一名多产的作家，但她的创作广泛地反映了印尼社会。特别是微型小说对情感的真实书写和对心灵的深度叩问，在印华当代作家中可谓出类拔萃。

年逾五旬的袁霓女士，经历过多次的印尼排华事件，更是“华校封闭”的直接受害人之一，能够在华文文学界拥有现在的成就，几乎完全依靠她对华文的热爱和不间断的笔墨耕耘。于这种环境下发芽的文学种子，一般都会自觉在现实生活伸展其枝丫。袁霓也不例外，与现代文学史上的许多女作家一样，袁霓也擅长在厅堂之内、琐碎之间，描摹尘世的男男女女，呼唤人间的真情挚爱。纵观袁霓的微型小说创作，于浮华尘世中寻觅真情，可以说是其鲜明的主题意蕴之一。

一　浮华尘世觅真情

在袁霓的微型小说世界里，我们窥见这样的人生景观：世界最美丽的是爱情，而美丽的爱情又往往有肮脏东西如影相随；天长地久的是爱情，昙花一现的也是爱情；爱情的归宿——婚姻，宛如是梦魇一般的存在，爱情在婚姻后往往堕入尘世的沼泽。夫妻之间，凭借短讯互相刺探，用虚伪的温柔遮掩猜忌的利刃，犹如阴谋家之间的博弈（《短讯》）；本想为丈夫庆祝生日的妻子，因为丈夫晚归而对丈夫的前女友大为光火，对丈夫反而不管不顾（《情敌》）；丈夫想要谋杀妻子骗取保险，回家后不知情的妻子恶语相加，说出的话竟和丈夫的计划一致，让人看到这对夫妻是如何互相将感情推向无法弥合的地步（《X + Y 的计划》）。尘世是浮华的，即使有地位、财富做支撑，但始终被虚假的誓言、无端的猜忌和物质的诱惑包围，寻不得真心真情喘息的缝隙。而爱情，是那么的曼妙旖旎，它能够让人变“痴”，在一个月的时间里思绪万千（《痴》）；它能够让人追昔忆往，淡笑流泪（《半包瓜子》）。这里的爱情是如此的真切，期盼、坚守、付出、牺牲，那份纯粹、纯洁为男男女女撑起一幕温柔的夜色。在美丑之间，袁霓传达了于浮华尘世之中对真情深深的渴望和呼唤。

尘世中为欲望所纠缠的男男女女，他们的精神和肉体是分离的、不和谐的，就像《情敌》中描写的那样。主人公轩华是位成功人士，他有车，有豪华洋房，有保养得当的摩登妻子。可是他却显得“落寞”，为妻子“又与她的朋友们去逛街，或者去卡拉 OK”而心烦意乱。他的身体穿梭在绫罗绸缎之间，心灵却蹒跚在大漠荒野之上。物质浮华的背后，精神尽是废墟。正因为如此，轩华才会感到那间简陋的“漆着浅绿色铁门的小屋”，对自己有“一股极强的引力”。轩华心中依然存有的对真情的渴望，使他觉得小屋的灯光是“温柔”的，觉得“人声笑语”中透出了“温馨”。但是，从后文可知，轩华早已经亲手将自己推入了浮华尘世的痛苦泥沼。具有讽刺意味的是，这痛苦的根源，是他的妻子秀萍。对于轩华的晚归，秀萍先是失望，之后便是怒火中烧，却全无担心的意思。当轩华终于回家，秀萍“弹簧似的冲跳到门边，打开大门”，只是为了“发一发雌威”。然而，秀萍发现门口出现的不仅是自己的丈夫，还有丈夫的旧情人蔡晴云，就立刻把喝醉了酒脚步踉跄的丈夫推在一边，大骂蔡晴云是狐狸精。秀萍的这一连串反应，显示出她对轩华的感情更多的是一种占有欲。轩华更像是她当年在情场上的战利品，而不是一个相濡以沫的丈夫。事实上，秀萍的气愤，除了“战利品”被侵犯，更是被“貌不惊人，开始呈现老态”的蔡晴云打败的恼羞成怒。如果说轩华还为自己的精神世界开了一扇天窗，秀萍则已经用铁皮将自己的精神世界封锁了。正因为这一点，秀萍不愿也不可能听从蔡晴云的真心话，她丧失了“爱”的能力，她的心中只会被激起“恨”。所以，轩华的那句“住嘴！你懂什么！”已经宣判：本应是互相扶持的人生伴侣，已经成了尘世中的陌路人。

这种夫妻之间剑拔弩张的态势，在《X+Y的计划》中，由于物质条件上的不同，更是演变成了你死我活、水火不容的局面，浮华尘世在这篇小说中露出了与《情敌》不同的尖牙。在《情敌》中，由于物质生活上的平衡——经济富裕——得到保持，轩华和秀萍还保持着基本的“人性”；《X+Y的计划》中的“他”，因为经济状况的缘故，连人性也失去了。“他”的精神在自卑和自私的作用下变得无比贫瘠，不得不依靠物质生活上的奢华来维系自己的人生。“他”是一家公司的老板，原本有不错的社会、经济地位。但因为经济不景气，负债累累，“几个月来不曾现过笑容”。可一想到自己杀妻的计划，“他”居然“好像有一点笑容了”。当“他”回家见到妻子，我们终于明白了这仇恨的缘由：“他”的妻子倚仗着当年对丈夫的经济资助，在“他”面前飞扬跋扈，指手画脚，一再触痛“他”的神经。而“他”虽然不敢当面顶撞，心中却已经深植了怨恨。之后，“他”的妻子说的气话句句命中“他”心里筹划的谋杀计划，这不单是为了渲染“他”的惊恐情绪，更是这对夫妻一路互相折磨最终走向决裂的一个缩影、一种象征。面对妻子的喋喋不休，“他”几乎下了决心：即使是坐十年牢监，也要立刻杀死妻子，摆脱现在的生活。不过，文末那句“明天再想一个好办法，他安慰自己”，又暗示我们：这对尘世中的怨侣，不会以阴阳两隔的方式分离，而是会继续在尘世中彼此刁难，煎熬受难。

《情敌》和《X+Y的计划》直接实在地表现了夫妻之间的鸿沟，而《短讯》将锋芒藏在了面具之下，这种暗流涌动的对弈更显出了夫妻之间可怕的猜忌，呈现出一种更可憎更可怕的“恶”。开篇时的两条短讯，似乎表示这是一对恩爱夫妻——顾家的丈夫和呵护丈夫的妻子。但从第三条短讯开始，形势就急转直下。妻子开始了绵里藏针的“讯问”，丈夫开始了闪烁其词的应对。尽管短讯中不间断地重复着“还是我的老婆好”“还是我的老公好”“你真是好老公”“你真会关心老公”这类温暖的语言，可相互之间的不信任却在不停地升级。原本妻子只是通过说朋友的事进行旁敲侧击，隐晦地提到“你这个月已经是第10次陪客户吃晚饭哪”。之后，索性直截了当地问起了车子里的“第三个人”是谁，还要“叫她跟我说话吧”，最后甚至示以威胁：“我会打电话问司机的，他是我的人，你收买不了他的。如果你敢花心，今天晚上，你休想可以进房间睡觉。”从短讯的内容中，读者无法看出事实究竟是怎样的，因为所有的怀疑和辩解都毫无根据。“长恨人心不如水，等闲平地起波澜。”这对夫妻的行为看似是无理取闹，却也是有必然性的。其关键还是“物质”。丈夫用“物质”作挡箭牌，妻子因为“物质”而做出退让。可同时，他们又心有不甘，从而在精神上互相猜忌折磨。袁霓选择短讯作为这场“对弈”的交流方式是别具匠心的。短讯交流，不必双方面对面，看不到对方的表情，听不到对方的声音，这是一种缺乏真实基础的交流。以此来表现一份缺乏信任的夫妻关系，加重了弥漫其中的虚伪气息。

尘世浮华而残酷，更显得真情的难能可贵。在《情敌》中，轩华就试图通过别人家庭的真情来获得安慰。可以说，真情是无奈地生存在浮华尘世中的人们唯一的避风港。袁霓的小说不仅描摹出浮华尘世中幽男怨女精神世界的千疮百孔，更以深情的笔墨刻写出由真心真情支撑起的一片温馨天地，小说《痴》和《半包瓜子》即是其中的典型代表。

《痴》中的凌斐，原本也是属于尘世中的人。她“对自己的容貌很自负”；她觉得自己家境贫寒是“输人的”地方；她希望“那个男人”进来，是因为他“年轻有型、帅极了”。然而，在接近一个月的期待中，凌斐的虚荣心渐渐地消退，取而代之的是一份悄然萌生的情愫，以至于当某天那个男人“带着一脸紧张和兴奋地走来”，她竟然“感到自己也莫名其妙地有些紧张起来”，并且不解地责问自己：“怎么了你?”再后来，凌斐甚至抛下了矜持，“不假思索”地主动邀请男人进店里，却把男人给“吓得回头就走”。这一度让她很沮丧。幸而第二天男人又出现在玻璃橱窗前，凌斐才“很安心地微笑”了。终于，月头那天男人“带着一脸兴奋和信心”进店来了，凌斐顿时感到“本来冷冷而没有生气的店，因他的进来好像整个都亮丽活泼起来了。就像凌斐的心情”。这是一份单纯的“痴”，痴到为别人而患得患失，痴到为别人而欣喜若狂。可惜的是，这个“年轻有型、帅极了”的男人，也是一个“痴”人，只不过他的“痴”不是为了凌斐，而是为了一个自己心仪已久的女子。这位“痴男子”由于心中的“她”看中一个名贵的女装皮包，便动了买下皮包送给“她”的念头，希望“让她高兴”。为了实现这个目标，他“一个月来每天省吃俭用，只吃便餐”，因为担心皮包会被别人先下手买走，而在每天午饭时间来“监视”皮包是否“安然无恙”。在交出了当月的所有薪水和几个月的积蓄得到皮包后，这位“痴男子”兴奋得“滔滔不绝”，“掩不住笑意”。这也是一份单纯的“痴”，痴得忘却了辛苦，痴得忘却了得失。

在《痴》中，袁霓女士在主人公凌斐身上倾注了更多的心血。凌斐不仅在男人进店之前是“痴”的，在男人进店说明了一切后，她仍然是“痴”的。虽然男人的解释带给了凌斐巨大的失落，但凌斐还是强装着笑容祝福了男人。文中有这么一段描写：“她看着他的背影走出店去，好像也把整个店的亮丽和生气带走了，凌斐愣了一会才慢慢地把心一点一点收拢来。”从这里可以看出，凌斐已经整颗心、整个人都扑在“他”身上了，她把快乐和希望都寄托在了“他”的身上，忘记了自己。这样真挚的感情，的确只能用一个“痴”字才能形容了。

和《痴》相类似，《半包瓜子》中的一对男女也没有走到一起。小说在环境渲染上花了许多笔墨。问路时遭受的冷漠待遇，医院里“浓厚的药味，压抑的气氛”和“一种深深的阴气”，宛如“黑白无常就在旁边窥探着”的“人间地狱”。这些都为全文营造了一种沉重的氛围，一来与因多年前的回忆而生成的深沉感相对应，二来凸显了“他”一片真情的难能可贵。“她”关于少年时与“他”在一起的回忆，是全文唯一露出些许鲜艳色彩的片段。从十一二岁时的少小无猜、青梅竹马，到数年之后的情窦初开、懵懂无知。“他”为“她”介绍过男孩子，“他”为“她”风雨无阻地周末“报到”；而“她”对“他”发过莫名的脾气，“她”对“他”的心意一无所知。但“他”始终为“她”留着电单车的后座，“她”也只会坐在“他”的电单车的后座。只是曾经那无忧的少年时代，就像那段比想象中要长的去往医院的路一样，终究是走完了。

在医院里，“他”与“她”的对话很普通。谈些现状，谈些过往，再吃些瓜子。“她”为“他”眼底的专注而感到歉疚，“她”为“他”有一位贤妻而感到欣慰。在探病结束时，“他”的那一句“谢谢”，把“她”拉入了回忆、现实的交叉点，让“她”“眼泪迅速冲上来”。在“她”离开后的当晚，“他”去世了，仿佛是最后的愿望实现后终于舍得安然睡去了。留给“她”的，有回忆，还有半包瓜子。“他”对“她”付出了全部的真心，从少年到生命的尽头，如文中所说的：“几十年来，这个好朋友一直在默默付出，从爱情慢慢升华为真挚的友情，几十年来关心她，始终如一。”“春蚕到死丝方尽，蜡炬成灰泪始干。”尽管“他”的真情之前没能被“她”清清楚楚地感受到，但“他”并不计较，仍然像少年时那个风雨无阻的男生，默默地关心、注视着“她”。时间的重量给“他”的行为添加了一份神圣和深沉。真情如斯，足以融化尘世的种种建筑在“她”心中的道道壁垒。对于“她”来说，这次广州的探病之旅，是一次寻找真情的旅途。不仅是发现了多年来“他”为“她”付出的真情，更找回了“她”因为“他”的真情而引发出的内心汹涌之情。不起眼的半包瓜子，被赋予了真情传递的使命。因此，“她”接受了那半包瓜子，“她”不顾丈夫的不解，坚持要吃完那半包瓜子。“她”在尘世之中，找到了属于自己的那份真情。

《痴》和《半包瓜子》都写了人间的真情，并且都留下了悲剧性的结尾。在《痴》中，凌斐幻想落空，希望破灭；《半包瓜子》的题目本身就是不完满的，“半包”的瓜子是“他”真情没得到完整回应的象征，结局也是以“他”的染病逝世收束。笔者无法确定，这种悲剧性是否出于袁霓女士的故意。但无论如何，这都显示了人们辗转于滚滚红尘之间，真心难觅、真情难求的困境。

袁霓的眼光始终放在普通的男女之间，讲述他们在浮华的尘世中迷失了自我，被物质的欲望征服，成了折磨他人的活的“地狱”；另一方面，袁霓也刻画了那些心怀真情，不计较物质得失，忘我地带给所爱的人温暖与动力的人物形象。所有的这些有机地联系在一起，形成了小说于浮华尘世中寻觅真情的主题意蕴。

二 温情与痛楚交织的多色人生

读袁霓的微型小说，会被其作品所传达出来的浓重的生活气息所感染，在对生活的表现中透露出作家对现实独特的感悟力，同时也一定程度上显现了作家那份真切的生命体验。作为一位印华知名女作家，其华人身份使她在对生活的关注中不自觉地带有一种身份意识，从而使她作品的关注点并未局限于印尼本土人的生活风貌，对印尼华人生活的揭示也成为其小说必不可少的一个方面。

袁霓微型小说关注生活，选取了亲情作为其中的一个出发点。亲情，特指亲人之间的那种特殊的感情，它是永远不会也不能割舍掉的，不管对方怎样也要爱对方，无论贫穷或富有，无论健康或疾病。小说《十八年》可以说对亲情的内涵做了最好的诠释。华人女孩纯菁与印尼人阿古斯相恋，但是女孩的父亲有着很强的民族自尊优越感，而且传统封建思想很重，因此女孩父亲极力反对他们两个来往，最后女孩选择与阿古斯出走。小说最感人的地方不是这动人的爱情故事，而是女孩出走之后，那十八年来一直缠绕在女孩与其家人之间的亲情。从女孩姐姐焦急的等待中我们可以看到，姐姐她们并未因为女孩出走而痛恨她，忘记她，而是无时不在想念、无时不在牵挂。正如女孩姐姐所说，“真正的爱情应该祝福，不要因为种族而有所歧视”。同样真正的亲情也不会因为异族文化的介入而淡漠。亲情是人心底永远的依靠，即使经过十八年之久的时间考验，亲情却因历久而弥深。此种真情在《拮据》《三个皮箱》中表现得更为具体。经济萧条之下，每个具有消费能力的人都失去了消费能力。《拮据》主要有两个场面描写。一个场面描写的是一位母亲和她孩子去书店买书。母亲告知孩子除了买大考需要的书之外，一切无关的皆不可动。然而孩子们近了书店就如进了迷宫，怎么走都走不出来了，由此可以看出孩子们对书的喜爱程度。母亲摸摸自己的皮包，就连他们喜欢的公仔连环画也是买不起的，于是母亲斥责了他们不该看这类书。孩子很可怜，哀求母亲只给她们看一下就好了。母亲心一酸，眼睛湿润，最后决定在一旁耐心地等着，“我没有能力供给他们更好的娱乐，在一旁陪伴他们的耐心就应该有了”。亲情的力量有时很渺小，但对孩子来说却如此重要。另一个场面描写了一个女孩和男孩去面店吃面的场景。男孩的一句话道出了他们此时经济的窘迫，“你要记得，从现在开始我们要学会节省用钱了，知道吗?”他们决定每人只吃一碗鸡肉捞面，于是男孩订了两碗面，而女孩又多叫了一份打包的。男孩皱了皱眉，女孩解释到妈妈一人在家，也还没吃饭。“我看看钱够不够？哎，还好。”男孩不是小气而是钱包里的钱确实有限。女孩也不是故意制造麻烦，实在只是因为想着自己的妈妈。生活越艰难，亲情就越显得弥足珍贵，一碗鸡肉捞面也可成为亲情的最好见证。《三个皮箱》描写的是印尼华人遭受暴乱劫难之后亲人相互扶持、坚强生活的故事。女儿在去中国求学时只提着一个塑料袋，脚上穿着一双拖鞋，身上穿着一件朴素的衣服。最令女孩伤心地是，她出国连一个皮箱都没有。面对生活的困境，女孩并没有流泪，在一刹那间跨过幼稚的年代忽然成长，在陌生的环境中变得坚强而自立。女孩在暑假四处寻找，终于找到一份工作，利用打工赚来的钱女孩买了三个皮箱，一个给哥哥，一个给姐姐，一个留给自己。生命的尊严没有因为生活的艰难而泯灭，反而变得更加坚韧，变得更加富有魅力，“人是自己的主宰，在他上面再没有更高的生灵或力量，可以裁决他的命运”。在此流露出的亲情才是经过考验的最为坚实的情感。作为一位女性作家，特别是作为一位传统的女性作家，袁霓感情细腻，珍视人间的真情，因此能从生活之中发现人性之美，在小说中她描绘了世界美好的一面，其中揭示的亲情经受住了现实困境的挑战，显得弥足珍贵。

但袁霓眼中的世界却并非如此简单，在她看到其纯美一面的同时，也看到了其中的复杂性。《命运》中主线记叙的是狗的故事。这只叫作

"幸运"的狗原先是一只流浪狗，后来被一大户人家收留。狗对主人忠心耿耿，有一次还救了主人及整个街邻的性命，因此主人给它取名"幸运"。随着主人家世的中落，"幸运"的日子也不再好过，孩子们每天吵着父亲要分家产，吵过之后就拿它出气。大哥生气踢它一脚，和大哥吵的二哥也跟着出来踢它一脚，大姐和二妹吵架也拿它出气。后来"幸运"经常被套进麻袋里毒打，但是忠心的它依然尽它的职责，忠心守护着家门。小说虽以狗的故事为主线，但是其衬托的却是人的故事，展现的是人情的冷漠。小说中还有另一条线，它从侧面揭示的是一个老人的故事。老人的命运和"幸运"相似，老人年轻时为家庭拼命，后来得了重病，在他失去生活能力时家人就不再管他。"你像我一样，不中用之后，都是被遗弃的动物啊！有家像没有家一样啊！"这是老人对"幸运"吐露的衷肠，也是对他们命运的慨叹。亲情变得如此脆弱，当有利益关系时，人们尚能看到亲情的存在，而当利益关系消失时，亲情也随之变得淡漠。这对老人来说是残忍的，是悲哀的。而在这两个故事之外，我们还可以发现一个隐含的故事，就是"幸运"的主人们之间的故事。曾经的一家人在家道中落之后争相分割家产，甚至为此相互争吵。他们之间的故事讲述的也是亲情在利益面前的沦丧。亲情被利益所左右而变得淡漠，在处处充满利益诱惑的社会，亲情如何能保持其本来的面目成为一个重要问题；亲情丧失了，人生存的意义值得重新反思。由此，我们不难发现，袁霓的微型小说还折射着作家对人生存状态的深度思索和对现代社会的某种控诉。《恐惧症》《豹子》从不同方面对这一主题进行了深化。《恐惧症》说的是一种新的病状——恐惧症，它是因为紧张、恐惧、惶惶不可终日引起的血压增高，心房心室收缩不一，心肌常处在异常兴奋状态，压力太大结果出现了裂痕。严重的整个心脏都会碎去。小说中需做手术的病人是个米商，每天买进卖出的多，很怕有人告他囤积，因此精神紧张终于患了这种病。据叶医生所说，他们记录的这样的病例已有九千九百九十九宗，而这个米商病人是他开刀解剖的第三十九个。如果小说的结局止于此，我们也许会为"恐惧症"这种病症的症状而感到惊奇，会为有如此多的人得这种病而慨叹，但是从心底还不会产生对这种病的恐惧。但是小说后面记叙的事情却令我们震惊。小说最后，我们发现为病人做手术的叶医生，成了第一万个“恐惧症”的患者，“他心力交瘁地把脸伏在桌上，胸口一阵一阵地作痛，突然间他听到‘喀’的一声，眼前一片昏黑，整个人滑溜到地上去，他清楚地知道，他的心也裂了……”“恐惧症”成为现代人的一种症候，不仅普通人深受其害，就是医生自己也难以逃脱，可见现在人精神的困境已成为现代社会发展中产生的一个重大问题。在物质生活富裕的情况下，人们的精神生活却普遍存在某种焦虑感，精神生活往往显得无着落、无支撑。人们在自己不断创造的富裕的物质生活中陷入时代性的困境。这在米商病人身上表现突出。作为米商，他经济利益满足了，但是在精神上又为利益的获得而不安，于是精神陷入危机，最终得了“恐惧症”。现代人困境重重，工作的压力、家庭的压力正构成双刃剑压在人们身上。叶医生一面为医院的工作忙碌、焦虑，一面还要为解决两个在国外留学的儿子的学习费用而发愁。即使他知道自己有什么毛病，也没有时间为自己检查，得病终于无法避免。小说《恐惧症》情节的独特设计意在给人们以警示，人们的精神危机已经到了极其严重的程度，人要想在社会继续生存发展就必须应对这个问题。小说在揭示人的精神生活状态的同时，也对造成这种生活状态的现代社会进行了控诉。《豹子》中描写了两个人物——豹子及儿子小豹子的故事。豹子年轻的时候，在乡里是一个响当当的人物，呼风唤雨，在黑道中是人人敬畏的大哥，在白道中是人人避之不及的人物。但是现在豹子老了，失去了年轻时的威风，只能嘴里唠叨着他年轻时的“光荣”史过日子。儿子小豹子现在是一家大公司的董事长，出入有保安护卫，比他年轻时有过之而无不及。小豹子把父亲豹子安排在最豪华的住宅区，为此父亲深感安慰。但是，年老的豹子也感到烦恼，因为儿子不让他外出。耐不住寂寞的豹子在他的属下的诱导下终于误入了歧途。但是故事还没结束，故事的最终结局是小豹子作为国际级的毒枭被警员抓走，豹子服药自杀。小豹子在被警员戴上手铐欲带走时对父亲豹子说的话意味深长，“我已经交代你不可出家门一步，你偏不听，有福不享，只能怪你自己”。是的，对年老的老人来说，如果在晚年儿子孝顺，不愁吃穿，还有豪华的房子可住，这无疑是很幸福的，而豹子却不珍惜这种生活，导致最终的恶果，这确实是应该怨他自己。但是儿子小豹子被抓的主要原因是在豹子吗？肯定不是。其实小豹子的结局也只能怪他自己。是他自己选择了一条毁灭自己的路，被抓只是早晚的事，这也可以说是他自己“有福不享”，从根本上说，不是父亲害了他，而是他害了自己的父亲。由此可见，人的生存状态多是自己选择的，小说《豹子》首先告诉人们的就是这样的一个问题。此外，人的生存状态又与社会、与他人有着密切的关系，如果不是因为受下属的诱惑，豹子也许不会离开自己的住宅区，也就不会导致他后来的悲惨结局。而没有社会环境的影响，小豹子也不可能会如此胆大妄为，成为国际级的毒枭。小说对人的生存状态进一步做出思考，同时也进一步控诉了社会现状。袁霓在关注生活、揭示生活现状时，始终加入自己的理性思索，即便是普通的生活现象经她之手，在进入作品中也表现得极具代表性和震撼力，寓意深厚。

袁霓一直在关注着生活，也在表现着生活，在独特的叙述风格之下，其小说传达出的内容亦让人感觉惊讶、感到震惊。华人独特的身份，使她在审视印尼社会时有了更为敏感的眼光，从而表现的内容就既广泛又深刻。从整体看，袁霓的小说做到了情与理的双重观照，以亲情为出发点，展现了人间亲情的可贵，诠释了在种种困境之下人们对亲情的坚守；同时，小说也揭示了现代社会人与人之间的亲情危机，从而对现代人的生存状态提出质疑，对现代社会的弊端给予批判。

三　走向经典

袁霓近年出版的微型小说集《失落的锁匙圈》是继《花梦》出版十余年后的又一力作，该书共计收录袁霓微型小说三十五篇，包括爱情篇、社会篇和亲情篇三个部分，内容十分丰富，或描写爱情婚姻（《痴》《短讯》等），或描写华人在印尼的生活（《十八年》，或描写《祖母口中的祖父》等），或描写下层人民的不幸命运（《上报》《丰收》等），或描写商界的尔虞我诈（《吉屋出售》《慈善企业》等）。该小说集不仅表现了作家对爱情与婚姻的独特感受，更表现了她对印尼现实生活的种种剖析和反思。作者笔触朴实简洁，而又不失女性作家的温婉细腻；篇幅精短，而立意新颖，谋篇布局也颇为讲究，结尾往往出人意料，令人回味无穷。

袁霓曾说："随着科技的高速发展，我们需要用很大的精力去完成每一项工作，每个人都在要求精简，快速。在忙碌的工作中，微型小说适合当前的社会，对于读者来说，可以在很短的时间内看完一篇小说，并从中去思索它的含义。对于作者来说，篇幅短，不必花很多时间去完成一篇作品，但因为短，需要构思，需要酝酿，酝酿成熟的作品就会像艺术家的艺术作品，对于作者来说，是一个挑战。每一个微型小说作家，都希望可以创作出能够成为经典的作品。"袁霓也一直向着这个方向前进，努力使自己的作品趋于成熟与完善。现今这个浮躁的社会已被微博、微信、微小说、微电影等"微"产品成功占领。随着社会生活节奏加快和工作压力加大，人们闲暇时间减少，已不能再像从前那样静下心来阅读文学作品。在这样的情形下，简单、快速、犀利、生动的微型小说阅读，正越来越受人们的青睐。①

一般认为，微型小说在写作中追求四个字：微、新、密、奇。"微"就是指篇幅短小，以非常有限的字数表现丰富的内容。袁霓的这本小说集就是一部微型小说集，读者差不多十分钟就可以看完一篇。对于读者来说，在忙碌的工作中，利用点滴时间就可以阅读完整的一篇，并从中去思索它的含义，而不会过多地占用自己的工作时间与闲暇时间。

微型小说篇幅有限而要吸引读者，往往靠"新"取胜。题材新颖，能够令人耳目一新，眼前一亮，可以说是袁霓微型小说成功的一个重要因素。在《X + Y 的计划》中，丈夫因为经济不景气，公司负债累累，加之妻子倚仗着当年对丈夫的经济资助，在他面前飞扬跋扈，一再伤害他作为男人的自尊心。仇恨的种子早已深植于心，因而想到了杀妻骗取保险金的计划。然而，妻子无意间的话却神奇地一一命中丈夫心里筹划的谋杀计划，最终丈夫决定"明天再想一个好办法"。一连串的巧合使这篇

① 陈勇：《世界华文微型小说百家论》，内蒙古人民出版社 2011 年版，第 33 页。

小说不同于一般的谋财害命之文，在双方惊恐情绪之下，仿佛还有着一种深深的讽刺。结尾暗示读者这对怨侣必定不会以一方杀死另一方的方式结束，而是会继续折磨下去，最终同归于尽。《短讯》中袁霓选择短讯作为夫妻二人之间的交流方式，颇为新颖。开篇时的两条短讯，似乎显示这两人非常相爱。但从第三条短讯，妻子开始对丈夫进行糖衣炮弹式的询问，丈夫对此也相应地一一“化解”开来。尽管两人之间的甜言蜜语不断，但是读者还是可以感受到二人的不信任在一步步升级。到了最后，妻子终于忍不住了，直接对丈夫进行质问，甚至还提出威胁。直到小说结束，读者也不知道丈夫是否有出轨，因为并没有直接而明确的证据。在现实社会中，因为一方掌握着经济大权，另一方只能委曲求全，成为貌合神离的夫妻。可同时，他们又不甘心，一定要做些什么才能满足自己的“牺牲”，这样，他们就只能互相猜忌、互相折磨。短讯交流，不如直接见面来得真实，文字是经过多次加工形成的，双方感受不到对方的第一反应，这是一种缺乏真实基础的交流。以此来显示夫妻双方缺乏信任，加剧了弥漫其中的虚伪气息。在《圆不了的月》里作者描写了一位少女被亲生母亲拐走所爱男人的故事，末尾的“我回来做什么？只为了叫你一声爸爸吗?”从原本应是丈夫，变成是爸爸，这是何等的荒唐啊！这少女的心，又是多么愤怒与无奈呵！《十字路》则采用一种类似于寓言体的写法，写在十字路口彷徨的一个男人，向右有人在放火烧屋，向左有人在抡枪挥刀，向前则遇见地震灾难，似乎难以找到通往平安港之路，从而反映印尼的社会现实。在《母亲》中则描写了一位母亲整日生活在担忧之中，怀疑自己的儿子是否为凶手。虽然知道杀人不对，但作为自己唯一的依靠，心中一直纠结着是否要告发儿子。直到最后儿子被抓，她才叹了口气，同时也莫名其妙地松了一口气，现实为她做出了选择。由此可见，袁霓的微型小说不仅题材新颖，而且表现形态也各具风姿，十分耐人寻味。

其次，微型小说还要追求结构严密、紧凑，压缩和集中时间、场所、人物的描写，使作品结构简练、精巧。袁霓的微型小说很好地体现了这一点。《短讯》仅仅通过几条短讯就将夫妻之间的矛盾和微妙心理刻画得淋漓尽致；《圆不了的月》则通过描写女主去妈妈家的一次经历，就将所有的事都交代清楚了；《痴》通过几天的时间就描写了女店员凌斐由恋爱到失恋的心情；《丰收》写商人冯子诞回到家乡的农村购买了一块土地种植玉米，结果大丰收。经过新闻媒体报道之后，他成了大名鼎鼎的人，于是各种各样的人纷至沓来，索要玉米。小说并没有详细描绘人协代表、乡长等人向他讨索的细节，对讨索人之繁多也只用了一个省略号来表达，但成功的商人丰收后的遭遇，却已历历在目。最后，只有一节对话“‘我不想搞农业了。’/‘为什么?’/‘因为丰收。’”便戛然而止。真是言简意赅，余味无穷。《呈堂证物》写法官审理一个神秘案件的故事，此案之所以不寻常，是因为原告慷慨激昂地在堂上控诉他人犯法时，所有的控诉都出自原告，连人证也只是原告自己。如此审理会有怎样的结果，小说没有多作交代，却留给读者很多回味。全篇只有五百多字，毫无繁枝冗节，但却意味深长。《恐惧症》写专家叶医生为一个米商成功地施行了心脏病手术。该米商曾患的是“心肌出现裂缝”的恐惧症，这种疾病是他每天都要面对经营买卖的风险，长期精神高度紧张所导致。这种疾病今年以来频繁发生，仅叶医生便已医治三十九例之多。出人意料的是，叶医生在手术之后，他自己也感到“胸口一阵一阵地作痛，突然间听到‘喀’的一声，眼前一片昏黑，整个人滑溜到地上去，他清楚地知道，他的心也裂了……”专治心脏病的医学专家，竟然自己也有这样的问题，由此可见这种“恐惧症”流行之广，而造成这种疾病的原因就是经济社会的高度风险，使得每一个人都胆战心惊、惶恐不安。在这篇小说里，作者着墨不多，仅仅粗略勾画，但由于选取两组形象进行比照，便产生了以少胜多的强烈效果，给读者留下深刻的印象。这些小说篇幅短小，但能用有限的篇幅来表现尽可能丰富的内容，常常留下空白，让读者有思索回味的余地，自有它的艺术魅力。

“奇”可以说是微型小说的画龙点睛之笔。袁霓的小说常常以“奇”制胜，令人眼前一亮，回味无穷，具有“欧·亨利式结尾”的特点。所谓“欧·亨利式结尾”，就是“先在故事情节发展过程中透露一些情况，作为铺垫，埋下伏笔，但对最重要的事实却一直秘而不宣，结尾时峰回路转，豁然开朗，产生了意料不及、画龙点睛的效果，向读者揭示了整个故事的意义和人物性格及行为的全部真实，使读者在惊愕之余，不禁拍案叫绝，不能不承认故事的合情合理，赞叹作者构思的巧妙”[①]。《伴娘》中身为整形医生的伴郎看上了漂亮的伴娘，一对才子佳人本应互生爱慕之心，终成眷属。但伴娘却说有时候缘分并不一定都是好的，委婉地拒绝了伴郎。小说的最后，男方的主婚人笑容满面地对伴娘说：“婚礼一结束，马上回家去，别忘了你是我的人！我警告你，别去勾引我侄儿，要不然有你好看。”原来最大的慈善家却是整篇小说中最邪恶的人，侄儿和叔叔都看上了女主，颇具讽刺意味。这和《圆不了的月》类似，小说中，母亲戴着一张慈祥的面具，接近女儿的男朋友，最终设计将之骗为自己的丈夫。《猎物》中的阿布深深爱着丽娜，不顾危险回来只为看她一眼，但是，在两人相会时，丽娜却将阿布的行踪上报了。在个人与祖国之间，在小爱与大爱之间，丽娜做出了牺牲小我、成全大我的选择。阿布作为道具，既出乎意料，又在情理之中；既给人新颖之感，又让人若有所思。《李有恒》中，主人公从乡村到大城市谋生，在母亲叫他回家相亲时，遇到了两个冰清玉洁的年轻女子，使他对爱情、婚姻充满了遐想。但他没有想到的是，纯洁的背后却是肮脏，美丽和青春竟然是诱人的陷阱。《痴》是一个充满悬念的美丽的故事。漂亮的女店员凌斐连续几天注意到一个年轻英俊的男人午间站在店外望着玻璃橱窗发呆，她认为他是被她的美貌迷住了，便殷勤地向他打招呼，不料对方却“吓得回头就走”。第二天，这个人又来了，仍旧站在橱窗外向里张望。凌斐不敢再跟他说话，但是心里甜滋滋的，不禁对生活充满了美好的向往。就这样持续了整整一个月，正当凌斐等待着对方向她表白时，他真的走进了店里，然而却不是向她求爱，而是要买那个价格昂贵的名牌女式皮包。原来，他想将这款女包送给自己的女朋友，但由于囊中羞涩，暂时买不起，于是经过一个月的节衣缩食，终于攒够了钱，在此期间又担心这款女包被

① 王永年：《欧·亨利小说全集·序》，《欧·亨利小说全集》（第一卷），人民文学出版社2003年版，第12页。

人买走，所以每天中午便来到商店外张望。作者通过交互描写年轻英俊的男人观望橱窗的行为与漂亮女店员凌斐的自我感觉，给读者一种错觉，似乎他们两人郎有情妾有意，终成眷属应该毫无悬念，但故事的结局却完全出人意料。然而当读者细细回味作者前文的描写时，却可以发现这样的结局竟是合情合理，水到渠成。小说里的悬念与结局反差之巨大，大大加深了作品曲折感人的艺术魅力。与《痴》有异曲同工之妙的还有一篇《面包》。小说作品也是巧妙地运用了误解的手法，使小说的结果与主人公的判断形成鲜明的对比，从而产生了震撼人心的力量。这些小说的结局都出乎意料，又在情理之中，同时又揭示了各色各样的主题，给人以无穷回味，使人拍案叫绝。

《失落的锁匙圈》中的小说与以前的创作相比更加成熟，显示出作者使自己作品“成为经典”的艺术追求。这些作品内容丰富，情理兼备。作者袁霓拥有一种强烈的现实情怀，不仅观照华人的生存状况和心理，也对印尼社会、种族和谐以及底层人民进行审视。作者巧妙地运用各种艺术手法，使得她的作品新意迭出，给读者多样化的审美感受。小说语言极为严谨，叙事自然流畅而略显沉重，语言细腻而质朴，情节跌宕起伏而意蕴深刻。通过阅读袁霓的微型小说，我们可以发现，在极短的时间里就可以了解印尼的风俗习惯与文化背景。对于读者来说，是一份收获。我相信，袁霓的微型小说创作会越来越深刻，更具自己独特的风格，一步步地向着经典迈进。

[与吴骏、魏静合撰，收录于《东南亚华文文学研究（2010）》会议论文集]

小故事大世界的女性书写

朵拉是马来西亚一位涉猎广泛的多产作家，在中国大陆、中国台湾、新加坡及马来西亚等地出版过短篇小说集、微型小说集、人物传记等数十种，尤以微型小说创作影响最大。世界华文微型小说研究会秘书长凌鼎年曾经有过这样评述："马来西亚的女作家朵拉是海外作家中写微型小说作品最多的一位，也是在中国大陆发表微型小说作品最多的一位海外华人作家。"[①] 为了展示近十几年来世界华文微型小说创作的实绩，他主持选编了一套海外华文微型小说系列丛书，2010 年由江苏文艺出版社出版，其中就有朵拉的《自由的红鞋》，该书从作者为数众多的微型小说中遴选了 98 篇作品，可以说代表了朵拉多年来微型小说创作的成就，为我们阅读和研究朵拉微型小说的思想和艺术追求提供了很好的文本。对于这部小说集笔者无意于全面考察，仅择取女性主义这一视角进行粗浅的解读分析。在《自由的红鞋》这本小说集中，我们不仅读到作者对女性的社会生存状态的观照以及对女性主体意识的张扬，还读到作者超越性别的局限，将人性、人生、社会等问题纳入审美视域的文化胸怀。

从《自由的红鞋》这部小说集可以看出朵拉对女性的社会地位以及生存状态的思考。男权社会里，女性囿于男性话语权力之中，失去了独立表达和实现自我的自由。在朵拉的故事里，传统女性的悲剧在于牺牲了自我却仍得不到与男性平等的权利。故事里的奶奶、母亲、妻子们往

---

① 凌鼎年、蔡晓妮（中国）：《构建海内外微型小说双向交流的平台·代序》，见《自由的红鞋》，江苏文艺出版社 2010 年 9 月版，第 1 页。

往属于这类，她们遵循着既有的“男主外，女主内”的社会秩序，勤勤恳恳、任劳任怨地为家庭付出一切。她们的社会地位处于男人之下，《单身不贵族》周良辉家即是生活在这样的传统家庭中，“一起吃饭，所有的女性全坐在另外一个比较小的桌子，而且是在厨房里，家里的男人却都在饭厅的大桌上吃”。女性受到不公平待遇成为一个普遍性的社会问题，作者借故事里的人物之口叹道：“虽然 21 世纪来临，但是，超过适婚年龄又没嫁的女性仍然受人歧视。”女性被男权社会剥夺了自主选择生活的自由。而更大的悲剧还在于很多女性满足于这样的地位和状态。《女人邻居》中的黄太太是典型的家庭主妇，照顾家人而疏于打理自己，“她感觉自己一身洗得发白的衣裤，站在黄小姐身边，正好衬出丰满得过度的身材”，她是失落的，但很快又在“虽然没工作，但是我有两个儿子呀，她有吗?”中找到平衡，满足于在掌握儿子和丈夫的一日三餐中实现自我价值。“女性在传统文化中的角色、女性社会价值的实现、女性自我的现代价值判断及女性生命意义的理性思考等问题都与‘家’紧密相连。‘家’是女性生命意义的原点和归宿。”① 在传统伦理中，男性被社会视作家庭的支柱，而女性的需求则被边缘化。传统女性往往在家庭琐碎、邻里龃龉中消耗了青春和美好，被鸡毛蒜皮淹没，与社会疏离，沦为男性眼中的所谓“妇人”，失去了进一步发展自我的机会，失去了作为女性个体的价值和尊严。

如果说以男权为中心的社会秩序制约了女性的发展，男性与女性之间形成了某种程度上的对立状态，那么在感情世界里情况又如何呢?

爱情是文学亘古的主题。男女两性历来是故事的主角，多少离合悲欢都与爱情有关！在朵拉的这些故事里，爱情是男男女女之间的“斗争”，是百转千回的心理戏。男人和女人之间似乎有一道无法逾越的沟渠——他们无法达到完美的沟通、理解与妥协。即便是曾经相爱的男人与女人，最后不是彼此感到失望、无奈，就是分手、错过。不论是未婚男女的故事、已婚男女的故事还是婚外恋故事，男人与女人之间莫不回

① 乔以钢：《中国当代女性文学的文化探析》，北京大学出版社 2006 年版，第 150 页。

荡着声声叹息。“她惊异地看着眼前这个不懂得生活情调的男人。他惋惜地看着面前这个气质优雅的女人，如果她喜欢吃热的，那该多好。”（《冷菜》），约会中的男女无法理解对方，最终因为吃冷菜这件事而导致分手。几十年的婚姻使男女都变得苍老，随之老去的还有他们的感情。女人会自问：“为什么远远地看着，他是他，近一点看，他反而不太像是原来的他了？”而男人看到女人时，“他的脚步慢下来，心理稍迟疑：这个老态龙钟的女人，是他的太太吗？”（《距离》）爱情本是极为亲密的情感，然而在朵拉的笔下，男人与女人之间却无法打造和谐的局面，即便起初的、表面的和谐，最终爱情也支离破碎，化作一个姑且可以回味的梦罢了。与许多女作家对爱情极尽赞美和憧憬的态度不同，朵拉似乎已对爱情中的男女达成共识失去了信心，对男女间的爱情保持着极理性的态度。《废弃的车站》写了一个关于婚外情的故事，涉事女主应约私奔，内心经历一番波折后女主决定回归家庭，“她心想：‘也许应该到车站去和赵力胜说一声。’她不知道，没人也没有车的车站，一直都没有人，也没有车来”。这里作者对女性的天真和男性的无义进行了一番有力的嘲讽。与男性相比，处在感情世界里的女性更渴望浪漫，更富于幻想，有的希望对方能明白自己的所思所想，与自己产生共鸣，如《有一株树》里的刘小燕；有的希望男性更看重她的内涵而不是外表，如《你不懂我的心》里的吴希莉……然而往往事与愿违，“男人来自火星，女人来自金星”，两性之间的差异导致他们难以对话和沟通，男人与女人如两条互相映衬却永远不会重合的直线。

那么女性是否应该默默忍受这种社会地位的不平等或者默默承受与男性无法对话的痛苦呢？显然，作者并不赞成这种状态，而主张女性有自己的主权和自由。在工作上，女性可以与男性一样奋斗拼搏，而不是依靠取悦男性来获得进一步的发展。就算失败也要东山再起，靠自己的实力将理想和计划实现而不是过早地选择安稳（《不认输的咖啡》）。在感情上，作者质问为什么女性要为了保持身材和脸蛋而控制食欲做一头纯吃草的牛（《纯吃草的牛》）？为什么要为了迎合男性的口味选择自己的穿着打扮（《找一双鞋》）？为什么要为了取悦男性而压抑自我的欲望和需求？不！如果双方不能沟通，现代女性的选择是宁愿放弃也不妥协。现代女性认为主动权应该掌握在自己手里。如《你不懂我的心》《过时手表》中的女主人公都果断放弃了不能理解自己的男性。物换星移，人们对爱的追求也发生了转变。与传统女性被动的地位相比，现代女性对爱情的追求采取了主动的姿态。面对奶奶听的老情歌和对爱的态度，孙女说道："爱一个人，不主动争取，整天在梦中纠缠不清，这样的歌有什么好听，我要听那英的《干脆》。"面对男性的一句"我永远不会忘记你"，妈妈选择等待并因被完全忘记而愤怒，成为束缚自己多年的一道心结，而女儿却洒脱地认为曾经有一个男生对自己好足矣。传统女性的被动姿态其实是在将主动权放给男性而自甘处于不利地位。"主动"是现代女性勇敢追求自我的美丽姿态，是现代女性重构自我话语权的重要标志。

朵拉正是从女性经验出发，以丰富的想象力构造了这一系列故事，通过两类女性——传统女性与现代女性之间的差异对比，彰显出一种对女性立场的坚持，表达了对现代女性追求主体独立和自我意识的赞扬。女性完全可以洒脱地选择自己想要的生活。女性完全可以活得很骄傲，不必在意他人的眼光，自由地做自己，穿自己喜欢的红鞋，对男性和其他人说："不管它是什么颜色，不论它多么吃脚，那是我个人的事。"这是女性从观念上表达对自我和自由的追求。

在女权主义者看来女性应该凌驾于男性之上，女性应该取代男性成为中心。那么朵拉对女性经济和人格独立的肯定是否就意味着女权主义立场呢？是否就意味着男性与女性之间必须是势不两立、水火不容呢？显然不是。她认为"女性抬头不表示超越男性，要求的是平起平坐，在这之前，先拥有自信自强自立，才有其他可说的"①。从她的故事我们也可以看出作者主张的是两性平等与自由。与女权主义作家丑化或淡化男性出场的写作不同，朵拉无意于此。尽管与众多女作家一样朵拉似乎更擅长写女人的故事，但在《自由的红鞋》这本微型小说集里以男性为主体的故事绝对不在少数，如《重要的事》《不要像爸爸》《失落的天才》，

---

① ［马来西亚］朵拉：《朵拉微型小说自选集》，上海文艺出版社 2008 年版，第 247 页。

等等。在这些故事里男性与女性一样有着喜怒哀乐，与女性一样有着人性的优点或缺点。《无痕岁月》里的胡志诚在大学时不满现实，是所谓的“社会主义分子”，结果后来竟投向自己曾经反对的那一阵营里，只好让人感叹：“人生充满变量，无数意外”；《雅文化》中将虚伪的“他”讽刺得淋漓尽致。对于男性的再婚问题，朵拉并不赞成许多人执意认为的“原来他是一个无情的男人”，而是给予了理解和同情。与部分女权主义作家仇恨“父亲”等男性的情绪不同，朵拉对父亲是亲近的，对父爱是非常渴望的，关于父亲的故事是充满了感情的书写。如《倾慕》《宠爱的包子》《最后一次》《父亲和鱼》里对父爱的渴望让人动容；《希望的灯》里父爱的盲目与骄傲让人感叹；《等待的爸爸》里父爱显得深沉而可爱；《欺骗》中父爱的无奈而伤感；《父亲的照片》揭开了父亲严肃的背后深藏的爱。对男性遭遇的问题同样抱以同情的态度，如《咀嚼心事》里的“他”“当心情越沉重的时候，他的笑容便越是灿烂”，无处诉说便只好选择将一腔心事吃进肚子里。男性同样有权自由选择自己想穿的鞋子（《不合脚的鞋》），不必委屈自己去迎合女性。朵拉向男性投以平视的目光，并没有像女权主义作家那样将其视作敌人。可见，朵拉追求的是一种平等自由的两性关系。不论是男性还是女性，朵拉都对他们发出呼吁：尊重“人”，敢于做自然、自由的自己，穿上“自由的红鞋”过恣意的生活！

朵拉避开了宏大叙事，而着意生活中的小人物、小事情。她往往从日常生活的“小”处发掘出具社会意义的“大”来。不像有些女作家执迷于情爱的书写而难以自拔，她突破了性别的狭隘视野，不但关注两性关系问题，还以女性的敏锐观照着生活里的方方面面，将人性、人生、社会等纳入审美视域，感知着人心的孤独和时代的脉动，显示出女性的洞察力和对社会的人文关怀。

她以女性的细致揭露了社会中人与人的关系问题。冷漠、孤寂、猜忌、虚伪等像野草般疯长在人的心灵世界里。朋友、同学、同事、邻里之间也充斥着阳奉阴违、逢场作戏。对人性的揭露占据着该作品的大部分。听到朋友婚姻受挫的消息，黄欣薇竟不是打心眼里为她难过，反而

"整个早上的闷闷不乐被这突如其来的消息，像大风把雨云吹走一样，霎时间无踪无影"（《单身不贵族》）。同事之间也没有真诚，闲言碎语，背后说些没有根据的闲话，"但是大家见面时，对她也没有什么不同。一样是微笑，而且是非常亲切的微笑，有时候甚至还拍肩搭膀，态度知心得不得了，像几十年的老朋友"（《下午茶闲话》）。然而人们是孤独寂寞的。或者一个人在城市的路上自说自话（《行人道上的镜子》），或者在机场里找寻陌生人短暂的善意陪伴（《旅人》），或者从一颗石子那里找到一丝温暖的陪伴（《寂寞石子》）……对这种人与人之间无处不在的虚伪冷漠和寂寞孤独，作者无法掩饰其内心的绝望、无奈与伤感，无数次将人性的悲剧揭露出来，字里行间流露出讽刺和批判的态度。朵拉对人性自私冷漠的描写、对人性失望的感受与民国女子张爱玲似有共通之处，然而张爱玲对人世苍凉的感受似乎更深入骨髓，而朵拉对人的温情还有一份呼唤和期待。

朵拉也以其女性细腻的感受捕捉到世俗人生里的种种无奈。"我"喝到了期待已久的蓝草莓茶后竟"懊恼极了，但愿它永远搁在电话里边"（《电话里的蓝草莓茶》）。得不到的似乎显得更美好，生活永远在别处！秀群初从城里搬到小镇的时候将其描绘成理想的宁静的世外桃源，而过了一阵后竟感叹"不不不，我要离开这样死气沉沉的地方"。"人生的不如意就是你永远在过着你不想过的日子……人一直在流浪，因为向往着远方，因为所有的憧憬幸福都停留在其他看不见的地方。"（《流浪的幸福》）人生多么纠结，而人生的境遇又是多么善变！人生选择甚至会今昔截然相反（《无痕岁月》）；贫与富乃呈"三十年河东，三十年河西"式的风水轮流转（《故友重逢》）；要强地拼了一辈子，最后的结果也不过落得焚化炉里的一捧灰烬而已（《开门一生》）。作者仿佛站在云端俯瞰芸芸众生的喜怒哀乐，禁不住感慨万端。

朵拉以女性视角审视着经济和工业化问题。一方面经济和工业化的发展给人们的生活带来了诸多方便和好处；另一方面却也占领了自然并使得人性产生了"异化"。《最后的白面水鸡》中通过几个女性的对话讲述了柏油路的铺设在解决环境中的脏乱问题的同时也占领了白面水鸡的栖息之地这个矛盾。经过城市生活历练的郭细凤对生活在农村的老同学邵菊花的微笑已经变了形、走了样，使邵菊花觉得“城市里住过一段时间的郭细凤已经不比从前”，那微笑是“皮笑肉不笑”的，是“冷冷的”，是“深具嘲讽性”的。此外，朵拉也讨论了传统文明与现代文明的关系问题。传统的习俗和态度在现代人这里已渐渐失去了意义。《嫁妆木屐》中作为嫁妆的木屐已经成为一种摆设而不再是女人下厨穿的实用品；《年的尾声》中传统的春联几乎被现代人抛弃，少女竟不识春联为何物，而少女的母亲也对之不屑一顾。另一方面，传统的因循守旧也是其遭到遗忘的重要原因，在现代社会，“酒香不怕巷子深”的时代已经成为过去，写春联的陈伯不懂得做生意需要宣传的手段，最后只能徒留一声叹息。时代的变迁，使传统文明与现代文明之间呈现出复杂交织的状态。

与一些女作家感性、情绪化的写作不同，朵拉的写作显得成熟而冷静，理性而克制。这位对人性及人生颇具洞察力的中年女作家常以旁观者的态度来呈现人物对白或潜入人心，讲述一个个发生在俗世生活里的故事，引发读者的思考。如《捷径》中女主人公的内心世界：“生活实在太无聊了。几十年来，就这样，早上赶着上班，晚上下班，偶尔加班，然后岁月如流水。”三言两语便将一种人生状态道了出来。她的笔瓦解了爱情、婚姻以及人性真善美的神话，而常常将人的庸俗与阴暗、人世的复杂与无奈揭露出来。她以别出心裁的剪辑把人物刻画得生动而形象，将故事讲得曲折而利落。作品还呈现出“欧·亨利式”的结构特征，以戏谑的笔法对人世进行着嘲讽。作者从女性自身的生活经验出发感知着社会的林林总总，从那些司空见惯的闲情小事里抽丝剥茧，把那份对两性关系、人性、人生与社会的批判和思考以及那份忧虑和感伤表达出来，显示出作者内心深处的人文关怀。

［与张小倩合撰，收录于《东南亚华文文学研究（2017）》会议论文集］

生命的张扬与人性的透视

芥川龙之介（1892—1927）是日本大正期（1912—1926）“新思潮派”文学的代表人物，日本现代文学最早的开拓者。他的文学成就主要体现在小说方面，一生写下的小说共有180篇，其中《竹林中》脍炙人口，是公认的代表作。小说本事是这样：一天正午十分，武士金泽武弘偕妻子真砂赶路，遇强盗多襄丸。强盗见真砂美色顿生歹意，便谎称山后竹林中埋有宝物，将武士诱骗到竹林中并将他击倒。强盗把受伤的武士捆绑在树上，然后将其妻真砂奸污。不料真砂却动了追随强盗的念头，于是强盗放了武士，与他决斗并杀死了他。强盗多襄丸回头却不见了真砂，四处寻找，不小心从马上摔下受伤，被官府捕役抓获。

读芥川龙之介的《竹林中》不由想到莫言的《红高粱》“野合”一段，二者讲述的都是“莽汉劫色”的故事。无论是中国的高粱地、青纱帐，还是日本的竹林、草丛，在日常语境中都作为一种自然风景而具有某种掩饰性，常常遮掩一些神秘的或不道德的事件。相似的环境背景，相似的故事情节，中日两位作家各自创造的文本，在主题意蕴、话语风格、文化内涵等方面迥异，值得玩味。

《红高粱》的主色调是红色，暗示着一种来自民间的生命强力。红色，总让人联想到热血、烈火、本能的勃发与性的释放。正是建立在民间崇尚生命力与自由状态的价值取向上，莫言描写“我爷爷”与“我奶奶”的野地欢爱，渲染出一种粗粝、狂暴的美。如果说《红高粱》中心是张扬生命，以感性取胜，那么芥川的《竹林中》则是理性彰显，作者意在用理智诠释现实。同是写“男女苟合”，竹林中的女主人公真砂是被强奸的，从情节上看，这自然不能像《红高粱》那样由“我奶奶”戴凤莲的野性、主动性，演绎出生命的强力。但真砂事后的表现出人意表，令人惊骇，她“发疯似的”拖住强盗的胳膊，哭喊道：“你死还是我丈夫死，我不能在两个男人面前受这样的侮辱，这比我死还难受。两个人中我跟活下来的一个。”一般女性在遭到暴力侵害后，当是惊魂未定，而真砂竟那么决断、果敢、激烈，哪有一点点日本女性的温和、柔顺？难怪真砂的母亲说她“不比男人差，是个刚强的女人”。而强盗也分明受到了真砂性情的感染，他与真砂那“燃烧般的瞳孔”一相遇，便怦然心动，“心想即便是天雷轰顶，我也要要她为妻”。这个年方 19 的日本女人与生在中国北方野地里的戴凤莲虽然是两个国度的子民，但从性情上看倒真的像一对同胞姊妹。从这个人物身上，不也可以发掘出日本女性强悍的一面，演奏出一曲生命之歌吗？何况，这个故事也不乏你死我活的拼杀、血光剑影的场景。所以就情节、人物看，《竹林中》完全可以写得像《红高粱》一样的霹雳火爆。然而芥川的叙述真让喜好刺激的读者大失所望。小说以法庭上见证人的证词与当事人的供词构成全篇，叙述人完全退出本文，这样就造成了欣赏的距离，将作品本事的紧张性消解殆尽。小说中几个人（连同死者的灵魂）的供述不尽相同，甚至相互矛盾，前后缀联，互文参照，引导读者从对本事的单纯欣赏中摆脱出来，转向对各供词的比照、审查，从而产生疑问：为什么同一事件，当事人的讲述不一样？读者在对真相的确定过程中达到与人性的思考与认识。在《竹林中》中作者对本事不置一词，完全消解，放弃了自己的情感态度。而《红高粱》的叙述人“我”站在当今视点上回忆“我的爷爷”“我的奶奶”“我父亲”昔日的辉煌，这种抚今追昔的叙述暗含着当今文化的生命力的匮乏，表现出明显的父亲崇拜意识，叙述人主观情绪异常强烈，力图取消读者与小说本事的距离，引导读者投入到文本中，获得无距离、无间隔的真实体验与感受。

芥川在日本，莫言在中国，都有文坛“鬼才”“怪才”之称，但二人的这两部作品在文化内涵和审美取向上有很大不同。《竹林中》不像芥川的名篇《罗生门》《地狱图》等作品那样，弥漫着一种鬼蜮之气，但它的“怪”也是相当突出的，在芥川小说中有代表性。一是作家不正面叙述事件，而是以法庭上陈词连缀全篇，而这些陈词又真假混杂，光怪陆离，情节没有结局，案件没有结论，真相扑朔迷离，全篇以悬念始，以悬念终。二是时序交错与颠倒。小说不是以事情发展前后顺序展现情节，而是先从樵夫发现尸体落笔，接着叙述僧人所见，再跳过事件，叙述强盗被抓情形，然后老媪回叙，交代武士夫妇生前的情况，再接下来由三个当事人不断来回跳跃地叙述事件的发生经过。另外，写法上荒诞。小说中武士亡魂显灵，竟然借巫婆之口说话；三个当事人如此互相敌对，却争当“凶手”，的确是荒诞不经。但这一切都以芥川深刻的理性思考为核心聚合在一起，作品的情节本事不铺张，不扩展，呈外收内敛之势。芥川的作品多短篇，写得极精粹，原因即在于此吧。芥川许多小说取材于历史，却能从中发掘出新鲜的东西，根本原因在于他那深刻的理性。他有一双独异的眼睛，能从司空见惯的老故事中看出不同寻常的意味来，而且耽于审视人性之丑。芥川小说的“怪”，本质上在于他眼光的独异，这使他的小说缺少感情热度，正像有论者所言：“他的作品几乎是以理智来压抑感情。”① 难怪他的小说常常散发出一种阴冷之气。《竹林中》的绿色，并非象征勃勃的生命，草莽和竹林，都是清冷的、阴森的，暗示着可怖事件的发生，为人类卑劣的私欲提供展示的场所。芥川的《竹林中》的主色调是绿，是一种阴森的冷绿，这与《红高粱》激情膨胀的红色正好相反。可以说，芥川的小说从内到外都是“怪”的，但未走向非理性而与西方现代派的变形荒诞之类结盟，由于理性的统摄，他的小说自始至终“显示了完美无缺的、带有古典形式的完整性”②。具体说来，《竹林中》构思巧妙新颖，情节线索清晰，矛盾冲突集中，人物性格鲜明，主题意蕴处于理性层面，通过思考而可知可解。所以芥川小说“怪”倒是“怪”，但“怪”而不“异”，其精巧、俊敏，仍然未逸出日本民族

① ［日］吉田精一：《现代日本文学史》，齐干译，上海人民出版社 1976 年版，第 61 页。
② ［日］吉田精一：《现代日本文学史》，齐干译，上海人民出版社 1976 年版，第 63 页。

的审美文化传统。

与日本同为东方民族，中国传统诗学也崇尚雅致、清新、淡远的中和之美，所谓“发乎情而止于礼义”，讲究节制，适可而止，不走极端。但《红高粱》完全是对此的一个彻底反动。它诞生于20世纪80年代中期的“寻根”文化潮流中，在文化寻根的价值取向上自觉走向了民间，走向了西方。对此莫言是有理性自觉的，他说：“小说中奶奶与爷爷的‘野合’在当时是弥天的罪孽，我之所以用不无赞美的笔调渲染了这次‘野合’，并不是我在鼓吹这种方式，而是基于我对封建主义的痛恨。我觉得爷爷和奶奶在高粱地里的‘白昼宣淫’是对封建制度的反抗和报复。极度的禁欲往往导致极度的纵欲，这也是辩证法吧！”① 莫言在《红高粱》中极度地张扬生命，极度地讴歌人性，极度地宣泄感情，极度地膨胀感觉，这与西方文化传统契合，与东方文化有“异”；这与民间文化贴近，与传统主流文化有“异”。《红高粱》因“异”而“怪”，在审美形态上也走到了传统的反面。对此著名学者陈思和有很到位的评论：“强烈的情感总是在大爱大憎里左冲右突，一大批意象如飞蝗纷沓而至，挤在他的文字里跳跃而起，他急不择言，紧张地捕捉一个又一个的意象。这种捕斗式的写作思绪无法被置于从容不迫的节奏之下悠悠的活动。它必然是匆忙的、纷乱的、骚动不安的。在这种心境的文体不可能典雅，语言不可能精雕细琢，风格也不可能淡远。”②《红高粱》与《竹林中》，一红，一绿；一热，一冷；一以感性取胜，一以理性见长；一是因异而怪，一是怪而不异。中外两篇名作，各具风貌而相得益彰。

莫言痛恨陈腐的传统一如芥川厌恶丑恶的人性。所不同的是，莫言无意于审视、剖析传统，他在民间、在异域找到了足以击碎传统的东西，他热衷于嘲弄传统，去体会传统这庞然大物哗哗然纷解的快感。他靠《红高粱》之类制造了一个又一个“球状闪电”，完全照彻、驱散了传统

① 莫言：《奇死之后的信笔涂鸦》，《昆仑》1986年第6期，第34页。

② 陈思和：《声色犬马，皆为神灵》，《中国当代文学100篇》（中），学林出版社1999年版，第1018页。

的巨大阴影。然而芥川呢？他以独异的眼光透视人性阴暗的角落，却缺少热情的光去照亮它，温暖它，面对在他看来亘古不变的人性某些方面（是不是他喜好取材于历史的原因呢?），他日趋绝望，终于带着“希望已达之后的不安，或者正不安时的心情”（鲁迅语）而在英年自杀身亡。他其实是被自己内心浓得化不开的黑暗所吞没的。理性，缺少热情的理性，成就了芥川，也毁灭了芥川。假使他能从莫言那里得到十分之一的热情，人生结局也不会是这样吧。芥川一生都不寻不到的，莫言好像天生就一大把一大把地拥有了，这不能不让我们再次感叹命运之残酷，除此之外我们还能说些什么呢?

（原载《济宁师范专科学校学报》2007 年第 5 期）

疾病隐喻与中国书写

余华的长篇小说《第七天》一经出版，便引起广泛关注。小说“以死写生”的超自然视角，令人联想起余华在“先锋时期”的某些创作；对现实的审视，则回应着文坛对现实力作的呼吁——这些都没有辜负等待了七年的读者对小说家新作的厚望。然而，仍有不少读者阅读完小说后，纷纷错愕于这本薄薄小书中种种似曾相识新闻事件的数量与密度，以至于有浏览过一遍粗糙的新闻汇编、“新闻串烧”之感。

如何看待社会新闻批量进入小说而导致的陌生化的审美效果？有人斥之为小说家“江郎才尽”，也有人认为是“投机取巧”[①]，这些评判都不免失之于简单偏颇。在笔者看来，暂且不论成功与否，余华沉淀七载而向世人展现出这样出人意表之文字，乃是有意识的形式探索，绝非游戏之作，也非灵感枯竭的副产品。苏珊·桑塔格将形式看作“稍纵即逝之感官印象与记忆（无论是个体记忆，还是文化记忆）之间交往互通的载体”，为使这种帮助记忆的功能顺利实现，“每种风格都有赖于某种重复或冗余的原则”[②]。在认可上述对“形式”的界定的前提下，我们将更清楚地看到余华写作的用心。他那所谓“投机取巧”的新闻拼贴式文体，实际上承载着对碎片化现实的顽强的记忆功能。以这种超乎小说常规的方式，余华把诸多一时蹿升为热点但很快即被忘却的新闻连缀起来。这

---

① “江郎才尽”“投机取巧”等评语见王冰冰《表象时代的写作困境——评余华的〈第七天〉》，《小说评论》2013 年第 5 期，第 33—34 页。

② ［美］苏珊·桑塔格：《反对阐释》，程巍译，上海译文出版社 2003 年版，第 40 页。

种写法意在“揭疮疤”，它唤醒了读者阅读报章和浏览网络新闻时的记忆：那些让人唏嘘和愤怒的“社会新闻”并非转瞬即逝，它们变换着形式，就在此刻在中国这块土地上连绵上演着。

小说中所展现的世界满目疮痍遍地疮疤，这通过叙事者“我”耳闻目睹的诸多社会新闻得到呈示，且已经达到触目惊心的地步；它体现出小说家将当代中国建构为一间科室林立的大医院的意图：奇形怪状的病人出入其间，他们表情紧张，心绪不宁，盼望着新出的苹果手机，盼望着健康的食品，盼望着一处免遭拆迁队打扰的家园，盼望着永远迟到的正义。尚未来得及展开人生画卷的婴孩们，则以“医疗垃圾”的名义从医院排污口流出。小说写到的那个现实世界根本无力或无意为它孕育的病人和社会病象提供出路和解药。相比而言，理想化的死者世界看来要“宜居”得多——过剩的欲望随着肉体的分解而蒸腾殆尽，生时的仇怨在死后无影无踪，宴席上的死者们甚至产生了一种优越感：“他们都在快乐地吃着喝着，同时快乐地数落起了那个离去世界里的毒大米、毒奶粉、毒馒头、假鸡蛋、皮革奶、石膏面条、化学火锅、大便臭豆腐、苏丹红、地沟油。”

自由而不乏细节真实的想象和精彩纷呈的文学语言，使死后世界的描摹成为整部小说最具光彩的部分。置身于这样一个极乐世界，死去不久的“我”却不得安息。生前未了之事在死后依然萦怀于心；极乐世界不是冲淡了生前记忆，反而是强化和加深了“我”追寻那个病象丛生的世界信息的意向。于是，“我”只得于新雾和微雨中从殡仪馆再度出发，彷徨于记忆与此刻、生者与死者之间，真正落实了“死无葬身之地”的字面意思。

中国有病，这是《第七天》在不长的篇幅里，不厌其烦明宣暗示的主题；中国有病，这样的说法同样直露地出现在余华的社会批评文字中。余华说道：“这就是我们的生活，我们生活在现实和历史双重的巨大差距里，可以说我们都是病人，也可以说我们全体健康，因为我们一直生活在两种极端里，今天和过去相比较是这样，今天和今天相比较仍然是这样。”文章结尾余华没有忘了进行“自剖”：“与其说我是在讲故事，不如说我是在寻求治疗，因为我是一个病人。”①

余华的《第七天》以种种社会病象的揭示而完成了一次中国书写，这使人联想起鲁迅传统。在这位余华所尊敬的文学前辈那里，那些早已被奉为民族文化经典的字里行间，细细谛听依稀可辨“中国有病”“我也是病人”的喃喃自语。鲁迅自述从事小说创作所仰仗的资源，除了“百来篇外国作品”外，还特别强调“一点医学上的知识”②，《狂人日记》《药》《明天》《白光》《长明灯》等小说，或多或少与他掌握的医学知识相关。而说起文学创作的目的，他明确说：“我的取材，多采自病态社会的不幸的人们，意思是在揭出病苦，引起疗救的注意。”③ 他那篇著名的散文《父亲的病》既是写实性回忆，也不乏象征隐喻意义，文中的“父亲”可以理解为文化意义的“父亲”，他对父亲病与死的真切而痛楚的回忆，透露出他对民族文化传统的深切关注和隐忧。他讽刺国粹家，疾病隐喻信手拈来：“那时候，只要从来如此，便是宝贝。即使无名肿毒，倘若生在中国人身上，也便‘红肿之处，艳若桃花；溃烂之时，美如乳酪’。国粹所在，妙不可言。”④ 鲁迅的批判不止针对历史和现实，也将他自己囊括在内。他在书信中自白：“不愿将自己的思想，传染给别人。”⑤思想而曰“传染”，从中可见鲁迅对自己思想中的“病毒”成分的自省。

经由疾病隐喻，余华和鲁迅在分析问题时借助的似乎是同一种想象框架。如果不嫌比较过于粗浅，这一框架至少可以追溯到两位作家相似的与医学相关的学习和工作经验。鲁迅仙台学医，已是众所周知。而余华出身于医生家庭，据他的自述，童年时即“喜欢闻酒精和福尔马林的气味”；他的第一份工作是牙医，并称“我的青春是由成千上万的嘴巴构

---

① 余华：《我们生活在巨大的差距里》，北京十月文艺出版社 2015 年版，第 14—15 页。

② 鲁迅：《南腔北调集·我怎么做起小说来》，《鲁迅全集》第 4 卷，人民文学出版社 1981 年版，第 512 页。

③ 鲁迅：《南腔北调集·我怎么做起小说来》，《鲁迅全集》第 4 卷，人民文学出版社 1981 年版，第 512 页。

④ 鲁迅：《热风·随感录三十九》，《鲁迅全集》第 1 卷，人民文学出版社 1981 年版，第 318 页。

⑤ 鲁迅：《两地书·二四》，《鲁迅全集》第 11 卷，人民文学出版社 1981 年版，第 79 页。

成的"[①]。以医者心态来察人观世的习惯思维，可能在他们各自的少年时期就已暗自形成。如此看来，在余华与鲁迅之间，不是存在着一条显明的通道吗？

歧路依然存在，分歧存在于鲁迅和余华对社会病的揭露方式，在理解"病人"问题上倾注的努力程度，以及遭遇虚无意识时的不同态度。

先说余华。余华在前述杂文所说的"两种极端"，具体是指中国人在40年间经历的天壤之别：这中间既有"历史的差距"——"文化大革命"时代与今天时代的差距；又有"现实的差距"——阶层、性别、城乡、职业群体区隔导致的极其异质的社会。社会进程之快，社会鸿沟之巨，遗留给社会中的人以普遍而多样的创痛经验，因而"可以说我们都是病人"；但当"病"成为习焉不察的存在，一度被当作"病"的存在现在并不算作"病"时，于是"也可以说我们全体健康"。然而，被一些人当作现状接受下来的、大面积存在的"两种极端"，毕竟没有麻木小说家的神经。"两种极端"表征出的每一种社会病，几乎都在《第七天》速写的一个个社会热点事件中得到精确扫描。当然，这种扫描式的写法也极易招致"结构松散"的批评。有批评家认为，《第七天》松散的情节结构，与当代中国的"结构性的崩塌和离散"正好同构。当然，也有批评家为小说这种笔无藏锋、"浅尝辄止"的行文方式做出阐释或辩护。程光炜认为《第七天》体现出"轻现实"的创作态度，他将小说出现众多没来得及展开的悲剧性事件，理解为"节制"和"举重若轻的小说技巧"。[②] 这种说法不失为一家之言。而在我看来，《第七天》欲以一本小书写出宏阔的"当代性"，而扫描式的写法不止造成结构上的某些弊病，也最终泄露了小说家精神上的无力感。这种无力感具体表现在多个方面。

表现之一，"怪现状"的铺排与重复。中国之病成了一个无须论证的题目、无须从更深层次加以表现的客观之物。因为"事实胜于雄辩"，于

---

① 余华：《没有一条道路是重复的》，作家出版社2013年版，第92页。

② 张清华、张新颖等：《余华长篇小说〈第七天〉学术研讨会纪要》，《当代作家评论》2013年第6期，第34页。

是只要以一支“溢恶”的笔，进行限于一个平面的反复例证，即可在终点处强化那些起点时已给出的结论。泛化的社会病叙事，同大众媒体建构起来的“崩塌和离散”图像实际上已不存在明显的区分。读者从那些心酸底层故事中读到的，则是虽不乏“真实感”，然而是凝定的、永恒的言说。而当余华的分寸掌握得没那么好时，“人间喜剧”的形式更有滑向人间闹剧的危险，它褪去了由巴尔扎克命名的反讽性，在思想和艺术上都打了折扣。

表现之二，粗疏的人物处理。如果说余华对他熟悉的父子主题的表现尚属动人，至少也应同时承认，这种“动人”因几次情节剧式的翻转而受到损害。而“我”与李青相识相恋的这段情节，更是不可思议的简陋：

> 我是觉得她有点冷酷，可是她声音里的孤独让我突然难过起来。我说：“我觉得你很孤独，你好像没有朋友。”
>
> 说完这话我的眼睛湿润了。我不会在深夜时刻想起她，因为我一直告诫自己，她是一个和我没有关系的人，可是那一刻我突然为她难过了。

如果不是联系到李青这个人物的设置很大程度上不是为了敷衍爱情主题，而是负责匆忙引出后面出轨、成为贪官情妇并在事发后自杀的情节，难以想象此等肥皂剧化的“一见钟情”出自大家手笔。此外，伍超与鼠妹那令人哭笑不得的爱情故事，也有与之相似的问题。总的来看，亲情与爱情在《第七天》中地位卑微。有关它们的描写，总是过快地就切换到了与之牵连的社会批判。尽管余华声称“我是一个病人”，但这种亟亟于批判而对故事中的人关注寥寥的安排，是否更像出自一个手握手术刀的医生，而非与病人共患难的病友？笔者并不怀疑医生型小说家的价值，只是想指出，在余华的自述与小说创作之间存在着微妙错位：余华没有真正把自己当成“病人”，而是隐然将自己与他人区隔开来，至少在很多时候，他都忘却了自己的病人立场，而是从更高一级的健康人视角俯瞰病人的挣扎。

表现之三，终极目标的消解和“在路上”姿态的强化。余华偏爱苦难叙事，但在《活着》《许三观卖血记》等作品里，富于形式感的苦难之上，总有光源式的存在照亮整部作品：或是“活着”的信念，或是人间温爱，最终给予沉沦的人物以报偿。《第七天》缺少此类价值许诺，余华也许是想实现自我超越和突破（这从小说新闻汇编式的形式探索也可以看出），在苦难书写的极致中探询得更深。但是，他似乎仅仅暗示，生无意义，死也未必能彻底解脱，可行的生存方式和“现实一种”，便是像杨飞那样无根地漂泊。余华已经站在了虚无的浮岛上，但他不愿直面虚无抑或是没有足够的底气直面虚无，只能以持续而激烈的批判和挑战姿态作为价值基础和依据，煽情化地歌颂人间“真情”，织就了一幕温情面纱暂时将虚无遮蔽起来。

面对余华那有意识地为新闻热点留声的写作态度，以及指陈社会积弊的魄力，我们应毫不迟疑地承认《第七天》的积极意义，但也不应因此对一些深层问题视而不见。例如，如何看待罗列病象，却不提出任何“建设性”意见的“介入写作”？仅仅是一股脑地把人物判为“病人”，是否也会因这种轻易的归类而错失深入理解“病人”的契机？如果犀利的目光所见处处是疾病，虚无难道是唯一的归宿？恰恰在这些问题上，鲁迅思考得更为透彻，从而可以作为一面反思之镜。

直面断裂式的新旧更替的中国，鲁迅也曾表达过他的震惊，也曾将中国诊断为集体患病，这自然招来了自由主义知识分子的质疑。典型者如梁实秋的如下反诘：“有一种人，只是一味地‘不满于现状’，今天说这里有毛病，明天说那里有毛病，有数不清的毛病，于是也有无穷尽的杂感……好像唯恐一旦现状令他满意起来，他就没有杂感可作的样子……”[①] 梁实秋的质疑在今天仍值得重视，并应该得到认真的回答。鲁迅的确没有一个明确的政治立场，常为人乐道的“从进化论到阶级论”，也只是在20世纪20年代末到30年代许多文人在一时一地做出的思想转换，它是一种

---

① 梁实秋：《“不满于现状”，便怎样呢》，《鲁迅梁实秋论战实录》，华龄出版社1997年版，第243页。

在时代语境限定下的倾向，而非固有的立场。即便如此，鲁迅那“不满于现状”的文化批评，还是远远超出了梁实秋定义下的“杂感”和“不满”。鲁迅是以自己的方式提出了对中国病的独特理解。青年时期，他就提出了“立人”主张，呼唤摩罗诗人，试图从个人主义的立场和内在的条件出发再造新国民，后来又从经济政治制度方面对“立人”的外部条件做了补充，晚年大力译介苏俄革命文艺理论，虽然因不明了当时的苏联局势而出现了某些误判，但他坚持在外部参照下反思中国知识分子出路问题的思路，仍能给今天的我们以借鉴。在《二十四孝图》这篇文章中，鲁迅不只从启蒙角度对维护传统文化的旧观念施以“最黑，最黑，最黑”的咒语，还揭示了劝孝故事本身逻辑上的局促。小说方面，一篇《狂人日记》揭穿了掩护“吃人”现象的传统家族制度的老底，一部《故事新编》将古人先贤写得那样捉襟见肘，令人发笑，从而从中国古代思想的根源上清理了蒙在“圣人”周围的迷雾……鲁迅从没有满足于对疾病的发现，而是对疾病形成过程的来龙去脉给出理性的分析、形象化的阐释。通过鲁迅对文化传统的审查，那些似乎是不言自明而被我们全盘接受下来的东西，一下子显现出它们的荒诞和不堪。通过重访鲁迅从内到外所思考的多种肃清病源的方法，我们或许能依稀分辨出使中国从病中解脱出来的路径。可见，鲁迅在“杂感”和“不满”中不只是展示了现实的种种病象，还追根溯源，别求新声，提供了对于现实病象的结构性诊断。而这是余华《第七天》中所明显缺失的，不能不说少了些历史文化底蕴。

鲁迅也不像余华那样有意无意地将“我”与病人区隔开来。鲁迅不把他人简单地视为写作素材，或表达自己见解的迂回的写作方式。为他人写作，与他人一道生活，在鲁迅这里近似于一项道德义务。病中的鲁迅曾说：“无穷的远方，无数的人们，都和我有关。”① 既然承认他人就在身旁，也就承认了探索相互理解的途径的必要性。鲁迅实实在在地以病

---

① 鲁迅：《且介亭杂文末编·“这也是生活”……》，《鲁迅全集》第6卷，人民文学出版社1981年版，第601页。

人之躯体验着自己的病，并带着这种体验将他人肉体和精神的病痛一并揽过来，当作自己的病痛来咀嚼和反思。《故乡》中，与“木头人”中年闰土重逢使“我”倍感不安，出于对时空造成的隔膜的充分体认，“我”寄望于后来者宏儿与水生能够过上新的生活；《祝福》中，整个鲁镇都在大年祝福的氛围中陶醉，“我”却无法忘怀祥林嫂的精神之痛和肉体之死，并反省着其中“我”的责任；《风筝》中，“我”不避沉重，把小兄弟已经忘却的童年创痛经验承担起来，并进行深切忏悔……鲁迅在作品中对人与人之间理解的可能性的探索，的确常常因交流的阻隔归于失败，但这探索过程本身却恰恰因失败而彰显出非凡意义。

毋庸置疑，鲁迅作品的字里行间也时时透着虚无的冷风。他对中国的前途和命运，既怀有与余华相似的热忱，也抱有与余华相似的怀疑。但是，鲁迅的热忱与怀疑两种态度均有生活体验和理性思索打底，所以显得深刻而厚重。重要的是二者彼此冲突，尖锐激烈，在交错纠缠中臻于极致，于此中显现出社会之复杂与灵魂之困境。就拿鲁迅《呐喊·自序》里“铁屋子”发现来说吧，一屋子沉睡中的人危在旦夕，先觉者是否有责任以及权力叫醒大家？鲁迅沉浸于自己假想出来的情境，颇感踌躇，陷于两难。发现人们习焉不察的社会真相，这需要智者慧眼；不忍叫醒熟睡中的人们来受苦楚，这需要医者仁心。说，带来生的痛苦；不说，则导致死的毁灭。鲁迅就在这样“说与不说”的悖论中开启了现代白话小说的写作。直到1936年，两难选择仍然在拷问着鲁迅。面对一个十二三岁女孩子的募捐请求，即使明了筹款未必真会到灾民手里，他也还是付了一块钱，为的是孩子们“募不到，就失望，募到手，就喜欢”，而他“不爱看人们的失望的样子”①。募捐事件可以看作是鲁迅对多年前“铁屋子”思索的象征性回应。就这样，鲁迅以双重身份回答了《呐喊·自序》中的困惑：一方面，他肯定了欺瞒对于他人更好地生活下去的必要性；另一方面，他的叙述本身却戳穿了自己的谎言，揭示了社会的病

① 鲁迅：《且介亭杂文末编·我要骗人》，《鲁迅全集》第6卷，人民文学出版社1981年版，第487页。

相。后者的“揭出病苦”的价值，也许更易于得到注意，但前者的意义同样不可忽视。与余华不同的是，鲁迅不只发现了疾病肆虐表象下的虚无，而且选择只身肩起它。通过充满温情的欺瞒的方式，他独自将生存的真相承担下来；正是由于这种需要巨大勇气的承担，当信念为怀疑精神所洞穿时，鲁迅才没有被虚无压倒，反而在虚无之海中耸立起了精神和人格之顽石，时至今日仍然是一道奇异的文化风景。

也许，将余华的一部作品与鲁迅的整体创作并置，这种“比较”对于余华来说并不公平。但考虑到关于《第七天》的“争鸣”仍未止息的现状，以及余华多次表明的对自己写作的高度期许，以鲁迅标准衡量余华创作也不失为一种角度，因为作为20世纪的一份文化遗产，鲁迅的作品至今仍时时彰显出其当代价值和意义，往往成为当今文学创作特别是有关中国书写所参照的重要标尺，比之于泰山北斗也不为过。懂得鲁迅、懂得中国者，应该清楚这并非对鲁迅的盲目尊崇和有意神化。2015年年底，余华在北大讲座时说：他渴望写出在茨威格与陀思妥耶夫斯基之间的伟大作品。[①] 余华所说的两位作家，都是以善写时代病著称。作为余华的忠实读者，笔者真诚地期待他能从自己过去的小说中总结得失，写出更好的作品，无愧于他的野心，也配得上变幻中的当代中国。在余华下一部作品问世之前，无妨指出：介于茨威格与陀思妥耶夫斯基之间的伟大作品，在中国其实已由鲁迅先行写出。

（原载《上海鲁迅研究》2017年秋卷）

---

① 2015年12月15日，余华在北京大学的讲座，发言内容见 http://cul.sohu.com/20151216/n431502724.shtml。

后　记

站得高，看得深，谈得透，文笔美——这是出版社资深编辑对我这部书稿的评价，听到责编王正英女士这样的转述，我倍感欣慰，也备受鼓舞。以文学研究和评论为业屈指算来已有二十余年，不可避免要为稻粱谋，但更多时候是基于对专业的挚爱有感而发，与研究对象进行心灵对话，在理性思考中尽可能渗透进自己的生命真体验和真性情。深感人微言轻，竭诚发出的声音不过细如游丝，一脱口就消失于一片喧嚣嘈杂之中了。敲击键盘过程中一次次的冲动、惊悸和心灵战栗，似乎对别人没有多少意义。“我常常在工作间隙里问自己一句：你在干些什么？你可能要一生为之痴迷的这一切又有什么用处？”作家著名者如张炜都有这样的苦恼，何况区区我等凡庸之辈。但是，就要白白地来这个世上走一遭吗？如果说心有不甘，那就是我奢望自己化为灰烬、归于尘埃多少年之后，某年某月每日，有人在浩如烟海的故纸堆中翻检文献，偶然中的偶然与我的名字不期而遇，当然陌生得就像是拥有这个名字的这个人从来没有来过这个世界，但是，阅读名下的文字还能够感受到字里行间有一颗真诚的心在跃动，于是这个名字不再仅仅是三个汉字符号，而是恍惚之间有了越来越多的生命气息。芸芸众生中的这一个，其性情、禀赋、人格乃至面目、神色依稀可辨，他爱过，写过，来过。这就是我的人生梦想——唯一的——如果还有梦想的话，它大致产生于我的“不惑之年”，然而十几年来，这一梦想不是越来越清晰，越来越坚定，而是越来越模糊，越来越渺茫。最近几年，心底里潜滋暗长、按捺不住的感慨就是“幻灭”（当然不单是在个体人生范畴），有一首初中唱过歌曲早就遗忘得近似于无了，如今却常常在耳畔回荡：“再过二十年，我们再相会……”这曾经让年少的我满怀激情和憧憬的每一句歌词、每一段旋律，如今却无一不充满嘲讽意味。而越是这样，那日渐模糊和渺茫的梦想越是执拗和顽强，于是我捡拾起过往生命的遗迹，将二十余年来零零散散的文字嵬集一册，自然是苍白、寒碜得羞于示人，又没有任何官方标签可以贴上来吆喝助威，能够被中国社会科学出版社接受，在我是莫大的荣幸。这不是什么套话和谀辞，当年我为了学位论文出版首先联系的就是这家出版社，至今犹记郭晓鸿女士的热情接待和应承。后来因为师友引荐书稿被编入另一家出版社的丛书，就这样与我心仪的出版社失之交臂了。如今再续良缘，夙愿竟酬，这不能不说是人生一大快事。至于接下来作者与编辑之间的交流在我看来纯粹是职业性的，知名出版社的编辑哪一位所经眼的文字不是数以千万计啊！能够经受住他们的审核就是万幸，我曾一度做好了退稿的心理准备，真没想到能够得到他们这样的褒奖和抬爱，素昧平生，真话真情，千金难买，比之形形色色的金字招牌标签都可贵，值得铭记和感恩终生。中国社会科学出版社，我选对了。

本书的总体特点是以作家研究和文本细读为基础，立足于20世纪以来的文学现象，将作家研究、文本分析与文学观念、立场和风格融会贯通，从现代性与鲁迅的文学选择，历史场域中的鲁迅文学，现当代作家的语言、文体与文学的民间立场等角度切入20世纪中国现当代文学的诸多理论问题和作品评价，对文化多元选择下的中国现当代文学进行个案分析。需要说明的是在写作过程中得到了许多学友同仁的支持，他们是杨学民、彭松、刘涛、吴骏、何力等，一些篇章是我与他们合作完成的，与他们在一起度过的时光是我一生美好的回忆。

本书出版之际，我要对中国社会科学出版社的老师、特别是本书编辑王正英女士的支持帮助，表示衷心的感谢，她优异的专业素养、认真负责的职业态度，让我肃然起敬。对鼎力相助此书出版的王小溪女士表示不尽的感激，还有中国红楼梦学会副会长、天津师范大学教授赵建忠先生，我们之间的友情跨越了二十多年的时光，历久弥新，他高尚的人格、深厚的学养，一直感召着我，使我不至于太过怠惰。

时值岁尾，感恩节，寒流蠢蠢欲动，疫情来势凶猛，我所居小楼而不是整个居民小区被划为高风险区，如此防控之精准，显示出我们社会制度的优越和党领导的伟大。在这样的形势和环境中，展读书稿，更感念一切帮助过的老师和朋友，生活愈是艰危，愈是感到他们给予我的一份份真情的可贵。特将自己居住的小楼命名为“高风楼”，以志纪念。

2022 年 11 月 24 日感恩节于“高风楼”之“臭水斋”